노리즈키
린타로의
모험

NORIZUKI RINTARO NO BOUKEN
BY NORIZUKI RINTARO

©Norizuki Rintaro 1995
All rights reserved.

Original Japanese edition published by KODANSHA LTD.
Korean publishing rights arranged with KODANSHA LTD.
through BC Agency

이 책의 한국어판 저작권은 BC 에이전시를 통한 講談社와의 독점 계약으로 문학동네에
있습니다. 저작권법에 의해 한국 내에서 보호를 받는 저작물이므로 무단 전재와 복제를
금합니다.

이 도서의 국립중앙도서관 출판예정도서목록(CIP)은 서지정보유통지원시스템 홈페이지
(http://seoji.nl.go.kr)와 국가자료공동목록시스템(http://www.nl.go.kr/kolisnet)에서
이용하실 수 있습니다.

CIP제어번호 : CIP2016006629

노리즈키 린타로의 모험

노리즈키 린타로 지음

최고은 옮김

엘릭시르

차례

사형수 퍼즐

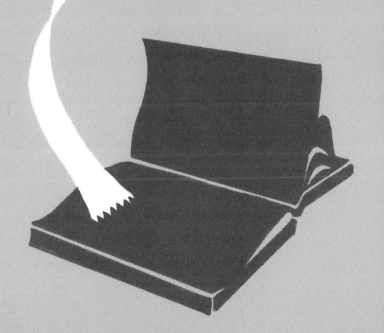

프롤로고스(서사)

이 이야기를 발표하기에 앞서 당국 및 관계자의 요청, 그리고 사건의 특이성에 비추어 실제 일어난 일을 대폭 생략하고 변경했음을 밝힌다. 그럴 수밖에 없었던 많은 이유들이 있지만 그중 하나는 무슨 사건이고 관계자가 누구인지 알아차리기 어렵게 하는 것이다. 따라서 이 이야기는 실제로 일어난 사건과 흡사한 부분도 있지만, 그 외의 부분은 (기존에 알려진 세부 사항을 포함하여) 사실과 전혀 다르다. 불충분한 점들에 관해서는 미주 형태로 이 글의 말미에서 암시할 테지만 필자의 주된 의도는 사실에 기초한 르포르타주를 공개해 현행 사법제도의 약점을 폭로하는 것이 아니다. 그런 역할은 다른 기회에 적임자에게 맡겨야 할 것이다. 이 이야기의 목적은 히니의 우화, 즉 '인간은 비극을 극복할 수 있는가?'란 물음에 우화적인 고찰을 제시하는 것, 오직 그뿐이다.

1

태정관 포고太政官布告 제65호(1873년 2월)

교수형을 집행하기 전에 먼저 두 손을 뒤로 묶고 종이로 얼굴을 가린다. 사다리를 태워 발판 위에 세운 다음, 두 다리를 묶는다. 밧줄을 목에 걸고 바싹 당긴 뒤 손잡이를 당기면 발판이 열리고 사형수는 아래로 떨어진다. 사망을 확인한 뒤 이 분이 경과하면 시체를 내린다.[1]

✻

　　아리아케 쇼지는 불현듯 눈을 떴다. 선잠을 자서인지 눈꺼풀
이 뜨겁고 죄어드는 듯 무거웠다. 그러나 새벽녘에 한 시간 남
짓한 시간일지라도 조금이나마 눈을 붙였다는 게 신기했다. 잠
결에 꿈을 꾼 것 같기도 했지만 무슨 꿈이었는지 도무지 기억
이 나지 않았다.

　　사면받는 꿈은 아니었다. 그랬다면 눈을 떠서 꿈이었음을 깨
달았을 때 더욱 낙담했을 것이다. 이곳에 수감된 지 얼마 되지
않았을 무렵, 아침마다 괴로움에 몸부림치며 격하게 흐느꼈던
것처럼. 그러니까 분명 오늘 일과는 아무 상관도 없는, 지극히
평범하고 평온한 인생을 보내던 남자가 꿀 법한 흔해빠진 꿈이
었으리라. 아리아케 쇼지는 그렇게 자신을 타이르며 아무리 생
각해도 어찌할 도리가 없는 일에 머리를 쓰는 건 그만두기로
했다.

　　땀으로 축축해진 이부자리에 누워 흐릿한 눈으로 독방 안을
둘러보았다. 유난히 높은 콘크리트 천장에 달린 전등은 밤낮
가리지 않고 이십사 시간 내내 켜놓는 게 원칙이었다. 순찰 시
에 수용자의 모습이 바깥에서 잘 보이도록 하기 위해서였다.
그리고 불을 켜두지 않으면 이 방은 낮에도 어두컴컴했다.

독방은 고작해야 한 평 반 넓이였다. 안쪽의 옷장과 책상 겸용의 세면대, 변기가 놓인 공간을 제외하면 채 한 평도 되지 않았다. 이불을 깔고 잠을 자면 뒤척일 때마다 반드시 몸 어딘가가 시멘트 벽에 부딪혔다. 창문은 있었지만 빛이 들지 않고 통풍도 잘되지 않아서 깨끗이 생활하지 않으면 금세 퀴퀴한 냄새가 났다.

오전 7시. 확성기에서 흘러나오는 음악이 기상 시간을 알렸다.

몸을 일으킨 그는 서둘러 이부자리를 정리하고 세수를 했다. 몸에 밴 습관이라 몸이 기계적으로 움직였다. 이내 귀에 익은 발소리가 들렸다. 간수가 순찰하는 시간이다.

오랜 독방 생활 탓에 아리아케 쇼지의 신경은 병적으로 예민해져 있었다. 특히 청각이 두드러지게 발달했다. 복도를 걷는 구두 소리만 들어도 누구의 발소리인지 알아채는 건 물론이거니와, 간수의 기분까지도 감지할 수 있게 되었다. 오늘 아침의 발소리는 무겁게 축 처져 있고 전에 없이 보폭도 좁았다. 게다가 한 걸음 내디딜 때마다 갑갑한 연민의 울림이 더해졌다. 아리아케 쇼지는 방 한가운데에 정좌하고 앉아 쇠창살이 달린 문을 바라보았다.

시찰구가 열리는 소리가 나더니 촘촘한 철망 너머로 간수장의 눈이 나타났다. 눈은 말없이 아리아케 쇼지를 바라보았다.

점호 소리는 들리지 않았다. 왠지 허리를 굽혀 인사하고 싶은 마음이 들어서 그렇게 했다.

평소였다면 당번 간수가 문을 열고 수감자를 하나씩 복도에 세운 뒤, 감방을 구석구석 점검하며 벽과 바닥을 망치로 두드려 이상이 없음을 확인하는 게 일과였다. 매일 거르지 않고 되풀이되는, 하루의 시작을 알리는 의식. 하지만 오늘은 달랐다. 간수장은 그 의식을 생략하고 말없이 발길을 돌렸다. 아리아케 쇼지는 몸을 내밀어 문에 어깨를 댄 채 꿈쩍도 하지 않고 멀어져가는 발소리를 들었다.

평소와 다른 하루의 시작이었다.

만일 알려주지 않았다면. 아리아케 쇼지는 그런 생각을 했다. 미리 알려주지 않았다면 평소와 다른 간수장의 행동으로 제정신을 유지하지 못했을지도 모른다. 어차피 결과는 마찬가지인데 말이다. 인간의 마음이란 참으로 알 수 없다.[2]

한참이나 멍하니 있던 아리아케 쇼지는 채비를 마치고 묘하게 차분한 마음으로 시간이 되기를 기다렸다.

✳

"소장님 전화야. 중요한 용건이 있다시네."

어머니에게 수화기를 건네받은 순간에 왠지 불길한 예감이 들었다.

"여보세요, 나카자토입니다."

"일어났나?"

"무슨 일이십니까? 이런 이른 시간에…….'"

대답하는 목소리에 언짢은 기색이 섞인 것을 스스로도 느낄 수 있었다. 마쓰야마 소장은 알면서도 모른 척하는 듯한 투로 말했다.

"어젯밤에 나카모토가 다쳤네. 발목이 부어서 앞으로 이삼 일은 못 걷는다고 하더군. 크게 다친 건 아니고 본인 부주의로 삐끗한 거야. 걱정할 정도는 아니지만 오늘 집행에 입회하기는 어려울 것 같아서 말이야."

"대신할 사람이 필요하겠군요. 인원이 부족합니까?"

"그렇게 됐네. 그래서 적임자를 생각해봤는데, 자네가 도와 줄 수 없겠나?"

마지막 말만 명확하게 명령조였다.

"오늘은 간만에 쉬는 날인데…….'"

"그러지 말고 도와주게. 자네 입장에서는 썩 내키지 않겠지 만, 어떻게 보면 사람 목숨이 달린 중요한 일 아닌가. 그러니 더욱 엄격하게 진행되어야지. 입회인이 한 명이라도 부족하면 규칙을 어기는 셈이 되네. 사법 권위에도 관련되는 문제 아닌가. 자네가 와준다면 나도 한숨 돌릴 텐데 말이지."

나카자토는 한동안 침묵을 지키며 생각에 잠겼다.

마쓰야마 소장은 규칙 운운하며 깐깐하게 구는 상사는 아니다. 오히려 비슷한 입장에 있는 사람들보다 유연한 사고를 하는 융통성 있는 인물이다. 그런데도 오늘은 유난히 절차에 집착했다. 분명 그럴 만한 이유가 있기 때문이리라. 나카자토도 그 점은 잘 이해하고 있었다.

더구나 마쓰야마 소장에게는 지금까지 공적으로든 사적으로든 신세를 많이 졌다. 그의 부탁은 거절할 수 없었다.

"정말 저밖에 대신할 사람이 없습니까?"

"그렇다니까."

소장의 대답은 일찌감치 짐작하고 있었다. 예전부터 기회가 있을 때마다 교도소의 만성적 인력 부족에 대해 불평했기 때문이었다.

"알겠습니다. 제가 가겠습니다. 집행 시각은 오후 3시죠?"

"그렇네. 10시까지 와주게. 모처럼 쉬는 날인데 하필이면 이런 일로 불러내서 미안하네. 조만간 꼭 보답하겠네."

"아닙니다. 이게 우리 일인데요. 그럼 이따가 뵙겠습니다."

나카자토는 전화를 끊었다.

"무슨 일이니?"

어머니가 물었다. 옆에서 통화 내용을 듣고 있던 모양이었다. 나카자토는 무뚝뚝하게 대답했다.

"나카모토 씨가 다쳐서 일손이 부족해졌대요. 대신 내가 나가기로 했어요."

"오늘은 비번이잖니."

"어쩔 수 없죠. 일인데."

"하지만 요이치, 오늘은 특별한 날이라고 했잖니."

나카자토는 못 들은 척 어머니를 두고 화장실로 들어가 면도를 했다. 거울을 보며 벌써 쉰이 훌쩍 넘은 어머니 생각을 했다.

일찍 남편을 떠나보낸 뒤 농업시험장 기술직으로 일하며 홀몸으로 아들을 번듯하게 키워낸 어머니. '난 너만 있으면 된다'며 주변의 재혼 권유에도 꿈쩍도 하지 않았던 어머니. 하얗게 센 머리를 너무 많이 염색한 나머지 머릿결이 푸석푸석해진 어머니.

한 번도 내색한 적은 없었지만 어머니는 지금 그가 하는 일을 좋게 생각하지 않을 것이다. 그런 생각이 끊임없이 들었다.

아닌 게 아니라 일은 힘들고 날마다 마음고생도 끊이지 않았다. 격무에 비해 급료는 적어서 빈말로라도 남들이 선망하는 직업이라 할 수 없었다. 서른이 넘었는데도 아직 가정을 꾸리지 못한 것 역시 그 때문일지도 모른다.

　일터에는 해결해야 할 문제들이 산더미처럼 쌓여 있었고, 여기저기에서 각종 요구가 거셌다. 사적인 자리에서 무슨 일을 하는지 밝혔을 때 상대가 노골적으로 싸늘한 시선을 보내는 경우도 드물지 않았다. 어쩌다 비번인 날에 집에서 편히 쉬려고 하면 이런 식으로 갑자기 불려 나간다. 게다가 휴일까지 출근해서 처리해야 할 일이라는 게 하필이면 사람의 목숨을 빼앗는 일이라니.

　손이 미끄러져서 면도날에 턱을 베었다. 피가 질금질금 배어났다.

　어머니가 언짢아하는 것도 이해가 갔다. 나카자토는 상처를 손으로 누르며 속으로 중얼거렸다. 하지만 주변 사람들이 어찌 생각하든 그는 자신의 직업에 자부심을 가지고 있었다. 그러지 않고서는 계속해나갈 수 없는 일이었다. 특히 오늘처럼 힘든 일이 기다리고 있는 날에는.

　나카자토 요이치는 도쿄 구치소의 교도관이었다.

✳

　마쓰야마 소장은 구치소의 소장실에서 아리아케 쇼지에 관한 기록을 다시 한번 훑어보아야겠다고 생각했다. 507호라고 적힌 파일을 캐비닛에서 꺼내 책상 위에 놓은 뒤 돋보기를 끼고 파일을 펼쳤다. 파일에 적힌 내용은 새삼 다시 읽지 않아도 기억하고 있었지만.

서류 속 아리아케 쇼지라는 남자는 흉악하고 냉혹한 상습 범죄자일 뿐이었다. 그의 경력은 선량한 시민이라면 누구나 고개를 돌릴 법한 끔찍하고 잔혹한 범죄의 연속이었다. 기록에 남아 있지 않은, 발각되지 않은 범행을 더하면 기록은 더욱더 늘어날 것이 틀림없었다.

열아홉 살에 상해죄로 체포된 걸 시작으로 강도, 상해, 부녀자 폭행 등을 상습적으로 저지르다 끝내 서른일곱에 강간치사로 십오 년 형을 선고받았다. 형기를 마치고 출소한 그는 일 년 남짓 쥐죽은 듯 살았지만 개심하지 못하고 장을 보고 돌아오던 주부와 그 딸을 덮쳐 사망에 이르게 했다. 그리고 끝내 강도강간치사죄로 사형을 선고받은 것이다. 살해된 소녀는 겨우 초등학생이었다. 피고 측은 상고했으나 기각되었고, 그 시점에서 아리아케 쇼지에 대한 사형 판결이 확정되었다. 말하자면 사회로부터 완전히 인간 실격이란 낙인이 찍힌 남자였다.

얄궂게도 피할 수 없는 죽음이 눈앞에 닥친 순간에서야 비로소 인간성에 눈을 뜨는 이도 있다. 오랫동안 구치소 소장으로 일하며 사형수들을 곁에서 지켜본 마쓰야마는 지금까지 그러한 예를 수없이 목격했다.

종교를 통해 교화되어 반성하고 깨달음을 얻은 사형수는 적지 않았다. 글이나 시 짓는 법을 배워 옥중에서 수작을 남기는 이들도 있고, 면학에 힘써 단기간에 눈부신 성과를 올린 이도 있었다. 아리아케 쇼지의 경우도 그러했다. 사형수로 지낸 지난 이 년 팔 개월, 구치소 생활을 하며 그는 난생처음으로 인격적인 성장을 경험했다.

물론 이러한 사형수의 개심은 대부분 소박하고 유아적인 발전에 지나지 않았다. 그들이 개심했다고 해서 희생자들이 구제받는 것도 아니다. 살아서 속죄하고 싶다는 사형수의 바람은 항상 돌이킬 수 없는 상황에서의 뒤늦은 참회였고, 한시라도 빨리 죗값을 치를 것을 요구하는 피해자 유족들의 마음에 오히려 상처를 줄지도 모른다. 이러한 비판은 정당하다. 그 점은 인정하지만, 그럼에도 한번 지옥을 헤치고 나온 죄인이 오성悟性을 얻는다는 것은 죄의 중함을 모르는 선량한 이들의 깨달음에 비해 더욱 숭고한 의의를 가진다. 수많은 사형수의 마지막 가는 길을 지켜본 경험에 비추어 마쓰야마는 그러한 확신을 가지게 되었다.

그러한 까닭에 법이라는 명목하에 그들의 생명을 무자비하게 빼앗는 것은 마쓰야마에게 있어서 통탄할 일이었다. 그는 법의 집행자이기 이전에 방황하는 영혼의 교육자, 구제자이기를 바랐기 때문이다.

파일을 넘기는 동안에도 아리아케 쇼지가 변화했던 과정이 차례차례 머릿속에 떠올랐다. 할 수만 있다면 앞으로 반년, 아니, 한 달이라도 좋으니 더 살게 해주고 싶었다. 하지만 그 바람은 비정한 제도의 벽에 가로막혀 결코 실현할 수 없는 일이었다. 파일의 마지막 장을 넘기려던 마쓰야마의 손가락이 순간적으로 굳었다.

재판관이 언도한 대로 아리아케 쇼지의 사형을 집행한다.

집행 명령 아래에는 법무대신의 서명과 직인이 찍혀 있었다. 형사소송법 제476조는 이렇게 규정하고 있다.

'법무대신이 사형 집행을 명했을 때는 그날부터 오 일 이내에 집행하여야 한다.'

명령 일자는 오 일 전. 오늘이 마지막날이었다.

마쓰야마는 손목시계를 보았다. 오전 9시 50분이다. 10시부터 아리아케 쇼지를 포함한 사형수 전원과 직원들을 강당에 모아놓고 마지막 예불을 드릴 예정이었다. 이제 슬슬 형장을 열어 집행 준비를 시작해야 하는 시간이었다. 집행 순간까지 해야 할 일들이 산더미였다. 마쓰야마는 돋보기를 벗고 자리에서 일어나 파일을 옆구리에 꼈다. 방을 나가려던 그는 불현듯 문 앞에서 걸음을 멈추고 중얼거렸다.

"그러고 보니 아리아케는 담배를 안 피웠지."

마쓰야마는 언제부터인가 사형 집행 직전에 사형수에 대한 전별의 뜻으로 담배 한 대를 권하는 습관이 생겼다. 그런데 아리아케 쇼지의 경우에는 담배를 대신할 뭔가가 필요했다. 한동안 그 자리에 서서 고개를 갸웃거리던 마쓰야마는 겉보기와 달리 아리아케가 단것을 무척 좋아한다는 사실을 떠올렸다.

소장실을 나와 사무국에 들른 마쓰야마는 한가해 보이는 직원에게 말했다.

"지금 바로 가장 가까운 화과잣집에 연락해서 고급 만주 하나를 배달해달라고 하게. 계산은 내가 하겠네. 그리고 형장의 불단에 차 준비시키고. 제일 좋은 걸로."

이것저것 준비하는 동안 나카자토가 출근했다. 마쓰야마는 그에게 두어 가지 지시를 내린 뒤에 서둘러 강당으로 갔다. 이미 10시가 넘어서 다 함께 염불을 외고 있었다.

마쓰야마도 사이에 섞여 염불을 외기 시작했다.

＊

나카자토는 형장 문을 열고 사형 집행을 준비하라는 지시를 받았다. 혼자 처리하기에는 벅찬 일이었기에 동료인 사와키 교도관과 함께 지하 형장으로 내려갔다. 후배인 사와키는 아직 사형 집행 경험은 없지만, 언젠가는 그 임무를 맡아야 했기에 지금부터 형장의 분위기를 익히게 할 필요가 있었다. 이건 말할 필요도 없이 소장의 의도였다.

형장은 구치소 지하 1층에 자리하고 있었다.[3] 이 건물의 설계자는 형장의 존재를 터부시한 듯, 가급적 눈에 띄지 않는 구석에 밀어넣으려 한 의도가 명확히 느껴졌다. 그 탓인지 이 일대에는 사형수의 독방과는 또 다른 음산한 분위기가 감돌았다.

형장 입구는 평소에는 굳게 닫혀 있었다. 나카자토는 가져온 열쇠 다발에서 하나를 꺼내 열쇠 구멍에 넣었다. 강철 문이 삐거덕거리는 소리와 함께 열렸다.

칠 개월 만이었다.

사와키가 불을 켰다. 형장은 가로로 긴 직사각형의 방으로, 세 칸으로 나뉘어 동쪽에는 예불용 불단, 중앙에는 집행실, 그 안쪽으로는 시체를 반출하는 작은 방이 있었다. 불단과 집행실은 커튼 한 장으로 구분되어 있을 뿐이었다. 실내의 탁한 공기에 나카자토는 얼굴을 찌푸렸다. 칠 개월 전에 피웠던 향의 잔향과 곰팡내, 그리고 오랜 세월에 걸쳐 밴 사취死臭가 섞여 있었다. 도무지 이 공기에는 익숙해지지가 않았다. 사와키가 코를 벌름거리는 게 보였다.

두 교도관은 집행대를 점검하기 시작했다. 집행실의 콘크리트 바닥 한가운데에 일 제곱미터 너비의 발판이 있어서 버튼을 조작하면 전동으로 개폐되어 떨어지는 구조였다. 현수식懸垂式이라고 불리는 형태로, 현재 각 구치소의 집행대는 모두 이 방식으로 통일되어 있었다.

메이지 시대, 일본에서 교수형이 처음으로 사형 집행 방법으로 채택된 당시에는 현수식 집행대가 사용되었다. 현수식이란 흔히 말하는 '13계단' 위에 교수대가 설치된 방식으로, 한동안은 이 방식으로 사형이 집행되었다. 하지만 집행을 언도받는 동시에 사형수가 실신 상태에 빠지는 경우가 많아서 현수식 교수대까지 데려가는 게 여간 어려운 일이 아니었다. 이러한 까닭에 사형수를 데려가기에 편리한 수하식, 즉 교수대가 평평한 곳에 있어서 교수와 동시에 지하로 떨어지는 현재의 방식으로 바뀐 것이다. 전동 버튼 조작으로 집행이 이루어지게 된 것도 비교적 최근의 일로, 이전에는 담당자가 수동으로 핸들을 당겨서 디딤판을 열었다. 오늘 집행에 입회하지 않는 사와키가 나카자토가 보이지 않는 곳에서 버튼을 눌러 디딤판이 제대로 열리고 닫히는지 시험을 했다.

그동안 나카자토는 천장에 달린 교수 줄에 이상이 없는지를 확인했다. 직경 이 센티미터의 마닐라 마 소재로 된 줄로, 천장의 도르래를 통해 길이를 조절할 수 있었다. 줄 끝의 올가미 부분, 사형수의 목에 닿는 부분이 유독 거무튀튀했다.

두 사람은 의식을 거행하는 이들처럼 굳은 표정으로 묵묵히 작업을 진행했다. 집행실 점검을 마치고 나서는 반출실로 이동했다. 집행실과 반출실은 벽으로 나뉘어져 있어서 바로 드나들 수 없는 구조라, 번거롭지만 일단 복도로 나가야 했다.

발판에서 떨어진 사형수는 일반적으로 S 자 형태로 허공에 매달리고, 밧줄이 꼬인 상태로 도르래는 계속 돌아간다. 목 주변의 근육은 광범위하게 갈라지며 살점이 떨어진다. 발판에서 떨어질 때 경부에 가해지는 충격으로 후두연골, 목뿔뼈가 부서지고, 심한 경우에는 경부 척추까지 골절되기도 한다.

그리고 심한 경련이 일 분 내지는 이 분쯤 단말마의 신음과 함께 이어진다. 얼굴은 창백하게 굳고 중압으로 인해 안구가 돌출되며 눈, 코, 입에서 피가 쏟아진다. 그때쯤에는 이미 의식이 없는 상태지만, 아직 죽지는 않는다. 입회인은 숨이 끊어지는 것을 확인할 때까지 이런 모습을 지켜보아야 한다.[4]

집행이 끝나고 사형수의 숨이 완전히 끊어지면 교수 줄은 도르래를 지나 내려오고 시체는 지하 2층에 다다른다. 이곳이 검시실이다. 검시실은 반출실과 좁은 계단으로 연결되어 있는데, 밑에서 대기하고 있던 의사가 교수 줄을 풀고 사형수의 죽음을 확인하면 시체는 관에 눕혀져 반출실에서 나온다. 반출실에는 지상으로 통하는 다른 통로가 있지만 이 문 역시 평소에는 잠겨 있었다. 나카자토는 열쇠 다발에서 열쇠를 찾아 이 문을 열었다.

이런저런 일들을 마치고 준비가 일단락되었을 즈음에는 11시가 지나 있었다.

사와키가 담배를 꺼내 나카자토에게 권했다. 받은 담배에 불을 붙인 뒤 한 모금 마시던 나카자토는 형장을 청소하러 와야 할 미화원이 아직 오지 않은 걸 떠올리고 짜증스레 말했다.

"다카미네 여사님은 대체 언제 오려는 거지?"

"설마 깜빡한 건 아니겠죠?"

사와키의 말이 끝나기도 전에 복도에서 발소리가 들렸다. 두 사람은 입구를 보았지만 그곳에 나타난 건 다카미네가 아니라 같은 교도관인 미나미였다. 그는 주로 구치소 내의 사무 처리를 담당했다.

미나미는 쟁반을 들고 있었다. 찻주전자와 찻잔, 보온병, 그리고 작은 그릇에 담긴 종이 꾸러미. 나카자토는 종이 꾸러미를 가리키며 물었다.

"그게 뭐야?"

"만주입니다. 아까 소장님께서 아리아케를 위해 주문하신 겁니다. 불단에 올려놓을까요?"

나카자토는 고개를 끄덕이며 감회에 찬 목소리로 말했다.

"그러고 보니 아리아케는 단걸 좋아했지."

사와키가 진지한 표정으로 맞장구를 쳤다. 미나미는 불단 앞 작은 탁자에 쟁반을 내려놓고 서둘러 형장에서 나갔다.

미화원이 도착한 건 11시 반이 되어서였다. 그녀는 여느 때처럼 규정대로 하얀 머릿수건에 커다랗고 흰 마스크를 쓰고 대걸레와 양동이를 들고 등장했다.

"늦으셨네요."

나카자토는 넌지시 항의했다.

"죄송합니다."

눈을 내리깐 채 쉰 목소리로 대답한 뒤, 그녀는 서둘러 불단을 청소하기 시작했다. 무척 열심이었다.

정오.

마쓰야마 소장이 집행에 입회할 고등검찰청의 후지시로 검사, 서기관과 함께 형장에 나타났다.

"별문제 없지?"

"네."

"앞으로 세 시간 남았군."

소장은 시계를 보며 신음하듯 중얼거렸다. 상당히 긴장했는
지 표정도 좋지 않았다. 이미 여러 차례에 걸쳐 경험한 소장조
차도 이 의식에는 도무지 익숙해지지 않는 것이다. 후지시로
검사와 이야기하는 소장의 옆모습을 힐끔힐끔 보며 나카자토
는 그 사실을 통감했다.

✳

합동 예불은 정오에 끝났다. 남겨진 사형수들의 배웅을 받으
며 강당을 나선 아리아케 쇼지는 미하라 교회사敎誨士와 세키네
보호과장을 따라 개인 교화실로 향했다.

아리아케 쇼지의 담당 교회사인 미하라는 정토진종 승려였
다. 지금까지 여러 사형수들의 마지막을 지켜본 베테랑이지만
아직도 종교인으로서 자신이 수행하는 역할의 옳고 그름을 가
늠하지 못하고 있었다. 이것이 진정 부처의 길일까? 집행일을
맞이해 조금씩 이별의 순간이 다가옴에 따라 그러한 갈등은 깊
어갈 뿐이었다.

사형수에 대한 종교 교화의 목적은 형이 집행될 때 그들이 차분하게 죽음을 받아들일 수 있도록 '죽음에 대한 교육'을 실시하는 것이었다. 따라서 삶에 대한 집착을 끊어내는 것, 다시 말해 내세에서의 구제를 믿게 하는 것이 교화의 주된 테마였다.[5] 이러한 지도는 나름대로 사형수의 고독감과 불안감을 없애주며, 설령 그것이 주변을 의식한 허세일지라도 표면적으로는 결연하게 죽음을 말하며 편안하게 이승을 떠나는 마음가짐을 가지게 하는 데 공헌해왔다. 집행일을 사전에 통지해주는 관례도 그러한 교화 실적이 바탕이 되었다고 반쯤은 자부하고 있었다.

하지만 이렇게 사형수를 형장으로 보낼 때마다 항상 영혼 밑바닥에서부터 무시무시한 의혹이 솟아올랐다. 성심성의껏 번뇌로부터의 해탈과 내세에서의 구제를 설파한들 그들은 교수형을 당할 몸이며, 자신은 절대적인 안전지대에 있다는 사실은 변하지 않는다. 둘 사이의 절대적인 차이를 모른 척한 채, 자신이 쏟아내는 말에 얼마만큼의 설득력이 있을 것인가. 자신이 하는 일은 단순한 위선, 국가가 벌이는 거대한 사기극에 가담하는 것이며, 종교인으로서 가장 경계해야 할 치욕이 아닌가.

하지만 정해진 죽음을 기꺼이 받아들이려는 사내를 앞에 두고 이러한 의혹을 제기할 수는 없었다. 담당 교회사의 망설임은 사형수의 동요를 불러일으킨다. 설령 거짓일지라도 안심입명安心立命◀의 경지에 다다른 사형수에게 다시금 죽음의 공포를 불러일으키는 행위는 외려 불도에 어긋나는 것이었다. 한번 위선의 길을 걷기 시작한 이는 누구든 결코 도중에서 돌이킬 수는 없다. 아리아케 쇼지는 정토에 이를 것이다. 설령 자신은 지옥에 떨어지더라도.

미하라의 부름에 담담하게 심경을 털어놓는 아리아케를 힐끗거리며 세키네 보호과장은 계속 시계를 보면서 방안을 이리저리 거닐었다. 얄궂은 광경이었다. 이 중에서 가장 평정을 유지하고 있는 이가 곧 죽을 사형수라니.

2시 십 분 전, 누군가가 문을 두드렸다.

✳

불단에는 향냄새가 자욱했다. 미하라 교회사가 외는 『십이례十二禮』◀◀가 울려 퍼졌다. 불단에 밝힌 여러 개의 양초가 비춘 푸르스름한 불꽃이 염불 소리에 맞추어 쉼 없이 일렁였다.

▶ 불교에서 자신의 불성을 깨닫고 삶과 죽음을 초월함으로써 마음의 편안함을 얻는 것을 이르는 말.
▶▶ 용수보살이 아미타불을 칭송하는 불경으로, 극락왕생을 비는 내용.

아리아케 쇼지는 지시에 따라 불단의 맞은편 의자에 앉아 불전에 합장했다. 마쓰야마 소장은 천천히 앞으로 나아가 위로의 말을 건넸다.

"오랫동안 고생 많았네. 이게 마지막 인사네. 후배들의 모범이 되어주어 고맙네. 하고 싶은 말, 남기고 싶은 말이 있으면 뭐든 이 자리에서 털어놓게."

온화한 말투였지만 이것은 사형 집행의 언도였다. 교회사의 『십이례』는 어느샌가 「백골」◀로 바뀌어 있었다.

아리아케 쇼지는 시선을 들어 마쓰야마의 얼굴을 바라보았다. 자신이 처한 상황을 있는 그대로 받아들인, 티 없이 맑은 눈동자였다. 눈 하나 깜빡이지 않고 아리아케는 조심스레 입을 열었다.

"오늘까지 이처럼 수양을 쌓아올 수 있었던 것은 모두 소장님을 비롯한 여러분의 덕입니다. 지금 이렇게 편안한 마음으로 저승길을 떠날 수 있어서 더없이 기쁩니다."

한번 입을 열자 작별의 말이 술술 쏟아져 나왔다. 그 말대로 깨달음을 얻은 차분한 목소리는 죽음을 눈앞에 둔 사람의 것이라고는 믿기지 않았다. 마쓰야마 소장은 아리아케의 말에 귀를

▶ 일본 정토진종 8대조 렌뇨의 설법으로 장례 예불에서 읽는다.

기울이며 가슴을 에는 뜨거운 감정을 느꼈다.

마지막 선물로 아리아케가 좋아하는 만주와 차가 나왔다. 사형수는 눈물을 글썽이며 만주를 반쯤 먹었다. 코를 훌쩍이며 씹더니 차를 단숨에 들이켰다.

"감개무량해서 맛도 잘 모르겠군요."

그는 웃는 것도 아니고 우는 것도 아닌 목소리로 말했다. 떠나보내는 이들은 애써 미소를 지으며 저마다 따뜻한 말을 건넸다. 담소를 나누는 목소리가 끊이지 않는 건 여기 있는 누구나가 침묵을 두려워한 까닭이었다.

이제 곧 예정 시각이다.[6] 아리아케 쇼지는 자리에서 일어나 소장을 비롯해 모인 이들과 말없이 악수를 나눴다. 그러고는 자세를 바로 하고 죽음에 임하는 마지막 심경을 토로했다.

"제가 부덕한 탓에 사회에 지대한 피해를 입혔습니다만, 여러분께서 오늘날까지 지극정성으로 힘써주신 덕에 이렇게 참 인간으로 거듭날 수 있었습니다. 저는 아무 후회 없이 떠나니, 부디 남은 이들을 잘 이끌어주십시오."

입술을 깨물며 말을 끊었다. 그리고 감개무량한 표정으로 갑자기 세키네 보호과장의 어깨를 끌어안으며 중얼거렸다.

"먼저 저세상에서 기다리고 있겠습니다."

보호과장은 포옹에 응해 아리아케의 등을 쓸며 연신 고개를 끄덕였다.

작별 의식이 끝나자 수의로 갈아입고 불전에 향을 피웠다. 아리아케 쇼지의 손가락이 가늘게 떨렸지만 표정에서 동요는 찾아볼 수 없었다. 꼴사나운 모습은 보이지 않겠다고 굳게 다짐한 모양이었다.

야마자키 보안과장이 눈가리개를 하고 수갑을 채웠다. 드디어 집행실로 이어진 커튼이 열렸다. 그곳에 다섯 명의 교도관이 차분한 표정으로 대기하고 있었다.

"혀를 깨물지 않도록 이를 악물고 마음속으로 염불을 외우게."

소장이 빠르게 주의를 주자 아리아케 쇼지는 눈가리개를 한 채 고개를 작게 끄덕였다. 미하라 교회사가 외는 사홍서원四弘誓願 소리는 한층 더 높아졌고 목탁 소리가 오묘한 여운을 남겼다. 아리아케 쇼지는 두 교도관의 부축을 받아 불단을 뒤로했다.

✳

이웃한 집행실로 이동한 사형수는 발판 위에 올려졌다. 교도관 하나가 목에 올가미를 씌우고 힘을 주어 매듭을 조였다. 다른 교도관은 다리를 버둥거리지 못하도록 발목을 끈으로 묶었다.

집행실 서쪽 벽에 간수장, 보안과장, 담당검사와 서기관 들이 늘어서 말없이 일련의 광경을 지켜보았다.[7]

모두 짠 것처럼 두 주먹을 꼭 쥐고 있었다. 입회인 중에 장갑을 낀 이는 아무도 없었다. 지급되는 하얀 장갑은 형장에서 아무런 쓸모도 없기 때문이었다. 올바르지 못한 관료주의의 상징 같은 것으로, 실무에서는 거치적거릴 뿐이었다. 이내 야마자키 보안과장이 저항하지 않는 사형수의 모습을 뚫어지게 바라보며 오른손을 조용히 들었다. 관절이 녹슨 듯 아주 천천히. 사형 집행을 준비하라는 신호였다.

집행에 사용되는 버튼은 모두 다섯 개로, 신호가 떨어지자 다섯 명의 교도관은 저마다 버튼에 손을 올렸다. 다섯 개 중 기동 장치와 이어진 버튼은 오직 하나뿐이었다. 어느 버튼이 진짜인지는 사형을 집행하는 교도관들은 모른다. 집행관의 죄책감을 덜어주기 위한 장치로, 누가 누른 버튼이 발판을 떨어뜨리는지 알 수 없었다.

다섯 명 중 한 명인 나카자토는 네 번째 버튼을 담당했다. 집행관으로서 참여하는 건 이번이 네 번째였다. 집행관은 마쓰야마 소장이 특히 신임하는 이들만을 골라 임명했다.

나카자토의 시선은 보안과장의 오른손에 단단히 못박혀 있었다. 저 손을 내린 순간에 버튼을 눌러야 했다. 만일 일 초라도 늦으면 나머지 네 명의 동료들에게 죄책감을 떠넘기는 배신 행위가 될 수도 있었고, 최악의 경우에는 모든 책임을 홀로 짊어지는 결과를 초래할 수도 있었다. 중압감으로 손바닥에 땀이 흥건히 배었다. 다른 네 사람도 사정은 마찬가지였다.

다섯 개의 버튼은 사람의 목숨을 빼앗는다는 죄의식을 5분의 1로 줄여주는 것이 아니라 다섯 배로 늘릴 뿐이다. 나카자토는 그렇게 생각했다. 설령 법의 미명하에 이루어지는 것일지라도 사형 집행은 일개 살인 행위일 뿐이다.

그리고 자신은 지금부터 그에 가담하는 것이다.

끝없이 긴 침묵이 이어졌다. 보안과장의 오른팔 근육은 멀리서도 알 수 있을 만큼 긴장되어 있었다. 모두가 숨을 죽인 채 집행 신호가 떨어지기를 기다렸다.

하지만 그 순간은 오지 않았다.

별안간 사형수의 목구멍에서 고통에 찬 비명이 흘러나왔다. 나카자토는 저도 모르게 그를 보았다. 방금 전까지만 해도 멀쩡하던 그의 육체에 무슨 일이 일어나고 있었다.

자유를 빼앗긴 사형수의 몸이 거세게 경련하며 나무줄기가 부러지듯 커다랗게 니은 자로 꺾였다. 그 모습에 압도되었는지 옆에 있던 교도관이 이 미터쯤 뒷걸음질쳤다. 천장의 도르래가 끼이익 불길한 소리를 냈다. 팽팽하게 당겨진 수갑 사슬 끝에 달린 쇠고리가 손목을 꽉 조이고 있었다. 극심한 경련이 다시 두세 번 이어진 뒤, 힘이 빠진 사형수의 몸은 그때마다 몸부림치듯 전후좌우로 요동쳤다. 입회한 이들은 믿기 어려운 광경을 목격하고 그저 망연자실 서 있을 뿐이었다.

경련이 잦아들고 흔들리던 교수 줄이 멈추었을 때에서야 보안과장은 오른손을 내렸다. 하지만 다섯 명의 집행관들은 꿈쩍도 하지 않았다. 아무도 버튼을 누르려 하지 않았다. 온몸이 돌로 변해버린 듯 같은 자세로 실내 한가운데를 뚫어져라 바라보고 있었다. 나락으로 떨어지는 문은 입을 닫은 채 침묵을 지키고 있었다.

"야마자키!"

마쓰야마 소장이 보안과장의 이름을 불렀다. 야마자키 보안과장은 용수철처럼 사형수에게 달려가 축 늘어진 몸을 일으켰다. 표정이 굳어졌다. 그는 쭈뼛거리며 사형수의 손을 잡고 맥을 짚었다.

놀란 듯 어깨를 들썩이더니 보안과장은 천천히 이쪽을 돌아보았다. 얼굴이 새파랗게 질려 있었다. 그는 떨리는 목소리로 고했다.

"죽었습니다."

2

니코틴

담뱃잎에 들어 있는 주요 알칼로이드. 순수한 니코틴은 무색, 무취, 휘발성의 유상油状 액체로 물, 알코올, 에테르 등에 잘 녹는다. 끓는점 247도. 공기 중에서는 쉽게 산화되어 갈색으로 변한다.

니코틴은 강한 신경독으로 중추신경이나 말초신경을 흥분시키거나 마비시킨다. 성인의 경구 치사량은 0.06그램이다. 시안화물과 거의 비슷한 정도로 반응 속도가 빠르고, 급성 니코틴 중독 상태가 되면 침을 흘리거나 구토, 오심惡心 등의 증상이 생기며, 심각한 경우에는 맥박이 느려지며 발한, 동공 축소, 인사불성, 호흡곤란, 경련을 일으킨다.

"지금 우리에게 닥친 문제는 이 사태에 어떻게 대처해야 할지, 우리 태도를 신속하게 결정하는 것이네."

소장실에서 서명하지 않은 집행 보고서를 노려보며 마쓰야마는 그렇게 말했다. 후지시로 검사는 이렇다 할 태도를 보이지 않은 채 상대의 속내를 떠보려는 듯 물었다.

"구치소 안에서 극비로 처리할 수는 없습니다. 우리가 입다물고 보고서에 사인하면 모든 게 잠잠히 끝날 거다, 그 말씀이하고 싶으신 겁니까?"

"아니야. 그건 너무 관료주의적인 발상이지."

마쓰야마는 부루퉁하게 대꾸했다.

"하지만 생각해보게. 이건 무척 신중하게 접근해야 할 사건이네. 물론 사실을 감출 수는 없고, 그에 따라 발생하는 책임 문제에 대해서도 각오는 하고 있네만……."

"당분간 떠들썩할 겁니다. 아리아케 쇼지 혼자만의 문제로 끝날 일이 아니니까요. 이 사건으로 이 나라의 사법 질서가 근간부터 흔들릴 수도 있습니다. 그게 아니더라도 현행 형사 제도에 대한 중대한 도전임은 틀림없고요."

"그도 그렇지만, 내가 염려하는 건 아리아케 쇼지의 죽음이 남겨진 사형수들에게 큰 충격을 줄 거라는 사실이네. 사형 집행 직전에 사형수가 독살되다니 전대미문의 일 아닌가. 생각해보게. 이 일이 현재 수감중인 사형수들 사이에 얼마나 큰 동요를 가져올지를. 일반 시민들도 사정은 비슷하겠지. 사건을 성급하게 공표하는 건 구치소 내부적으로나 사회적으로나 돌이킬 수 없는 혼란을 초래할 수 있다는 말일세."

"진상은 무슨 일이 있어도 밝혀내야 합니다."

"자네 말이 맞네. 분명히 오늘, 아리아케 쇼지는 죽기로 되어 있었지만, 최대한 고통 없는 죽음을 맞이할 권리를 가지고 있었지. 그것을 짓밟은 범인을 용서할 수 없네. 자네와 나 사이에 그러한 공통 인식이 있다고 믿네. 하지만 나도 가급적이면 일을 신중하게 처리하고 싶네. 경찰에 사건을 넘기더라도, 내부에서 어느 정도 진상을 파악할 때까지 기다려달라는 말일세."

"극비리에 비공식적인 수사를 하시겠다는 말씀이십니까?"

"그래. 이 구치소의 소장으로서 그런 요구를 할 권한이 내게 있다고 생각하네만."

후지시로 검사는 고개를 숙인 채 한동안 소장의 제안을 곱씹었다. 이내 그의 눈썹이 뭔가에 낚인 듯 삐죽 올라갔다.

"노리즈키 린타로라는 친구를 아십니까?"

후지시로 검사는 조용히 고개를 들며 물었다. 마쓰야마 소장은 금세 알았다는 표정을 지었다.

"알지. 본인과는 만난 적이 없지만 부친인 노리즈키 총경과는 잘 아는 사이네. 그 부자를 부르자는 말인가?"

"네. 저도 예전에 한 번 같이 일한 적이 있습니다. 전문 수사관인 아버지는 두말할 것도 없고, 조금 괴짜이긴 하지만 오늘처럼 범상치 않은 사건에서는 아들도 뛰어난 능력을 발휘하죠. 그리고 무엇보다 그들은 형식에 얽매이지 않는 자유로운 발상의 소유자들입니다. 그 부자라면 소장님의 제안에 적임자일 것 같습니다."

"음. 좋은 생각이군. 나도 이견은 없네. 하지만 사정이 될지 모르겠군."

"아마 괜찮을 겁니다. 전화 좀 써도 되겠습니까?"

후지시로 검사는 소장석의 인터폰을 들었다.

"외선으로 경시청 수사1과의 노리즈키 총경을 불러주게. 급한 일이라고 전하고."

＊

"부탁대로 아들 녀석만 데리고 급히 왔네."

차에서 내린 노리즈키 총경은 현관으로 마중나온 마쓰야마 소장과 후지시로 검사에게 말했다. 마쓰야마는 총경에게 다가가 악수를 나누며 회포를 풀 새도 없이 말했다.

"엄청난 일이 터졌어."

총경은 알겠다는 표정으로 고개를 끄덕이며 차 쪽을 돌아봤다. 운전석에서 아들이 내리고 있었다. 그는 정신이 딴 데 팔린 사람처럼 주문 같은 뭔가를 중얼거리고 있었다. 건성으로 인사를 건네더니 아버지 옆에 섰다. 머리 하나는 더 컸다. 훤칠한 키에 멀끔하게 생긴 청년으로, 마쓰야마의 눈에는 소문처럼 기인으로 보이지는 않았다.

"일단 내 방으로 가서 얘기하지. 전화로는 못 했던 얘기가 있네."

소장은 후지시로 검사에게 턱짓을 하더니 서둘러 걸음을 옮겼다. 노리즈키 총경이 따라 나란히 걸으며 고개를 갸웃거렸다.

"왜 이렇게 조용하지?"

"집행일은 항상 이래."

소장이 설명했다.

"사건에 대해서는 아직 몇몇 관계자들밖에 모르네. 함구령을 내렸거든. 여긴 바깥세상과 환경이 다르니 그런 일에도 무척 신경을 써야 해."

"아무리 그래도 너무 조용한데?"

총경은 다시 강조했다. 아들은 아무 말도 하지 않았다. 네 사람은 엘리베이터를 타고 소장실이 있는 층으로 올라갔다.

소장실에서는 야마자키 보안과장이 긴장에 찬 표정으로 네 사람을 기다리고 있었다. 짧은 머리에 예리하고 옹골진 생김새, 다부진 어깨의 소유자로 한눈에도 뼛속부터 교도관이라는 걸 알 수 있었다. 그는 노리즈키 총경과 린타로를 보고 데면데면한 태도로 자신의 신분을 밝혔다. 두 사람도 그를 따라 자기소개를 했지만, 공적인 직함이 없는 린타로는 이름만 말했다. 보안과장은 값을 매기는 듯한 눈빛으로 찬찬히 그를 훑어보았다.

"앉게."

소장이 말했지만 보안과장은 앉지 않았다. 아리아케 쇼지의 이력과 사건의 세부 사항에 대해 외부인인 부자에게 설명하기 위해서였다. 화이트보드를 가져와 펜으로 타임 테이블을 그리며, 피해자가 오전 9시 45분에 독방에서 나와 오후 2시 59분에 집행대 위에서 사망했을 때까지의 동선을 간략하게 설명했다.

"그럼 피해자는 사형 집행 직전에 살해된 겁니까?"

린타로는 놀란 표정을 감추려 하지도 않고 물었다. 보안과장이 무뚝뚝하게 고개를 끄덕였다.

"그렇습니다. 아리아케 쇼지는 말 그대로 교수 줄에 목이 걸린 채 죽었습니다."

"사실이라면 정말 논리적으로 이해가 가지 않는 범죄로군요."

"그렇죠."

보안과장은 흘려 넘기듯 대꾸하더니 말을 이었다.

"마지막으로 아까 밝혀진 최신 사실을 보고드린 후에 마치겠습니다. 담당 의무관이 보내온 검시 결과에 따르면 아리아케 쇼지의 사인은 급성 니코틴 중독으로, 독극물은 피해자의 입을 통해 몸속으로 들어갔다고 합니다. 그리고 소장님 앞에서 말씀드리기 송구합니다만, 오늘 아침 소장님께서 형장 불단에 가져다 놓으라고 하신 보온병에서 치사량을 훨씬 웃도는 니코틴이 검출되었습니다."

"뭐라고? 그러면 차에 독극물이 섞여 있었다는 건가?"

"네."

마쓰야마의 낯빛이 새파래졌다. 그는 머리를 감싸며 중얼거렸다.

"내 배려가 이런 사태를 불러온 건가. 마지막 선물이 돌이킬 수 없는 결과를 불러일으키고 말았군."

"아마 극도로 긴장해 맛이 이상한 줄도 몰랐던 것 같습니다."

보안과장이 위로하듯 말했다.

"잠깐만."

"말씀하십시오, 총경님."

"지금 니코틴이 검출됐다고 했지? 이 구치소에 화학 검사 설비가 있나?"

"없습니다."

총경은 후지시로 검사를 노려보며 물었다.

"그러면 자네가 감식반을 불렀나? 우리한테는 아무한테도 발설하지 말라고 신신당부를 하더니."

후지시로는 당황한 듯 고개를 저었다.

"아닙니다. 이 사건을 알고 있는 외부인은 두 분뿐입니다."

"그럼 누가 보온병을 조사한 건가?"

보안과장이 그 물음에 답했다.

"의무관인 무라카미 선생입니다. 검시 결과를 보고하며 보온병에 담긴 물에 대량의 니코틴이 포함되어 있었다는 사실을 말해줬습니다. 소장님이 후지시로 검사님과 대응책을 검토하시는 동안이었습니다."

"설비도 없는데 어떻게 알아낸 거지?"

"무라카미 선생이 살짝 머리를 굴렸겠지요."

린타로가 은근슬쩍 끼어들었다.

"중독 증상이나 시체의 상태를 보고 독극물의 종류를 어느 정도 좁힐 수 있습니다. 급성 니코틴 중독이라고 짐작했으니 시약 대신 요오드팅크를 썼겠죠. 물론 의무실 약품고에 있던 걸 가지고요.

화학 교과서에는 시약으로 에테르 용액을 쓰라고 적혀 있습니다. 니코틴 에테르 용약에 요오드 에테르 용액을 넣으면 갈색의 액상 침전물이 발생하는데, 그대로 놔두면 붉은색의 바늘형 결정이 되죠. 대표적인 니코틴 감식법입니다. 담당의는 이 방법을 즉흥적으로 응용했을 겁니다. 요오드팅크는 요오드의 에탄올 용액인데, 니코틴은 에테르, 에탄올 모두에 쉽게 녹으니까요. 같은 원리입니다."

"화학 강의는 그만 됐다."

총경이 아들을 나무랐다.

"그러면 그 의사를 불러다 자세한 사항을 확인해야 할 필요가 있겠군. 어쩌면 증거 보전 측면에서 나중에 문제가 불거질 수도 있으니까. 후지시로 검사는 어떻게 생각하나?"

후지시로는 진지한 표정으로 고개를 끄덕였다.

"물론 그래야죠. 사정이 사정이니만큼 정식으로 감식반을 부르면 오히려 일을 더 크게 만들게 되니까요. 의무과장의 판단을 일종의 긴급행위로 간주한다면 법적으로도 문제는 없을 겁니다."

"좋아, 그럼 그렇게 하지. 그래도 감식반의 도움을 받지 못한다는 건 큰 손실이군. 최소한 지문 채취 가루는 있으면 좋겠는데. 연필심을 깎아서 쓸 수는 없으니까."

"그 정도 도구는 구치소 안에 있습니다."

보안과장이 거만하게 대꾸했다. 노리즈키 총경은 고개를 눈을 찡긋하며 말했다.

"그거 잘됐군. 보고해줘서 고맙네. 덕분에 사건의 대략적인 윤곽은 파악했어. 린타로, 궁금한 거 있냐?"

"지금으로서는 딱히 없네요."

"그럼 의무과장을 불러서 이야기를 들어보도록 하지."

"알겠네. 야마자키, 미안하네만 의무과장을 좀 불러와주게."

"네, 소장님."

보안과장이 방을 나가자 총경은 천천히 담배에 불을 붙이더니 미안해하는 기색도 없이 연기를 뿜으며 기탄없는 목소리로 소장에게 물었다.

"아무래도 야마자키 보안과장은 우리를 별로 환영하지 않는 눈치군."

"그럴 수도 있네."

소장은 우울한 표정으로 대답했다.

"유능한 만큼 자존심이 강한 친구거든. 자기 분야에 외부인이 이래라저래라 참견하는 게 마뜩치 않은 게지."

"보안과장이 적극적으로 협조해주지 않으면 우리도 움직이기 힘든데……."

"걱정 말게. 심성은 곧은 친구니까. 자네 부자가 실력을 확실히 보여주면 금세 태도가 달라질 거야."

＊

이런 차림새가 권위 있어 보인다고 생각한 것인지, 무라카미 의료관은 하얀 의사 가운 주머니에 청진기를 쑤셔넣은 모습으로 소장실로 들어왔다. 참외 같은 얼굴에 무테안경을 쓰고 있었다. 아침에 억지로 고정시킨 것처럼 머리 모양이 울퉁불퉁했다.

"앉게."

소장이 말했다.

"이쪽은 경시청에서 나온 노리즈키 총경과 그 아드님이네. 오늘 사건의 진상을 밝히는 데 도움을 주고 계시지. 검시 보고에 대해 질문이 있다는데, 이건 비공식적인 예비 조사니까 너무 신경쓸 필요는 없네."

"알겠습니다."

노리즈키 총경은 헛기침을 하고 나서 질문을 시작했다. 초반에는 다소 긴장된 기색으로 연이어 쏟아지는 질문에 당황해하던 무라카미였지만, 조금 시간이 지나자 직업적 경험이 뒷받침된 자신감을 되찾아 화려한 전문용어를 구사하며 자신이 내린 판단이 얼마나 타당한지를 자세히 늘어놓기 시작했다. 그리고 이 비상사태에도 자신은 결코 냉정을 잃지 않고 적확한 행동을 취했음을 (적어도 스스로는) 증명해 보였다. 무라카미가 특히 강조한 것은 요오드팅크로 니코틴을 검출해낸 대목으로, 그의 표현에 따르면 '법의학 거장의 천재적인 영감에 견줄 만한 아이디어'라고 했다.

노리즈키 총경은 속으로 혀를 내두르며 단단히 못을 박았다.

"그래도 전문가이시니 이런 경우에는 부주의하게 증거에 손대면 안 된다는 것쯤은 염두에 두셨어야 합니다."

"제가 채취한 건 지극히 소량입니다."

무라카미는 자신의 정당함을 주장하더니 자랑하듯 덧붙였다.

"그리고 저는 원래 법의학을 전공했습니다."

노리즈키 총경은 독극물의 출처에 대해 무라카미의 생각을 물었지만 짐작 가는 데가 없다고 답했다. 구치소 안에는 니코틴을 포함한 약물은 일절 존재하지 않는다고 했다. 총경은 무라카미 의료관을 내보내고 린타로에게 의견을 물었다.

"무라카미 선생의 보고를 곧이곧대로 믿어도 되겠냐? 만일 독극물을 넣은 수단에 대해 의사가 고의로 거짓말을 하고 있다고 해도 지금 우리로서는 알아챌 방도가 없으니까. 하지만 감식반을 부르지 않겠다고 정한 이상, 그걸 확인할 수도 없지."

"아버지도 참, 의심도 병이네요."

"너만 하겠냐."

린타로는 씩 웃으며 말했다.

"저 의사가 보안과장에게 감식 결과를 보고한 시점에서는 이 사건의 조사가 이러한 형태의 극비 수사로 이루어질지 몰랐을 테니까, 당연히 곧 경찰의 정식 검시와 과학수사가 이루어지리라 짐작했을 겁니다.

외부 수사관이 아버지와 저 둘밖에 없고, 의사의 감식 결과가 수사 제1단계에서의 유일한 담보인 현재의 이례적인 사태, 그러한 사태가 발생할 줄을 다른 사람도 아닌 그 자신이 예측하기란 한마디로 불가능했다고 할 수 있죠."

"그건 그렇지."

"따라서 그러한 조건하에서, 무라카미가 어떠한 이유로 작정하고 허위로 사망 시각 또는 독극물 검사 결과를 보고하려 했다고 치죠. 이를테면, 진짜 사인을 우리에게 숨기기 위해 본인이 나중에 보온병에 니코틴을 넣었을 경우도 생각해볼 수 있고요. 하지만 무라카미는 곧 정식 검시가 이루어질 거라고 생각했을 테고, 그러면 차에서 검출된 니코틴 외의 사인이 발견되어 즉시 거짓이 밝혀질 거라는 걸 예상 못 했을 리가 없죠. 위험이 너무나도 명백한데 구태여 그걸 무릅쓰려고 할까요? 요컨대, 그가 실시한 감식 보고, 또한 그를 바탕으로 한 질문에 대한 답은 모두 그의 진심이라 판단해도 됩니다.

하지만, 하나 예외일 수도 있는 것은……."

린타로는 조심스레 시선을 돌려 소장의 얼굴을 보며 말을 이었다.

"마쓰야마 소장님과 무라카미 선생이 사전에 공모해, 일반적인 경찰 수사를 요청하지 않을 것을 합의했을 경우에는 이 추론은 타당성을 잃습니다. 하지만 이 가능성도 말이 안 되는 게, 사법 수사를 영구히 동결시키는 것은 사실상 불가능하며, 구체적으로 어느 정도의 기간에 걸쳐 경찰의 개입을 막을 수 있을지 사전에 판단할 수도 없기 때문입니다. 이런 위험한 방법을 소장이란 지위에 있는 분이 택하실 리 없죠. 따라서 이 가능성도 깊이 검토할 가치는 없으니, 무라카미 선생의 보고는 허위가 아니라는 사실을 증명할 수 있죠."

"자네는 하나마나 한 소리를 구구절절하게 하는군. 나는 물론이고 무라카미 선생이 그런 엉터리 보고를 할 리가 없지 않은가."

소장은 언짢다기보다는 어처구니가 없다는 표정으로 말했다. 총경이 히죽거리며 말했다.

"벌써 질렸나? 이 녀석은 아직 시작도 안 했는데."

"대체 언제까지 이런 제자리걸음 같은 이야기를 들어야 합니까?"

그때까지 구석에서 가만히 있던 보안과장이 지겹다는 듯 물었다. 후지시로 검사도 쓴웃음을 지었다.

콧대가 납작해진 린타로는 다소 겸연쩍은 표정이었지만, 금세 기운을 되찾았다.

"이것으로 범행 방법은 객관적으로 확인되었다고 볼 수 있겠군요. 그럼 다음에는 범행 기회에 대해 검토하죠. 즉, 누가 보온병에 니코틴을 넣을 수 있었는가. 이 문제를 생각해야 합니다."

"어떻게?"

"우선 보온병에 니코틴을 넣은 시간을 확정해야 합니다. 먼저 소장님에게 묻고 싶은 게 있습니다."

"뭔가?"

"소장님은 사형이 집행될 때 항상 사형수에게 만주와 차를 제공합니까?"

"아니, 그렇지 않네. 평소에는 내가 가지고 있는 담배 한 대를 피우게 하지. 그러면 사형수도 마음이 가라앉거든. 옥중에서도 담배는 지급되지만, 마음껏 피우지는 못하니까. 그리고 집행 전에는 가급적 음식을 섭취하지 않는 게 좋거든. 몸이 탁해지니까. 때문에 아리아케 쇼지는 특별한 경우였어. 담배를 피우지 않았고 단걸 좋아했지. 나도 오늘 아침에서야 그 생각이 나서 서둘러 준비시킨 거라네."

"잠깐만요!"

린타로는 놀란 듯 소장의 말을 끊었다.

"그러면 소장님이 불단에 차를 준비해두라는 지시를 내린 게 오늘 아침이었다는 겁니까?"

"그렇네만."

"이건 아주 중요한 사실입니다."

린타로는 진지한 표정으로 소장의 눈을 바라보았다.

"그 결정은 직접 내리신 겁니까?"

"당연하지."

"사전에 그렇게 하라고 넌지시 귀띔한 사람도 없었고요?"

소장은 즉시 고개를 저었다. 린타로는 다시 질문을 던졌다.

"차를 준비하도록 지시한 정확한 시각을 기억하십니까?"

"음, 강당에서 열리는 예불에 가려던 때였으니까, 10시 조금 전이었네."

"10시 조금 전이라……. 아버지?"

"왜?"

"아까 무라카미 선생의 증언, 이 구치소 안에 니코틴 같은 약품은 전혀 없다는 말을 기억하시죠?"

"그래. 그게 왜?"

"왜냐고요?"

린타로는 부러 눈을 동그랗게 뜨며 주의를 환기시키듯 손을 흔들며 말했다.

"아니, 이건 정말 황당한 사실입니다. 머리가 혼란스럽군요."

"무슨 소리냐?"

"일단 소장님이 차를 준비하라고 지시한 직원을 불러주십시오. 궁금한 점이 두세 가지 있습니다."

＊

미나미 사무원은 이 구치소에서 매우 어린 축에 속하는 직원이었다. 그런 까닭에 평소부터 이런저런 잡일들을 도맡아 했지만 딱히 불평할 수 없는 처지였다. 그는 다섯 명이 지켜보는 가운데 불안한 듯 쭈뼛거리며 이야기하기 시작했다.

"10시 전에 소장님께서 심부름을 시키셨습니다만, 그때 1층에서 필요 없는 서류를 처분해야 해서 차 준비는 나중으로 미뤘습니다. 집행 예정 시각은 3시라 시간적 여유가 있었으니까요. 그래서 10시 반쯤에 일을 마친 뒤에 과자 가게에 전화를 했더니, 이십 분 안에 배달해준다고 해서 급탕실에서 차 준비를 했습니다."

"급탕실에 가는 동안에 소장님이 지시하신 일에 대해 다른 사람에게 얘기했습니까?"

린타로가 물었다.

"아닙니다. 형장에 차를 가지고 간다는 건 아무도 몰랐을 겁니다. 바빠서 누구하고 말을 섞을 정신도 없었고요. 11시 조금 전에 만주가 도착해서, 보온병과 찻잎이 든 찻주전자와 찻잔, 그리고 만주를 쟁반에 담아서 형장으로 갔습니다. 형장 문은 열려 있었고, 나카자토 씨와 사와키 씨가 집행 준비를 하고 계셨습니다. 두 분께 용건을 말씀드린 뒤에 쟁반을 불단 앞에 놓고 제 자리로 돌아갔습니다. 그 뒤로는 형장에 다시 들어가지 않았고요."

린타로는 생각에 잠긴 표정으로 다시 소장에게 물었다.

"소장님이 미나미 씨에게 지시했을 때, 근처에서 누군가가 엿들었을 가능성은 없습니까?"

"아니, 그때는 우리 둘밖에 없었네."

린타로는 질문을 중단하고 아버지를 보며 턱을 까닥했다. 노리즈키 총경은 위엄 있는 말투로 물었다.

"미나미 군이라고 했지. 지금 자네가 얼마나 불리한 입장에 있는지 아나?"

"네. 하지만 저는 절대로 독을 넣지 않았습니다. 집행을 앞둔 사형수를 죽이는 게 무슨 의미가 있습니까?"

"그건 그렇지만, 조금 더 구체적인 반증을 들 수는 없겠나? 자네가 범인이 아니라고 납득할 수밖에 없는 강력한 증거 말일세."

미나미는 진지한 표정으로 잠시 생각에 잠겼다 갑자기 눈을 번뜩였다.

"있습니다. 제가 불단에 차 준비를 하라는 지시를 받은 건 오늘 아침 10시였습니다. 그때까지는 만주며 보온병 같은 것들에 대해서는 아무 생각도 없었습니다. 오늘 사형이 집행된다는 건 알고 있었지만, 형장에서 어떠한 의식이 이루어지든, 애초에 저와는 아무 상관도 없는 일이었습니다. 그런데 어떻게 미리 손을 써서 독극물을 준비할 수 있었겠습니까?"

총경은 허를 찔린 듯 신음을 흘렸다. 순간적으로 거기까지는 생각이 미치지 않은 것 같았다. 그는 미간을 찌푸리며 미나미의 주장을 인정했다.

"분명 자네 말도 일리가 있네. 린타로, 네가 의아하게 여긴 점이 바로 이거냐?"

"네."

린타로는 의미심장하게 고개를 끄덕였다.

"아까 확인했듯이 이 구치소 안에서 니코틴을 입수할 방법은 없습니다. 따라서 보온병에 투입된 니코틴은 범인이 사전에 준비해 외부에서 구치소 안으로 들여온 것이라고 봐야 합당하죠. 바꿔 말하면, 범인은 처음부터 범행 계획을 세워놓고 오늘을 맞이한 겁니다. 하지만 범인이 불단에 사형수를 위해 차가 준비된다는 사실을 알 수 있었던 건, 미나미 씨의 지적대로 아무리 빨라도 오늘 아침 10시입니다. 범인 입장에서는 너무나도 늦은 결정이었죠. 그런 거라면 이 범행은 전적으로 요행에 기댄 것이 됩니다."

"딱 한 사람, 예외가 있지."

총경이 혼잣말처럼 중얼거렸다.

✳

"네, 딱 한 사람, 예외가 있죠."

린타로는 그렇게 말하더니 소장의 얼굴을 보았다.

"소장님은 며칠 전부터 사형 집행 직전에 아리아케 쇼지에게 독이 든 차를 건넬 결심을 했을지도 모릅니다. 그리고 사전에 니코틴을 구해놓았을지도 모릅니다. 전후 상황으로 미루어보았을 때, 그런 계획을 세울 수 있었던 인물은 소장님밖에 없습니다."

소장은 입을 삐죽이며 살짝 움찔했다.

"재미있는 발상이군."

"아리아케 쇼지에게는 그렇지 않았겠지만요."

후지시로 검사가 벌떡 일어나 항의했다.

"이봐, 노리즈키 군. 자네의 추리는 일견 논리적인 것처럼 들리지만, 현실적이지 않아. 소장님에게 오전 10시 이후의 알리바이를 물어보게. 독을 넣는 건 불가능했다는 사실을 금방 알 수 있을 테니."

"그렇습니까?"

소장은 린타로를 보며 온화하게 미소 짓더니 야마자키 보안과장에게 명령했다.

"내가 10시부터 12시까지 어디에서 무엇을 했는지 두 분께 설명해드리게."

"10시부터 12시까지 소장님은 강당에서 열린 예불에 참석하셨습니다. 도중에 자리를 비우신 적도 없고요. 제가 계속 옆에 있었습니다."

"고맙네."

소장은 밝은 목소리로 말했다.

"12시 조금 전에 검찰에서 입회인 두 명, 후지시로 검사와 히로세 서기관이 도착했네. 그리고 이 두 사람은 그 이후로 나와 쭉 행동을 함께하고 있고."

"잘 들었나?"

소장의 말이 끝나기가 무섭게 후지시로 검사가 말을 받았다.

"소장님과 우리는 12시에 형장에 들어갔지만, 그때는 불단 근처에도 가지 않았네. 이 사실은 서로 증명할 수 있고, 그 자리에 있던 두 교도관에게 물어봐도 같은 대답을 할 걸세. 그 후에 우리는 이곳 소장실에서 마지막 회의를 했네. 회의가 끝나고 형장으로 간 게 1시 반이었네. 그 시점에서 모든 집행관들이 자리에 대기하고 있었고, 나와 서기관도 소장님 바로 옆에 있었네. 어떠한 수단을 동원하더라도 아무에게도 들키지 않고 보온병에 독을 넣는 건 불가능했어. 노리즈키 총경님, 아드님이 의욕이 지나쳐 실수하신 것 같군요."

총경은 난감한 듯 아들을 보았다. 하지만 린타로는 꿈쩍도 하지 않고 태연하게 미나미에게 물었다.

"급탕실에서 보온병을 집었을 때 뭔가 특별한 선택 기준이 있었습니까?"

"아뇨, 딱히 없었습니다. 개수대 제일 앞에 있던 걸 집었습니다."

"보온병을 씻었습니까?"

미나미는 그제야 질문의 의도를 파악한 모양이었다. 쭈뼛거리며 린타로와 소장의 얼굴을 번갈아 보더니 모기만 한 소리로 대답했다.

"안 씻었습니다."

"그러면 소장님이 미리 보온병에 니코틴을 넣고, 미나미 씨의 손이 닿는 곳에 놓아둔 뒤에 차를 준비하도록 지시했을 가능성도 배제할 수 없지 않을까요?"

미나미는 이 질문에 대답하지 않았다. 일동은 모두 입을 꾹 다물었다. 침묵 전선이 실내에 정체한 것 같았다.

후지시로 검사는 짐짓 헛기침을 하며 이 어색한 분위기를 풀려고 입을 열었다. 하지만 그보다 먼저 린타로가 홱 태도를 바꾸어 주장을 철회했다.

"죄송합니다, 소장님. 아무래도 제가 혼자 오버한 모양이군요. 아무런 확증도 없는데 소장님이 살인범이라는 양 말하다니. 제 나쁜 버릇입니다.

이건 하나의 가능성에 불과합니다. 그런 방법은 소장님이 제 무덤을 파는 짓이나 마찬가지이기 때문에, 필연성의 차원에서 성립될 수 없는 범행이죠. 범죄의 성격이 워낙 기묘해서 저도 머리에 쥐가 난 모양입니다."

소장은 차분하게 대답했다.

"진심으로 하는 소리는 아닐 거라 생각했네. 그렇지 않으면 억지인 줄 알면서도 나를 시험하려 한 건가?"

린타로는 말없이 어깨를 으쓱했다. 소장은 또다시 뭔가 말을 꺼내려던 후지시로 검사를 제치고 말했다.

"어느 쪽이든 난 상관없네. 지금 자네가 말했듯 이건 아주 기묘한 성격의 사건이야. 무엇인가 특별한 동기가 배경이 된 범죄라고 생각하네. 그러니까 자네처럼 기회나 방법 같은 물리적인 조건을 하나씩 검토하기보다는, 심리적 측면, 동기 면에서 이 사건을 살펴보는 게 좋지 않겠나?"

"유익한 조언이십니다. 하지만……."

"하지만?"

린타로는 고개를 숙인 채 명상하듯 말을 이었다.

"저에게는 어려운 과제입니다. 아니, 아마 헛수고로 끝나겠죠. 사형수를 살해한다, 그것도 사형 집행 직전에 살인을 실행한다는 건 너무나도 무의미한 행위입니다. 범인은 그 사실을 알면서도 구태여 위험을 무릅쓰고 무의미한 행위를 실행했습니다. 분명 범인에게는 뭔가 의미가 있는 행위일 테지만, 저는 이 범인의 동기, 무의미한 일에 지나친 의미를 부여하는 그 정열에 뭔가 추상적인 개념의 향기가 느껴집니다. 범인이 제정신이 아니라고까지는 하지 않겠습니다만, 그 동기를 상식적으로 상상할 수 없는 것일 공산이 큽니다. 그렇기 때문에 지금으로서는 굳이 동기의 측면은 건드리지 않는 게 좋겠다고 생각하고 있습니다.”

소장은 다소 주저했지만 수긍했다.

“자네 생각이 그렇다면 굳이 이의를 제기하지는 않겠네. 그러면 앞으로 어떻게 사건 해결의 실마리를 찾을 작정인가?”

“두 가지 방법을 생각하고 있습니다.”

“뭔가?”

린타로는 잠시 숨을 고른 뒤 신중하게 대답했다.

“우선, 오전 11시 이후에 불단에서 니코틴을 보온병에 넣었을 가능성을 면밀히 검토해야 합니다. 오늘 사형 집행에 입회한 사람, 형장에 드나들었던 사람들을 전원 확인해보아야 할 필요가 있습니다.”

"관계자들은 지금 어디에 있나?"

노리즈키 총경이 물었다. 소장이 아니라 보안과장이 답했다.

"그대로 형장에 대기시켜놓았습니다."

"뭐라고?"

총경은 놀란 표정을 지으며 비난 섞인 어조로 말했다.

"아무리 그래도 그건 좀 지나치지 않나?"

"내가 그러라고 했네."

소장이 턱을 내밀며 강한 어조로 말했다.

"자네 말대로 지나친 처사일지도 모르지. 하지만 만일 그들 중에 살인범이 있다면 형장 분위기를 견디지 못하고 자백할지도 모른다고 생각했네. 죄 없는 이들에게는 미안하게 생각하네만, 피도 눈물도 없다고 욕할지라도 아리아케 쇼지가 겪었을 고통에 비할 바는 아니지."

총경은 침을 삼키며 의자 등받이에 몸을 기댔다. 소장은 린타로의 얼굴을 보며 말을 이었다.

"형장에 가면 나카자토 교도관에게 이야기를 들어보게. 믿을 만한 친구고, 종일 그곳에 있었으니까. 자네와 말이 잘 통할지도 모르겠군."

"알겠습니다."

"그러면 나머지 방법은 뭔가?"

"이건 반쯤 직감에 가깝습니다만, 구치소 어딘가에 주사기 또는 바늘 같은 물건이 없는지 살펴봐주십시오."

"주사기라고?"

소장이 의아한 듯 되물었다. 린타로는 조심스레 고개를 끄덕이며 입술을 핥았다.

"니코틴은 경구로 투입해도 치명적이지만, 동시에 주삿바늘 등으로 직접 혈중에 투입한 경우에도 매우 강력한 독성을 나타냅니다. 참고로 엘러리 퀸이 『X의 비극』에서 사용한 수법이죠."

"잠깐, 린타로."

총경이 조심스레 말허리를 잘랐다.

"니코틴의 성질은 그럴지도 모르지만, 어찌되었든 독은 보온병에 들어 있었다. 주사기 같은 건 사용되지 않았어. 그게 우리의 전제 아니었냐?"

"사용되지 않았다고 해서 범인이 주사기를 준비하지 않았다고 할 수는 없죠, 아버지."

"그게 무슨 소리냐?"

"아까 제가 소장님 외의 누군가가 보온병에 니코틴을 넣었다면 그건 전적으로 요행에 기댄 범행이라고 결론을 내렸죠? 하지만 소장님이 관여했을 가능성을 부정하면, 오히려 그 결론

이야말로 현실적으로 타당성 있는 유일한 해석이라고 생각해
야 합니다.

한마디로, 범인이 어떻게든 사형수를 살해할 결심을 하고 구
체적 방법은 정하지 않은 채 처음부터 요행을 바랄 작정으로
니코틴을 구치소 안에 가지고 들어왔다면 어떨까요? 절대로
있을 수 없는 일이라 단정지을 수는 없습니다. 범인은 사형 집
행 직전, 우연히 불단에 보온병과 차 세트가 있는 걸 보았습니
다. 사형수를 위해 준비해놓은 것이라고 판단한 범인은 모 아
니면 도라는 생각으로 독을 넣었습니다."

"있을 수 없는 일은 아니지만 너무 자의적인 해석 아닌가?"

후지시로 검사가 고개를 갸웃거리며 지적했다. 린타로는 차
분한 어조로 대꾸했다.

"네. 하지만 저는 오히려 이 해석이 이 기묘한 사건에 더 어
울린다는 생각이 듭니다. 이 범죄의 배후에는 막다른 골목에
내몰린 의지가 존재합니다. 여러 사람들이 보는 가운데 사형수
를 살해하는 것은 불가능하지는 않지만 무척이나 어려운 일이
죠. 일종의 모험입니다. 범인이 사전에 복수의 범행 수단을 준
비한 다음, 실행 시에 어떠한 요행이 있기를 바랐다고 해도 이
상할 건 없죠.

그걸 증명할 방법도 있기는 있습니다. 만일 구치소 안 어딘

가에서 수상한 주사기가 나온다면 그것은 처음부터 범인이 범행의 성공 확률을 더욱 높일 목적으로 복수의 범행 방법을 준비했다는 사실을 분명히 말해줄 겁니다. 즉 보온병에 니코틴을 넣은 것은 범인에게 개연적인 행동이라는 말입니다.

저는 확신합니다. 분명 구치소 안 어딘가에 주사기가 존재할 겁니다. 범인이 니코틴, 여러 가지 방법으로 생물을 죽음으로 몰아넣는 독극물을 선택한 이상, 선택에 합당한 물적 증거가 남아 있어야 합니다."

"물론 네 말은 또 하나의 가능성에 지나지 않지."

노리즈키 총경이 냉정하게 말했다.

"그래도 시험해볼 가치는 분명히 있지. 범인의 유류품을 찾아낸다면 더 바랄 게 없으니까. 야마자키 보안과장, 수색을 도와주겠나?"

보안과장은 여전히 시큰둥한 표정이었지만, 소장이 무언의 눈빛을 보내자 마지못해 고개를 끄덕였다.

"알겠습니다. 먼저 의무과의 비품을 살펴보죠. 의무실에 있는 주사기는 무라카미 선생이 관리하고 있습니다. 제가 안내하겠습니다."

총경은 무릎을 탁 치며 힘차게 일어났다. 보안과장은 무뚝뚝하게 앞장서더니 함께 방을 나갔다. 같이 일어나려던 린타로를 소장이 불러 세웠다.

"형장에 갈 거면 미나미를 데려가게. 이 친구도 일단 용의자니까."

"두 분은 어쩌실 겁니까?"

"나와 후지시로 검사는 나중에 합류하겠네. 그전에 이 사태를 다시 한번 검토해두고 싶거든."

린타로는 고개를 숙인 뒤 문을 닫았다.

✳

마쓰야마 소장은 의자에 앉아 몸을 꿈틀거렸다. 당혹감이 역력한 표정이었다.

"노리즈키 린타로라. 머리는 비상한 친구인 것 같네만 이따금 무슨 소리를 하는지 따라갈 수가 없군. 아버지는 건실한 양반인데 아들에게 휘둘리는 것 같고. 지금까지 나눴던 이야기 중에 조금이라도 사태에 진전을 가져올 만한 게 있었나? 나는 잘 모르겠군. 정말 소문처럼 굉장한 청년인가?"

후지시로 검사는 쓴웃음을 지으며 냉소적으로 말했다.

"말씀드렸잖습니까. 아들은 괴짜라고요."

3

테세우스 : 알겠습니다. 당신의 수많은 예언에 거짓은 없었으니까요. 어떻게 할지 말해주십시오.

오이디푸스 : 아이게우스의 아들이여, 내 말해주리다. 영원히 사라지지 않을 이 나라의 보물이 될 것을. 지금 당장 누구의 도움도 없이 홀로 내가 세상을 떠날 장소로 가는 길로 그대를 안내하겠소. 하지만 누구에게도 그곳을 말하면 안 되오. 그곳이 숨겨진 곳조차도. 그 땅이 백만의 방패, 이웃나라의 구원의 창보다 더 오래도록 그대를 지켜줄 것이오. 금단의 비밀은 입에 담아서는 안 되오. 그대가 홀로 그곳에 도착했을 때 깨닫게 될 것이니.

『콜로노스의 오이디푸스』, 소포클레스

형장의 문을 열자 불단 앞에 있던 사람들은 놀라움과 당혹스러운 기색이 역력한 표정으로 린타로를 맞이했다.

"누구야?"

문 옆에 서 있던 남자가 시선을 돌려 린타로의 어깨 너머를 향해 물었다. 뒤에서 미나미가 대답했다.

"경시청에서 나오신 분입니다, 보호과장님."

한숨 소리 하나 없이 실내에 긴장이 감돌았다. 린타로는 가슴을 펴고 똑바로 사람들 앞에 나섰다.

"특별 수사관인 노리즈키라고 합니다."

자신이 경찰이 아니라 일개 민간인이라는 사실은 덮어두었다. 귀찮은 설명을 생략하기 위해서였다. 제물로 바쳐진 소년 소녀들 사이에 섞여서 크레타 섬 미궁에 잠입한 테세우스처럼.

"제가 이곳에 온 건 마쓰야마 소장님과 후지시로 검사님의 요청을 받았기 때문입니다. 나중에 소장님께서 자세히 설명하실 테지만, 이번 사건은 무척 특수한 상황에서 발생했기에 앞으로의 수사도 일반 사건과는 다른 순서로 진행될 것입니다. 물론 마쓰야마 소장님의 신중한 배려가 밑바탕이 되었습니다. 그 점을 양해해주시길 부탁드립니다."

린타로는 말을 끊더니 늘어선 사람들의 얼굴을 쓱 훑어보았다. 아무도 눈을 맞추려 하지 않았다. 인원은 예상보다 많아서 열 명이 넘을 것 같았다. 벽에 딱 붙어 기대어 있는 사람들과 의자에 앉아 있는 사람들이 반반이었는데, 모두 초조한 표정을 숨기지 않았다. 입을 여는 사람도 없었다. 희미하게 향냄새가 났다.

등뒤에서 시선을 느끼며 린타로는 커튼을 젖혔다. 집행실은 생각보다 넓었고 위쪽에는 환풍기가 지독할 만큼 천천히 돌아가고 있었다. 실내에서 움직이는 것은 그것뿐이었다. 소리도 들리지 않았다. 외부의 소리는 두터운 철문에 가로막혀 완전히 차단되었다.

천장 한가운데에서 끝부분이 올가미 모양으로 된 굵은 줄이 드리워져 있었다. 시체는 없었지만 그것이 무엇을 뜻하는지는 한눈에 알 수 있었다. 린타로는 불단 쪽을 돌아봤다. 구금된 사람들은 이러지도 저러지도 못하고 굴욕을 당했지만, 부당한 취급에 항의하지도 못한 채 린타로 앞에서 위축된 모습을 보이고 있었다. 하필이면 이런 곳에서 용의자들을 신문해야 하다니. 린타로는 양심의 가책을 느꼈다. 사방을 둘러싼 벽이 자신을 중심으로 점점 좁혀오는 듯한 기분이 들었다.

하지만 이내 마음을 다잡으며 린타로는 지금까지 밝혀진 사실을 모두가 알아들을 수 있도록 간략하게 설명했다. 특히 범인이 불단에 보온병이 놓인 뒤에 니코틴을 넣었을 공산이 크다는 점을 강조했다. 이야기가 끝나고 긴박한 정적이 감도는 가운데 천천히 손을 든 이가 있었다.

법의를 걸친 승려였다.

"질문 하나 해도 되겠습니까."

"말씀하십시오."

"지금 아리아케 쇼지를 해친 범인이 여기 있는 우리 중에 있다는 말씀을 하고 싶으신 겁니까?"

"그렇게 생각하시면 됩니다."

말이 끝나자마자 실내에 있던 사람들이 일제히 뻣뻣하게 굳은 걸 알 수 있었다. 모두가 의심에 찬 눈빛을 주고받았고 냉랭한 분위기가 형장을 가득채웠다.

이건 정신적 고문이다. 린타로는 그렇게 생각했다.

동시에 노리즈키 총경의 항의에 대한 소장의 답변이 머릿속에 떠올랐다.

—아리아케 쇼지가 겪었을 고통에 비할 바는 아니지.

누군가의 머릿속 미궁에 괴물이 살고 있는 경우에는 다른 누군가가 용기를 내 맞서야 한다. 린타로는 위엄에 찬 목소리로 형장에 있는 모든 사람들의 이름과 직책을 밝히라고 명령했다.

완성된 명부는 다음과 같았다.

제일 먼저 문 옆에 있던 세키네 보호과장.

집행 버튼을 누르기 위해 대기하고 있었던 교도관 다섯 명, 미야모토, 이시다, 시미즈, 이즈카, 나카자토.

방금 질문한 승려, 미하라 교회사.

사형수의 목에 올가미를 씌운 모리와키 교도관과 쓰누마 교도관.

후지시로 검사와 함께 집행에 입회한 히로세 검찰청 서기관.

이와미 간수장.

미시로 교육과장, 이상 열두 명이었다.

여기에 마쓰야마 소장, 후지시로 검사, 그리고 야마자키 보안과장까지 세 명을 더하면 모두 열다섯 명이다. 열다섯 명의 사람들이 법이 명하는 바에 따라 한 남자의 목숨이 끊어지는 순간을 지켜보고 있었던 것이다. 결코 적은 수는 아니었다.

린타로는 그 자리에서 모든 이들의 얼굴과 이름을 머리에 쑤셔넣으며 소장의 조언을 떠올리고 나카자토 교도관의 이름을 불렀다.

"무슨 일이십니까?"

"마쓰야마 소장님이 나카자토 씨에게 협조를 구하라고 하더군요. 오늘 이곳에서 일어난 일들은 나카자토 씨가 제일 잘 아신다고요."

"네."

나카자토는 주눅든 기색 없이 당당하게 대답했다. 오늘 집행에 입회한 교도관 중에서는 가장 젊어서, 린타로와 나이 차이도 얼마 나지 않을 것 같았다. 다른 교도관들이 대부분 사오십 대인 걸 보면 나카자토는 미래의 간부 후보일지도 모른다.

"오늘 아침에 이곳 문을 여셨다고요."

"네. 사와키와 함께였지만, 그는 집행에는 입회하지 않았습니다. 저는 그때부터 계속 이곳에 있었습니다. 물론 중간에 몇 번 자리를 비운 적은 있습니다만."

"확인해두고 싶은 게 있습니다. 오늘 집행에 입회한 사람은 현재 여기 있는 열두 명과 마쓰야마 소장, 후지시로 검사, 야마자키 보안과장까지 모두 열다섯 명이 맞습니까?"

"그렇습니다."

"무라카미 선생은 어디 있었습니까? 원래는 집행 후에 바로 검시를 해야 하는 걸로 아는데요."

"지하 2층에 있었습니다."

"지하 2층에요?"

나카자토는 고개를 끄덕이더니 집행실 한가운데를 가리켰다.

"보시면 알겠지만, 이곳 형장은 집행실과 검시실이 따로 있어서 복도로 나가 옆에 있는 시체 반출실을 경유하지 않으면 위층과 아래층을 오갈 수 없는 구조입니다."

"왜 그렇게 번거롭게 만들었습니까?"

린타로가 물었다.

"그게, 사망을 확인하는 의무관 중에는 살아 있는 사형수와 얼굴을 마주하는 걸 극도로 꺼리는 사람도 있기 때문에, 그 점을 감안해서 이런 구조를 채택했다고 들었습니다. 그리고 저희 집행관들도 사형 집행 후에 반출되는 시체를 직접 보지 않아도 되고요.

아무튼 아까 드렸던 답을 또 드리자면, 오늘 무라카미 선생은 줄곧 아래층에 있었고 사건이 일어날 때까지 이 방에는 들어오지 않았습니다. 아리아케 쇼지가 살해된 뒤에는 서둘러 올라와 시신을 살펴보고 독극물 검사를 했고요."

"사건이 일어난 뒤, 여기 계신 분들은 아무도 방을 나가지 않으셨죠?"

"네. 소장님과 야마자키 보안과장님, 그리고 후지시로 검사님을 제외하고는요."

"본 집행에는 입회하지 않았지만 그전에 이 방에 드나든 사람이 있습니까?"

"저와 같이 집행 준비를 했던 사와키 교도관과, 저기 있는 미나미 군도 11시경에 한 번 들어왔다 나갔습니다."

"차를 가지고 왔을 땝니다. 두 분과 잠시 이야기를 나누다

바로 자리로 돌아갔습니다."

말이 끝나기가 무섭게 미나미가 덧붙였다. 주변 분위기에 압도되었는지 그 역시 하얗게 질려 있었다. 린타로는 다시 나카자토를 보며 쐐기를 박았다.

"그 두 사람뿐이었습니까?"

나카자토는 한동안 생각에 잠겨 있었다. 실내에 있는 사람들의 얼굴을 순서대로 둘러보며 하나씩 손가락을 접었다.

"아, 한 명 더 있습니다. 청소하시는 다카미네 여사님입니다. 평소에는 형장을 닫아놓아서 집행일 아침밖에 청소할 기회가 없는데, 그날은 지각을 하셔서 11시 반쯤에 도착하셨습니다. 이상입니다. 세 명뿐이죠."

"다카미네 씨는 어떤 분입니까?"

"오랫동안 이곳에서 근무하셨던 선배 교도관의 부인입니다. 다카미네 선배님은 작년에 퇴임을 앞두고 심장 질환으로 세상을 떠나셨습니다. 슬하에 자녀가 없고 부인도 연금만으로 생활하기에는 빠듯할 것 같아서 소장님이 배려해 임시 계약직으로 구치소 청소를 맡기셨습니다. 소장님께서는 직원들 생각을 많이 해주십니다."

"그렇군요."

린타로는 나카자토를 제외한 모든 이들에게 해당하는 인물이 그 셋밖에 없는지 다시 확인했다. 나카자토가 자리를 비웠을 때에도 세 사람 이외에는 아무도 형장에 드나들지 않았다는 사실이 확실해졌다.

린타로는 미나미에게 말했다.

"지금 거론된 두 분을 지금 바로 불러주십시오."

미나미가 나간 뒤, 나머지 사람들에게 대기를 지시한 린타로는 불단과 집행실 사이를 오가기 시작했다. 몸으로 공간 감각을 익히기 위해서였다. 두 공간을 가르는 것은 커튼 한 장뿐이었다. 아마 그 커튼도 집행 전에는 젖혀져 있었을 것이다. 집행실에서 불단 앞까지는 고작 세 걸음 거리였다. 한마디로 형장에 있던 사람이라면, 직분과 위치에 상관없이 누구든 자유롭게 불단에 접근해 보온병에 니코틴을 넣을 기회가 있었던 것이다.

열다섯 명 더하기 세 명. 도합 열여덟 명의 용의자. 불합리한데다 이치에도 맞지 않는 범행 동기. 그리고 지금도 형장 안에 감도는 정체 모를 불안과 긴장. 국가의 사법제도를 근간부터 뒤흔드는 난제와 마주한 린타로가 느끼는 압박감은 시시각각 커져갈 따름이었다.

✳

"지금부터 신체검사를 실시하겠습니다. 어디까지나 형식적인 것이니 언짢게 생각 마시고 협조 부탁드립니다."

린타로는 나카자토 교도관과 이와미 간수장부터 검사한 다음 그들의 도움을 받아 나머지 열 명을 조사했다. 덕분에 영 내키지 않는 작업도 단시간에 끝낼 수 있었다. 예상대로 수상한 점이나 물건은 하나도 없었다.

이어서 형장 안을 샅샅이 뒤졌지만 이 방에는 무언가를 감추는 데 알맞은 공간이 존재하지 않았다. 살풍경하기 짝이 없는 방이었다. 수확은 없었다.

린타로는 딱히 실망하지 않았다. 신체검사나 현장검증에서 주사기를 찾을 수 있으리라는 낙관적인 생각은 하지 않았다. 범인도 그 정도로 멍청하지는 않을 테니까. 아마 집행 전에 형장이 아닌 다른 어딘가에서 처분했으리라. 지금 이곳에 없는 여섯 명 중에 범인이 있거나. 범인이 주사기를 준비하지 않았을 리는 없었다. 그러한 가능성은 이 범죄의 성격과 부합하지 않는다.

이제 곧 아버지가 좋은 소식을 가져올 것이다. 린타로는 그렇게 생각했다. 그걸 찾지 못하면 그는 이곳에서 아무 역할도 하지 못할 것이다.

미나미 사무원이 돌아왔다.

"두 분을 데려왔습니다."

사와키 교도관과 미화원인 다카미네가 형장으로 들어왔다. 두 사람 모두 불안한 표정이었는데, 특히 다카미네는 하얀 머릿수건과 마스크 사이로 보이는 눈동자를 쉼 없이 이리저리 굴리고 있었다. 두 사람은 아무 설명도 없이 이곳으로 끌려온 탓인지 안절부절못하는 눈치였다.

소장이 내린 함구령 때문이었다. 린타로가 사정을 말할 때까지 두 사람은 두 시간 전에 이 형장에서 일어난 사건을 모르고 있었다.

린타로는 솔직하게 그들이 용의자에 포함되었음을 설명하고 협조를 요청했다. 물론 거절할 수는 없었다. 이것으로 열여덟 명의 용의자 중에 열다섯 명이 한자리에 모였다.

질문을 시작한 린타로는 한 명씩 순서대로 물었다. 이해가 가지 않는 이야기가 나오면 나카자토에게 설명을 요청했다.

"제가 잘 이해가 안 가는 건, 왜 사형 집행용 버튼이 다섯 개나 필요하며, 담당 교도관도 다섯 명이나 있어야 하느냐는 겁니다. 왜 그런 번거로운 방법을 쓰는 겁니까?"

"사형 집행의 죄책감을 덜어줄 요량으로, 누구의 행위가 사형수를 죽음에 이르게 했는지 모르게 하기 위한 조치입니다. 누가 이렇게 표현하더군요. 국가는 '나'를 살인자로 만들지 않을 의무가 있다고요. 하지만 한 번이라도 이 버튼을 누른 적이 있는 사람이라면 그런 장치가 아무 의미도 없다는 걸 알고 있을 겁니다."

나란히 늘어선 교도관들이 동의하듯 고개를 끄덕이는 모습을 보며 린타로는 혼잣말처럼 중얼거렸다.

"국가는 '나'를 살인자로 만들지 않을 의무가 있다."

의미심장한 말이었다. 린타로는 사건에 관한 질문을 멈추고 나카자토에게 물었다.

"나카자토 씨는 개인적으로 사형제도에 찬성하십니까?"

나카자토는 미간을 찌푸렸다.

"현장에 있는 사람에게 그런 질문은 금기라는 걸 모르십니까? 덤으로 관계자들이 주위를 둘러싼 이 상황에서 하실 질문은 아니죠."

"사건의 진상을 밝혀내기 위해 솔직한 의견을 듣고 싶은 것뿐입니다."

나카자토는 난감한 듯 힘없이 어깨를 떨구더니 동료의 안색을 살폈다. 나이 지긋한 이즈카 교도관이 솔직하게 말하라는 양 턱짓을 했다. 다른 이들도 린타로에게 항의하려는 기색은 없었다. 나카자토는 팔짱을 끼고 크게 한숨을 쉬더니 신중히 말을 골랐다.

"솔직히 이 제도를 쌍수 들고 찬성하는 입장은 아닙니다. 인도주의적인 논의와는 별개로, 일반 시민들에게 범죄를 억제하는 위협으로 사형제도가 얼마나 효과가 있는지 의문을 느끼기도 하고, 흔히들 말하는 것처럼 오판의 가능성도 간과할 수 없죠. 특정 범죄자에 대해 억지력을 가진다고도 하지만, 그렇다면 철저하게 무기징역을 살게 하면 될 일 아닙니까."

"그러면 나카자토 씨는 사형 반대론자입니까?"

나카자토는 어깨를 으쓱하며 말을 이었다.

"오해 마십시오. 지금 드린 말씀은 어디까지나 담장 밖 세상에서 통하는 상식적인 의견이니까요. 제가 앞장서 사형제 폐지를 주장하거나, 이 일에 회의를 느끼고 그만두려고 생각했던 적은 단 한 번도 없습니다. 설령 보복형報復刑 개념이 시대착오적이라 해도, 피해자 유족들의 심정을 생각하면 눈에는 눈, 이에는 이라는 옛 방식이 나름대로 설득력을 가진다는 건 부정할 수 없습니다."

나카자토는 거기까지 말하더니 별안간 입을 다물었다. 뭔가 석연치 않은 태도였다. 그 틈을 타 이와미 간수장이 입을 열었다.

"이야기하는데 끼어들어 미안하지만 나도 한마디하겠네."

"말씀하십시오."

간수장은 헛기침을 하더니 열띤 어조로 말했다.

"이런 말을 대놓고 할 수는 없지만 흉악범 중에는 온갖 방법을 동원해도 교화, 갱생의 여지가 전혀 없는 이들도 존재하네. 인간이 안전한 공동생활을 해나가는 한, 사회질서와 융화될 수 없는 절대적인 악인이라 부를 만한 개인이 극히 소수지만 존재한다는 건 사실이지. 결코 가벼운 마음가짐으로 이런 말을 하는 게 아니지만, 질서를 유지하는 교도관의 한 사람으로서 무척 유감이지만 그 사실을 인정할 수밖에 없네. 물론 이건 지극히 희귀한 경우지만, 우리 사회, 나아가서 국가는 그러한 인간의 존재를 용인할 수 없지. 이건 국가로서는 일종의 정당방위, 아니, 자신의 존립 기반을 건 전쟁이나 마찬가지라고 생각하네. 그러니 평시의 윤리나 도덕을 적용하기는 어렵지 않을까."

"그건 사형을 정당화하는 근거라 할 수 없군요. 오히려 노골적인 힘의 논리라고 불러야 하지 않을까요?"

"자네 말이 맞네."

간수장이 말했다.

"하지만 애당초 법 자체가 힘 아닌가. 그렇다면 우리는 법에 따르기로 선택한 시점에서 필연적으로 그 논리까지 받아들인 것이지. 아니면 사형제 폐지론자들의 말처럼 우리는 힘의 논리를 버려야 하는 것일까? 그 결과, 법과 질서의 상실이라는 값비싼 대가를 치르더라도?"

"하지만……."

갑자기 나카자토가 침묵을 깼다. 그의 마음속에서 더욱 절박한 감정이 솟아오른 모양이었다. 그가 다시 이야기를 시작했을 때, 그때까지 보이던 온건한 상식론은 찾아볼 수 없었다.

"설령 그것이 법의 이름 아래 이루어진다 해도, 누군가가 살해된다. 숨통을 끊는다는 건, 말 그대로 살인을 실행하는 누군가가 있다는 뜻입니다. 누군가는 살인을 해야 하죠. 우리 교도관들에게는 이쪽이 훨씬 절실한 문제입니다.

제가 왜 이 일을 계속하느냐고요? 죄를 저지른 사람이라도 그 인간성과 가능성을 끝까지 믿고, 갱생하는 데 미약하나마 도움이 된다는 것에 의의와 자부심을 느끼기 때문입니다. 법무성에서 작성한 『교도관 안내서』에는 교도관의 직무로 "각지의 교도소, 소년 교도소 및 구치소에 근무하며 수용자들의 일상생활과 직업훈련, 모임이나 클럽 활동 등을 지도하며 그들의 고민을 들어주고 조언하는 역할을 하는 한편, 시설 보안과 경비 업무를 담당한다"고만 적혀 있을 뿐, 사형 집행에 관해서는 일언반구도 없습니다. 그럼에도 명령이 내려올 때마다 갱생 지도를 하는 이 손으로 사형수의 목숨을 빼앗아야 합니다. 물론 간수장님이 말씀하신 대로 갱생의 여지가 없는 인간쓰레기들도 분명히 존재합니다만, 그건 어디까지나 극소수의 예외일 뿐, 우리가 이 손으로 직접 목숨을 빼앗는 사형수들의 대부분은 자신의 과거를 참회하고 사회에 속죄하기를 바라는 이들이 아닙니까.

법이 힘의 논리에 지배된다는 말은 맞습니다. 하지만 이 비좁은 방에서는 국가나 법제도 같은 것은 어차피 하나의 픽션일 수밖에 없습니다. 국가는 사형수를 교수대에 매달 팔이 없고, 법은 집행 버튼을 누를 손가락이 없죠. 그러한 개념은 우리의 양심을 지킬 얇디얇은 방패 역할을 할 뿐입니다. 사형을 집행하는 건 늘 우리 몫이니까요."

나카자토는 이야기를 시작했을 때처럼 불쑥 입을 다물었다. 모두 그에게 아무 말도 하지 못했다. 형장은 밤의 사막처럼 정적에 휩싸였다.

나카자토의 말을 반추하며 린타로는 무심코 집행 버튼에 손을 댔다. 느닷없이 쿵 소리가 나더니 집행대 한가운데에 사각의 구멍이 나타났다. 주변에 있던 사람들이 일제히 숨을 삼키며 시꺼먼 구멍을 들여다보자 어둠 밑바닥에서 습하고 냉랭한 공기가 희미하게 피어올랐다.

린타로는 늘어선 버튼을 보았다. 발판을 떨어뜨린 것은 네번째 버튼이었다.

＊

　린타로는 다시 사건에 관한 질문을 시작했다. 대부분은 누가 언제 불단에 가까이 갔는가, 보온병을 건드렸는가, 또는 형장에서 나갔는가를 묻는 질문이었다. 시각과 사람들의 행동의 관계는 대답하는 사람의 기억에 따라 일치하거나 미묘하게 어긋났다. 일일이 내용을 받아 적은 린타로는 시간표를 만들어 흔적을 좇았다. 간신히 사람들의 행동을 정확히 재현해, 범행이 가능했던 인물을 한 명까지는 아니더라도 손에 꼽을 수 있을 만큼 좁히려 했다.

　하지만 노력은 거의 시시포스적인 시간 낭비로 끝났다. 시간표는 새로운 증언이 나올 때마다 변경되어 모호함을 더해가며 한층 더 복잡하게 꼬일 뿐이었다. 사형 집행은 구치소의 직원들에게 비일상적인 행사였기에 한곳에 차분하게 머물며 남들의 행동을 파악했던 사람은 없었다.

　열여덟 명 모두가 적어도 한 번은 불단에 접근했으며, 크고 작은 이유로 적어도 한 번은 집행 전에 형장에서 나간 적이 있었다. 한마디로 모든 용의자들에게 니코틴을 넣을 기회와 주사기를 형장 밖에서 처분할 기회가 있었던 것이다. 그리고 수상쩍은 거동의 인물을 목격한 사람도 없었다. 범인은 지극히 자연스럽게 범행을 실행했다.

린타로는 머리를 감싸쥐었다.

아버지는 대체 언제 오시려는 거지? 바작바작 속을 태우며 린타로는 생각했다. 이제 남은 단서는 아직 발견되지 않은 범인의 유류품, 그것밖에 없었다. 사실상 손쓸 방도가 없는 상황이나 마찬가지였다. 자신의 추론이 잘못되었을 가능성도 컸다.

하지만 전혀 수확이 없던 건 아니었다.

마쓰야마 소장과 후지시로 검사, 그리고 히로세 서기관이 12시 정오에 한 번 형장에 나타났을 때, 세 사람 모두 불단 근처에 가까이 가지 않았다는 사실이 복수의 증언을 통해 확인되었다. 그리고 그 후, 1시 반에 세 사람이 형장으로 돌아와 사건이 일어날 때까지 실내에 있었다는 사실도 확인되었다. 정오부터 오후 1시 반 사이에 세 사람이 형장에 들어온 적이 없다는 것은 명백했다.

린타로는 머릿속에서 재빨리 논리를 펼쳤다. 세 사람 중에서 딱 한 사람, 용의 선상에서 제외할 수 있는 인물이 있었다. 사건 발생 후부터 줄곧 형장에 억류된 히로세 서기관이었다.

시기관은 12시에 형장에 치음 들어왔을 때 불단에 디기기지 않았다. 때문에 그때 보온병에 니코틴을 넣는 것은 불가능했다. 두 번째로 형장에 들어온 1시 반부터 사형수가 들어온 2시까지는 그에게도 독을 넣을 기회가 충분히 있었다. 하지만 그 때부터 서기관은 형장 밖으로 나가지 않았으니 공범이 없는 한 무용지물이 된 주사기를 처분할 방도가 없었다. 따라서…….

아니, 이건 아니다. 린타로의 사고는 아슬아슬한 선에서 스스로 제동을 걸었다. 12시에 형장에 들어왔을 때, 서기관은 불단에 가까이 가지 않았지만 다기와 만주가 준비되어 있던 것을 보았을 것이다. 그것들을 어떠한 목적으로 준비했는지는 쉬이 짐작할 수 있었으리라. 그렇다면 서기관은 그 시점에서 범행 방법을 정할 수 있었다.

즉 두 번째로 형장에 나타났을 때, 실제로 독을 넣기 전에 쓸모없어진 주사기를 밖에서 처분하고 들어왔을 가능성도 충분히 있다는 것이다. 니코틴 투입이 주사기 처분보다 시간적으로 반드시 앞서 일어났다고 단정지을 수는 없다. 때문에 주사기가 존재한다는 것을 전제했을 때, 현시점에서는 서기관을 용의 선상에서 제외할 수 없다.

소장과 검사를 만나 그들 세 사람의 자세한 행동과 동선을 재차 확인해둘 필요가 있었다. 정보량이 원체 적은데다 간신히 입수한 정보들도 뒤죽박죽이었다. 문득 구체적인 단서는 무엇 하나 발견하지 못했다는 사실을 깨닫고 린타로는 경악했다.

그때, 그의 혼란스러운 속내를 꿰뚫어 본 듯 누군가가 말을 걸었다.

"형사님, 잠깐 드릴 말씀이……."

✳

린타로는 목소리가 들린 쪽을 돌아봤다. 미하라 교회사였다.

"무슨 일이십니까?"

교회사는 염주를 만지며 머뭇머뭇 입을 열었다.

"수사에 대해서는 아무것도 모르는 일반인의 주제넘은 소리일지도 모르겠지만, 충고 하나 드려도 되겠습니까? 제 생각에 이런 신문을 계속해도 아무 소용 없을 것 같습니다."

린타로는 말없이 다음 이야기를 기다렸다.

"이 범죄가 상식을 벗어난 이유가 뭐겠습니까? 내버려두면 합법적이고 확실하게 죽음을 맞이할 운명이었던 사형수를 구태여 사형 집행 직전에 살해할 필요는 없습니다. 그런데도 범인은 일부러 위험을 무릅썼습니다. 이 상황에서 범인이 그 사실을 몰랐을 리는 없으니까요.

그러니 형사님도 헛된 알리바이 조사로 시간을 낭비하기보다는 강력한 동기를 가진 사람을 찾아내는 편이 낫지 않겠습니까? 범인의 동기가 분노든, 증오든, 이러한 폭거를 일으킬 만큼 격렬한 감정을 지녔다면, 그 감정을 마음속에 완전히 숨기지는 못할 것이라고 생각합니다. 그것은 범인에게도 손쓸 수 없는 고통이자 무거운 짐일 테니까요. 먼저 그 괴로움을 찾아내야 합니다. 저는 비록 중이지만 이에 관해서는 다소 도움이 될 것입니다.

어떠신지요, 형사님. 제 말이 틀립니까?"

"충고 감사합니다."

린타로는 짐짓 무뚝뚝하게 대꾸했다. 반쯤은 허세였다.

"실은 아까 마쓰야마 소장님에게도 같은 이야기를 들었습니다. 먼저 동기를 생각하라고요. 분명히 이 사건에서 가장 이해할 수 없는 점은 범행 동기입니다. 사형수를 사형 집행 직전에 살해한다. 그 행위로 인해 이득을 보는 사람은 없다고 봐도 무방합니다. 일견 무의미한 범행처럼 보이며, 범죄 역사에도 유례를 찾아볼 수 없는 기괴한 사건입니다.

하지만 저는 스님처럼 종교인도 아니거니와, 사람의 마음을 읽는 마술사도 아닙니다. 저는 그저 삐뚤어진 현실주의자일 뿐이죠. 인간 행위의 동기를 그의 내면—그런 게 실재한다면 말이죠—에서 밖으로 끌어내기 위해서는 막대한 사실관계를 수집하여 근사치를 얻거나 또는 직감적인 비약을 기다리는 수밖에 없습니다.

이 사건은 신속하게 해결해야 합니다. 따라서 전자의 방법은 쓸 수 없습니다. 적어도 저에게 요구되는 신속한 사건 해결에 어울리는 방법은 아니죠.

직감적인 비약에 의해 진짜 동기를 파악하기에는 아직 때가 아닙니다. 결정적인 순간은 사건의 마지막 시퀀스에서 느닷없이 나타나죠. 저는 그 순간까지 합리주의적 방법에 기초해 사실을 축척하여 그들의 상호 함수를 변환해 불가능한 요소들을 하나씩 배제하는 수밖에는 없습니다."

미하라 교회사는 납득하지 못하겠다는 표정이었다. 투명한 눈빛으로 날카롭게 린타로의 얼굴을 뚫어져라 바라보았다.

"형사님은 방금 현실주의자라고 자칭했지만 설명을 들어보니 저보다 더 사색적인 것 같군요. 당신은 이 살인의 동기를 말로 표현하기 힘든 형이상학적인 것이라 확신하는 모양입니다만, 대체 그 근거가 뭡니까?"

린타로는 순간 말문이 막혔다.

"스님 말씀대로입니다. 이유를 물으셔도 한마디로 대답하기는 어렵군요. 반쯤은 경험에서 비롯된 제 육감이고, 나머지 반은 이곳 분위기에 영향을 받았는지도 모릅니다.

저 개인적으로도 살인의 동기에 무척 관심이 갑니다. 터무니없기 짝이 없는 범죄지만 범인은 궁지에 몰려 결국 이러한 폐

쇄적인 상황에서 범행을 성공시켰으니까요.

물론 상대가 사형수건 누구건 꼭 제 손으로 숨통을 끊어버리고 싶다고 생각하는 사람이 있다 해도 이상할 건 없습니다. 하지만 그렇다고, 사형 판결이 확정된 날부터 이 년 팔 개월이라는 시간이 지난 사형 집행 당일에 그 살의를 실행에 옮길 사람이 있을까요? 제가 보기에는 분노나 증오 같은, 순수하게 정서적인 동기만으로는 이 불합리한 범죄를 설명할 수 없습니다.

문제점은 두 가지입니다. 당연히 첫 번째는 구명 가능성이 전혀 없는 사형수를 살해하는 행위에 아무런 이점이 존재하지 않는다는 점이죠. 그리고 두 번째는……."

그렇게 말하던 린타로는 자신이 동기 문제를 너무 깊이 파고들었다는 사실을 깨달았다. 그렇다고 여기서 느닷없이 마무리할 수도 없었다.

"설령 첫 번째 문제점을 완벽히 설명할 수 있는 이유가 있더라도, 왜 하필이면 오늘, 사형 집행 당일에 범행을 실행해야 했느냐는 의문이 남습니다. 왜 어제, 아니면 일주일 전, 한 달 전에 그를 죽이지 않았을까요?"

"아리아케 쇼지의 집행 명령이 떨어진 건 오 일 전이었고, 본인이 그 사실을 안 것도 이틀 전입니다."

옆에서 대화에 끼어든 건 그때까지 두 사람의 논쟁에 귀를 기울였던 나카자토였다. 린타로는 그를 돌아보며 말 잘했다는 듯 고개를 끄덕였다.

"맞습니다. 따라서 범인은 구체적으로 사형 집행이라는 행위 자체에 중요한 의의를 느끼고 있었다고 생각하는 수밖에 없습니다. 바꿔 말하면 아리아케 쇼지는 살해되어야 했기 때문에 사형당해서는 안 됐다. 아니면 역으로 사형을 당해서는 안 되었기에 살해되었어야만 했던 겁니다. 이렇게 범인의 심리에 어떠한 비정상적인 관념에 사로잡힌 위기감 또는 의무감이 생겨난 겁니다."

린타로의 설명이 지독히 추상적인 빛깔을 띠기 시작했다. 미하라 교회사가 고개를 갸웃거리며 말했다.

"조금 더 알아듣기 쉽게 설명해 주시겠습니까."

"하나의 가설로 대답해드리죠. 지금은 그저 아이디어의 영역에 머물러 있습니다만."

린타로는 그렇게 운을 뗐다.

"이를테면 어떤 인물이 아리아케 쇼지를 죽이고 싶을 만큼 증오해서, 그가 형장에서 죽음의 공포에 괴로워하며 목매달리는 모습을 꿈꾸는 것으로 간신히 그 증오를 삭혀왔다고 치죠. 그런데 실제로 집행 단계에 들어서자 아리아케는 종교적인 충만감에 가득차 편안하게 저승길을 떠나려 했습니다. 아리아케가 고통에 몸부림치며 죽어야 한다는 관념에 사로잡혀 있던 그 인물은 사형 집행 전에 제 손으로 그에게 예기치 못한 고통스러운 죽음을 안겨줄 의무가 있다는 생각을 하게 됩니다. 그리고 이번 사건을 일으켰다. 이런 경우일 수도 있습니다. 저 역시 딱히 설득력 있는 설명이라는 생각은 안 들지만요."

미하라 교회사도 그렇게 생각한 모양이었지만 굳이 반박하려 들지는 않았다. 현시점에서 동기에 대해 논의하는 것이 비생산적임을 알아챈 모양이었다.

노리즈키 총경이 길보吉報를 들고 형장에 나타난 건 그때였다.

"한 건 했다, 린타로. 네가 말한 그걸 찾았어."

✳

집게손가락 크기의 주사기 하나와 바닥에 갈색 액체의 흔적이 고리 모양으로 남아 있는 앰풀 하나가 손수건 위에 올려져 있었다.

노리즈키 총경은 입을 오므려 후 하고 불고 끝부분에 솜이 달린 막대기로 주사기와 앰풀의 겉면을 톡톡 치며 지문 채취 가루를 털었다.

여덟 개의 눈동자가 총경의 동작을 뚫어져라 지켜보고 있었다. 마쓰야마 소장, 후지시로 검사, 야마자키 보안과장, 그리고 린타로였다. 소장실에는 아까와 마찬가지로 다섯 명이 모여 있었다.

총경은 하얀 장갑을 낀 손가락으로 주사기를 집어 얼굴에 가까이 대고 구석구석 관찰했다. 그리고 마찬가지로 앰풀을 살펴본 뒤에 고개를 들었다.

"안타깝게도 지문은 없군. 처음부터 직접 손대지 않았거나 버리기 전에 마른 천 같은 걸로 닦아낸 모양이야."

마른침을 삼키며 지켜보던 네 사람은 일제히 낙담하며 한숨을 내쉬었다.

"이건 조사할 필요도 없겠군."

총경은 구깃구깃한 신문지를 들어 다시 책상 위에 올려놓았다. 주사기와 앰풀을 싸서 버린 낡은 신문 조각이었다. 구겨진 신문지에서 또렷한 지문을 채취하기란 어려웠고, 범인의 지문이 남아 있을 가능성도 적었다.

린타로는 아버지의 허락을 얻어 주사기와 앰풀을 집었다. 앰풀에 남아 있던 갈색 잔여물을 확인한 뒤에 단호하게 말했다.

"이 앰풀에 니코틴이 담겨 있던 건 틀림없습니다. 니코틴은 공기과 접촉하면 즉시 갈색으로 변하는 성질이 있거든요."

린타로는 마술사 같은 손놀림으로 앰풀을 손에 쥐더니 손등을 내보이며 말했다.

"이렇게 하면 안 보이죠. 아무에게도 들키지 않고 뚜껑을 열수가 있습니다."

총경이 쉰 목소리로 말을 받았다.

"범인은 이 앰풀에 담긴 니코틴을 보온병에 넣은 뒤에 주사기와 함께 처분하려 한 거군."

린타로는 고개를 끄덕이더니 주사기를 꼼꼼히 살펴보기 시작했다. 아주 작은 사이즈의 주사기는 앰풀과 마찬가지로 손안에 쏙 들어갔다. 후지시로 검사가 고개를 내밀어 들여다보더니 신음을 흘렸다.

"범행을 위해 특별히 제작한 모양이군."

"아니, 병원에서 일반적으로 쓰이는 주사기입니다."

"무라카미 선생한테는 확인했습니까?"

린타로는 그렇게 물었다. 총경은 고개를 끄덕였다.

"의무실에서 쓰는 주사기와는 규격이 다르다고 하는구나. 네 예상대로 범인이 외부에서 반입한 주사기임이 틀림없다."

실린더는 비어 있었고, 바늘도 사용된 흔적이 없었다. 눈금옆에 제조 번호가 새겨져 있었다. 총경은 숫자를 더듬더듬 읽었다.

"범인이 주도면밀하지 못했군. 이런 물건은 입수 경로를 추적하기 쉽다는 사실을 몰랐던 건가."

린타로는 그 의견에 동의하지 못하겠다는 양 눈썹을 꿈틀거렸다.

"꼭 그렇다고 할 수는 없죠. 범인도 이렇게 쉽게 발견된 줄은 몰랐던 겁니다. 유류품의 존재가 문제가 될 만한 상황이 아니었다는 사실을 잊지 마세요."

"그래, 알았다."

총경은 손사래를 치며 지겹다는 듯 말했다.

"그렇게 칭찬이 듣고 싶으면 얼마든지 해주마. 증거품을 찾아낸 건 다 네 잘난 머리 덕이다."

린타로는 대꾸하지 않고 야마자키 보안과장에게 물었다.

"주사기를 어디서 찾으셨습니까?"

"1층 더스트 슈트 쓰레기더미 안에서 찾았습니다."

"틀림없습니까?"

"틀림없어. 내가 제일 먼저 찾았다."

노리즈키 총경의 말에 보안과장은 어깨를 으쓱하며 담담한 목소리로 설명했다.

"더스트 슈트는 지층을 제외한 각 층에 설치되어 있는데, 구치소 안에서 발생한 쓸모없는 것들은 죄다 1층 쓰레기장에 모아 구내 소각로에서 처리하도록 되어 있습니다. 참고로 그곳을 찾아보자고 제안한 건 접니다."

린타로는 팔짱을 끼며 말했다.

"범인은 한시라도 빨리 주사기와 앰풀을 처분하고 싶었을 테니, 지층 바로 위층인 1층 더스트 슈트에서 던진 거라고 봐도 무방할 것 같군요."

보안과장이 재빨리 덧붙였다.

"2층 이상 높이에서 버렸다면 더스트 슈트를 통해 떨어질 때 주삿바늘이 휘거나 유리가 깨졌을 겁니다. 신문지 정도로는 낙하의 충격을 견디지 못하니까요."

"그렇겠군요."

린타로가 감탄하자 보안과장은 처음으로 씩 웃었다. 주사기를 찾아낸 덕에 머리만 굴려대는 아마추어 탐정에 대한 인식이 긍정적으로 바뀐 모양이었다. 총경이 부러 헛기침을 하며 의욕적인 어조로 말했다.

"어찌되었든 온전한 상태의 증거품을 입수할 수 있어서 다행이군. 늦게 알아챘더라면 소중한 단서가 소각로 안에서 잿더미로 변했을 테니."

"……그렇진 않네."

찬물을 끼얹듯 마쓰야마 소장이 중얼거렸다. 총경은 의아스러운 표정으로 물었다.

"아니라고?"

"소각로는 해체 수리중이라 지금은 사용하지 않거든."

"해체 수리중이라고?"

소장은 무뚝뚝한 목소리로 설명했다.

"연소실이 노후화돼서 월말에 새것으로 교체할 예정이었네. 그때까지 쓰레기 소각은 중지됐고."

"구치소 안에서 쓰레기 소각을 할 수 없었다고요?"

느닷없이 린타로가 눈을 부릅뜨며 마쓰야마에게 다가갔다. 소장은 린타로의 서슬에 놀란 표정으로 대답했다.

"그렇네만, 그게 뭐 중요한 일인가?"

"이게 중요하지 않으면 뭐가 중요하단 말입니까."

❋

다섯 남자는 문제의 더스트 슈트 앞에 모여 있었다. 슈트 입구 뚜껑에 달린 손잡이를 당기자 오므린 입 모양의 투입구가 열렸다. 그 옆의 벽에는 '소각용'이라 적힌 스티커가 붙어 있었다.

스티커를 보던 린타로는 고개를 들어 소장에게 물었다.

"소각로를 사용하지 못한다면 그동안 쓰레기 처리는 어떻게 했습니까?"

"일주일에 두 번, 월요일과 목요일에 청소국에서 특별히 트럭을 보내줬네. 그때까지는 계속 여기에 쌓아뒀고."

"그전에는 어떻게 처리했습니까?"

"매일 담당 청소부가 쓰레기를 모아 저녁에 소각로에 넣었네. 소각할 때 발생하는 열로 물을 데웠고. 하루에 이 구치소 전체에서 얼마만큼의 쓰레기가 나오는지 외부인은 상상도 못할 걸세. 쓰레기장도 여기에만 있는 게 아니야. 이와 같은 더스트 슈트가 각 동마다 설치되어 있네. 그래서 소각로가 사용 중지된 뒤로는 기회가 생길 때마다 쓰레기를 줄이는 데 협조해달라고 훈시를 하고 있지만 어디 마음처럼 되어야지."

"그랬군요."

린타로가 의미심장하게 말했다.

"한마디로 오늘 이 더스트 슈트에 뭔가를 던져 넣으면 오늘이 화요일이니까…… 화, 수, 목까지 사흘 동안 이 어두컴컴한 곳에서 계속 발견되기를 기다렸겠군요."

"하지만 우리는 반나절도 지나지 않아 증거품을 찾아냈네. 그게 중요한 거 아닌가?"

소장이 떨떠름한 목소리로 말했다. 린타로는 아랑곳하지 않고 생각에 잠긴 표정을 지으며 말했다.

"내일 발견되었을 수도 있고 모레 발견되었을 수도 있죠. 소각로가 정상적으로 작동했을 경우와 비교하면 기회는 1대 3입니다. 게다가 우리는 유류품을 아주 온전한 상태로 입수했습니다. 범인에게는 불필요한 핸디캡이었던 것 같은데요."

린타로는 무언가를 암시하듯 그렇게 말하더니 금세 질문의 방향을 바꿨다.

"그나저나 소장님께 질문이 하나 더 있습니다. 아까 미나미 씨에게 보온병에 대해 물었을 때, 10시 조금 전에 이 층에서 쓸모없어진 서류를 처분하려 했다고 대답했습니다. 그때는 딱히 신경쓰지 않았습니다만, 소각로 이야기를 듣고 그 진술이 떠올랐습니다. 미나미 씨가 말한 서류 처분이란 구체적으로 어떤 걸 뜻하는 겁니까?"

소장은 대답 대신 따라오라는 시늉을 하며 더스트 슈트 앞을 떠났다. 나머지 사람들도 그의 뒤를 따랐다.

L 자형 복도의 모퉁이를 돌아 소장은 걸음을 멈췄다. 벽 쪽에 묵직한 상자 모양의 기계가 놓여 있었다. 더스트 슈트가 있는 곳에서는 사각이라 보이지 않았지만 실제로는 코 닿을 거리였다.

소장이 스위치를 누르자 기계는 찰칵거리는 쨍한 소리를 내기 시작했다. 전동 재봉틀을 돌리는 정도의 소리였다. 소장이 스위치를 끄자 소리가 멎었다. 린타로는 눈을 빛내며 들뜬 목소리로 말했다.

"문서 파쇄기군요?"

소장은 고개를 끄덕였다.

린타로는 기계에 다가갔다. 투입구는 폭이 오 센티미터쯤 되어서 전화번호부도 들어갈 만한 크기였다. 스위치를 누르자 다시 찰칵찰칵 칼날이 움직이는 소리가 났다.

"생각보다 시끄럽지는 않네요."

린타로는 혼잣말처럼 중얼거렸다. 소장은 왜 그런 데 관심을 가지는지 모르겠다는 듯 미간을 찌푸리며 말했다.

"이 정도 크기의 목소리로도 대화하는 데 지장이 없지."

"삼면이 벽이라 소리가 새어 나가지도 않고요."

소장은 도움을 요청하듯 총경 쪽으로 턱을 까닥했다. 총경은 짐짓 모른 체하며 고개를 저었다. 린타로가 스위치를 끄자 소장은 마지못해 기계의 용도를 설명했다.

"주로 두 가지 용도로 쓰네. 하나는 내부 서류 파쇄. 이렇게 말하긴 뭣하지만, 대부분의 서류는 외부로 유출되었을 때 문제의 소지가 있는 것들이고 볼일이 끝난 서류도 예외는 아닐세. 소각하더라도 반드시 기계로 파쇄한 다음에 태우게 되어 있네. 그게 규칙이야.

나머지 하나는 외부에서 피구류자들에게 넣어준 문서나 잡지 중에 우리가 부적절하다고 판단한 것들을 처분하는데, 마찬가지로 여기서 파쇄하네."

린타로는 소장의 말에 딱히 관심을 보이지 않았다. 그 대신 이렇게 물었다.

"이 파쇄기에 아까 그 주사기와 앰풀을 넣으면 어떻게 될까요?"

"끄떡없을걸. 그 정도 크기면 아무 문제 없이 가루로 만들어버렸을 거야. 이 녀석은 두꺼운 전화번호부도 십 초 안에 종잇조각으로 바꿀 정도로 엄청난 성능을 자랑하거든."

린타로는 다시 질문했다.

"이 기계는 여기 직원이라면 누구든 자유롭게 쓸 수 있습니까?"

"물론이네."

그렇게 대답하더니 소장은 지겹다는 듯 물었다.

"대체 이런 문답이 수사에 도움이 되기는 하는 건가? 범인이 파쇄기를 쓴 것도 아닌데."

"쓰지 않았다는 게 중요하죠."

린타로는 조용히 말했다. 그러자 노리즈키 총경은 믿음직스럽다는 눈빛으로 아들을 보았다.

"드디어 뭔가 알아낸 거냐."

린타로는 미소를 지으며 모든 이들에게 말했다.

"그럼 여러분, 다시 형장에 모이기로 하죠. 제 생각에 사건 해결까지 이제 한 걸음 남은 것 같습니다."

"그럴 리가."

후지시로 검사가 눈을 휘둥그레 떴다. 야마자키 보안과장은 의아스러운 표정으로 린타로를 뚫어져라 바라보았다.

린타로는 자신만만하게 고개를 저었다. 마쓰야마 소장은 반신반의한 표정으로 말했다.

"나는 도통 짐작 가는 게 없군. 대체 뭘 알아냈다는 건가? 상황은 아직 막연하기만 한데."

총경이 씩 웃으며 소장의 어깨를 툭 쳤다.

"늘 있는 일이야. 이게 저 녀석 스타일이네."

4

그 후 법의 비극 중에서도 선례를 찾아볼 수 없는 일이 일어났다. 일반적으로는 주지사의 형 집행 중지 명령이 일단 죽음의 방의 문턱을 넘으면, 사형수는 곧바로 독방으로 돌려보내지고 입회인이나 다른 참석자들은 자리를 떠나며 모든 일이 끝난다. 하지만 이번에는 지극히 특수한 경우였다. 처음부터 끝까지 계산되어 있었다는 걸 지금 확신했다. 죽음의 방 안에서 비밀을 폭로하려 하고 있었다. 하지만 브루노 주지사와 레인 씨는 대체 무엇을 바라는 것일까. 이 멜로드라마틱한 수단으로……

『Z의 비극』, 엘러리 퀸

린타로는 다시 형장을 찾았다. 이미 노리즈키 총경과 열여덟 명의 용의자들이 불단이 있는 방에 모여 있었다. 폭풍 전야와 같은 긴장감이 감도는 실내는 일시적인 정적을 유지하고 있었다. 눈에는 보이지 않지만 그 압력을 살갗으로 똑똑히 느낄 수 있는, 피할 수 없는 암울한 파국의 예감이 실내를 가득채우며 이곳에 있는 인간을 지금 당장이라도 질식시켜서 가차없이 짓눌러버리려는 것 같았다.

그래, 말 그대로 짓눌러버릴 수밖에 없다. 린타로는 늘어선 사람들에게 등을 돌린 채 천장 한 귀퉁이를 바라보며 스스로에게 그렇게 말했다. 지금으로서는 결정적인 물증이 없다. 논리의 그물로 범인을 칭칭 옭아매 도망칠 곳은 어디에도 없다는 사실을 뼈저리게 느끼게 해줘야 한다. 범인의 마음에 정신적인 고문을 가해 억지로라도 범행을 시인하게 만드는 것, 비인도적인 방식이더라도 그것이 유일한 방법이었다. 그러기 위해서 이 장소를, 죽음과 등을 맞댄 이 사형장을, 힘의 논리가 한 인간에게 무자비한 송곳니를 드러낸 투기장을 범인 지목의 무대로 택한 것이다.

자신이 짠 논리의 그물에 구멍이 없는지, 만일의 경우에 대비해 그 얼기를 되짚으며 린타로는 깊이 숨을 들이마셨다. 그리고 천천히 숨을 내뱉으며 홱 몸을 돌려 범인을 포함한 용의

자 전원과 마주보았다.

"본론에 들어가기 전에 하나 확인할 게 있습니다. 사건 발생 후 후지시로 검사님의 행동에 대해 확인하고픈 점이 있습니다."

모두의 시선이 린타로에게서 후지시로 검사의 얼굴로 옮겨 갔다. 검사는 굳은 표정으로 물었다.

"내 행동?"

"물론 검사님께서 직접 대답하실 필요는 없습니다. 소장님 께 묻겠습니다만, 아리아케 쇼지가 살해된 뒤에 검사님과 함께 형장을 나가 소장실로 갔다고 하셨죠?"

마쓰야마 소장은 말없이 고개를 끄덕였다.

"그때부터 지금 이 순간까지 줄곧 검사님과 함께 행동하셨 습니까? 한마디로, 한시도 떨어지지 않고 검사님의 모든 행동 을 감시할 수 있는 위치에 계셨습니까?"

소장은 다소 발끈한 낯빛으로 무뚝뚝하게 답했다.

"그렇네. 그럴 의도는 눈곱만큼도 없었지만."

"그 대답을 전제로 하나 더 질문이 있습니다. 사건 후에 형 장을 나온 후지시로 검사님이 1층 더스트 슈트에 들러 낡은 신 문 뭉치를 버리지 않았습니까?"

"자네가 어떤 답을 원하는지 궁금하네만, 어느 쪽이든 내 대답은 '아니오'일세."

"확실합니까?"

"절대로 아니야. 후지시로 검사는 그 부근에 얼씬도 하지 않았어."

"좋습니다. 고리는 닫혔습니다."

그 선언에 호응하듯 노리즈키 총경의 주머니 속에서 찰칵, 하고 금속 소리가 났다. 실내에 있던 모든 이들이 그 소리를 들었을 것이다. 수갑을 채우는 소리였다. 이런 연극적인 수사 방법이 그의 십팔번이었다.

*

린타로는 소리 높여 헛기침을 하더니 청중을 돌아보며 말했다.

"자, 여러분. 지금부터 시작할 소박한 비공식 신문은 어디까지나 마쓰야마 소장님께 위임받은 것이라는 사실을 명심해 주십시오. 그리고 이 자리에서 여러분께 감사드릴 일이 있습니다만, 지금까지 정식 권한을 가진 경찰관인 것처럼 행동했지만, 사실 저는 그러한 권한과는 거리가 먼 일개 민간인일 뿐입니다. 원래대로라면 제가 했던 일들은 불법 수사의 범주에 들어가겠지만, 제 행동의 목적은 어디까지나 수사의 원활한 진행이었으며 이번처럼 비상사태에서는 어쩔 수 없는 조치였다는 걸 알아주셨으면 합니다."

린타로는 거기까지 말한 뒤 사람들의 반응을 살폈지만 아무도 적극적으로 항의하려 하지 않았다. 그는 말을 이었다.

"더불어 여러분께 미리 양해를 구해야 할 점이 있습니다. 저는 그저 여기 있는 노리즈키 총경의 대리인에 불과하다는 사실입니다. 따라서 앞으로 '저'라는 일인칭으로 하는 모든 이야기는 어떠한 경우에도 노리즈키 총경 본인이 수사 경과를 설명하는 것이라 생각해주십시오. 또한 앞으로 제가 여러분 앞에서 드리는 말씀은 모두 히로세 검찰 서기관님이 받아써서 기록으로 남긴다는 점도 알려드립니다."

무게를 잡으며 예의를 갖춘 뒤, 린타로는 진중한 말투로 입을 열었다.

"오늘 오후 2시 59분, 아리아케 쇼지라는 인물이 지금 제가 서 있는 이곳, 바로 뒤에 있는 사형 집행대에서 살해됐습니다. 사인은 니코틴 중독으로, 독극물은 피해자가 죽기 직전에 옆에 있는 불단에서 마신 차 속에 들어 있었습니다. 그리고 범인이 니코틴을 넣은 것은 차를 담기 위해 준비한 보온병이었다는 사실이 밝혀졌습니다. 참고로 순수한 니코틴은 자극적인 맛이 강하지만, 피해자는 극도의 긴장 상태에서 차를 마신 까닭에 그

치명적인 맛을 알아채지 못했습니다. 당시 아리아케 쇼지 본인
도 "감개무량해서 맛도 잘 모르겠군요"라고 했습니다."

청중들은 말없이 린타로의 말에 열심히 귀기울이고 있었다.
히로세 서기관이 쥔 펜 소리가 흐르듯 막힘없이 흘렀다.

"이번 사건의 피해자, 아리아케 쇼지는 오늘 오후 3시에 집
행이 예정되어 있던 사형수였습니다. 아마 이 범죄에서 가장
이해가 가지 않는 부분은 바로 이 점이겠죠. 사형 집행 명령이
떨어진 사형수를 사형 집행 직전에 살해한다. 이 행위는 우리
가 이해할 수 있는 범위를 넘어섰습니다. 여기에는 세속적이고
현세적인 동기가 존재할 여지가 전무한 것처럼 여겨지죠. 경우
에 따라서는 이 사건을 소위 '동기 없는 범죄'의 한 예로, 그 관
점에서 논의할 수도 있습니다."

린타로는 조심스레 목소리에 힘을 주었다.

"그러나 지금까지 세 번에 걸쳐 말씀드린 것처럼 동기를 추
궁하는 것은 이 범죄의 진상을 밝혀내는 가장 빠른 길이 아닙
니다. 동기 측면에서 범죄에 접근하는 건 주관에 치우쳐 자의
적인 가치 판단으로 흘러가버리게 되니까요. 결코 공정한 법
정신이 바라는 바는 아니죠. 따라서 이 신문의 주안점은 어디
까지나 외적 사실에 기초한 객관적인 사건의 재구성이며, 동기
의 해석은 부차적인 문제일 뿐입니다."

노리즈키 총경이 입을 이죽거리더니 다른 이들은 눈치채지 못할 만큼 살짝 고개를 저었다. 다른 사람은 몰라도 아버지의 눈은 속일 수 없었다. 지금 입에 담은 말들은 린타로의 본심과는 동떨어져 있었다. 눈앞에 손가락을 들이대며 범인을 지적할 수 있는 단계에까지 이르렀음에도, 사건의 핵심이자 최대의 수수께끼인 범행 동기에 대해서는 알아낸 게 아무것도 없는 것이나 마찬가지였다. 차라리 범인이 상식에서 벗어난 살인광이라면 그 즉시 설명은 끝나겠지만.

하지만 눈앞에 있는 범인보다 우위에 서려면 약점을 내보일 수 없었다. 무슨 수를 써서라도 범인을 궁지에 몰아 자백을 받아내지 않는 한, 도저히 이 범죄의 본질을 파악할 수 없을 것 같았기 때문이다.

린타로는 쉬지 않고 말을 이었다.

"제일 먼저 제 눈길을 끈 건, 사형 집행 직전에 아리아케 쇼지에게 차를 대접했다는 점 그리고 그걸 위해 문제의 보온병을 이 불단에 가져오라는 명령이 떨어진 게 집행 당일, 즉 오늘 오전 10시 조금 전이었다는 사실입니다. 물론 이 결정은 마쓰야마 소장님의 배려에서 나온 것이었습니다.

이게 왜 주목할 만한 사실이냐고요? 범인이 이 결정을 알아낸 뒤에 니코틴을 입수하려고 했다면 구할 방법이 없었기 때문입니다. 오전 10시 전에 결정이 났다고 말씀드렸습니다만, 이때 그 소식을 즉시 들었던 인물은 마쓰야마 소장님 본인을 제외하고는 차 준비를 했던 미나미 사무원밖에 없었습니다. 그 두 사람 말고 다른 인물이 이 결정을 알 수 있었던 건, 그보다 더 늦게, 실제로 보온병을 불단에 가져온 오전 11시 이후가 마지노선이었다는 사실이 복수의 증언에 의해 확인되었습니다.

여러분도 이미 아셨겠지만, 이 구치소 안에 니코틴은 존재하지 않습니다. 더욱이 범인이 일단 구치소 밖으로 나가 니코틴을 입수해, 다시 돌아와 범행을 저질렀을 가능성은 희박하다고 봐야 하며, 검토할 가치도 없습니다. 그만큼의 시간적 여유는 없었을 테고, 무엇보다 순수한 니코틴이란 그리 쉽게 구할 수 있는 약물이 아니거든요.

하지만 그렇다고 소장님 본인이 미리 니코틴을 준비해놓고 나중에 결정을 내렸다는 결론을 도출하는 것도 섣부른 짐작일 뿐이죠."

린타로는 미소 지으며 말했다.

"왜냐하면 그건 소장님이 직접 본인이 범인이라 선언하는 것이나 마찬가지이기 때문입니다. 저는 이런 결론을 채택할 생각이 없습니다.

여러분 중에는 이렇게 생각하시는 분이 계실지도 모르겠군요. 범인은 원래 담배에 독을 넣을 작정으로 니코틴을 준비했다. 사형수에게 마지막으로 담배 한 대를 피우게 해주는 것이 마쓰야마 소장님의 오랜 습관이었으니까요. 하지만 당일이 되어 아리아케 쇼지에게 주는 마지막 선물이 차와 만주로 바뀐 것을 알고 그 즉시 조치를 취한 것에 불과하지 않은가, 라고요. 하지만 범행을 그렇게 치밀하게 준비했으면서 독살하려는 상대가 담배를 피우는지 아닌지도 확인하지 않았다는 주장은 받아들이기 어렵습니다. 게다가 마지막 선물인 담배는 따로 준비해놓는 게 아니라, 소장님이 본인의 담뱃갑에서 한 개비를 꺼내준다고 들었습니다. 그러한 사실을 고려하면 현실적으로 범인이 담배에 독을 넣으려 했을 리는 없죠. 행여 소장님이 독이 든 담배를 피워서 먼저 사망한다면 수습할 여지가 없을 테니까요. 따라서 이 가능성도 이번 사태를 설명하기는 적합하지 않습니다.

저는 이러한 가능성을 배제한 끝에 범인은 자신이 보온병에 니코틴을 넣게 될 줄은 몰랐던 게 아닐까, 라는 생각을 했습니다. 바꿔 말하면, 범인은 오전 11시 이후에 우연히 불단에 놓인 보온병을 보고 즉시 그 용도를 추측하거나, 아니면 누군가에게 이야기를 듣고 때는 이때다 하고 니코틴을 넣었다는 겁니다. 한마디로 범인이 아리아케 쇼지를 살해할 수 있었던 건 전적으로 요행이었다는 결론에 이르렀습니다."

대부분의 청중들은 술렁거렸지만 린타로는 아랑곳하지 않고 논증을 이어갔다.

"범인은 요행으로 범행에 성공했다. 이 결론이 안이하게 들릴지도 모르지만 치명적인 구멍은 없습니다. 제가 보기에는 별문제가 없군요. 아니, 오히려 어떠한 추측보다도 더욱 자연스럽고 현실적이라 생각할 만한 이유가 있습니다.

애당초 사형 집행이라는 행위는 아무리 정형화되어 되풀이되더라도 절대로 일상적인 행위가 될 수 없습니다. 법치국가인 우리 나라에서도 아직 이러한 정체 모를 야만적인 냄새가 남아 있다는 사실에 다른 누구보다 여러분이 가장 먼저 동의하시겠죠. 그러한 비일상적 상황에서 의식의 주역인 사형수를 살해한다는 행위는 여간 어려운 일이 아닙니다. 불가능에 가까운 모험이죠. 그러한 불가능한 일에 도전하려는 범인이 하늘에 운을 맡기고 요행을 바랐을 거라고 생각해서는 안 되는 이유가 있을까요? 통찰력과 결단력을 겸비하고, 기회를 이용할 수 있는 요령을 가진 사람이라면 그러한 수를 썼을 가능성은 충분히 있습니다. 뿐만 아니라 니코틴이라는 독극물을 사용했다는 점이 이범죄의 개연성을 뒷받침해주고 있죠.

니코틴은 경구 섭취뿐 아니라 직접 인체에 투입해도 강력한 독성을 발휘합니다. 날카로운 바늘 끝에 니코틴을 발라 피부에 직접 찌르거나 주사기로 피하에 주사하면 상대는 괴로워하며 곧바로 죽음에 이릅니다. 따라서 범인이 아리아케 쇼지를 살해하고자 수많은 살해 방법 중에서 니코틴에 의한 독살을 택한 이상, 당연히 이 방법들도 고려했을 것이 틀림없습니다.

때문에 지금까지 말씀드린 것처럼 만일 범인이 처음부터 어떠한 요행을 바라고 니코틴을 가지고 들어왔다면, 예비 수단으로 뾰족한 바늘이나 주사기를 함께 들여왔을 거라고 생각하는 편이 타당합니다. 여기서 예비 수단이라고 표현한 건, 기실 결과적으로 범행이 경구 투여 방법으로 이루어졌기 때문에 그러한 용어를 썼을 뿐 실제로 범인이 어느 방법에 중점을 두었는지 그 의도와는 상관없습니다. 오히려 이러한 상황에서는 바늘을 이용한 범행이 훨씬 실현 가능성이 크고 보온병에 직접 투입하는 방법은 불확실한 우연에 의지한 것이라 할 수 있죠.

논의가 중심 주제에서 너무 벗어난 것 같군요. 어쨌든 저는 이와 같은 고찰을 통해, 범인은 범행 성공 가능성을 높이기 위해, 범행 수단이 하나뿐인 것보다는 여러 가지일 경우가 성공률이 높아진다는 건 말할 것도 없겠죠……. 바늘, 또는 주사기 같은 종류의 흉기도 구치소에 가지고 들어왔을 것이 틀림없다는 결론을 도출했습니다."

누군가가 가느다란 피리 소리 같은 한숨을 흘렸다. 린타로는 쑥스러운 듯 고개를 숙이며 오른손을 두어 번 좌우로 흔들었다.

"여러분 중에는 이 결론을 회의적으로 생각하시는 분도 계실 겁니다. 솔직히 이 지점까지 저의 고찰은 다소 직감에 기댄 터라 논리적인 증거가 결여되어 있습니다. 하지만 실제 범죄 수사 현장에서는 반드시라 해도 좋을 만큼 이러한 종류의 논리적 비약이 존재하죠. 비약의 성질 여하에 따라 수사 방향은 바른 쪽으로도 그릇된 쪽으로도 잡힐 수 있습니다.

저는 이 결론을 독선적인 가설로 남겨둘 생각은 없습니다. 즉시 검증을 시작했죠. 저희는 야마자키 보안과장님의 협조하에 구치소 안을 샅샅이 수색했습니다. 이 형장도 예외는 아닙니다. 수색 대상은 말할 것도 없이 바늘과 주사기였습니다. 제 가설이 정당하다면 범인은 니코틴과 마찬가지로 그러한 물건들을 구치소에 가지고 들어왔을 것이며, 그 후에 밖으로 반출했을 가능성도 없습니다. 지금까지 여러분 모두가 구치소 안에 머물고 있다는 단순한 이유에서지만요. 따라서 그 물건들은 이 구치소 안에 있어야 합니다."

린타로는 연출적인 효과를 감안하여 잠시 입을 다물었다. 청중들은 하나도 빠짐없이 그의 독백극에 몰입하고 있었다. 살인범 역시 뒷이야기가 궁금해서 마음을 졸이고 있겠지. 내심 그런 생각을 하며 린타로는 다음 단계로 들어섰다.

"수색 결과, 제 추리를 뒷받침해줄 물증이 발견됐습니다. 사용하지 않은 주사기 한 개와 니코틴을 넣었던 앰풀 한 병이 신문지에 싸여 1층 더스트 슈트 쓰레기 더미에 버려져 있었습니다."

린타로는 아버지에게 눈짓을 했다. 노리즈키 총경은 주머니에서 주사기와 앰풀이 든 비닐봉지를 꺼내 높이 들어올렸다.

린타로가 말했다.

"다행히도 이 증거품들은 온전한 상태로 저희에게 발견됐습니다. 안타깝게도 범인의 지문은 찾지 못했습니다. 이 점에 대해서는 조금 이따가 자세히 말씀드리겠지만, 시사하는 바가 있다는 사실은 일단 지적해두죠.

이 증거품들이 그 후에 수사를 진전시키는 데 어떠한 역할을 했는지 설명해야겠군요. 먼저 주사기, 관리 책임자인 무라카미 선생의 증언으로 이 구치소 의무실에 비치되어 있던 게 아니라는 사실이 밝혀졌습니다. 따라서 주사기는 외부에서 반입된 것입니다. 거듭 말씀드릴 필요도 없이, 주사기의 존재가 확인됨으로써 아까 제시한 제 가설, 범인이 요행을 바라고 범행을 계획했다는 사실이 의심할 여지 없이 입증되었습니다. 보온병에 니코틴을 넣은 건, 범인이 사전에 계획했던 유일한 범행 방법이 아니었습니다. 이 결론은 동시에, 오늘 오전 11시 이후에 형장에 한 번이라도 드나든 인물은 모두 아리아케 쇼지를 살해했을 가능성이 있다는 사실을 나타냅니다.

나아가 하나 더. 이 주사기에는 공장에서 제조되었을 때 새겨진 제조 번호가 남아 있었습니다. 의료 기구는 일반적인 상품에 비해 유통 범위가 제한되어 있는 까닭에 입수 경로를 추적하는 것도 무척 쉽습니다. 주사기의 제조 번호를 지우지 않고 남겨둔 건 범인에게는 치명적인 실수였지만 수사진에게는 엄청난 선물이었죠. 이 점에 대해서는 앞서 지적했던 점과 함께 잠시 후에 자세히 살펴볼 예정입니다.

다음으로 니코틴을 넣었던 앰풀입니다만, 주사기가 미사용 상태였던 점과 다른 용기가 발견되지 않았다는 점으로 미루어 범인이 앰풀에 든 니코틴을 직접 보온병에 넣었다는 사실을 알 수 있습니다. 이 앰풀이 주사기와 함께 발견되었다는 사실을 통해 범인이 이것들을 처분한 건 불단에서 독을 넣은 뒤라는 사실도 유추할 수 있죠. 즉 범인은 니코틴을 넣은 뒤에 형장에서 일단 밖으로 나간 것이 틀림없습니다."

린타로는 순간적으로 입을 다물고 형장을 지배하는 얼어붙은 공기에 다시 귀를 기울였다. 그리고 굳은 표정으로 무겁게 입을 뗐다.

"하지만 그러한 사실보다 더욱 중요하고 의미 있는 사실이 우리 앞에 존재했습니다. 어떤 의미로는 수사진들에게 예기치 못한 행운이었죠. 한편으로는 범인이 범행을 저지를 수 있게 도와준 우연이 변덕스럽게도, 예기치 못한 형태로 우리에게 구원의 손길을 내민 것입니다.

뜸은 그만 들이고 솔직하게 말씀드리죠. 예기치 못한 행운이란 오늘 현재, 이 구치소 내부의 소각로가 교체 작업으로 인해 사용할 수 없는 상태였다는 사실입니다."

마지막 말에 용의자들은 노골적으로 당혹스러운 기색을 내비쳤다. 린타로는 그 반응, 특히 범인의 표정을 음미하듯 눈을 내리깔았다.

"이는 구치소 안에서 모두가 아는 사실이었으며, 제가 왜 그 일을 그토록 중요하다 여기는지 여러분께서는 의아해하실지도 모르겠습니다."

린타로는 코웃음을 치며 말했다.

"구치소 안의 소각로를 사용하지 못하는 상황에서 쓰레기는 어딘가 외부에서 처분해야 하죠. 사흘 간격으로 청소국 트럭이 와서 쓰레기를 반출합니다만, 주의할 점은 오늘을 포함해 사흘간 구치소에서 나온 쓰레기는 그 상태로 처리되기를 기다려야 한다는 것입니다. 한마디로 오늘 더스트 슈트에 쓰레기를 넣었다면 원래는 오늘 안으로 소각로 안에서 불타 흔적도 없어졌을 테지만, 실제로는…… 설령 오늘 안에 발견하지 못했다 해도 내일까지 쓰레기장에 방치되어 있었을 거라 예상할 수 있습니다.

물론 그 덕에 중요한 증거품이 소각로에서 재로 변해버리는 일 없이 손에 넣을 수 있었습니다만 제가 말한 예기치 못한 행운이란 결코 이걸 가리키는 게 아닙니다."

린타로는 청중을 힘주어 바라보며 목소리를 높였다.

"대체 범인은 왜, 발견되면 자신을 불리하게 만들 증거품을 온전한 상태로 사흘 동안이나 방치해두려 했을까요?

범인이 전혀 무릅쓸 필요가 없는 위험이었습니다. 극단적으로 말하면, 스스로 이것 좀 보라고 떠벌리는 것이나 마찬가지인 행위였습니다. 왜 범인은 굳이 이러한 위험을 감수한 걸까요?

우선 이렇게 볼 수도 있겠죠. 범인이 의도적으로 수사에 혼선을 줄 작정으로 일부러 거짓 증거를 찾아내도록 꾸몄을 가능성입니다. 주사기나 바늘의 존재가 수사 방침을 잘못된 곳으로 유도하기 위한 단서로서 이용되었을 경우죠. 한마디로 범행이 주도면밀한 계획에 의해 이루어졌다는 사실을 감추기 위해……. 이 가능성은 당연히 마쓰야마 소장님이 범인인 것을 전제로 했을 때입니다만, 마치 범인이 요행으로 범행에 성공한 듯한 상황을 연출하고자 주사기를 방치한 케이스입니다.

이 설명은 너무나 억지스럽고 현실적이지 않은데, 주사기 제조 번호를 지우지 않았다는 사실만 봐도 쉽게 부정할 수 있습니다. 범인이 일부러 경찰의 눈에 띄게 하기 위해 주사기를 방치했다면 당연히 입수 경로가 추적당할 위험성을 예상하고 미리 제조 번호를 지우든지 또는 주사기를 부수어 번호를 읽어 낼 수 없는 상태로 만들었어야 합니다. 따라서 제조 번호가 그대로 남아 있다는 건 범인이 주사기와 앰풀을 처분할 때 앞으로 발견될 일이 없으리라 믿어 의심치 않았다는 사실을 명확하게 드러냅니다.

이 점을 고려하면 우리가 직면한 의문에 대한 합리적인 설명은 오로지 하나밖에 없다는 걸 알 수 있죠. 즉 범인은 소각로가 수리중이라 사용할 수 없다는 사실을 몰랐던 겁니다. 때문에 범인은 '소각용' 스티커가 붙은 더스트 슈트를 본 순간, 그곳에 뭔가를 버리면 가장 빨리 소각 처분되어질 것이라고 생각한 겁니다. 더스트 슈트만 봐서는 소각로가 사용할 수 없는 상황이라는 사실을 알 수 없었을 테니까요."

린타로가 입을 다물자 청중들은 다시금 웅성거리기 시작했다. 대부분의 사람들이 갈피를 잡지 못하는 것 같았다. 린타로는 그들을 한껏 애달게 한 뒤에 조심스레 선언했다.

"이와 같은 사실을 통해, 저는 범인이 구치소 내부 사정에 밝지 않은 외부인이라는 결론에 도달했습니다."

청중들은 일제히 놀란 듯 숨을 삼켰다. 그것은 흡사 형장이 내는 으스스한 딸꾹질 소리처럼 들렸다.

"당연한 귀결입니다. 내부인이라면 소각로가 사용할 수 없는 상태라는 이야기를 귀에 딱지가 앉도록 들어서 잘 알고 있었을 테니까요. 따라서 구치소 관계자라면 주사기를 처분할 때 절대로 더스트 슈트에 버렸을 리가 없다고 단언할 수 있습니다. 게다가 외부인이 범인이라면 주사기의 출처가 의무실이 아니라는 이야기와도 자연스럽게 맞아떨어지죠. 말할 것도 없이 범인은 구치소 관계자가 아니기 때문에 의무실의 주사기를 입수할 길이 없었죠.

나아가 이 결론에는 또 하나의 보조적인 근거가 존재합니다. 구치소 관계자라면 1층 더스트 슈트 옆에 서류를 처분할 때 쓰는 파쇄기가 있다는 사실을 알고 있었을 겁니다. 더스트 슈트에서 코 닿는 거리에 있고, 위치 또한 삼면이 벽으로 둘러싸인 L자형 복도 구석이라 보는 눈도 없고, 기계 소리도 그리 크지 않습니다.

요컨대 주사기와 앰플을 더스트 슈트에 버리기보다 근처에 있는 파쇄기에 넣어 산산조각 낸 뒤 종잇조각이랑 섞어 두는 게 누가 봐도 더욱 안전하고 확실한 처리 방법이죠. 파쇄기를 사용하지 못했을 만한 이유도 존재하지 않았습니다.

그럼에도 범인이 파쇄기를 사용하지 않고 여러모로 제약이 많은 더스트 슈트를 택해 결과적으로 꼬리가 잡힌 건, 애초에 범인이 파쇄기의 존재 자체를 몰랐다는 사실을 말해줍니다. 여러분도 아시겠지만 파쇄기가 놓인 구획은 더스트 슈트가 있는 위치에서는 사각이라 잘 보이지 않습니다. 그래서 범인은 바로 옆에 파쇄기가 있는 줄 몰랐죠. 이 점을 통해서도 범인이 구치소 내부 사정에 어두운 외부인이라는 사실을 알 수 있습니다."

린타로는 다소 긴장을 풀었다. 다시 헛기침을 하더니 이번에는 대수롭지 않다는 듯 말했다.

"여기서 아까 제가 증명했던 사실을 떠올려주시길 바랍니다. 범인은 처음부터 구체적인 범행 방법을 제한하지 않고 상황에 따라 가장 적절한 수단을 선택하려는 의지를 가지고 있었다는 전제입니다.

그에 관해서 다음과 같은 점을 지적해야 합니다. 범인이 구치소 내부 사정에 어두운 외부인이라는 결론이 이 전제에 부합한다는 것입니다.

새삼 말할 것도 없이, 외부인이 미리 범행 방법을 세세하게 결정하는 건 불가능했을 겁니다. 때문에 범인은 범행을 요행에 맡길 수밖에 없었죠. 말하자면 이 범죄의 개연성 자체가 외부인의 범행임을 여실히 드러내고 있는 겁니다."

"자네 능력을 과소평가했군. 과연 듣던 대로 명탐정이야."

난데없이 소장이 감탄사를 흘렸다. 린타로는 건성으로 목례를 하며 말했다.

"감사합니다. 하지만 이 신문은 이제 겨우 중반에 접어들었을 뿐입니다."

"그랬지. 마음껏 말해보게."

린타로는 고개를 끄덕이며 마른 입술을 적신 뒤 다시 청중과 마주보았다.

"위와 같은 추론을 거쳐 저는 용의자의 범위를 단번에 줄일 수 있었습니다. 지금까지는 '오늘 오전 11시부터 사형 집행 직전까지 형장에 한 번 이상 드나들었던 사람' 정도로밖에 좁힐 수 없었기 때문에 여기 계신 열여덟 분을 모두 살인 용의자로 간주할 수밖에 없었습니다. 하지만 이 시점에서 열여덟 분 중에 '구치소 내부 사정을 잘 아는 내부인'을 제외할 수 있게 되었습니다. 수사상의 크나큰 진전이죠."

사람들은 온순한 양떼처럼 숨을 삼키며 이어지는 말을 기다렸다. 린타로는 그들의 얼굴을 차례대로 훑어보며 경쾌한 어조로 말했다.

"그러면 실제로 이 조건에 여러분 개개인을 대입해보겠습니다.

당연한 말이지만 구치소의 직원들은 제일 먼저 제외됩니다. 마쓰야마 소장님, 야마자키 보안과장, 세키네 보호과장, 미시로 교육과장, 이와미 간수장. 집행에 입회한 일곱 명의 교도관 전원입니다. 그리고 집행 전에 형장에 들어갔던 사와키 교도관과 미나미 사무원, 이상 열네 명의 결백은 명백합니다.

다음으로 미화원인 다카미네 씨도 직원에 준하는 신분이니 구치소 내부 사정에 밝은 내부인의 범주에 속하며, 말할 필요도 없이 소각로의 상태에 대해 업무상 가장 잘 알고 있었을 인물입니다. 따라서 그녀 역시 범인의 조건에 부적합한 인물로 용의 선상에서 제외시킬 수 있습니다.

다음은 미하라 교회사. 엄밀히 따지면 구치소 내부인은 아니지만, 실질적으로는 거의 매일같이 이곳을 찾아오고 있습니다. 따라서 구치소 내부 사정에 밝은 것으로 보고 용의 선상에서 제외할 수 있습니다.

이렇게 총 열여섯 명을 최초 용의자 열여덟 명에서 제외하면 두 명이 남게 됩니다. 여러분, 딱 두 명입니다.

그리고 이 두 사람은 물론 검찰청에서 파견된 후지시로 검사와 히로세 서기관입니다."

그때까지 막힘없이 린타로의 말을 좇던 속기 소리가 순간 멎었다. 히로세 서기관은 아연실색한 표정으로 린타로를 보았다.

"……계속하시죠."

린타로가 싸늘하게 재촉하자 서기관은 마지못한 표정으로 다시 펜을 잡았다. 후지시로 검사는 목에 힘을 주며 간신히 무표정을 유지하고 있었다. 린타로는 씩 웃으며 다시 말했다.

"이 두 사람은 검찰청에서 파견된 후지시로 검사와 히로세 서기관입니다. 그들은 이 구치소에 소속되지 않은 인물이며, 이미 용의 선상에서 제외한 열여섯 명과 비교했을 때 내부 사정에 밝은 내부인이라 말하기 어렵습니다. 그러한 점에서 이 두 사람은 혐의를 벗을 수가 없죠.

하지만 이 두 사람 중 후지시로 검사에 한해서는 객관적인 기회의 측면에서 범행이 불가능했다는 사실이 밝혀졌습니다."

그렇게 말하며 린타로가 후지시로를 보자 청중들의 눈 역시 빨려 들어가듯 그에게 옮겨갔다.

"12시에 소장님과 함께 형장을 방문했을 때에는 불단에 가까이 가지 않았죠. 따라서 이때는 보온병에 니코틴을 넣을 수가 없었습니다. 한편, 두 번째로 형장에 나타난 오후 1시 반부터 아리아케 쇼지가 살해될 때까지는 물리적으로 충분히 독을 넣을 수 있었습니다. 하지만 후지시로 검사는 문제의 주사기와 앰풀을 버릴 기회가 없었습니다.

앞서 말씀드렸던 것처럼 주사기와 앰풀이 더스트 슈트에 버려진 건 불단에 놓인 보온병에 니코틴이 투입된 것보다 나중 일입니다. 따라서 후지시로 검사가 살인범이라 가정하면 그는 아리아케 쇼지의 사후에 마쓰야마 소장님과 함께 형장에서 나온 뒤에 증거품을 처분했다고 봐야 합니다. 아까 제가 본론에 들어가기 전에 소장님에게 질문한 건 이 점을 확인하기 위해서였습니다. 그리고 소장님의 답으로 이 가능성은 즉시 부정됐죠.

형장에서 나온 뒤 줄곧 후지시로 검사와 함께 행동한 마쓰야마 소장님은 방금 여러분의 눈앞에서 단언했습니다. 후지시로 검사는 1층 더스트 슈트 근처에 얼씬도 하지 않았다고요. 후지시로 검사가 주사기와 앰풀을 처분하는 건 불가능했으며, 실제로 그 물건들이 더스트 슈트에서 발견된 이상, 그가 살인범일 리는 없습니다.

단, 판단을 내리는 건 현시점에서는 일단 보류하겠습니다. 왜냐하면 형장을 나선 뒤의 후지시로 검사의 행동에 대해 마쓰야마 소장님이 진실을 말한다는 보장이 없기 때문이죠. 논리적인 확실성을 담보하려면 어떠한 이유로 소장님이 후지시로 검사를 감싸기 위해 허위 증언을 했을 가능성도 고려해야 하니까요.

하지만 설령 마쓰야마 소장님이 후지시로 검사를 감쌀 의도로 거짓말을 했다면, 다른 말로…… 후지시로 검사가 증거품을 더스트 슈트에 버리는 장면을 목격했다면, 소장님은 그 시점에서 소각로가 수리중이라 사용할 수 없다는 사실을 검사에게 알려주지 않았을까요? 두말할 것 없이 소장님은 구치소 내부인이며 소각로를 사용할 수 없다는 걸 알고 있었습니다. 요컨대 어떠한 형태로든 마쓰야마 소장님이 후지시로 검사의 범행이나 증거 인멸에 관여했다면 애초에 증거품이 더스트 슈트에 버려져 우리가 찾아낼 수 있지도 않았을 거란 말입니다.

그러지 않았다는 건 여러분이 더 잘 아실 겁니다. 그렇다면 소장님의 증언은 간접적이긴 합니다만, 그 진실성을 보증한다고 간주해도 좋겠죠. 따라서 후지시로 검사는 살인범의 조건, 니코틴을 보온병에 넣고 그 뒤에 주사기와 앰풀을 신문지에 싸서 더스트 슈트에 버릴 수 있었던 인물……에는 해당하지 않습니다. 그의 이름 역시 보류 없이 용의 선상에서 제외해야 합니다."

린타로가 말을 마치자 모두의 시선은 자연스레 히로세 서기관에게 집중되었다. 서기관 본인은 쭈뼛거리며 고개를 들더니 불안한 눈빛으로 린타로를 보았다.

린타로는 침착한 목소리로 말을 이었다.

"이처럼 마지막에 남은 것은 단 한 명, 즉 히로세 서기관입니다.

그러면 그가 바로 우리가 찾던 살인범일까요? 아리아케 쇼지를 살해하기 위해 보온병에 니코틴을 넣은 건 그일까요?"

린타로는 잠깐 숨을 돌렸다 날카롭게 말했다.

"아닙니다. 그 역시 살인범의 조건에 들어맞지 않는 사람입니다. 왜냐하면 히로세 서기관 역시 앞서 말씀드린 후지시로 검사의 경우와 마찬가지로 범행을 저지를 수 있는 기회가 없었던 게 분명하기 때문입니다.

정오에 히로세 서기관이 이 형장을 찾았을 때에는 후지시로 검사와 마찬가지로 그 역시 불단에 접근할 수가 없었습니다. 따라서 서기관이 니코틴을 보온병에 넣었다면 그 시점은 다시 형장을 찾은 오후 1시 반 이후여야 합니다.

하지만 여러분도 아시다시피, 히로세 서기관은 오후 1시 반부터 한 번도 형장에서 나가지 않았습니다. 불단에서 독을 넣은 뒤에 주사기와 앰플을 1층 더스트 슈트에 버리는 게 불가능했다는 뜻이죠. 증거품 처분을 처분한 시점이 보온병에 니코틴을 넣은 것보다 나중이었던 게 분명한 이상, 히로세 서기관이 범인일 가능성은 배제해야 합니다.

어쩌면 여러분 중에는 서기관은 형장에 갇혀 있었지만, 따로 공범이 있었다면 주사기와 앰풀을 처분할 수도 있었을지도 모른다고 반박하실 분이 계실지도 모르겠습니다. 하지만 이건 그다지 유효하지 않은 반박입니다.

설령 서기관에게 공범이 있었더라도, 그 공범은 오후 1시 반 이후에 형장에서 밖으로 나간 인물일 수밖에 없습니다. 그중에는 사건이 발생하고 나서 시신을 검시하기 위해 지하 검시실에서 올라온 무라카미 선생도 포함됩니다만, 여기서 주의해야 할 점은 그런 인물들까지 포함하여 형장에 드나든 사람이, 후지시로 검사를 제외하고는 모두 이 구치소의 직원이라는 점입니다. 그들은 더스트 슈트에 증거품을 버릴 리가 없는 인물들이라 이미 용의 선상에서 제외되었죠. 단독범이든, 증거품 처분만을 맡은 공범이든, 사정은 모두 같습니다. 한마디로 후지시로 검사를 제외한 사람들은 모두 히로세 서기관의 공범일 수 없다는 거죠. 나아가, 후지시로 검사가 주사기와 앰풀을 처분할 수 없었다는 사실은 마쓰야마 소장님의 증언을 바탕으로 이미 증명이 끝났습니다. 두 분이 서기관의 공범이었을 가능성도 앞선 추론과 같은 이유에서 부정할 수밖에 없습니다.

따라서 서기관에게 공범이 있었다는 걸 전제로 하는 반박은 전혀 유효하다 할 수 없습니다. 애초에 이 사건에서 공범자, 즉 증거품을 처리할 수 있었던 사람이 전혀 존재하지 않는다는 건 불 보듯 뻔합니다.

위와 같은 사실로 미루어 히로세 서기관이 살인범일 수 없다는 점은……."

린타로는 살짝 상기된 표정으로 서기관의 필기가 따라잡기를 기다렸다 선언했다.

"명백합니다."

청중들은 다시금 정적에 휩싸였다. 한숨 소리 하나 새어 나오지 않았다. 너 나 할 것 없이 생각하지 못한 방향으로 나아가는 논리의 흐름에 속수무책으로 희롱당하는 것 같았다. 그런 가운데에서 홀로 초연한 린타로는 조용히 말을 이었다.

"이렇게 열여덟 명의 관계자 전원이 살인범의 조건을 만족시키지 못하는 인물로서, 용의 선상에서 완전히 제외되었습니다.

이것은 일견 부조리하기 짝이 없는 결론처럼 보이겠죠. 보온병에 니코틴을 넣을 수 있었던 사람이 여기 있는 열여덟 명 이외에 존재하지 않았던 것이 명백한데, 열여덟 명 중 누구도 범인일 수 없었다는 사실이 증명되었으니까요.

그럼 제 논증에 오류가 존재하는 걸까요? 건방지게 들리실지 모르겠지만 그건 아닙니다. 저는 사실을 토대로 다시 사실을 쌓아 신중하게 논증을 전개했으며, 그 과정에서 자의적인 억측은 남김없이 배제했기 때문입니다. 한마디로 아리아케 쇼지를 살해한 인물은 이 구치소 내부 사정에 어두운 외부인이어야만 하며 나아가……."

"잠깐!"

린타로의 말을 끊은 건 노리즈키 총경이었다. 그는 실내를 뒤흔들 만큼 큰 소리로 외쳤다.

"열아홉 번째 인물을 잊고 있구나."

"뭐라고요?"

"오늘 형장에 있었던 열아홉 번째 인물 말이다. 그 인물은 외부인이 아니었지만, 그럼에도 구치소 내부 사정은 전혀 몰랐을 거다. 그리고 지금 이곳에 없을뿐더러 지금까지 한 번도 의심을 받지 않았던 인물이다."

총경은 한 건 했다는 표정으로 씩 웃으며 자신만만하게 말했다.

"바로 사형수 자신이다. 아리아케 쇼지는 자살한 거다."

✳

"그건 주객이 전도된 발상입니다."

잠깐의 혼란이 지나가자 린타로는 덤덤한 목소리로 조용히 말했다.

"왜냐하면 아리아케 쇼지야말로 누구보다 주사기와 앰풀을 처분할 수 없었던 인물이기 때문입니다. 말할 것도 없이 그는 자신의 의지로 형장을 나갈 수 없었던 유일한 인물입니다. 따라서 1층 더스트 슈트에 직접 주사기와 앰풀을 버리는 건 불가능했습니다. 또한 아리아케 쇼지에게 협력자, 주사기와 앰풀을 받아 대신 처분한 인물이 있었을 거라고 생각할 수는 없습니다. 그 가능성은 앞서 말씀드렸던 공범론을 덧붙임으로써 즉시 부정할 수 있습니다.

이러한 이유로 형장에 있던 열아홉 번째의 인물, 아리아케 쇼지도 독살범……. 이 표현이 적절한지는 모르겠지만, 아무튼 독살범이 될 수 없었음은 분명합니다. 달리 말하면 그가 자살했을 가능성은 전혀 없습니다."

린타로는 아버지에게 쐐기를 박듯 강조했다. 노리즈키 총경은 잔뜩 풀이 죽어서 이리저리 눈동자를 굴렸다. 순간 린타로의 입가에 미소가 번졌지만 금세 진지한 표정으로 돌아왔다.

"예상치 못한 일로 시간을 뺏겼군요. 다시 논증으로 돌아가겠습니다.

아까 드린 말씀의 반복이지만, 아리아케 쇼지를 살해한 인물은 구치소 내부 사정에 어두운 외부인이자, 니코틴을 보온병에 넣은 뒤에 무용지물이 된 주사기와 앰풀을 1층 더스트 슈트에 버릴 수 있었던 인물이어야 합니다. 이 두 가지는 절대로 부정할 수 없는, 범인이 되기 위해 갖춰야 할 최소한의 자격 조건입니다.

그렇지만 여전히 여기 계신 열여덟 분들 중 이 조건에 해당하는 분은 아무도 없습니다. 이 역시 엄연한 사실입니다. 제 생각에 이처럼 대립하는 두 가지 사실로부터 필연적으로 도출할 수 있는 결론은 오직 하나밖에 없습니다.

그 유일한 결론은……."

린타로는 별안간 입을 다물어 말을 흐렸다. 그리고 여운이 사라지기 전에 총알처럼 매서운 목소리로 말했다.

"그 결론을 밝히기 전에 하나의 추정을 언급해둘 필요가 있습니다. 그것은 지금까지의 논증과는 다른 의미로 무척 중요한 추정입니다. 단 한 사람을 제외하고는 모든 용의자들을 단번에 제거할 수 있는 하나의 강력한 추정이죠."

린타로는 입을 꼭 다물고 청중들의 얼굴을 천천히, 구석구석 바라보았다. 그리고 숨막히는 몇 초가 지나자 조심스레 말문을 열었다.

"그 추정은 바로 더스트 슈트에서 발견된 주사기와 앰풀, 그 어느 쪽에서도 범인의 지문이 검출되지 않았다는 사실을 바탕으로 한 것입니다.

이 사실이 단적으로 나타내는 건, 범인이 주사기와 앰풀을 더스트슈트에 버릴 때 마른 천으로 자신의 지문을 닦아냈거나, 또는 처음부터 어느 것에도 범인의 지문이 묻어 있지 않았다는 것입니다.

그러나 여기서 다시 상기하셔야 할 점은, 앞서 제가 말씀드린 주사기의 제조 번호에 관한 해석입니다. 저는 아까 범인이 자신에게 불리하게 적용할 제조 번호를 지우지 않고 남겨두었다는 사실로부터 범인이 주사기와 앰풀을 처분했을 때, 앞으로 그것들이 누군가에게 발견될 위험성이 없다고 확신했음이 틀림없다고 추측했습니다.

지문에 대해서도 이와 같이 생각해볼 수 있지 않을까요? 한마디로, 범인이 앞으로 증거품이 남의 눈에 띌 일이 없다, 소각로에서 재로 변해버릴 것이라고 확신했다면, 거기 묻은 본인의 지문을 지울 필요도 없다고 생각했을 겁니다. 반대로 말하면, 만일 범인이 주사기와 앰풀을 더스트 슈트에 버리기 전에 지문을 닦아냈다면 주사기의 제조 번호까지 지워야 한다고 판단하지 않았을까요? 양자의 판단은 같은 층위의 가치를 가지는데 그중 한쪽만 실행하고 한쪽을 모른 척한다는 것은 있을 수 없습니다.

따라서 저는 범인이 굳이 증거품에 묻은 지문을 지우지 않았다고 단정합니다. 그러니 아까 말씀드린 두 가지 선택지 중에 전자의 가능성은 지워지고, 후자…… 처음부터 주사기와 앰풀에 범인의 지문이 묻어 있지 않았을 가능성만이 남습니다.

그러면 범인은 주사기와 앰풀, 어느 쪽에도 손대지 않은 걸까요?

아니, 그건 더욱더 있을 수 없는 일이죠. 쓰지 않은 주사기는 그렇다 쳐도 앰풀에 손대지 않았을 리 없으니까요. 범인이 보온병에 니코틴을 넣을 때에 앰풀을 만지지 않고 넣는 건 절대로 불가능했을 겁니다.

범인은 불단에서 아무도 자신의 행동에 주의를 기울이지 않은 것을 확인한 다음, 몰래 앰풀을 꺼내 뚜껑을 열고 보온병에 부었습니다. 그리고 빈 앰풀을 품에 숨겼죠. 이 일련의 동작은 무척 신속하고 자연스럽게 이루어져야 했습니다. 그리고 앰풀은 보시다시피 작고 깨지기 쉬운 유리병입니다. 따라서 이러한 동작을 완료할 때까지 범인이 한 번도 앰풀에 손을 대지 않았다고 생각하는 건 비현실적이라는 거죠."

린타로는 한층 더 힘주어 말했다.

"그럼에도 앰풀에 지문이 남아 있지 않았던 사실로 미루어, 범인이 일련의 행위를 하는 동안 장갑을 낀 상태였다고 생각하는 게 상식적인 유일한 결론입니다."

린타로는 또다시 말을 뚝 끊더니 실내를 홱 둘러보았다. 청중들은 귀신에 홀린 사람처럼 그의 이야기에 정신이 팔려 있었다. 린타로의 얼굴이 승리감으로 빛났다.

"자, 지금까지 아리아케 쇼지를 살해한 범인의 프로필에 대해 장황하게 설명을 해왔습니다. 이제 드디어 결정적인 마지막 단계에 들어설 때가 된 것 같습니다.

앞서 세 차례에 걸쳐 강조했다시피 범인은 구치소 내부 사정에 어두운 외부인입니다. 하지만 오늘 사형 집행에 관련된 사람들 중에 단둘뿐인 외부인, 후지시로 검사와 히로세 서기관은 증거 처분 조건을 만족시키지 못하는 까닭에 용의 선상에서 제외되었기 때문에, 범인의 조건을 갖춘 외부인이 용의자 중에 존재하지 않는 것 같은, 일견 모순된 상황이 발생했습니다.

이러한 상황에서 논리적으로 도출할 수 있는 유일한 타당한 결론은 제가 구치소 내부 사정을 잘 아는 내부인이라 간주하고 제외한 열여섯 명 중에 겉으로는 내부인인 것처럼 가장한 외부인이 섞여 있다는 겁니다. 한마디로, 누군가가 몰래 구치소에 숨어들어 원래 구치소 관계자인 누군가와 바통 터치한 뒤에 아리아케 쇼지를 살해하고 주사기와 앰풀을 더스트 슈트에 버린 겁니다.

따라서 그 인물은 자신의 정체를 들키지 않으려고 어떠한 위장 수단을 동원해야만 했을 겁니다."

린타로는 기다렸다는 듯 압도적인 박력으로 가차없이 선고
했다.

"아리아케 쇼지를 살해한 범인은 내부인인 양 변장한 외부
인이자 그 사실을 숨기기 위해 최대한 자신의 맨얼굴을 남에게
보이지 않으려 애쓰고 있는 인물입니다. 더불어 그 인물은 애
초에 남들이 거의 관심을 두지 않는, 존재 자체가 무시되기 쉬
운 인물로 변장했습니다. 그리고 더욱 중요한 점은 오늘 불단
에 드나든 사람 중에 형장에서 항상 장갑을 끼고 있는 게 지극
히 자연스러우면서 논리적으로 모순되지 않는 유일한 인물이
죠."

린타로는 성큼성큼 청중들에게 다가가 사람들 뒤로 숨으려
고 하는 청소부의 얼굴에서 하얀 머릿수건과 커다란 마스크를
벗겨냈다.

늙수그레한 여자는 외마디 비명을 지르며 작업용 고무장갑
을 낀 손으로 얼굴을 가리며 털썩 주저앉았다. 하지만 이미 늦
었다.

놀란 나머지 말조차 잇지 못하는 남자들 사이에서 나카자토
교도관이 홀로 비틀거리며 걸어 나와 나지막이 흐느끼는 살인
범에게 다가갔다. 눈에 비친 광경을 도무지 믿을 수 없다, 나카

자토의 혼란스러운 표정이 그렇게 말해주고 있었다. 그는 머뭇머뭇 여자 앞에 무릎을 꿇더니 앙상한 두 손을 붙잡아 천천히 얼굴에서 떼어냈다.

여자는 견디기 힘든 듯 눈을 내리깔았다. 눈물범벅이 된 여자의 얼굴을 보고 나카자토는 고개를 저으며 힘겹게 목소리를 쥐어짰다.

"어머니, 어머니가 왜······."

5

이오카스테 : 예전에 라이오스에게 신탁이 내린 적이 있었어요. 아폴론께서 직접 내린 신탁이 아니라 그 신전의 사제가 말해준 거예요. 신탁에 의하면 저와 그이 사이에 태어난 아들의 손에 그이가 죽게 될 운명이라는 거예요. 하지만 소문에 따르면 라이오스는 세 길이 만나는 곳에서 다른 나라 도적들의 손에 목숨을 잃었다고 해요. 그리고 아들은 태어난 지 사흘도 지나지 않았을 때 라이오스가 발목을 단단히 묶어서 사람을 시켜 인적 드문 산에다 갖다 버리게 했어요. 그리하여 아폴론께서는 신탁의 내용이 현실에서 일어나지 않게 해주셨지요. 그 아이가 아버지를 해치는 일도, 또한 라이오스가 그토록 두려워하던 제 아들의 손에 죽는 끔찍한 일도.

『오이디푸스 왕』, 소포클레스

뭐지? 무슨 일이 일어난 거지? 린타로의 머릿속에서 누군가가 말했다.

'어머니, 어머니가 왜······.'

린타로는 믿기 힘든 눈앞의 광경에 시선을 고정한 채, 고대 석상처럼 뻣뻣하게 굳어 충격에 휩싸였다. 왜? 왜 나카자토 교도관의 어머니가 아리아케 쇼지를, 아무 관련도 없는 사형수를 죽여야만 했던 거지?

—국가는 '나'를 살인자로 만들지 않을 의무가 있다.

머릿속 목소리가 다시 속삭였다.

—직접 사형을 집행하는 건 늘 우리 몫이니까요.

관자놀이가 서서히 뜨거워졌다. 마치 비인격적인 힘을 지닌, 보이지 않는 손이 그의 머리를 움켜쥐고 이렇게 명령하는 것 같았다. 인식하라, 네 시선에 힘을 실어 이 비극의 데우스 엑스 마키나가 되어라.

머릿속에서 울려 퍼지는 목소리는 이미 하나가 아니었다. 어디에선가 나타난 복수의 목소리는 일정한 선율을 자아내며 하나의 합창으로 변화했다. 이내 하나가 된 합창단이 부르는 노랫말의 내용은 소장실에서 들었던 아리아케 쇼지의 이력이었다.

—19세에 상해죄로 체포된 걸 시작으로 강도, 상해, 부녀자 폭행 등을 상습적으로 저지르다 끝내 서른일곱에 강간치사로 15년 형을 선고받았다.

강도, 살인, 부녀자 폭행 등을 상습적으로 저지르다……

부녀자 폭행.

귀를 먹먹하게 하는 새된 소리를 들은 순간 린타로는 눈앞이 아찔해졌다. 그런 일이 있을 수 있나? 하지만 동시에 그 모든 회의를 부수고 때묻지 않은 이성의 목소리가 외쳤다. 그렇다, 그것이 틀림없다. 아리아케 쇼지는 나카자토 교도관의 아버지 뻘이었다. 그가 갖가지 악행을 저지르던 시기와 나카자토의 출생 시기는 일치했다!

살풍경한 형장이 별안간 석조 무대로 탈바꿈했다. 고대 그리스 비극의 재림. 델포이의 신탁. 너는 아들의 손에 죽을 운명이다. 비극의 테바이 왕, 오이디푸스의 이야기.

시야를 가리고 있던 안개가 걷힌 듯 또렷해진 의식 속에서 린타로는 이렇게 생각했다. 만일 자신의 아들이 신탁대로 아버지인 줄도 모르고 친부인 라이오스를 살해하려는 것을 어머니인 이오카스테가 사전에 알았다면 그녀는 어떠한 희생을 치르더라도 그 참살을 방지하려 했을 것이 틀림없다. 부친 살해라는 눈에 보이지 않는 거대한 이야기의 전제專制에 맞선 희생적인 모성……

자식을 가진 어미에게 그것은 그야말로 필연적인 행위였다. 그리고 어머니라는 존재의 의미는 고대 그리스 시대에나 이 현대에나 한결같았다. 변했을 리가 없었다.

모성의 힘, 그 이타적인 힘이 그렇게 만드는 것이다. 아버지를 살해하려는 아들을 저지하기 위해서라면 어떠한 수단이든 동원했으리라. 설령, 어떠한 희생을 치르더라도……

✳

"알겠습니다. 제가 가보겠습니다. 집행 시각은 오후 3시였죠?"

커져가는 불안과 공포에 휩싸여 그녀는 정신이 나갈 것만 같았다. 그러면 안 된다, 가지 마. 애야, 다른 사람은 몰라도 너는 그곳에 가면 안 된다. 오늘은 안 되겠다고 소장님에게 양해를 구하고 지금이라도 전화를 끊으렴.

"아닙니다. 이게 우리 일인데요. 그럼 이따가 뵙겠습니다."

요이치가 전화를 끊었다. 동요를 감추고 아무렇지도 않은 척 아들에게 물었다.

"무슨 일이니?"

"나카모토 씨가 다쳐서 일손이 부족해졌대요. 대신 제가 나가기로 했어요."

안 돼. 마음속에서 비명이 터져 나왔다. 가면 안 된다. 너는 모른다. 아리아케 쇼지라는 남자가 너에게 어떤 존재인지. 그걸 아는 건 이 어미뿐……

"오늘은 비번이잖니."

"어쩔 수 없죠. 일인데."

"하지만 오늘은 특별한 날이라고 했잖니."

특별한 날. 그래, 요이치가 며칠 전에 지나가듯 흘린 말이었다. 또 그게 있을 거야. 태연을 가장하고 아들에게 물어 알아낸 남자의 이름. 507호 아리아케 쇼지. 바짓가랑이를 붙잡아서라도 말리고 싶었다. 하지만 아들에게 진실을 고할 수는 없었다. 그것은 삼십여 년간 그녀의 가슴에 묻어온, 씻을 수 없는 죄의 기억이었다.

요이치는 못 들은 척 일방적으로 대화를 중단하더니 서둘러 화장실로 들어갔다. 홀로 남겨진 그녀는 망연자실하게 허공을 보았다.

아들은 모른다. 자신의 친부가 사형수 아리아케 쇼지라는 사실을. 그리고 오늘 사형 집행에 입회하는 건, 말 그대로 아버지를 살해하는 행위라는 것을.

상상만 해도 등골이 오싹해지는, 삼십 년 전의 끔찍한 사건.

지금은 세상을 떠난 남편과 막 결혼했을 때 일어났던 재난과도 같은 일이었다. 그녀는 외출했다가 누군지도 모르는 짐승 같은 남자에게 강간을 당했다. 남편과의 관계가 무너질까 두려웠던 그녀는 그 사실을 감춰왔지만 한시도 그 남자의 얼굴을 잊은 적이 없었다. 훗날 아리아케 쇼지가 다른 범죄로 검거되었을 때, 신문기사에 실린 사진을 보고 자신을 욕보인 남자임을 알았다.

하지만 그녀는 아무에게도 그날 일을 털어놓지 않았다. 뿐만 아니라 선량한 남편을 속이고 그녀의 몸속에 잉태한 새 생명을 남편의 자식으로 낳았다.

그것이 잘못이었다. 그녀는 뼈저리게 그 사실을 느끼고 있었다. 하지만 남편에게 진실을 말할 용기가 나지 않았다. 그랬다면 그녀의 가정은 엉망이 되었으리라. 아이가 생긴 걸 알고 해맑게 기뻐하던 남편의 얼굴을 보니 차마 추악하고 끔찍한 현실을 들이댈 수가 없었다. 거짓이더라도 홀로 배신의 십자가를 짊어지고 살아가면 가정의 행복은 지킬 수 있다. 그녀는 남편을 사랑했고, 남편이 자식으로서 아들을 사랑했다 남편도 그녀와 아들을 진심으로 사랑했으며 아들은 부모를 사랑하며 따랐다. 무엇 때문에 그런 관계를 파괴하겠는가?

남편은 눈을 감는 순간까지 진실을 모른 채 세상을 떴다. 그녀는 비탄에 잠겼지만 마음 한구석에서는 안도의 한숨을 내쉬었다. 남편은 알지 못했지만, 지금 생각해보면 남편과의 사이에서 자식을 보지 못한 건 남편에게 문제가 있었던 까닭인지도 모른다.

남편이 죽은 뒤 그녀가 의지할 이는 아들 하나뿐이었다. 하지만 떨쳐낼 수 없는 과거의 죄는 세월의 흐름을 뛰어넘어 운명이라는 이름의 저주받은 응보應報가 되어 다름 아닌 아들 위로 어두운 그림자를 드리웠다.

이대로는 아들이 자신의 생부를 죽이게 된다. 게다가 서로 그 사실을 모른 채.

오늘은 원래 비번인 날이라 요이치가 아리아케 쇼지의 사형 집행에 참석할 예정은 없었다. 그녀는 간신히 최악의 사태만은 면했다는 생각에 가슴을 쓸어내렸다. 그런데 오늘 아침에 갑작스럽게 호출이 올 줄이야. 무자비한 운명의 수레바퀴는 마치 그것까지 계산에 넣은 양 동료의 부상이라는 형태로 가차없이 아들을 비극의 무대로 끌어낸 것이다.

그녀로서는 어찌할 방도가 없었다. 이제 와서 아들에게 진실을 고할 수는 없었다. 제 스스로 초래한 끔찍한 운명인데 그것을 막을 수 없다니.

……아니, 딱 하나, 비정한 운명에서 벗어날 방법이 있었다.

아리아케 쇼지가 사형당하기 전에, 아들의 손에 죽임당하기 전에 제 손으로 그 목숨을 빼앗으면 된다. 스스로 초래한 운명이니, 제 손으로 이 끔찍한 저주의 쇠사슬을 끊어야 한다.

아들이 나가는 소리가 들렸다. 다녀온다는 말도 없이.

서둘러야 한다. 집행은 3시에 시작된다고 했다.

하지만 대체 무슨 수로?

구치소로 숨어들 방법은 있었다. 같은 사택에 사는 다카미네 교도관의 부인에게 부탁하면, 오늘 하루만 대신 청소 일을 하겠다고 하면 들어줄지도 모른다. 만일 그녀가 순순히 들어주지 않으면 완력으로라도…….

힘없는 여자의 몸으로 아리아케 쇼지의 숨통을 끊기 위해서는 독을 쓸 수밖에 없다. 니코틴은 즉시 독성이 나타나고 근무처에서 쉽게 구할 수 있다. 직접 마시게 하는 건 어려울 테니 주사기를 가져가는 게 좋겠지. 구체적인 방법은 가서 상황을 보고 생각하자. 청소부 복장으로 구치소 안에 들어갈 수만 있다면 길은 자연스레 생길 것이다.

어떠한 수를 써서라도 성공하고야 말겠다.

요이치를 위해.

노리즈키 린타로의 각서

이것이 사형수 살인 사건의 결말이다. 폐막을 알리는 합창단의 제창 대신, 당국의 본격적인 수사에 의해 밝혀진 사실의 일부를 기록해두려 한다.

나카자토 교도관의 모친, 나카자토 아키요는 같은 직원 사택에 사는 다카미네 도키코를 겁박하여 작업복과 출입증을 빼앗았다. 그리고 근무처인 농업시험장에 들러 약품고에서 순정 니코틴이 든 앰풀과 주사기를 무단으로 가지고 나와 구치소로 향했다. 니코틴의 황산염 성분은 농업용 살충제로 사용된다. 다행인지 불행인지 아키요는 아무에게도 의심을 사지 않고 구치소로 잠입할 수 있었다.

그녀의 범행은 처음부터 끝까지 요행의 연속이었다. 당초에 아키요는 막연히 복도에 숨어 형장으로 연행되는 아리아케 쇼지를 습격하려 했지만(주사기를 가지고 있던 건 바로 이 때문이었다), 형장 청소를 하라는 직원의 지시 덕에 범행 현장에 당당히 접근할 기회를 얻었다. 그리고 청소를 하는 척하며 나카자토와 사와키 교도관의 눈을 피해 불단 앞에 놓인 보온병에 니코틴을 넣었다. 그녀에게 소장의 결정을 이야기해준 사람은 없었지만, 다기와 만주를 보고 금세 그것들이 왜 있는지 알 수 있었다고 진술했다.

내가 형장에서 펼친 추리는 실제 범행 과정과 거의 일치했지만 유일하게 해결되지 않은 문제가 남아 있었는데, 그 점은 온전히 범인의 자백에 의존할 수밖에 없었다. 즉 나카자토 아키요는 왜 니코틴을 넣고 나서 즉시 구치소를 떠나지 않았을까? 그랬다면 그 후의 사건 전개는 백팔십도 달라졌을 터였다.

아키요가 도망치지 않고 구치소에 머문 이유는 아리아케 쇼지가 아들의 손에 목매달리기 전에 니코틴 중독으로 사망했다는 것을 확인해야 한다는 강박 때문이었다. 그녀는 형장에서 신문을 받을 때까지 아리아케의 사인을 알지 못했다. 이러한 점에서 마쓰야마 소장이 내린 함구령은 사건의 조속한 해결에 중요한 역할을 했다 말할 수 있을 것이다.

조사가 끝난 뒤, 황당무계한 범행 동기를 들은 경찰은 나카자토 아키요에게 정신착란의 징후가 있다고 보고 정신 감정을 요청했다. 담당의의 판정은 미묘했지만, 극심한 흥분 상태이기는 해도 정상적인 정신 상태에서 현저히 벗어났다고 볼 수는 없다는 결론이 내려졌다. 이 감정 결과에 대해 이의가 제기되었다는 사실을 덧붙인다.[8]

사건 이후의 관계자들의 근황에 대해서는 굳이 밝히지 않겠다. 막대한 형사 재판의 기록 중에서 나카자토 아키요의 이름

이 들어간 사건을 찾아내기란 불가능할 것이다. 첫머리에서 밝
힌 것처럼 이 이야기는 하나의 우화에 지나지 않으며, 여기 기
록된 배우들의 이름은 모두 허구이기 때문이다.

보충

주1)

행형법 규정에는 앞서 말한 "사형은 교도소와 구치소 안의 사형장에서 집행한다(71조)"
와 국가 경축일, 1월 1일, 2일 및 12월 31일에 사형을 집행하지 아니한다(71조 2항)"
외에도 "사형을 집행할 때는 교수 후 사망을 확인한 다음 5분이 경과하고 나서 시체
를 내려야 한다(72조)"라는 규정이 있을 뿐, 구체적인 집행 방법에 관한 규정은 존
재하지 않는다. 헌법 31조 법정 절차의 요청에 위배된다는 주장이 제기되었지만, 최
고재판소는 1873년 태정관 포고 65호에 집행 방법의 도식이 있으며, 이것이 현재까
지 법률로서 효력을 가지고 있으므로 위헌이 아니라고 판단했다. (1961년 7월 19일
『최고재판소 형사 판례집』15권 7호 1106항). (『형사학』, 요시오카 가즈오)

주2)

집행 방법은 어느 시설이든 같지만, 집행 언도에 관해서는 시설이나 사형수에 따라
달라진다.

사형수 본인이 종교에 귀의하여 정신적으로 안정되었을 경우, 오사카 구치소에서는
집행 이틀 전에 곧 집행이 있을 것임을 소장이 사형수에게 고지한다.

이후 이틀 동안 사형수는 유서를 쓰거나 신변을 정리하며, 가족에게 마지막 인사를
하고 싶은 이들은 마지막으로 접견이 허가된다. 또한 다른 사형수들과 마지막 모임
을 갖거나, 교정위원과 교회사 들과 함께 다과회를 갖고 송별 행사를 하기도 한다.
그리고 사흘째 되는 날이 사형 집행일이다.

오사카 구치소의 이 독특한 방식이 자리잡은 것은 1949년부터 56년까지 소장으로
재임했던 다마이 사쿠로의 역할이 컸다. (『일본 사형 백서』, 마에사카 도시유키)

그러나 최근에는 구치소 안의 관리 행정이 강화되며 사전 고지나 행사를 하지 않는
분위기라고 한다.

주3)

사형수 감방에서 집행장까지의 경로, 환경은 각 집행장에 따라 제각각이라고 한다.
예를 들면 구 히로시마 구치소의 경우에는 사형수 감방의 북쪽에 운동장, 의무과가
있으며, 의무과의 동쪽, 거리로 따지지면 30미터 떨어진 곳에 사형장이 사리했다.
그 때문에 사형 집행 시에 발판이 떨어지는 소리가, 방금 '동료'를 떠나보낸 다른 사
형수들에게까지 또렷이 들렸다고 한다.

하지만 히로시마 구치소는 1970년에 전면 개축하여, 1983년에 개축한 나고야 구치

소(지상 12층, 지하 3층)와 함께 근대적인 고층 빌딩이 되었다. 이러한 구치소에서 집행장은 독립된 가옥의 형태를 띠지 않고, 특별행정구로서 빌딩 안 어딘가에 설치된 것으로 보인다. 만일 집행장이 지층에 있으며, 사형수 감방이 상층에 있을 경우, 집행 시에는 미국의 경우처럼 엘리베이터로 이동할지도 모른다.

도쿄 구치소에는 현재, 부지 안 북동쪽 모퉁이, 담장을 사이에 두고 일반 도로와 마주한 한 구역에 일견 나무에 에워싸인 공원 관리 사무소 같은 외양의 아이보리 빛깔의 모르타르로 지은 처형장이 설치되어 있다. (『일본의 사형』, 무라노 가오루)

주4)
'……변호인은 헌법 36조에서 잔인한 형벌을 금하고 있다는 것을 근거로, 형법 사형의 규정은 위헌이라고 주장했다. 하지만 사형은 첫머리에서도 밝혔듯 궁극의 형벌이며, 그 성격은 무척 냉엄하지만, 형벌로서의 사형 자체가 일반적으로 36조에 명기된 잔인한 형벌에 해당한다고 생각하기는 어렵다.' (1948년 3월 12일 최고재판소 대법정 판결)
'……그리고 현재 각국에서 채택한 사형 집행 방법은 교살, 참살, 총살, 전기살, 가스살 등이 있다. 이들을 비교했을 때 저마다 일장일단은 있지만, 현재 우리 나라에서 채택한 교수 방법이 다른 방법에 비해 더욱 인도적으로 잔인하다고 볼 이유는 없다. 따라서 교수형은 헌법 36조에 위배된다고 볼 여지가 없다.' (1955년 4월 6일 최고재판소 대법정 판결)

주5)
또한 하이쿠나 와카 지도 같은 정서 교육 외에도 불교의 히간에(彼岸會), 하나마쓰리(花祭リ), 크리스마스, 성도회 등 기회가 있을 때마다 수용자들을 모아 종교 행사를 연다. 구치소 측에서는 이러한 집단 활동을 통해 운명공동체로서 서로를 확인하며, 선배 사형수는 선배로서의 자각을, 또한 후배는 선배의 '안정된 생활 태도'를 본받음으로써 죽음에 관한 마음가짐을 함양할 수 있게 하려고 한다. (중략) 하지만 최근, 이러한 집단 활동은 과거에 비해 크게 후퇴했다. (『일본의 사형』, 무라노 가오루)

주6)
1872년 감옥 규칙에서는 "사형은 오전 10시에 집행한다"고 규정하며, 그 후의 개정된 감옥 규칙에서도 "집행은 오전 10시에 한다"고 되어 있다. 하지만 현재는 그러한 규정은 없으며, 오히려 이전의 관습과, 무엇보다 집행 후 처리를 다음날로 넘기지 않고자 하는 판단에서 내규가 되었다. (『일본의 사형』, 무라노 가오루)

주7)

형사소송법 제477조. 1. 사형은 검찰관, 검찰사무관 및 감옥의 장 또는 그 대리인의 입회하에 집행하여야 한다. 2. 검찰관 및 감옥의 장의 허가를 받지 아니한 자는 형장에 들어갈 수 없다.

주8)

어느 분석가는 형장과 자궁, 교수 줄과 탯줄의 대비를 통해 사형 집행은 출산의 음화 陰畵적인 반복 의식이라는 점을 지적하며, 피고인의 범행이 중절의 대상代償 행위였을 가능성을 시사했다.

상복의 집

1

그날은 장례를 치르기에 둘도 없는 날이었다.

구름 한 조각 없는 화창한 푸른빛의 하늘이 저물어가는 여름의 여운을 느끼게 하는 그런 날에 검은 상복은 선연하게 빛났다.

해가 저물기 시작했을 즈음, 도마가의 문 앞에 멈춰선 택시에서 상복 차림의 사람들이 모습을 드러냈다. 유골을 수습한 유족들이 화장터에서 돌아온 것이었다.

이 계절의 해는 사람의 마음을 헤아려주지 않는다. 앞으로 한 시간쯤 지나면 어둠의 커튼이 이 부근을 에워싸겠지. 기분 탓인지 유족들의 거동도 쫓기듯 조급했다.

손님들을 내려준 차는 낮은 엔진 소리를 남기고 하나둘 떠나갔다. 자택에서 하는 유골회향◀을 생략한 까닭에 지금 남아 있는 이들은 고인의 직계 친족뿐이었다.

완만한 돌계단이 골목 끝에서 현관 앞까지 이어졌다. 계단을 오르는 동안, 상주인 도마 야스노리는 어머니 도마 사요와 보폭을 맞춰 걸으며 연신 그 옆모습을 힐끔거렸다.

▶ 망자의 성불을 빌며 염불을 외우는 의식.

짙은 주름이 또렷하게 각인된 노모의 얼굴은 비통에 젖어 있었고 낯빛도 핏기 없이 창백했다. 푸석푸석한 얇은 입술은 힘없이 반쯤 벌어져서 생기라고는 찾아볼 수 없었다.

하지만 원체 심지가 굳은 어머니. 반평생을 함께한 남편을 먼저 떠나보내고 불안한 마음을 감추지 못하는 자신의 모습을 절대 인정하려 하지 않으리라. 장례식에서도 결코 눈물을 보이지 않았다. 어떠한 상황에서도 당신이 가장 의연한 모습을 보여야 직성이 풀리는 성격이었다. 어머니는 옛날부터 그런 분이었다.

그 성정이 독이 되지 않아야 할 텐데. 야스노리는 그런 생각을 했다. 강한 모습을 보이려 할수록 인간은 약해진다. 애초에 배우자가 죽었는데 충격을 받지 않았을 리 없다. 그 증거로 어머니의 뒷모습은 지난 이틀 동안 몰라보게 왜소해졌다.

머지않아 이별의 아픔이 단번에 어머니를 짓누를 날이 올 것이다. 야스노리는 그 광경이 눈에 선했다. 그때 집안의 장남으로서 어머니의 버팀목이 되어줄 수 있을까.

솔직히 자신이 없군. 야스노리는 자조하듯 생각했다. 너무나도 허망하게 떠난 아버지의 마지막 모습이 뇌리에 떠올라서 가슴이 미어졌다.

'나도 이제 나이를 먹을 만큼 먹었어. 회사도 언제까지 다닐

수 있을지…….'

느닷없이 그런 생각이 머릿속을 스치고 지나갔다.

그는 무력감을 떨치려는 듯 고개를 저었다. 그리고 현관문을
열고 아버지가 없는 집의 문턱을 넘었다.

야스노리의 아내인 아사코도 남편과 같은 쓸쓸함에 젖어 있
었다.

빈말로도 좋은 시어머니는 아니었다. 아사코가 맏며느리로
시집온 직후는 특히 힘들었다. 시어머니는 집안 대소사를 항상
독선적으로 결정했고 아사코는 잠자코 따를 수밖에 없었다.

지금도 집안의 실권은 시어머니가 쥐고 있었다. 남편은 원래
부터 어머니에게 한마디도 못 하는 아들이었다. 아사코는 이미
오래전부터 그 점에 관해서는 포기하고 살았다.

고된 시집살이에서 아사코를 다정하게 위로해준 이는 당시
영업 실적을 올리는 것밖에 안중에 없었던 남편이 아니라 시아
버지인 노리스케였다. 일찍 아버지를 여읜 아사코는 시아버지
의 마음씀씀이가 눈물나게 고마웠다. 누구보다 든든한 지원군
이었다.

아사코가 시아버지가 직장암 말기를 선고받은 날부터 남편
도 혀를 내두를 정도로 헌신적으로 간병을 해온 건 그동안의

은혜에 보답하기 위해서였다. 숨을 거두기 전날 밤, 우연히 병실에 단둘이 남았을 때 노리스케가 불쑥 이런 말을 흘렸다. 큰애야, 너에게는 정말 신세 많이 졌다. 그날 일을 떠올리면 평소 동네에서도 야무지기로 소문난 아사코도 하염없이 눈물이 흐를 뿐이었다.

제단에 유골을 안치하고 다시 영정 앞에서 합장을 했다. 마음을 다잡은 아사코는 상복 위에 앞치마를 두르고 거실에서 나왔다. 집에 돌아오자 주부의 일들이 그녀를 기다리고 있었다.

"새언니, 뭐하려고요?"

아지사와 마키코가 물었다. 야스노리의 여동생인 마키코는 오 년 전에 시집을 가서 성이 바뀌었다.

"차라도 끓이려고요."

"내가 할게요. 새언니는 좀 쉬어요."

"그래도……."

그때 두 사람의 대화를 들었는지 사요가 복도로 얼굴을 내밀며 말했다.

"얘, 마키코 말대로 하렴. 그러다 쓰러진다. 그냥 두고 앉아 있어. 장례식 내내 한숨도 못 잤잖니."

시어머니가 한번 말을 꺼내면 거역할 수 없다. 아사코는 앞치마를 벗어 마키코에게 건넸다.

"차는 늘 두던 데 있죠?"

"네, 미안해요, 아가씨."

"마키코, 난 나중에 마시마. 2층에서 이모랑 할 얘기가 있거든."

사요가 말했다.

야다 세쓰는 사요의 친동생이었다. 사요보다 두 살 어리지만 일찍 남편과 사별하고, 이제 의지할 사람이라고는 언니인 사요밖에 없었다.

몸이 좋지 않아서 오랫동안 자리보전하고 있었지만 병명은 딱히 없었다. 굳이 따지자면 노환이었다. 거동이 불편한 건 아니었지만 평소 생활하는 2층 방에서 거의 내려오는 법이 없었다.

말벗이라고는 사요밖에 없었고 다른 가족들과는 거의 대화를 나누지 않았다. 세쓰는 이제 이승에는 관심이 없는 사람 같았다. 그저 죽은 남편의 위패를 보며 염불 외듯 혼잣말을 하며 하루하루를 보냈다.

도마 노리스케의 죽음도 세쓰에게는 먼 나라 이야기일 뿐이었다. 사람이 늙어 죽는 건 당연한 일이며 순서의 차이만 있을 뿐이다. 이제 와서 망자의 기분을 맞춰주자고 일부러 나갈 필요도 없다고 생각했다. 더구나 사찰이나 화장터에서 나는 불길한 냄새는 질색이었다.

세쓰가 형부의 장례식에 참석하지 않고 2층 방에서 홀로 집을 지킨 건 그러한 까닭에서였다. 결코 남들이 날 없는 사람 취급해서가 아니다. 본인은 그렇게 생각했다.

"어머니는?"

거실로 돌아온 아사코에게 야스노리가 물었다.

"2층에. 조금 이따 내려오신대."

"그래."

부부 사이에서는 2층이라는 한마디면 충분했다.

"뭔가 마음에 안 드는 거라도 있으신가?"

아사코가 속삭이듯 물었다.

"그럴 일이 뭐가 있겠어. 어머니도 마음 편히 계실 곳이 있어야지. 우리 앞에서는 마음껏 울지도 못하시잖아."

"그건 아니라고 봐."

갑자기 둘째인 가쓰키가 끼어들었다. 구석의 방석 위에 책상다리를 하고 앉아 있었다. 눈을 돌려 동생을 본 야스노리의 표정에 곤혹스러운 기색이 어른거렸다.

가쓰키는 험한 말투로 말을 이었다.

"어머니가 마음 편히 계실 때가 어디 있어? 그 양반 가슴은 영구동토처럼 일 년 내내 꽁꽁 얼어 있다고. 자기가 죽을 때도 눈물 한 방울 안 흘릴걸."

말이 끝나자마자 실내 분위기가 싸늘해졌다. 하지만 모두 가쓰키의 이야기를 못 들은 척했다. 그의 성격을 잘 아는지라 듣고도 모른 척하는 것이다.

"당신도 참, 왜 오늘 같은 날 어머니 얘기를 그런 식으로 해요."

가쓰키의 처인 마유코가 소곤거리는 소리로 나무라자 그는 유리 조각 같은 삐뚜름한 미소를 지으며 고개를 저었다. 남편의 반응에 마유코는 그날 몇 번째인지 모를 한숨을 내쉬었다.

가쓰키 내외와 딸 마리가 마지막으로 이 집에 발을 들여놓은 날부터 벌써 십수 년의 세월이 흘렀다. 그런 까닭에 가쓰키 일가는 이제 도마 집안의 사람이라 할 수도 없었다. 가쓰키는 아버지의 임종 역시 지켜보지도 못했다.

마키코는 오랜만에 친정 부엌에 서 있었다. 아버지인 노리스케가 마흔둘에 본 늦둥이인지라 위의 두 오빠와는 터울이 꽤 있었다. 결혼해 이 집을 떠나기 전에는 새언니인 아사코를 도와 저녁 준비를 하고는 했다. 그때부터 아사코와는 죽이 잘 맞앉다.

그 시절에 비하면 아사코는 무척 늙어 보였다. 아버지를 간병하느라 고생이 많았다고 들었다. 하지만 가장 큰 원인 제공자는 어머니일 것이다.

어머니는 지나치게 주관이 강한 성격이라 친딸조차 이따금 진절머리가 날 때가 있었다. 그러니 며느리인 아사코는 마음고생이 이만저만이 아니었겠지. 그렇지만 불평 한마디 없이 씩씩하게 집안을 건사했다. 원체 심지가 굳은 사람이었다.

그러고 보니 돌아가신 아버지도 새언니를 칭찬했다. 언젠가 진지한 표정으로 아사코는 정말 참한 아이다, 우리 집안에는 분에 넘치는 며느리라고 했던 적이 있었다.

─그럼 내가 없어도 되겠네?

그때 마키코는 그렇게 말했다. 그러자 아버지는 재채기를 참는 듯 미간을 찌푸리며 대답했다.

─당연한 소릴.

문득 그날 일이 떠올랐다. 오 년 전, 결혼을 앞둔 어느 날의 대화였다. 왜 그날 밤, 아버지가 뜬금없이 그런 소리를 했는지 마키코는 이제야 깨달았다. 딸에게는 언제나 무뚝뚝한 아버지였다.

마키코는 쟁반에 찻잔을 담아 거실로 나갔다.

'……외숙은 참 무뚝뚝한 분이셨지.'

제단의 영정을 바라보며 노리즈키 사다오는 혼자만의 감회에 젖어 있었다.

외숙부인 도마 노리스케는 철들기 전부터 그에게 동경의 대상이었다. 노리스케는 현장 형사였다.(그 시절에는 형사라는 직업에도 지금처럼 부정적인 이미지가 덧입혀져 있지 않았다. '민주 경찰'이라는 말이 숨쉬던 찰나의 시대였다.)

처음에는 남자답고 멋진 모습을 동경하는 마음에 지나지 않았지만 차츰 나이를 먹으며 확고한 목표가 되었다.

그가 경찰의 길을 택한 것은 전적으로 외숙의 영향이었다. 경찰대학을 수석으로 졸업했을 때, 가장 먼저 졸업장을 들고 달려가 보여준 이도 도마 외숙이었다.

그로부터 벌써 삼십 년이 지났다.

만일 그가 외조카가 아니라 한 지붕 아래에서 살아온 아들이었다면 전혀 다른 길을 선택했을지도 모른다는 생각도 들었다. 경찰의 현실적인 부분, 경찰 생활의 이런저런 고충을 몰랐기 때문에 순수하게 직업으로서 동경할 수 있었는지도 모른다. 그 증거로 이종사촌들은 경찰과는 아무 관련도 없는 직업을 택했다.

자신은 경시청의 총경이 되었지만, 외숙은 출세와는 인연이 없는 채, 정년퇴직을 할 때까지 샤쿠지이 서의 소년과에서 만년 형사로 지냈다. 언제였던가, 왜 승진 시험을 치지 않느냐고 진지하게 물어본 적이 있었다.

"출세해서 젊은 애들한테 설교나 늘어놓게 되면 끝장이지."

그게 외숙의 답이었다.

사실은 남의 위에 서는 게 영 성미에 맞지 않았던 것이다. 불량소년들과 친구처럼 지냈던 것도 외숙이기 때문에 가능한 일이었다. 주변 사람들은 제 몫을 챙기지 못하고 손해만 보는 성격이라고 안타까워했지만.

하지만 천직이라는 개념에 이해득실은 파고들 틈이 없었다. 외숙부는 자신의 위치를 받아들이고 만족했을 것이다.

제 직업에 의문을 가질 때면, 항상 외숙부를 떠올리려 했다. 경찰관의 긍지. 숙부가 죽어도 이 습관은 변하지 않으리라.

아사코는 노리즈키 총경과 그 아들에게 차를 권하며 다정하게 물었다.

"도시락으로 괜찮으시겠어요? 부족하시면 따로 배달이라도 시킬까요?"

"아닙니다. 신경쓰지 마십시오. 너도 괜찮지, 린타로?"

총경의 아들이 말없이 고개를 끄덕였다. 아사코는 돌아보며 제 아들에게 말했다.

"스미오. 부엌에 가서 그릇하고 젓가락을 가져오렴."

하지만 도마 스미오는 뭔가에 정신이 팔린 듯 대답하지 않았다.

"스미오."

아사코가 재차 부르자 스미오는 그제야 고개를 들고 눈을 끔벅거렸다.

"못 들었어? 부엌에서……."

"그릇하고 젓가락 가져오라고요."

들은 모양이었다. 스미오는 벌떡 일어나 복도로 뛰어갔다.

"어디다 정신을 팔고 다니는 건지……."

"아무리 똘똘해도 아직 5학년이잖아요. 철들고 나서 가족의 죽음은 처음 겪었을 테니 어쩔 수 없죠. 오늘 아침부터 계속 저러더라고요."

아사코의 혼잣말을 듣고 아지사와 고이치가 잘난 척 말했다. 마키코의 남편인 그는 부동산 중개업자였다. 마키코와는 중매로 결혼했는데 아직 아이는 없었다.

"오늘 아침부터요?"

"네, 아침부터 저러던데. 그치?"

아지사와는 아내에게 동의를 구했다. 마키코는 건성으로 대답했다.

"뭐에 홀린 사람처럼 얼이 빠졌더라고요. 이따금 긴장한 표정을 짓기도 했지만. 날이 날이잖아요, 어쩔 수 없죠."

"역시 할아버지 일이 충격이었나 봐요. 섬세한 아이잖아요."

아지사와의 말투는 다소 무신경했지만 하루이틀 일도 아니라 딱히 신경쓰이지는 않았다. 그때 스미오가 그릇과 젓가락을 들고 돌아왔다. 아사코는 아들을 힐끗 보며 남편에게 귓속말로 물었다.

"스미오 쟤, 아침부터 저랬어요?"

여전히 동생 쪽을 보고 있던 야스노리는 아내의 말을 듣지 못했는지 영문을 모르겠다는 표정으로 그녀를 보았다.

"뭐라고?"

아사코는 속으로 혀를 차며 말했다.

"아뇨, 됐어요."

노리즈키 린타로는 그릇에 어묵을 덜어놓고 차를 한 모금 마신 뒤 입에 넣었다. 딱히 배가 고프지는 않았다. 바닥에 앉아 상복 차림의 사람들에게 둘러싸여 있으니 오즈 야스지로의 영화가 떠올랐다.

린타로는 아버지와 달리 도마 집안 사람들과는 거의 면식이 없었다. 어렸을 적에 잠시 이 집에 맡겨진 적도 있었던 모양이지만 당시의 기억은 남아 있지 않았다. 사요 할머니와 잘 맞지 않았던 모양이었다.

그보다 아까부터 린타로의 눈은 도마 마리, 도마 가쓰키와 마유코 부부의 외동딸에게 쏠려 있었다.

어깨를 덮는 검은 생머리와 북쪽 지방에서 나고 자랐음을 말해주는 투명하고 고운 피부. 성숙한 느낌이 드는 작은 얼굴에서도 꼭 다문 입과 맑은 눈동자가 인상적이었다.

고등학교 1학년이라고 했나. 청춘의 한가운데에 서 있는 소녀였다. 그녀를 본 것은 오늘이 처음이었다.

그럼에도 린타로는 소녀의 모습에서 생각지도 못한 그리움을 느꼈다. 익숙하지 않은 상복의 불편함이 고등학교 교복을 연상시켰기 때문일까.

누군가가 그렇게 말했다. 소녀는 소년의 마음의 거울이라고. 그렇다면 지금 마리의 모습이 자신의 과거를 비추는 거울이었으면 좋겠군. 린타로는 그런 생각을 했다.

'……그 시절에는 매일 뭐에 홀린 사람처럼 편지만 써댔지. 직접 얼굴을 보면 진지하게 말할 수 없었으니까. 하지만 항상 마음에 안 들어서 바로 찢어버렸어. 남은 건 산처럼 쌓인 종이

더미들이었지.'

같은 또래의 어느 소녀의 모습이 자연스레 마리에게 덧씌워
졌다. 그것이 린타로를 지배하는 그리움의 정체였다.

사요가 2층에서 내려왔다.

과부의 거동이 아까와는 조금 달랐다. 소나기가 지나간 뒤,
길 위의 공기 같은 시원하지만 왠지 낯선 느낌이었다.

도마 가쓰키는 그런 어머니의 얼굴을 보고 다시 못마땅한 표
정을 지었다.

가쓰키는 검은 양복이 어울렸다. 상복이라기보다 몸에 익숙
한 갑옷 같았다.

그는 아버지를 별로 닮지 않았다. 인내심 강한 성격과 평범
한 생김새를 물려받은 형과는 정반대였다. 드센 성격과 이목구
비가 뚜렷한 얼굴은 누가 봐도 어머니의 유전이었다. 그 결과
가쓰키와 어머니의 관계는 자석의 같은 극처럼 증오의 척력斥力
을 낳았다.

어릴 적부터 가쓰키는 닥치는 대로 반항을 해왔다. 마치 어
머니가 불구대천의 원수라도 되는 양. 반항기라는 흔해빠진
말로 설명할 수 없었다. 두 사람은 친모자지간에 오가는 대화

라고는 상상도 할 수 없는 말들을 내뱉으며 서로를 상처 입혔다. 이내 고집과 고집의 충돌이 모자 사이에 깊고 또렷한 골을 냈다.

가쓰키는 대학 시절, 언더그라운드 극단에 참가해 후배인 마유코와 만났다. 이내 두 사람은 장래를 약속했지만 사요가 완강하게 반대했다. 사람을 시켜 몰래 알아낸 신변 조사 결과를 들이밀며 마유코가 나고 자란 가정을 쓰레기 취급했다. 지난 이십 년의 집대성이라 할 만한 격한 언쟁이 오고간 끝에 가쓰키는 집을 나와 조후 시의 아파트에 마유코와 살림을 차렸다. 십팔 년 전 일이다.

이 년 후에 딸 마리가 태어났다. 아이가 네 살이 되었을 때 사요는 변호사를 통해 마리를 본인의 양녀로 삼겠다며 돌발 선언을 했다. 귀여운 첫손녀를 교육적으로 바람직한 환경에서 키우기 위해서라는 구실이었지만, 속내는 둘째 부부를 골탕 먹이려던 것이었다.

다시 추한 싸움이 시작되었고, 가쓰키는 어머니의 손이 닿지 않는 곳으로 떠나기로 결심했다. 그는 지인의 도움으로 처자식을 데리고 삿포로로 이주하여 입시 전문 학원의 공동 경영자가 되었다.

이렇게 십이 년이 지났다. 그동안 가쓰키는 여동생과 종종 서신을 주고받는 것 외에는 가족과 완전히 연락을 끊고 살았다.

십이 년의 세월과 아버지의 죽음이라는 사건을 겪고도 이미 깊어질 대로 깊어진 모자의 골은 메워지지 않았다. 가쓰키가 아버지의 임종을 지키지 못한 건 사요가 남편이 위독하다는 소식을 늦게 전한 탓이었다.

그것은 우연한 계기로 시작되었다.

장례식과 노리스케의 입원 비용, 조의금과 보험금을 어떻게 처리할지 다 같이 상의하던 때였다. 주판을 튕기던 이는 아사코였는데, 갑자기 사요가 항목을 하나씩 확인하며 꼬투리를 잡기 시작해서 아사코도 표정이 구겨지기 시작했을 때였다.

"이제 좀 가만히 계시죠?"

별안간 가쓰키가 거칠게 말했다.

"뭐라고?"

사요는 애써 조용히 대꾸했다.

"어머니 나설 자리가 아니라고요. 형수님이 고생고생해서 계산하는 거 안 보여요? 옆에서 괜히 어깃장 놓으면서 방해하지 말라고요."

"가쓰키, 너 그게 무슨 말버릇이냐."

야스노리가 나무랐지만 이미 때는 늦었다. 가쓰키는 미안해하는 기색도 없이 쓱 형을 보았다. 야스노리는 진땀을 흘리고 있었다.

"형도 그래. 왜 가만히 있어? 이제 이 집안을 이끌어나갈 사람은 형이라고. 형 나이가 몇인데 늙은 어머니한테 잔소리를 들어."

가쓰키는 이야기를 이어갈수록 차분해졌다. 늘 그랬다. 마음이 끓어오를수록 표정은 침착해졌다.

"지난 십수 년 동안 이러고 살았던 거야? 정말 못 말리겠네. 형수하고 스미오한테 미안하지도 않아?"

야스노리는 아무 말도 하지 않았다. 그저 아내와 아들을 힐끗 볼 뿐이었다.

"그만해요."

하얗게 질린 마유코가 고개를 저으며 남편을 말렸다.

"아빠, 그만하세요."

마리도 끼어들었다. 하지만 가쓰키는 아랑곳하지 않고 늙은 어머니의 얼굴을 똑바로 쳐다보았다.

그렇다고 주눅들 사요가 아니었다.

"너야말로 무슨 자격으로 끼어드는 거니? 십이 년 동안이나 연락 한번 없었던 주제에 이제 와서 큰소리야?"

사요는 자신의 인내심의 한계를 시험하는 듯했다. 하지만 곧

한계에 다다르리라는 것은 누가 봐도 분명했다.

그에 비해 시간이 흐를수록 더욱 싸늘해지는 가쓰키의 태도는 흡사 파충류를 연상시켰다. 사요가 얼굴을 붉히면 붉힐수록 대조적으로 가쓰키의 눈동자는 차갑게 식어갔다. 절제된 말투는 공연히 언성을 높이는 것보다 훨씬 효과적으로 다가왔다.

"내가 누구 때문에 십이 년 동안이나 집에 못 왔는지 잊어버린 건 아니겠죠?"

"그게 낳아준 부모한테 할 소리니?"

사요는 주먹으로 바닥을 내리쳤다. 가쓰키는 눈 하나 깜빡하지 않았다.

"참 부끄러운 줄도 모르고 잘도 그런 소리를 하네요."

"엄마, 그만해요."

마키코가 사요의 어깨를 붙잡았다. 오빠를 말리는 건 불가능했기 때문에 어머니를 달랠 수밖에 없었다.

"이쯤에서 그만해요. 돌아가신 아버지한테 낯부끄럽지도 않아요?"

하지만 사요의 귀에는 이미 딸의 목소리조차 들리지 않았다. 이미 자신만의 무자비한 세상에 몸을 던진 뒤였다.

"알았다. 나도 오늘만큼은 네가 뭐라고 하든 상관하지 않으려 했다. 하지만 이제 못 참겠구나. 십이 년이나 지났으니 너도 좀 철이 들었으려나 싶었는데 내가 멍청했구나."

"나도 그럴 줄 알았죠. 하지만 어머니는 옛날하고 똑같으시네요, 하나도 안 변했어요. 정말 실망입니다."

"실망을 하든 뭘 하든 네 마음대로 해. 나하고는 상관없는 일이니까. 너한테는 무슨 말을 해도 소용없겠구나. 잘 들어라, 난 이제 다시는 네 얼굴 안 보련다. 내 눈에 흙이 들어가기 전까지는 무슨 일이 있어도, 그래, 무슨 일이 있어도 너나 네 가족은 절대 이 집 문턱을 못 넘을 줄 알아라. 여긴 내 집이니 주인인 내 말을 따라야지? 자, 이만큼 말했으면 알아듣겠지. 얼른 짐 싸서 나가주겠니?"

야스노리가 화들짝 놀라 말했다.

"어머니, 아무리 그래도 그건 좀……."

"아니, 누가 뭐래도 난 내가 한 말은 지킨다."

"그러시죠."

가쓰키도 바닥을 차고 일어났다.

"어머니 얼굴을 더 안 봐도 된다니 속이 시원하네요."

"서방님, 그러지 마시고 죄송하다고 하세요. 어머니시잖아요."

아사코가 설득하려 했지만 소용없었다. 가쓰키는 아내와 딸에게 떠날 채비를 하라고 눈짓했다. 두 모녀는 저항할 수 없는 힘에 휩쓸리듯 말없이 가쓰키를 따랐다. 둘 다 얼굴이 백지장처럼 창백했다.

"형님, 정말 이렇게 가시려고요?"

아지사와가 물었다. 가쓰키는 고개를 끄덕이더니 준비를 마친 가족과 함께 떠나려 했다.

"오빠……."

마키코가 간신히 일어나 오빠를 붙잡으려고 손을 뻗었다. 동생을 보고 가쓰키는 순간 걸음을 멈췄지만, 화해하기 위해서는 아니었다.

"어머니 눈에 흙이 들어가기 전에는 이 집 문턱을 넘을 생각도 말라고 했죠? 어머니 돌아가시면 절 올리러 우리 식구 다 같이 다시 오겠습니다. 그건 상관없겠죠?"

(이때 엉덩이를 들고 뭐라 말하려던 린타로를 노리즈키 총경이 만류했다.)

"마음대로 하려무나."

사요는 눈 하나 깜짝하지 않았다.

가쓰키는 코웃음을 치더니 가족들을 재촉했다. 그리고 현관을 지나 어둠 속으로 빨려들듯 사라졌다.

그 직후, 후회에 찬 가쓰키의 혼잣말을 들은 건 마유코와 마리뿐이었다.

"죄송합니다, 아버지……."

야스노리는 힘없이 털썩 무릎을 꿇었다. 사요는 입을 앙다문 채 매서운 표정으로 2층으로 올라가 그 후로 내려오지 않았다.

아무도 가쓰키 일가를 뒤쫓지 않았다. 이제 와서 쫓아가도 어쩔 도리가 없었다.

아지사와가 겸연쩍은 듯 그만 가보겠다고 일어나더니 아내를 두고 서둘러 집을 나섰다. 노리즈키 부자도 그를 따라 일어났다.

아사코와 마키코가 분위기를 못 견디고 일어났을 때, 스미오는 홀로 거실 방석에 앉아 입을 떡 벌린 채 꿈쩍도 하지 않았다.

2

발인을 마친 지 이십 일이 지나자, 도마 집안은 겨우 일상으로 돌아왔다. 채 삼 주가 되지 않는 기간 동안 크고 작은 일들이 있었다.

가장 큰 변화는 사요가 세쓰와 같은 방에서 생활하기 시작한 일이었다. 남편의 죽음이 역시나 견디기 힘들었던 모양이었다. 종일 동생과 함께 두런두런 옛이야기를 하며 시간을 보내게 된

게 첫 조짐이었다.

그와 전후해 1층 자기 방에 벌레가 나와서 잠을 잘 수가 없다고 가족들을 들볶기 시작했다. 아사코가 살펴봤지만 벌레 같은 건 없었다. 기분 탓일 거라고 대수롭지 않게 넘겼는데 사요는 말도 없이 침구를 2층으로 옮겨 세쓰와 나란히 이부자리를 펴놓고 잤다.

시어머니가 걱정된 아사코는 바람이라도 쐬면 기분이 조금이라도 나아지지 않을까 하고, 근처 노인정에라도 가보시는 게 어떠냐고 말을 건넸다. 하지만 사요는 쓸데없는 소리 말라며 일축했다. 야스노리도 어머니의 고집을 못 이기고 한동안 지켜보자고 아내를 설득했다.

사요는 시간이 흐를수록 2층에서 내려오지 않게 되었고, 이내 식사도 2층으로 올려다 세쓰와 둘이서 먹는 생활이 서서히 정착되었다. 집안일도 전부 며느리에게 맡겼다. 오랫동안 들볶였던 깐깐한 시어머니의 잔소리가 사라졌지만 아사코는 해방감보다 까닭 모를 허전함을 느꼈다.

그리고 재키가 죽었다.

재키는 노리스케가 아끼던 수컷 앵무새였다. 머리가 나쁜 건지 교육 방법이 잘못된 것인지 사람 말은 전혀 익히지 못하고 꽥꽥 소리지를 뿐이었지만, 노리스케가 세상을 떠난 뒤에도 고인의 방에서 계속 키웠다. 하지만 나흘 전에 청소를 하러 방으로 들어갔다 새장 안에서 싸늘하게 식은 앵무새를 발견했다.

키운 지 꽤 되었으니 제 수명을 다한 건지도 모르지만, 주인이 세상을 떠난 직후에 이렇게 되니 왠지 숙연한 기분이 들었다. 죽은 앵무새는 스미오가 마당 한구석에 잘 묻어주었다.

아사코는 스미오가 마음에 걸렸다.

그저께 스미오 담임 선생님의 연락을 받고 학교에 다녀왔다. 과학 시험에서 20점을 받았다고 했다. 잘하는 과목에서 그런 점수를 받다니, 지금까지 없던 일이었다.

듣자 하니 지난 보름 동안 수업중에도 멍하니 있는 적이 많았다고 했다. 장례식 날에 아지사와도 그런 소리를 했던 걸 떠올리고 아사코는 내심 걱정을 했다. 할아버지의 죽음이 생각보다 아이의 마음에 큰 그늘을 드리운 모양이었다. 하지만 그날 밤, 스미오를 불러다 물어봤지만 본인은 의외로 아무렇지도 않은 것 같았다.

그 밖에는? 야스노리가 접대 술자리에서 만취해 귀가한 날 밤 이웃집으로 잘못 들어갔다가 그 집 개한테 호되게 쫓겼다. 바지가 진흙투성이가 될 정도였는데, 이튿날 아침에 숙취로 지끈지끈한 머리를 누르며 다리에 난 의문의 상처에 고개를 갸웃거렸다.

상속 문제로 아지사와 부부가 몇 번이나 찾아왔다. 집을 허물고 임대 맨션을 짓자는 것이다. 하지만 사요는 그 제안을 절대로 받아들이려 하지 않았다.

대충 이 정도였다.

그러한 나날들, 굳이 따지자면 평범한 날들이 이어졌고, 그날 또한 평범한 하루로 끝날 것 같았는데…….

그날, 10월 17일.

도마 스미오는 한 발짝씩 신중한 걸음으로 계단을 오르고 있었다.

두 손에는 2인분의 저녁 식사가 담긴 커다란 쟁반이 들려 있었다. 사요와 세쓰의 식사였다. 요즈음 2층에서 사는 두 노인에게 저녁 식사를 가지고 가는 건 스미오의 몫이었다. 시간은 오후 6시 40분이 조금 지나 있었다.

저녁 반찬은 두 노인에게 맞춰 소박했다. 밥 조금에 된장국, 그리고 두부와 생선조림, 나머지는 야채였다.

계단 끝까지 올라간 스미오는 짧은 복도 끝까지 같은 보폭으로 걸어갔다. 그리고 쟁반 모서리로 오른쪽 장지문을 톡톡 두드리며 말했다.

"할머니, 저녁 드세요."

문이 열렸다. 네 평 남짓한 방 한가운데에 밥상이 놓여 있다. 스미오 쪽에서 오른편에 사요가 힘없이 앉아 있었고, 반대편에는 바닥에서 세쓰가 반쯤 몸을 일으켜 뭐라고 중얼거렸다.

스미오는 익숙한 손놀림으로 쟁반 위의 식기를 재빨리 밥상에 내려놓았다. 두 노인은 그 모습을 보기만 할 뿐 손끝 하나 까닥하지 않았다.

"이건 할머니 거예요."

스미오는 그렇게 말하며 된장국이 담긴 그릇을 사요에게 건넸다.

"고맙다."

평소에는 스미오에게 고맙다는 말도 하지 않는 사요가 웬일로 대꾸했다.

스미오는 다른 국그릇을 세쓰 앞에 놓았다. 사요와 같은 모양에 같은 무늬가 들어간 그릇이었다. 세쓰가 몸을 내밀어 밥상 앞에 앉았다.

"빨리 드세요."

밥상을 다 차린 스미오가 재촉했다.

"뭘 그렇게 보채니."

세쓰가 말했다. 사요는 말없이 젓가락을 들어 두부 귀퉁이를 잘랐다. 그리고 된장국을 저은 뒤 그릇을 들어 한 모금 마셨다.

"맛이 이상하네."

그렇게 중얼거리더니 맛의 정체를 알아내려는 듯 다시 한 모금 마셨다. 사요의 입술이 움찔 경련을 일으켰다.

"왜 그래?"

세쓰가 말을 거는 순간, 사요의 손에서 된장국 그릇이 떨어져 국물이 바닥과 방석을 적셨다.

사요는 목을 움켜쥐더니 고통에 찬 표정을 지으며 얼굴을 구겼다. 흰자가 보일 정도로 눈이 까뒤집히더니 얼굴도 흙빛으로 변했다.

스미오가 움직인 건 이삼 초 후의 일이었다. 아이는 서둘러 밖으로 뛰어나가 아래층을 향해 외쳤다.

"엄마, 할머니가……!"

소리를 듣고 아사코가 급히 계단을 뛰어 올라왔다. 스미오는 입을 반쯤 벌린 채 방안을 가리켰다. 사요는 이미 바닥에 쓰러져 꿈쩍도 하지 않았고, 맞은편의 세쓰는 충격으로 인사불성 상태였다.

3

목이 말라서 잠에서 깼다. 실내는 어두웠다. 린타로는 신음하며 손을 뻗어 자명종 시계를 보았다.

6시 반. 저녁인가.

아니면 다음날 아침인가.

눈을 비비며 침대에서 일어났다. 방안은 발 디딜 곳도 없을 만큼 난장판이었다. 마감 전후에는 항상 이렇다. 오늘 아침 10시까지 사십 시간 연속으로 잠도 못 자고 장편소설의 마지막 장과 씨름하고 있었다. 다행히 이번 시련은 간신히 이겨낼 수 있었다.

린타로는 몽롱한 정신으로 비틀거리며 방에서 나왔다. 문에 붙인 '집필중, 입실 엄금'이라는 종이를 떼려다 아버지가 남긴 메모를 발견했다.

석간 기사 볼 것. 8:00

신문을 가지러 현관으로 가던 린타로는 걸음을 멈췄다. 오늘 아침 출근 전, 8시에 쓴 메모일 테니 아버지가 말한 석간은 어제 석간일 것이다.

어제 석간은 주방 식탁 위에 있었다. 린타로는 냉장고에서 우유를 꺼내 컵에 따르며 신문을 펼쳤다. 정치나 경제면은 거들떠보지도 않고 곧장 사회면을 펼쳤다. 총경은 문제의 기사를 빨간 펜으로 표시해두었다.

17일 오후 6시 45분경, 네리마 구 가스가 정에 사는 회사원 도마 야스노리(41) 씨 자택에서 야스노리 씨의 모친 사요(68) 씨와 동생 야다 세쓰(66) 씨가 저녁을 먹은 직후 돌연 고통을 호소하며 병원으로 이송되었지만, 사요 씨는 한 시간 후에 사망했으며 세쓰 씨도 의식불명의 중태에 빠졌다. 네리마 서는 사요 씨가 먹은 된장국에서 농약이 검출된 것으로 보아 타살 가능성에 초점을 맞추고 가족들을 조사하고 있다.

린타로는 신중을 기해 오늘 자 신문도 펼쳐 속보를 찾아봤지만 발견할 수 없었다. 텔레비전을 켜고 뉴스를 봤지만, 도마 집안의 살인 사건에 관한 보도는 없었다. 아버지가 돌아오기를 기다리는 동안 린타로는 베이컨과 계란을 굽고 오이를 얇게 썰어 샌드위치를 만들어 먹었다.

9시가 되기 전에 돌아온 노리즈키 총경은 아들의 얼굴을 보자마자 말했다.

"지금 네 꼬락서니를 이번 책 커버에 싣지 그러냐? 그러면 너에 대해 아무도 이러쿵저러쿵하지 않을 테니. 일은 다 끝났냐?"

"네. 차 드실래요?"

"괜찮다."

"기사 봤어요."

"봤냐."

총경은 테이블에 펼쳐놓은 어제 신문을 힐끗 보며 중얼거렸다.

"사십구재도 안 지났는데 집안에 그런 일이 생기다니……."

"세쓰 할머님의 상태는 어떻습니까? 신문에서는 의식불명의 중태라고 하던데요."

"별로 좋지 않은 모양이다. 좋아졌다 나빠졌다 해. 고령이라 체력도 없고."

총경은 한숨을 쉬며 말을 이었다.

"아무래도 일이 복잡해질 것 같다."

"왜 그러세요, 아버지답지 않게."

"그 집안 사정을 잘 안다는 이유로 수사본부에서 비공식적으로 협조 요청이 들어왔다. 거절할 구실이 없으니 수사에 참여할 수밖에 없구나."

"그 이유 때문만은 아니죠?"

린타로의 물음에 총경은 입을 꾹 다물더니 끙 소리를 냈다. 그리고 다시 말문을 열었다.

"네가 보기에 스미오는 어떤 아이 같으냐?"

"어떤 아이 같으냐고요? 설마 스미오가 의심을 받는 겁니까?"

"아니, 아직 확실한 건 아니다. 동기가 없는데다 본인은 범행을 부정하고 있거든. 그리고 난 그 애를 의심하고 싶지 않구나."

"아직 초등학생이잖아요."

"하지만 전후 상황을 고려하면 네리마 서에서 그런 판단을 내린 것도 이해는 간다. 그 외에는 달리 납득이 가게 설명할 수 없으니까. 그렇다고 어린애를 강압적으로 조사할 수도 없는 노릇이니……."

총경은 답답하다는 듯 말했다.

"심증은 있답니까?"

"그것도 없단다. 그 세대와 우리 사이에는 엄청난 벽이 있는 모양이다. 결정적인 물증도 없어서 수사는 별 진전이 없다. 그나저나 아까 일은 다 마무리됐다고 했지?"

린타로는 올 것이 왔다고 생각했다.

"네 지혜를 빌려야겠다."

예상대로 총경은 그렇게 말했다.

린타로는 고개를 끄덕였다.

"도움이 될지는 모르겠지만 그렇게 해야죠."

"그러면 역시 마실 게 있어야겠구나. 아니, 앉아 있어라. 내가 가져오마."

"사건 당일 밤, 그 집에는 총 일곱 명이 있었다. 도마 사요와 야다 세쓰, 스미오, 야스노리와 아사코, 그리고 때마침 친정에 와 있던 아지사와 마키코와 마키코의 남편."

노리즈키 총경은 커피를 저으며 사건 설명을 시작했다.

"가족들의 증언으로는 저녁 준비가 끝난 건 6시 40분경이었다고 한다. 가장인 야스노리가 막 퇴근하고 돌아온 시간이었지. 아지사와 부부는 오후 5시 좀 지나서 왔다고 한다. 장남 부부와 상의할 일이 있었다는구나. 그리고 사요 외숙모님 자매를 제외한 다섯 명이 아래층에서 저녁을 먹으려던 참이었다."

"장례식 때 모였던 거실에서요?"

"아니, 부엌 옆에 방이 하나 있지 않았냐. 거기였다.

그것도 중요한 점이지만 나중에 얘기하기로 하고, 외숙모님 자매는 2층 세쓰 아주머니 방…… 외숙모님도 요즘은 계속 그곳에서 생활하셨다는구나. 아무튼 그곳에서 식사를 하셨다고 한다. 그리고 부엌에서 2층으로 저녁을 가져가는 건 스미오 담당이었고."

"그래서요?"

"기사 내용대로 사요 외숙모님의 된장국에서 치사량이 훨씬 넘는 대량의 농약이 검출되었다. 사인은 급성 중독에 의한 호흡곤란이었다."

"세쓰 할머님도 같은 독을 마신 겁니까?"

총경은 고개를 저었다.

"그분은 충격으로 쓰러지신 거다. 원래 심장이 약하신 분이었는데, 외숙모님이 괴로워하는 모습을 보고 심장에 부담이 간 거지."

"그럼 된장국은 마시지 않았군요?"

"그래. 된장국뿐 아니라 다른 음식에도 손을 대지 않았다. 하지만 설령 음식을 드셨더라도 결과는 마찬가지였을 거야. 농약은 사요 외숙모님의 국에만 들어 있었으니까. 세쓰 아주머니의 식기에서는 위험한 독극물은 전혀 검출되지 않았다. 한마디로 된장국을 사요 외숙모님의 국그릇에 담은 후에 농약을 탄 거지."

린타로는 마른침을 삼키며 아버지의 눈을 보았다. 총경은 굳은 표정으로 말을 이었다.

"게다가 문제의 국그릇들은 같은 종류의 그릇이라 서로 구별할 만한 특징도 없었고, 네 것 내 것 구별해서 쓰지도 않았던 모양이야. 따라서 둘 중 누군가가 독이 든 국그릇을 집을 테지만, 그게 누구일지 미리 예상하는 건 불가능했다는 소리지."

"……스미오를 제외하고는요?"

"그래. 그 애를 제외하고는."

총경이 대답했다.

부자는 한동안 말없이 번갈아 커피를 한 모금씩 마셨다. 커피잔이 비자 린타로는 자세를 바로 하고 헛기침을 하며 다시 말문을 열었다.

"기본적인 사항부터 짚어보죠. 독극물의 입수 경로는 밝혀졌습니까?"

"그래, 뒷마당 창고에서 독성이 강해서 판매가 중지된 살충제병과 너덜너덜한 목장갑이 발견됐다. 돌아가신 외숙의 유일한 취미가 정원 손질이셨거든. 독극물 성분도 그 살충제와 일치했다. 지문 채취에는 실패했고. 범인은 장갑을 끼고 있었어."

"내부 범행설을 뒷받침해주는 증거군요."

"그뿐만이 아니다. 사건 발생 나흘 전에 집에서 키우던 앵무새가 갑자기 죽었다. 마당에서 시체를 파내서 조사했더니 같은 독극물 반응이 나왔고. 아마 범인이 독성을 시험하기 위해 죽

185
상복의 집

였겠지."

"그렇군요."

린타로는 팔짱을 끼며 말했다.

"하지만 가족의 범행이라 하기에는 수법이 너무 허술하네요. 자택에서 독살이라니. 최소한 외부인의 범행으로 위장하려고라도 했어야 하는 거 아닙니까?"

"그러고 싶어도 그럴 수 없었겠지. 장례식 이후로 사요 외숙모님은 2층에 틀어박힌 채 외출은커녕 아래층으로도 거의 내려오지 않았다고 한다."

"그랬군요. 그럼 독을 탈 기회가 얼마나 있었는지, 그 이야기를 더욱 구체적으로 말씀해주세요. 스미오는 뭐라고 진술하던가요?"

총경은 미간을 찌푸린 채 난감한 표정으로 대답했다.

"스미오는 어머니가 불러서 저녁이 차려진 쟁반을 가지러 갔다고 했다. 6시 40분이 지나서였다고 한다. 그때 부엌에 있던 사람은 아사코 씨와 마키코 둘뿐이었지. 어머니의 재촉에 두 노인의 식사를 가지고 복도로 나왔다. 2층으로 가는 길에 갑자기 소변이 마려워서 쟁반을 복도에 두고 화장실에 들렀다더구나."

"……화장실에 갔다고요?"

"시간상으로는 아주 잠깐이었고, 금세 다시 돌아와 쟁반을 들고 2층으로 올라가 세쓰 아주머니의 방에 들어갔는데……."

린타로는 손을 들어 이야기를 중단시켰다.

"장지문은 어떻게 열었답니까? 쟁반을 들고 있었으면 손이 없었을 텐데."

총경은 한쪽 눈을 치켜뜨며 말했다.

"문밖에서 할머니한테 열어달라고 했다는구나. 방에 들어가서는 직접 밥상을 차렸다고 한다. 두 노인은 가만히 있었고."

"두 분은 어떤 상황에서 식사를 하셨습니까? 아, 밥상 주변에 어떻게 앉았느냐는 뜻입니다."

"입구에서 정면을 보고 오른쪽에 사요 외숙모님이 앉았고 왼쪽에 세쓰 아주머니가 앉았다. 방 한가운데에 네모난 밥상이 놓여 있다. 서로 마주보고 앉아 있었지."

"항상 그렇게 앉으셨답니까?"

"그래. 세쓰 아주머니는 하루의 절반은 누워 계셨으니까 이부자리가 있는 쪽에서 움직이지 않았다고 한다."

"그렇군요. 그러면 이때 다른 식구들은 무엇을 하고 있었죠?"

"아사코 씨는 스미오의 진술대로 부엌에서 저녁 준비를 하고 있었다. 야스노리와 아지사와는 아까 말했던 것처럼 부엌

옆방에서 이야기를 하고 있었고. 마지막으로 마키코는 상을 차리느라 두 방을 오가고 있었다고 했다.

하지만 이 두 방 사이의 문은 상시 열어놓아서 두 남자는 부엌을 훤히 볼 수 있는 상태였다. 당시 상황에 대한 네 사람의 증언도 정확히 일치하고.

2층에 올려 보낼 상을 차린 건 아사코 씨인데 그때 마키코도 부엌에 있었어. 따라서 아사코 씨가 된장국에 독을 탔으면 마키코도 알아챘겠지. 반대의 경우도 마찬가지고. 하지만 그런 낌새는 없었다. 스미오를 부엌으로 불러서 상을 가지고 나가게 했을 때까지도 수상쩍은 움직임을 보인 이는 없었고.

스미오가 부엌에서 나가고 나서 외숙모님의 변고를 알렸을 때까지 약 오 분 동안 네 사람 모두 부엌이나 옆방을 떠나지 않았다고 한다. 한마디로 두 부부에게는 독극물을 넣을 기회에 관해서는 확실한 알리바이가 성립한다는 거다."

린타로는 낮게 신음하며 말했다.

"그게 사실이라면 스미오가 너무 불리하네요. 하지만 가능성의 측면에서는 그 네 사람이 공범이고……."

"된장국에 독을 타놓고 서로 입을 맞춰 시치미를 떼는 걸 수도 있지. 아니, 꼭 넷이 아니더라도 아사코 씨와 마키코가 한통속이라면 스미오를 부르기 전에 독을 타는 건 식은 죽 먹기고."

"어쩌면 스미오가 화장실에 간 동안 누군가 복도로 나와 국에 독을 탔을 수도 있겠군요. 네 사람에게 동기는 있습니까?"

총경은 애매하게 고개를 끄덕였다.

"없는 건 아니다. 바로 그 집이지. 외숙부가 돌아가신 뒤로 집을 허물고 임대 맨션을 짓자는 이야기를 꺼낸 모양이더구나. 아지사와 고이치의 회사에서 지원금을 내준다고 했지만 그것만으로는 턱도 없지. 당연히 토지를 담보로 융자를 받으려고 했을 거다. 상속세도 절감할 겸."

"할머님은 반대하셨습니까?"

"그래. 야스노리는 의외로 마음이 동한 모양이지만, 외숙모님은 오랫동안 함께한 집에 애착이 있으셨던 모양이다. 그 집과 토지는 유족들의 공동 재산이었으니 외숙모님이 허락하지 않는 한 집을 허물기는커녕 토지를 저당 잡히는 것도 불가능하지. 하지만 외숙모님이 돌아가시면 상속 관계가 복잡해지기는 하지만 소유권은 자식들에게 넘어가니까."

린타로는 눈을 가늘게 뜨며 입을 삐죽였다.

"혹시……."

"무슨 생각하는지 알겠다. 하나 외숙부의 죽음을 의심할 필요는 없다. 진료 기록에 미심쩍은 점은 없었으니까. 외숙부의 죽음이 외숙모님의 죽음의 계기가 되었을지도 모르지만 상속을 노린 연속 살인일 가능성은 없다."

린타로는 팔짱을 꼈다.

"……하지만 그만큼 강력한 동기가 있다면 네 사람의 공범설을 쉽게 포기할 수는 없죠."

"그럴지도 모르지만, 국그릇 문제는 어떻게 설명할 거냐? 독을 탈 수는 있었지만 둘 중 누구에게 그 국그릇이 돌아갈지는 예상할 수 없었어. 스미오의 행동에 따라서는 오십 퍼센트의 확률로 세쓰 아주머니가 죽었을 수도 있었다."

"그럴까요?"

린타로는 그렇게 말했다.

"두 분은 항상 같은 자리에 앉아 식사를 하셨다고 하지 않습니까. 그러면 부엌에서 두 분의 위치 관계를 고려해, 스미오가 자연스레 독을 탄 국을 사요 할머님께 건네도록 식기의 위치를 조절할 수 있죠. 마술에서 쓰는 포싱◀을 응용하면요. 백 퍼센트 확실하지는 않겠지만 개연성은 상당히 높지 않을까요?"

총경은 듣자마자 고개를 저었다.

"그건 탁상공론이다. 개연성이 높다고 해도, 허점이 많은 허

▶ forcing. 마술사가 관객에게 특정한 물품을 고르게 하지만 관객은 자신의 의지로 골랐다고 생각하게 만드는 기술.

술한 범행이라는 사실은 변하지 않지. 네 사람이 공모했다면 더욱 확실한 범행 방법을 얼마든지 택할 수 있었을 거다."

"그럼 스미오도 공범이었던 게 아닐까요? 스미오를 끌어들이면 확률은 백 퍼센트니까요. 동기가 없는 어린애에게 가장 위험한 역할을 맡겨서 온 가족의 혐의를 벗기려는……. 허에 허를 찌르는 범행일지도 모르죠."

"아니, 그런 걸 아사코 씨가 용인했을 리가 없지. 열한 살짜리 아들을 살인의 도구로 쓰는 계획에 어머니가 얼씨구나 동조했을까? 어떠한 형태의 공범설도 이 점을 설명하지 못하는 한 설득력이 결여된다는 점을 잊지 마라."

"공범설을 버리면 스미오 단독 범행 가능성밖에 안 남는데요."

"그렇지."

총경은 성난 목소리로 대답했다.

"모든 정황증거는 도마 스미오의 범행을 가리키고 있다. 요즘 아이들은 조숙하니까, 초등학교 5학년이면 농약으로 사람을 죽이는 게 가능하다는 것쯤은 알고 있어도 이상할 건 없지. 마음만 먹으면 구체적인 범행 과정에 이르기까지 의문의 여지 없이 재현할 수 있다."

"뭔가 알아낸 겁니까?"

"아사코 씨와 다른 사람들의 진술에 따르면 쟁반을 들고 부엌을 나갔을 때, 스미오는 농약이 든 용기 같은 걸 가지고 있지 않았다고 한다. 그럼 어디서 독을 구해서 된장국에 탔을까?

답은 간단하다. 미리 농약을 평범한 용기에 담아 화장실 밖에 있는 세면대 선반에 숨겨놓았던 게지. 쟁반을 들고 복도를 지나가는 길에 화장실에 들렀다는 진술 자체는 거짓이 아니었지만, 진짜 목적은 숨겨둔 농약을 꺼내는 것이었지.

농약을 된장국에 탄 뒤에 용기는 물로 씻어 다시 선반에 놓아두었어. 물론 독극물의 흔적을 남기지 않기 위해서지. 이 모든 일들을 마치는 데 용변 보는 시간 이상을 들일 필요는 없지. 똑똑한 아이라면 이런 방법을 생각해내는 건 어렵지 않았을 테고."

"그렇죠. 논리적으로는 문제가 없네요."

린타로는 주먹을 입에 대며 중얼거렸다.

"논리적이기만 하더냐. 스미오를 제외한 인물이 사건에 관여했을 가능성은 거의 전무하다. 어떤 의미로 결론은 이미 나온 거나 마찬가지야."

총경은 다시 한숨을 내쉬었다.

"……뭔가 마음에 들지 않으신 것 같은데요?"

"그래. 난 스미오가 제 할머니를 죽였다는 걸 믿을 수가 없다. 고작 열한 살짜리 어린애다. 그 어린것이 할머니를 독살해야만 하는 이유가 대체 뭐란 말이냐."

"평소에 할머니와 사이가 좋지 않았거나 일방적으로 학대를 받았다거나, 그런 일은 없습니까?"

총경은 고개를 저었다.

"그것도 아니다. 가족들의 증언은 그 점에서도 일치한다. 외숙모님은 손자를 예뻐했는데 스미오는 할머니한테 공손하긴 했지만 살갑게 굴지는 않았다고 하고. 요즘 애들이 그렇지. 스미오에게 할머니는 어쩌다 한집에 살고 있는 남이나 마찬가지였을 거다. 그러니 두 사람 사이에 살인을 일으킬 만한 감정적 갈등이 존재했을 리는 없지."

린타로는 잠시 생각하다 말했다.

"……그럼 처음부터 살의 같은 건 없었을 가능성은요? 비디오게임을 하는 느낌으로 죽였을 수도 있잖아요."

"바보 같은 소리 마라. 스미오는 이미 할아버지의 죽음을 체험했다. 앵무새를 죽이는 것과 인간을 죽이는 게 얼마나 큰 차이가 있는지 그쯤은 충분히 알고 있었을 게야."

린타로는 한숨을 쉬었다. 아버지에게 옳은 모양이었다. 혈액순환을 위해 의자에서 일어나 테이블과 벽 사이를 오가기 시작했다.

총경은 식은 커피를 다 마신 뒤에 담배에 불을 붙였다. 부자는 한동안 말없이 서로의 존재를 잊은 듯 각자의 동작에 몰두하고 있었다.

이내 갑자기 린타로가 걸음을 멈췄다.

"지금 생각난 건데요."

"뭐냐?"

"범인의 목적이 사요 할머님이 아니었던 게 아닐까요?"

총경은 비스듬히 고개를 꺾었다.

"실수로 다른 사람을 죽였다고? 그랬을 가능성은 없다. 세쓰 아주머니는 말 그대로 살아 있는 '송장'과 다를 바 없어서 외숙모님 외의 사람과는 전혀 교유가 없었다. 아주머니가 죽어도 이득을 보는 사람은 없어. 가입한 보험도 없거든. 그 가능성은 생각한들 시간 낭비다."

"잠깐만요. 동기는 제쳐두고, 생각나는 게 하나 있습니다. 스미오가 아닌 사람이 세쓰 할머님을 해치려 했을 경우, 된장국 하나에만 독을 타도 백 퍼센트의 확률로 목적을 달성할 방법이 있습니다."

총경은 아들의 말에 관심을 보였다.

"그게 뭐냐?"

"가능성은 둘 중에 하나죠. 세쓰 할머님이 독을 탄 국그릇을 집었을 경우에는 문제가 없죠. 반대로 사요 할머님이 독을 마셔도 그 죽음의 충격은 확실히 세쓰 할머님의 수명을 단축시킬 거다. 범인이 이렇게 생각해도 이상할 건 없고, 실제로 사태는 그러한 방향으로 흘러갔습니다. 한마디로 사요 할머님의 죽음은 부차적인 것이었습니다."

총경의 표정에는 낙담한 기색이 역력했다.

"내가 범인이라면 처음부터 그릇 두 개에 모두 독을 타겠다. 확실히 범행을 성공시키기 위해서 누구라도 그렇게 하지 않았겠냐? 네 생각이란 게 고작 이 정도냐?"

린타로는 고개를 저었다.

"아뇨. 아직 유일한 가능성이 남아 있어요. 도마 사요는 자살한 겁니다."

총경은 미심쩍은 듯 눈을 치켜떴다.

"뭐라고? 진심으로 하는 소리냐? 스미오는 직접 할머니에게 국그릇을 건넸고 마시는 것까지 보았다. 대체 어느 틈에 외숙모님이 된장국에 농약을 탔다는 거냐?"

린타로는 씩 웃으며 대답했다.

"그야 스미오가 화장실에 들르느라 쟁반에서 눈을 뗐을 때죠. 사요 할머님은 2층에서 몰래 아래층으로 내려와 있었습니다. 독을 탄 국그릇을 잘 기억해두고 계단을 올라가 계속 2층에 있었던 척했죠. 당연히 세쓰 할머님과도 미리 입을 맞췄을 테고요.

스미오가 독이 든 그릇을 본인에게 주면 그걸로 된 거고, 세쓰 할머님에게 주려고 했을 경우에는 즉시 손을 뻗어서 그릇을 가져가면 되니까요. 그리고 마음을 독하게 먹고 국을 마신 거죠."

"하지만 외숙모님은 며칠 전부터 거의 2층에서 내려오지 않으셨다고 했다."

"그건 자살을 살인으로 위장하기 위해서죠. 식사를 2층에서 하는 습관도 그걸 위한 포석이었고요."

총경은 고개를 저었다.

"억측이야. 스미오가 2층으로 가는 길에 화장실에 들르는 바람에 쟁반에서 눈을 떼게 된 건 예상할 수 없는 우연한 사건이었다."

"예상한 게 아니라 그날까지 계속 기회를 노린 겁니다. 며칠 동안 공친 끝에 간신히 자살에 성공한 거죠."

"……언제 한번 그 수법을 네 소설에 등장시켜봐라. 걸작이 될 게다."

"안 되나요?"

"들을 가치도 없다."

총경은 짜증스러운 목소리로 말했다. 린타로는 어깨를 으쓱하며 다시 자리에 앉았다.

"막다른 골목이네요."

노리즈키 총경은 새 담배에 불을 붙인 뒤 공허한 표정으로 하얀 연기를 내뿜었다.

"아니, 너한테 화풀이하려는 건 아니다. ……실은 어제부터 계속 이상한 생각이 드는구나. 네 생각보다 훨씬 말이 안 되는 어처구니없는 생각인데……."

"뭔데요?"

"그 말이다, 차남인 가쓰키 기억하지? 영 정이 안 가는 내 사촌동생 말이다. 가쓰키에게는 외숙모님을 죽일 강력한 동기가 있다. 순수한 증오심이지. 오랫동안 쌓여온 어머니에 대한 증오심이 십이 년 만의 재회를 계기로 단번에 폭발한 결과가 이번 사건이 아닐까. 그런 생각이 머리를 떠나지 않는구나."

"사요 할머님 사건이 내부 범행이라고 단정지은 건 아버지라고요."

총경은 고개를 끄덕였다.

"그렇지. 나도 앞뒤가 안 맞는 말을 하고 있다는 건 안다. 하지만 무슨 소설이었지……. 다락방을 배회하는 남자가 천장에

난 구멍으로 독을 떨어뜨려서 사람을 죽이는 이야기 말이다."

"란포의「지붕 밑의 산책자」요?"

"그래, 그거. 그 집은 지은 지 오래됐으니 2층 천장에 구멍이 있어도 이상할 건 없지. 가쓰키라면 몰래 다락에 올라가 기회를 엿보다 외숙모님의 된장국에 농약을 떨어뜨리는 것도 가능하지 않았을까. 그런 생각이 드는구나. 정말 어처구니없는 상상이긴 하지만."

"그렇죠."

총경은 복잡한 표정으로 웃었다.

"말도 안 되는 생각이라는 건 나도 안다. 사건 소식을 들은 직후에 삿포로 서의 친구를 통해 지난 며칠간의 가쓰키의 행적을 알아봤다. 답은 명쾌하더구나. 지난주부터 도마 가쓰키는 삿포로를 한시도 떠난 적이 없었다. 한마디로 제일 먼저 용의선상에서 제외해야 할 인물이지. 내가 멍청했다."

총경은 땅이 꺼져라 한숨을 내쉬었다. 린타로가 오늘밤 들은 것 중에 가장 긴 한숨이었다.

"스리 아웃, 체인지다. 이걸로 우리는 다시 원점으로 돌아왔구나."

"……역시 스미오일까요. 이런 불확실한 상황에서 그 애가 범인이라고 단정짓기는 싫군요."

"나도 그렇다. 설령 스미오의 짓이라 해도, 바보가 아닌 이상 아무리 초등학생이라도 이런 사면초가의 상황으로 일부러 자기를 몰아넣으려 할까? 아니면 그렇게 해서 일부러 자기에게 혐의를 씌우려 했던 걸까?"

"엄청나게 절박한 동기가 없다면 그러지는 않을 텐데⋯⋯."

"그 절박한 동기가 뭔지 알았다면 처음부터 이 고생도 안 하지."

린타로는 턱을 괴며 말했다.

"⋯⋯그러고 보니 스미오가 장례식 날에도 뭔가 이상했다는 얘기를 누가 하지 않았어요?"

"아니, 난 기억이 안 난다. 외숙모님과 가쓰키의 싸움이 워낙 대단했어야지."

"그런 일도 있었죠. 그 부부는 할머님의 장례식에 참석한답니까?"

별생각 없는 질문이었다.

"온다고 들었다. 그날 가쓰키가 했던 말이 이렇게 빨리 실현될 줄 누가 알았겠냐. 그 녀석을 의심한 이유 중 하나도 그 말이 마음에 걸려서였다. 하지만 아마 당사자가 제일 놀라지 않았겠냐."

"가족도 다 같이 온답니까?"

"오겠지. 그날 밤에도 그렇게 말하지 않았냐."

그날 밤……. 그래, 노리스케의 장례식 날 밤이었다. 그날 밤, 두 모자의 격한 다툼.

—내 눈에 흙이 들어가기 전까지는 무슨 일이 있어도, 그래, 무슨 일이 있어도 너나 네 가족은 절대 이 집 문턱을 못 넘을 줄 알아라.

먼저 큰소리를 낸 건 사요였다.

—어머니 눈에 흙이 들어가기 전에는 이 집 문턱을 넘을 생각도 말라고 했죠? 어머니 돌아가시면 절 올리러 우리 식구 다 같이 다시 오겠습니다. 그건 상관없겠죠?

홧김에 내뱉은 소리라고는 하나 가쓰키도 말이 심했다. 친어머니에게 눈 하나 깜짝 않고 그런 소리를 하다니.

거기까지 생각한 순간, 린타로의 뇌리에 상복을 입은 소녀의 모습이 불현듯 떠올랐다. ……지금 그건 뭐지?

별안간 머릿속에서 뭔가가 번득였다.

설마, 그런 일이……. 아니, 하지만 그날 그 태도는 완전히…….

확인해볼 필요가 있다.

"아버지."

총경은 아들의 서슬에 놀란 눈치였다.

"뭐냐? 왜 그러는 건데?"

"가쓰키 아저씨 가족은 언제 상경한답니까?"

린타로는 그렇게 물었다.

4

도마 마리는 다시 도마가의 문턱을 넘었다. 삼 주 전처럼 검은 원피스 차림으로.

또 장례식이라니. 게다가 하필이면 할머니가 살해되시다니. 소름이 끼쳤다. 이 집도 왠지 불길한 느낌이 들었다. 빨리 범인이 잡혀야 할 텐데. 마리는 그런 생각을 했다.

'아빠는 바보야. 저번에 할머니한테 그렇게 심한 소리를 하다니. 아무리 사이가 나빠도, 다퉜더라도 어른인데, 낳아준 어머니인데. 상대의 마음을 더욱 헤아렸어야지. 지금 후회해도 이미 엎질러진 물이잖아.

할머니도 마찬가지야. 왜 아빠한테 그렇게 모질게 대했을까? 이해할 수가 없어. 모자지간에 원수처럼 못 잡아먹어서 으르렁대는 모습은 다시는 보기 싫어.'

오늘은 날씨가 좋은데도 왠지 으스스했다. 검은 옷 때문일까. 마리는 맥락도 없이 그런 생각을 했다. 십 년도 더 떨어져

살았다고 해도 조부모가 연이어 타계했는데 눈물 한 방울 나오지 않는 자신이 싫었다.

누가 다가오는 기척이 났다.

손에 뭔가 하얀 것을 들고 있었다.

린타로는 마리의 모습을 찾았다.

일전과 같은 차림새였지만 그때보다 앞머리가 살짝 길었다. 어디 있어야 할지 모른 채 어색한 기색을 풍기는 그녀의 분위기도 전과 같았다.

마리는 의아한 표정으로 손에 든 하얀 봉투를 바라보고 있었다. 그녀가 봉투를 뜯으려던 찰나였다.

"잠깐."

린타로가 말을 걸었다.

마리는 동작을 멈추고 린타로를 보았다. 낯선 사람을 보고 당황한 눈치였지만 이내 이름을 떠올린 듯 입을 열었다.

"노리즈키 씨……라고 하셨죠?"

린타로는 고개를 끄덕였다.

"그 편지를 읽으면 안 돼."

마리는 놀란 표정으로 봉투를 보았다.

"왜요?"

"이유는 말할 수 없어. 너에게 너무 잔인한 일이니까."

"하지만 이걸 준 사람은……."

"이름을 말하지 마. 누가 준 편지인지 알아. 누군지 잊어버려."

마리는 의아한 표정을 지었다.

"왜……."

린타로는 잠시 생각한 끝에 서툴게 물었다.

"……누굴 좋아해본 적이 있니?"

난데없는 질문에 마리는 눈을 동그랗게 떴지만, 수상쩍게 생각하지는 않는 것 같았다. 살짝 뺨을 붉히며 또렷한 목소리로 "네"라고 대답했다.

린타로는 한동안 침묵을 지켰다. 그리고 조심스레 말했다.

"그 편지, 나한테 줄래?"

마리는 순순히 봉투를 내밀었다. 편지를 받아든 린타로는 받는이도 제대로 보지도 않고 주머니에 넣었다.

"고마워."

"꼭 잊어야 하나요?"

마리가 물었다.

"그래. 앞으로 이 일은 떠올리지 마. 가급적 상상하지도 말고. 내 말뜻을 알겠니?"

"아뇨."

"그럼 됐어."

"장례식에는 참석 안 하세요?"

"사정이 있어서. 처리해야 할 일이 있거든."

말을 마친 린타로는 발길을 돌리려 했다.

"잠깐만요."

마리가 떠나려는 그를 불러 세웠다.

"언젠가 가르쳐주실래요? 그 편지 내용이 무엇인지."

"그래, 언젠가 꼭."

린타로는 그렇게 대답했다.

'……네가 어른이 되면.'

밖으로 나가자 노리즈키 총경이 기다리고 있었다.

"어떻게 됐냐?"

린타로는 한숨을 쉬며 주머니에 넣은 봉투를 꺼냈다. 받는 사람은 '도마 마리'라고 되어 있었다. 우표나 소인, 주소는 없었다. 편지를 쓴 사람이 직접 전해준 것이었다.

봉투를 뜯어 안에서 편지지를 꺼냈다. 비디오게임 캐릭터 일러스트가 인쇄된 푸른 빛깔의 편지지였다. 괘선 사이로 꼼꼼하지만 어딘지 모르게 균형을 잃은 글자들이 늘어서 있었다.

"뭐라고 적혀 있냐?"

린타로는 고개를 들어 아버지의 얼굴을 보았다. 참담한 기분이었다.

"······예상했던 내용이네요."

"그러냐. 앞으로의 일이 걱정이구나."

린타로는 편지를 아버지에게 건넸다. 편지지에 적힌 글자들은 다음과 같았다.

마리 누나에게.

할아버지의 장례식에서 처음 누나를 보고 가슴이 터질 것만 같았습니다. 누나한테 첫눈에 반했습니다. 그때는 긴장해서 아무 말도 못 했습니다. 할머니와 작은 아빠가 싸워서 누나는 금방 가버렸죠.

다시 누나를 만나고 싶었습니다. 만나서 이 마음을 전하고 싶었습니다. 하지만 어떻게 하면 좋을지 알 수 없었습니다. 누나를 만날 방법을 열심히 생각했습니다.

겨우 방법이 떠올랐지만 용기가 필요했습니다. 하지만 누나를 만나는 게 무엇보다 중요한 일이었기 때문에 용기를 내서 했습니다. 성공했습니다.

하지만 또 긴장해서 아무 말도 못 하면 어쩌지. 그런 걱정에 이 편지를 써서 누나에게 전해야겠다고 생각했습니다.

마리 누나, 나는 당신이 좋아요. 진심으로 사랑합니다. 제발 답을 주세요. 초등학생이지만 저는 진심입니다. 당신의 진짜 마음을 알려주세요.

도마 스미오

카니발리즘
소론

1

신고를 받은 경찰대가 남자의 집으로 출동했을 때, 그는 부엌에서 저녁 준비를 하던 참이었다. 뼈가 붙은 손목이 뜨겁게 달군 프라이팬 위에서 쉬익쉬익 기름 튀는 소리를 내며 미지근한 연기를 내뿜고 있었다. 실내를 가득채운 역겨운 냄새에 경관들은 무의식적으로 얼굴을 찌푸렸다.

"당장 그 불 꺼!"

한 경관이 외쳤다. 남자는 무례한 중지 명령에 기분이 상한 듯했지만 별달리 저항하지 않고 옅은 미소를 지으며 말없이 가스레인지의 불을 끄더니 두 손을 힘없이 내렸다.

불을 끄라고 명령한 경관이 조심스레 노릇하게 구워진 손목을 경찰봉 끝으로 뒤집었다. 순간 경관은 외마디 비명을 지르며 프라이팬에서 뒷걸음질쳤다. 여자의 것으로 보이는 다섯 손가락에는 아직 매니큐어 자국이 선명하게 남아 있었다.

경찰대는 일제히 경계 자세를 취했다. 하지만 남자는 꿈쩍도 하지 않았다. 소란을 피우려는 낌새도 없이 지극히 무심한 태도로 서 있을 따름이었다.

사복형사가 남자에게 다가갔다. 그리고 잔뜩 굳은 얼굴로 싱크대 옆 대형 냉장고에 의심의 눈초리를 보냈다. 최근에 유행하는, 냉동고를 크게 만든 냉장고였다. 형사가 어색한 손길로 냉동고 문을 열자, 랩에 싸인 피투성이의 여자 머리가 툭 바닥으로 떨어졌다.

"이 새끼, 이게 대체……. 무, 무슨 생각으로 이딴 짓을 저지른 거냐!"

이성을 잃은 형사의 외침에 남자는 싸늘하게 웃으며 대답했다.

"그야 당연히 먹으려고 그런 거지."

＊

늦더위가 이어지던 구월 어느 토요일이었다. 점심을 먹고 오후의 사색에 잠겨 있는데, 탐정소설가 노리즈키 린타로가 홀연히 내 방을 찾아왔다.

노리즈키와는 대학 시절부터 알고 지낸 사이니까 거의 십 년지기 친구다. 하지만 요즘은 서로 연락이 뜸해져서 마지막으로 만난 지 이 년이나 되었다. 예고 없는 갑작스런 방문이었기에 나는 적잖이 놀랐지만 오랜만에 그와 대화를 나눌 수 있어서 기쁘기도 했다. 때마침 지루하던 참이었다.

"이게 누구야. 탐정 선생, 옛날 생각 나는군. 여전히 여자와 어린애들이나 읽는 싸구려 스릴러를 쓰시나?"

노리즈키는 기운 없는 표정으로 대답했다.

"마감에 쫓겨서 죽을 맛이야."

"내가 말했잖아. 얼른 그 바닥을 뜨라고. 탐정소설 같은 건 뇌가 말랑한 기회주의자들이나 읽는 거야. 저급한 트로트하고 마찬가지지. 어디서 들어본 적 있는 멜로디와 가사를 꿰맞춰서 만든 거라고. 한없는 개정판과 끝없는 공급의 반복이지. 그러니까 그만 손 털어. 지금도 늦지 않았으니 더 생산적인 일을 찾아봐."

"또 그 소리군."

노리즈키는 진절머리가 난다는 듯 한숨을 쉬었다. 나는 그의 난감한 표정을 보고 소리 없이 웃었다. 이것이 우리가 늘 나누는 인사말이었다.

나는 노리즈키에게 앉으라고 권했다. 이번에는 그가 나의 근황을 물었다.

노리즈키 린타로는 이 년 전 만났을 때와 별반 달라진 게 없었지만, 나는 사정이 달랐다. 서른이 지나자 배에 지방이 쌓이기 시작했고, 최근에는 동거하던 여자와의 관계를 깨끗이 정리했다. 지금은 마음 편한 독신남이었다.

동거를 청산하면서부터 나는 예전부터 준비했던 야심찬 논문의 집필 작업에 착수했다. 예전에 비하면 생활은 규칙적이었고 소박했으며 고요하지만 충실했다. 지금 생활하는 이 방도 다소 살풍경하기는 했지만 집필에 몰두하기에는 둘도 없는 환경이었다.

"유일한 흠이라면 지적 자극이 부족하다는 점이랄까. 나 혼자 생각할 때는 괜찮지만, 최근에는 내 수준에 맞는 이야기를 나눌 말벗이 없어서 적적하더라고. 주변 사람들은 전혀 말이 안 통하는 인간들뿐이라. 물론 자네는 대환영이야. 모처럼 여기까지 왔으니 재미있는 이야기나 좀 해봐."

노리즈키는 뜸을 들이듯 머뭇거렸다.

"재미있을지는 모르겠는데…… 오쿠보 마코토라는 친구 아나?"

"오쿠보라고?"

어렴풋이 기억이 날 것 같았다.

"……알지, 자네가 대학에 처음 입학했을 때 친하게 지내던 의대생이잖아. 별난 친구였지. 하숙집에 틀어박혀서 아키야마 슌만 읽어댔잖아. 자의식이 너무 강해서 친하게 지내기 어려운 타입이었지. 자네가 말할 때까지 그런 녀석이 있었다는 사실조차 잊고 있었어. 그런데 오쿠보가 왜?"

노리즈키는 그늘진 눈으로 나를 보았다.

"사람을 죽였어."

"사람을 죽였다고?"

한동안 신문이나 텔레비전을 보지 않았던 까닭에 그 소식은 금시초문이었다. 노리즈키는 은근히 내 무관심을 비난하듯 열 띤 어조로 말했다.

"평범한 살인도 아냐. 오늘 자네를 만나러 온 것도 사실 그 일 때문이야. 옛 친구로서 모른 척할 수는 없잖아. 그 사건의 성격에 대해 나름대로 생각해봤어. 생각한 끝에 어떤 결론에 이르렀는데, 영 자신이 없더라고. 그래서 자네 의견을 들어보려고 멀리서 여기까지 온 거야. 잠깐 시간 내줄 수 있겠어?"

"천하의 명탐정께서 나한테 조언을 구하러 오시다니. 이거 어깨가 으쓱해지는걸. 그나저나 자네가 그렇게까지 말할 정도니 평범한 사건은 아니겠지? 시시한 범인 찾기라면 사양하겠어."

"물론 범인은 오쿠보야. 하지만 평범한 사건이 아니란 건 보장하지. 이 사건의 최대 미스터리는 바로 동기야."

노리즈키의 이야기는 내 호기심을 자극하기에 충분했다.

"말해봐, 그 미스터리란 게 뭔데?"

❋

"오쿠보에게 살해된 피해자는 미사와 요시코라는 여자인데, 그 둘은 오 년 전쯤부터 히가시나가사키의 다세대 주택에서 같이 살았어. 자네도 알다시피 오쿠보는 이름만 의대생이지 실상은 백수나 마찬가지였잖아. 팔 년 동안 의대에 다니기는 했지만, 결국 국가시험에 합격하지 못했고 학교도 중퇴했지. 중퇴하고 나서도 별다른 직업 없이 빈둥거리며 세월을 보냈고. 동거녀인 요시코는 학생 때부터 오쿠보와 알고 지내던 사이였는데, 전문대를 졸업하고 치위생사 자격증을 따서 도쿄의 병원에 취직했어. 오쿠보는 요시코의 벌이에 빌붙어 살았고."

"한마디로 기둥서방이로군. 그럴 가치가 있는 남자 같지는 않았는데."

"사람 취향은 제각각이니까. 나도 한 번 만난 적이 있는데, 칠칠치 못한 남자를 보면 가만 못 두는 야무진 여자였어. 이 점이 나중에 중요한 의미를 지니게 되지만 지금은 일단 미뤄두지.

어느 날 밤이었어. 구체적인 날짜는 생략하겠지만 최근 일이야. 오쿠보는 사소한 다툼을 벌이다 요시코를 목 졸라 죽였어. 전후 상황으로 미루어 과실치사였음은 명백해. 하지만 그는 동거녀의 죽음을 의사나 경찰에게 알리지 않고 하룻밤 동안 그녀의 시신을 욕실에서 토막 냈어. 그리고 부위별로 랩을 씌워서 냉장고에 보관했지."

"엽기 살인이로군."

나는 최대한 미간을 찌푸리며 앞으로 당겨 앉았다.

"의대에서 배운 게 도움이 되기는 했겠군. 중퇴했어도 해부 실습은 했을 테니까."

"맞아. 하지만 여기서 끝이 아니야. 끔찍한 뒷이야기가 남았지. 이튿날부터 오쿠보의 위장은 지옥으로 변했어."

"뭐라고? 전부터 느끼던 건데, 자네 비유는 항상 너무 애매해서 구체적이질 않아."

노리즈키는 고개를 젓더니 매서운 목소리로 말했다.

"다시 말하지만 이건 비유가 아니야. 말 그대로라고. 오쿠보는 그날부터 매일, 닷새에 걸쳐 자기가 해친 여자의 시체를 먹었어."

"……오쿠보가 인육을 먹었다고?"

나는 아연실색하여 노리즈키의 얼굴을 보았다. 그가 단순한 여흥으로 이 화제를 꺼낸 게 아니라는 사실을 똑똑히 알 수 있었다. 오쿠보가 저지른 사건은 노리즈키에게 큰 충격을 안겨준 것이다.

"짐승처럼 날것 그대로 뜯어먹은 건 아니야. 끼니때마다 굽거나 찌고 조미료를 쳐서 조리해 먹었지."

"그게 그거지. 자네가 점심 먹은 후에 와서 정말 다행이군."

노리즈키는 잠시 이야기를 중단하고 내 반응을 살폈다. 하지만 그 눈빛은 어딘가 먼 곳을 바라보는 것 같기도 했다. 이내 그는 조심스레 말문을 열었다.

"갑자기 역겨운 이야기를 꺼내서 미안하네. 하지만 자네는 이런 이야기에 면역력이 있을 거라 생각했어."

"자네 말대로야. 예전에 카니발리즘 연구에 몰두한 적이 있거든. 그렇다고 날 찾아온 것도 전혀 반갑지는 않지만, 이제야 자네 속셈을 알겠군. 나한테 오쿠보가 여자의 인육을 먹은 동기를 알아내라는 거지?"

노리즈키는 살며시 시선을 들어 내 표정을 살피더니 고개를 끄덕였다.

"음, 추리 문제치고는 꽤 이색적인 부류로군. 하지만 무척 흥미로운 사안인 건 사실이야. 자네 나름대로 결론을 냈지만 자신이 없는 건가?"

"내 추론은 심리학도 정신분석도 아닌 일종의 추상력에서 비롯된 것이라 정확한 증거는 없어. 하나의 해석에 불과하다는 말을 들어도 반박할 수 없지. 하지만 학자의 연구도 사실 그와 별 차이가 있는 것도 아니고, 자네가 나와 같은 결론에 도달한다면 어떠한 타당성을 찾을 수 있을 거라고 확신해."

그 말을 들으니 은근히 쑥스러웠다.

"날 너무 과대평가하는 거 아냐? 하지만 자네가 그렇게까지 말하니 얼마든 이야기를 들어주지. 애초에 싫어하는 이야깃거리도 아니고."

"그런데······."

"뭐?"

"내 답은 썩 유쾌한 게 아니야."

노리즈키는 혼잣말처럼 중얼거렸다.

2

나는 자리에서 일어나 벽과 벽 사이를 천천히 두 번 왕복했다. 노리즈키는 자리에 앉은 채 내 움직임을 바라보고 있었다. 나는 그를 돌아보며 다시 말문을 열었다.

"······카니발리즘이라. 자네는 이 말의 유래를 아나?"

"글쎄. 뭐, 카니발에서 파생된 말이 아닐까."

"아니. 카니발리즘은 카리브 제도에 살던 카리브족에서 온 말인데, 신대륙이 발견된 당시 그들이 인육을 먹는 관습을 가진 부족으로 유럽에 소개되었기 때문이야."

"그렇군."

"한마디로 카니발리즘이라는 말은 원래부터 문명국가에 존재했던 말이 아니라 주어진 말이며 개념일 뿐이야. 이 말에는 처음부터 문화인류학적인 시선이 들어가 있지. 그 시점의 옳고 그름은 차치하더라도 먼저 문화인류학적으로 접근해보려고 하네.

기근이나 조난 등 극한 위기 상황에서의 식인 행위가 아닌, 관습으로서의 식인, 즉 카니발리즘은 다양한 사회에서 보고된 바 있어. 역사를 거슬러 올라가면 원시 단계에서는 일상적으로 식인이 행해졌다는 설도 있고. 이 얘긴 확증이 없으니 그다지 신빙성은 없지만.

종래의 연구에서는 누구를 먹느냐에 따라 식인을 '족내식인 族內食人(엔드카니발리즘)'과 '족외식인族外食人(엑소카니발리즘)'으로 분류했어. 전자는 자신이 속한 집단 구성원, 이를테면 친족이나 가족을 먹지. 후자는 외집단, 그중에서도 흔히 볼 수 있는 건 적대하는 집단의 구성원을 먹는 행위야. 전쟁 포로 등을 예로 들 수 있지. 무척 드문 케이스이긴 하지만 자신의 신체 일부를 섭취하는 '자식인自食人(오토카니발리즘)'이라는 분류도 사례로서 존재해."

"그럼 자네는 오쿠보 사건이 '족내식인' 카테고리로 분류된다고 생각하겠군?"

노리즈키는 다소 비꼬듯 말했다.

"그건 아니지. 내가 한 얘기는 어디까지나 문화인류학자가 생각하는 관습적 행위로서의 식인을 말하는 것이니, 그걸 특정 현대인의 단독 행위에 그대로 적용할 수는 없지. 이 언저리는 서론이랄까, 이야기를 정리하기 위해 필요한 부분이니까 일단 들어봐.

식인의 동기 및 목적으로는 굶주림 외에도 뭔가 특별한 힘을 획득하기 위해서라는 이유가 많아. 피해자의 힘이나 자질을 제 것으로 만들기 위해 심장이나 뇌를 먹지. 요술이나 주술적인 힘을 이어받기 위해 식인을 하거나, 또는 질병을 고칠 특효약으로 인육을 먹는 사례도 있어. 인육에는 영적인 힘이 깃들어 있다고 여겨지기 때문이야. 제임스 프레이저식으로 말하면 '육식의 감염 주술'에서 비롯된 거지. 『황금가지』에서는 다음과 같이 말하고 있어.

미개인은 보통 동물이나 사람의 고기를 먹으면 그 동물이나 사람의 고유한 신체적 성질뿐 아니라 도덕적 지적 성질까지 획득한다고 믿는다.

무슨 소린지 알겠지? 혹시나 해서 물어보는 건데, 오쿠보가 수상쩍은 원시 종교나 오컬티즘에 빠져 있지는 않았지?"

"물론이지. 주술이나 샤머니즘 같은 건 이 사건과 전혀 상관없어. 오쿠보의 동기는 뭐랄까, 훨씬 즉물적이야."

"알았어. 지금 거론한 건 '족내식인' 사례였지. '족외식인'은 복수를 위해 적의 신체를 먹거나, 후에 보복을 피하기 위해 망자의 혼이 시신에 머무르는 동안 살해한 이의 인육을 먹는 등의 행위를 말해.

또한 부족신에게 인신공양을 올린 뒤에 제물을 먹는 종교 제의로서의 식인도 존재해. 유명한 사례로는 16세기, 신대륙에 상륙한 코르테스와 그 부하들이 목격한, 아즈텍족의 조직적인 대규모 식인 의례가 있지. 이 케이스에서는 적의 포로뿐 아니라 꽤 많은 수의 노예들도 희생됐어.

마찬가지로 종교적 의식에서 비롯된 행위로서 죽은 자와의 결속을 강조하기 위한 식인도 있지. 이 경우에는 망자와 영원히 하나가 되기 위해 그의 육신을 먹는 거야. 주술적 성격은 희박해졌다고 보는 게 통례지만 기독교의 영성체를 일종의 상징적인 식인 의례로 해석하는 것도 가능하고."

거기까지 말했을 때 노리즈키는 내 설명을 끊었다.

"상징 영역까지 들어가는 건 주제에서 너무 벗어났어. 심벌 조작의 즐거움에 눈길을 빼앗겨 본질을 놓칠 수도 있다고."

"그런 소리 말고 들어봐. 죽은 자와의 동일화는 지금 내가 쓰는 논문의 중요한 테마 중 하나거든. 난 종교의 기원에 대해 고찰하는 중이야. 그것은 '억압된 것의 회귀'라는 형태로 나타나잖아. 한마디로 예수의 십자가형이나, 더욱 거슬러 올라가 모세의 추방 같은 것들이 원시사회에서의 '부친 살해'의 재현일지도 모른다고 추측하고 있어.

원시시대에는 하나의 족장이 모든 부족민을 지배하는 사회가 있었고, 거기서는 아들들이 아버지를 살해했지. 이 '부친 살해'란 아버지를 먹는 것, 즉 아버지의 일부를 체내로 흡수함으로써 그와 동화되려는 행위였어.

아버지를 살해한 뒤 유산을 독점하려고 형제끼리 서로 싸우는 시기가 오래 지속되었을 것이 분명해. 하지만 이러한 투쟁의 손실이 형제들을 다시 화해시켰고, 그 결과 일종의 사회계약이 발생했지. 아들들은 각자 아버지의 지위를 독점한다는 이상을 버리고 어머니와 여자 형제들을 제 소유물로 삼는 걸 단념했어. 근친상간에 대한 터부와 족외혼의 규칙, 이른바 토테미즘은 이렇게 발생했지.

하지만 이 원시 공동체 내부에는 과거 '부친 살해'의 기억이 어전히 남아 있지. 이 억압된 기어이야말로 토테미즘을 무효화하는 일신교의 불가피한 출현을 설명하는 기제라 할 수 있어. 따라서 일신교가 지닌 강박적 성격은 '억압된 것의 회귀'에서 발생하는 것이지."

내가 말을 마치자 노리즈키는 다소 당황한 듯 어깨를 으쓱했다.

"……그것참 신경증적인 분석이로군."

"인간이란 본디 신경증적인 존재거든."

나는 그렇게 대답했다.

"너무 곁길로 새긴 했군. 오랜만에 자네와 이야기를 나눠서 조금 흥분한 모양이야."

"그럼 그렇게 돌아다니지 말고 앉아서 이야기해."

그 말을 듣고서야 내가 이리저리 돌아다니고 있었다는 사실을 깨달았다. 의자에 앉아 노리즈키와 마주보며 다시 말문을 열었다.

"자, 본론으로 돌아가지. 지금까지 언급한 건 카니발리즘에 대한 전통적 관점, 요컨대 낭만적인 해석에 불과해. 이에 대해 최근, 생태인류학을 표방하는 마이클 하너나 마빈 해리스가 주목할 만한 학설들을 발표했지.

그들은 앞서 언급한 아즈텍의 인신공양에 관한 보고를 면밀히 검토하여 아즈텍의 전쟁=공양=식인의 복합 구조에 주목했어. 여기서 중요한 건 희생된 포로나 노예의 시체 중에서 식용으로 쓸 수 있는 부분은 모조리 가축과 같은 방식으로 처리되었다는 사실이지. 당시의 민중은 만성적인 영양 부족에 시달리고 있었고, 동물성 단백질을 인육이라는 형태로 대량 생산, 재분배하는 데 적응한 국가 체제에서 아즈텍의 신관들은 의례적 살인자였다는 뜻이야. 하너와 해리스는 아즈텍 식인 왕국의 성립 조건을 당시 몇 세기에 걸친 생산 강화와 인구 증가의 영향에 의해 고갈된 메소아메리카 생태계 특유의 상태와, 더욱 경제적인 선택이 가능한 경우에 인육을 동물성 단백질원으로 이용했을 때의 비용 편익의 상관관계에서 찾고 있지. 말할 것도 없이 이러한 주장에서 낭만적인 식인종이라는 이문화적 환상은 찾아볼 수 없어."

노리즈키는 콧소리를 내며 말했다.

"인구 증가에 따른 식량 문제의 해결책이라고 하니, 왠지 〈소일렌트 그린〉이 생각나는데?"

"그건 SF 영화잖아. 그보다 이러한 종류의 논의에서는 조너선 스위프트의 이름을 빼놓을 수 없지. 스위프트가 1729년에 쓴 '빈민의 자녀가 부모와 국가의 짐이 되는 것을 방지하고 공공의 이익에 공헌할 수 있도록 하기 위한 온건한 제안'은 당시 아일랜드의 지독한 빈곤과 시민사회의 양식에 대한 통렬한 풍자였지. 이 글은 한마디로 빈민이 갓난아이를 부자들의 양식으로 제공함으로써 인구문제와 식량문제를 한 번에 해결할 수 있다는 내용이야. 물론 이런 말도 안 되는 제안을 진지하게 받아들이는 사람은 없었지만. 하지만 맬서스의 '인구론'도 결국에는 같은 이야기를 하고 있다고 봐."

노리즈키가 다시 내 말을 끊었다.

"하지만 오쿠보는 아즈텍의 신관도, 스위프트도 아니야. 일본의 인구 문제를 걱정해서 여자를 죽여 먹은 건 아니니까."

"나도 그건 알아. 한편, 생태인류학과는 다른 관점에서 더욱 급진적으로 카니발리즘의 존재 자체를 의심하는 학자도 있어. 윌리엄 아렌스에 따르면 식인 기록의 거의 대부분은 전해 들은 이야기거나 간접적인 정보이며, 식인을 확실히 증명할 직접적인 자료는 없다고 했어. 지금까지 식인 풍습이 있는 사회를 직접 목격한 문화인류학자는 아무도 없으니 식인이 실제로 존재했는지를 확인하기란 현재로서는 대단히 어렵지. 1960년경 뉴기니 섬 고원지대에서 유행한 쿠루병이 식인에 의한 감염이라는 의학적 보고가 있기는 하지만."

"그러고 보니 벤 헥트의 단편 중에 그런 이야기가 있었지. 피지 출신의 식인종인 시체 안치소의 경비가 방부 처리를 한 시체를 먹고 중독되어 죽는다는 내용이었어."

나는 쓴웃음을 지었다.

"요즘 그런 소설을 썼다간 피지 정부에서 항의가 들어올걸.

뭐, 옛날 일이니 뭐라고 할 사람은 없지만. 아무튼 인류학적 접근은 이 정도로 마치지. 아, 전통적인 식인 풍습을 고찰할 때 중국을 빼놓을 수 없지."

3

노리즈키는 성난 목소리로 물었다.

"아직 서론이 덜 끝났어?"

"너무 재촉하지 마."

나는 노리즈키의 성급함을 나무랐다.

"난 분류해서 열거하는 과정 자체를 즐기거든. 그러다 차츰 오쿠보의 동기도 건드려볼 요량이야. 내 카니발리즘 강의를 조금 더 들어보라고.

구와바라 지쓰조의 논문 「중국인의 식인 풍습」에는 태곳적부터 중국인들 사이에 존재했던 식인 풍습의 수많은 사례들이 실려 있어. 그의 연구에 따르면 중국인이 식인을 하는 동기는 크게 다섯 가지로 분류할 수 있지.

1. 기근이 들어 인육을 먹는 경우 2. 전시에 농성을 하다 식량이 떨어져 인육을 먹는 경우 3. 기호품으로 인육을 먹는 경우 4. 극도의 증오로 불구대천지 원수의 인육을 먹는 경우 5.

질병 치료의 목적으로 인육을 먹는 경우.

처음 두 케이스는 하나로 묶어도 되겠지. 위기 상황에서 생존을 위해 통념상 금지된 식인 행위를 하는 경우야. 형법에서 말하는 긴급피난과 비슷하다 할 수 있지. 중요한 건 이 케이스는 고대 중국뿐 아니라 어떠한 장소, 어떠한 시대에서도 일어날 수 있다는 사실이지. 배가 난파해 뗏목을 타고 표류하던 승객들이 서로를 죽인 끝에 열다섯 명이 인육을 먹고 살아남은 메두사호 사건, 안데스 산중에 추락한 비행기의 승객 마흔다섯 명 중에 열여섯 명이 죽은 승객들의 시신을 먹으며 기적적으로 생환한 안데스의 성찬 사건, 뉴기니 섬에서 벌어진 구 일본군의 식인 사건부터 대규모 기근에 따른 지역적인 식인에 이르기까지 사례는 셀 수 없을 정도지. 하지만 먹을 게 넘쳐나는 현대 일본에서 오쿠보가 아사 직전의 상태였을 리도 없을 테고."

"당연한 소릴."

노리즈키는 그렇게 말하더니 생각난 듯 한마디 덧붙였다.

"차라리 그런 이유라면 구제의 여지가 있지."

"그럼 다음 항목으로 가자고. 기호품으로서의 인육이라는 테마는 나카노 미요코가 『카니발리즘론』이라는 에세이에서 잘 설명하고 있어.

아무래도 중국인에게는 애초부터 카니발리즘을 죄악시하거나 터부시하는 감정이 없던 게 아닐까. 그러한 까닭에 미식에 물린 상류계급에게 인육은 매혹적인 미각의 비경이었다. 오늘날까지도 이어지는 중국인의 미각에 대한 집착을 고려하면 이는 전혀 이상하게 여길 일이 아니다. 어떤 사례에서든 인육이 단순한 '식량'이 아니라 '요리'의 한 형태로서 등장한다는 사실에 주목해야 한다.

더불어 다음 장에 스탠리 엘린의 「특별 요리」를 인용하고 있는데, 이쪽은 당연히 자네가 더 빠삭하겠지?"

노리즈키는 떨떠름한 표정으로 고개를 끄덕였다.

"엘린의 데뷔작이지. 램 아미르스탄으로 만든 '특별 요리'의 비밀을 주제로 한 단편인데, 당연히 램 아미르스탄이란 동물은 존재하지 않아. 진미를 추구하던 미식가들이 끝내 인육 요리에서 지고의 맛을 발견한다는 패턴의 선구자적 작품이지. 엘린은 그것이 인육이라는 말은 한마디도 하지 않고, 마지막에 넌지시 암시할 뿐이지만."

"뭐, 엘린을 인용할 것까지 없이, 빈번하게 쓰여서 이제 미스터리로서는 딱히 드문 소재도 아니야. 오쿠보에게 미식가의 소질이 있었던 것 같지는 않지만, 나름대로 조리는 했다면서. 미식을 위한 식인은 아니었나?"

"아냐."

노리즈키는 냉담하게 부정했다.

"오쿠보는 그런 이유로 여자를 먹은 게 아냐. 애초에 소설이나 사료 속 이야기처럼 인육이 맛있을 것 같지도 않고."

"뭐, 먹어본 적이 없어서 모르겠지만 영 께름칙하긴 해. 원숭이 고기도 먹으라면 싫을 텐데. 난 중화요리는 별로거든."

노리즈키는 다시 시작하라는 시늉을 했다. 나는 헛기침을 하며 말을 이었다.

"다음으로 '원수의 인육을 먹는 경우'는 아까 '족외식인' 타입에서 언급한, 복수를 위해 적의 인육을 먹는 것과 비슷해 보이지만 전혀 달라. 중국인은 자신의 원수에게 흔히 '갈아 마실 놈'이나 '씹어 먹어도 시원치 않을 놈' 같은 표현을 사용하지만, 이 말들은 결코 과장이 아니라 사실 그대로였던 모양이야. 그들의 신앙에서는 사후에도 육체를 보존해야 했기 때문에 시체를 먹음으로써 원수에게 큰 타격을 입힐 수 있다고 믿었던 거지. 역사상 폭군이나 반역자, 죄인의 시체를 먹는 행위는 일종의 사적 보복으로서 공인되었어. 그때마다 가장 흔히 대상이 된 것은 심장과 간이었는데, 그것들이 생명의 근간이라 생각했던 까닭이야. 하지만 복수며 원수 같은 개념은 대륙적인 감성이지. 뒤돌아서면 잊어버리는 일본인의 체질과는 맞지 않아.

그러니까 이것도 제외할 수 있겠지."

"그래?"

노리즈키는 퉁명스레 대꾸했다.

"마지막 항목은 주술적인 식인과 중복되지만, 당 현종 대에 진장기가 『본초습유本草拾遺』에 약재로 인육을 올린 이래로 역대 본초에는 반드시 인육이 언급되었어. 이리하여 송, 원 이후로 부모나 시부모가 병에 걸렸을 때, 효자효부가 제 살점을 떼어 내 병자에게 약으로 먹이는 게 일종의 유행이 되었다고 해. 애초에 이 경우는 시체를 먹었다고 할 수는 없지만, 이와 비슷한 사례는 중국뿐 아니라 전 세계에서 확인할 수 있어. 일본에서도 메이지 시대에 나병에 걸린 스승을 위해 소학생과 약방 주인을 살해해 그 넓적다리 살을 먹인 학생이 있었고, 전후에도 묘지에서 파낸 영아 시체를 구워서 만병통치약이라 선전해 팔았던 사내가 있었지."

"체포 당시 오쿠보는 정신적으로는 모르겠지만 육체적으로는 건강했어. 질병을 고치기 위해 시체를 먹었을 가능성은 없어."

노리즈키는 매정한 목소리로 다시 퇴짜를 놓더니 이야기를 마무리지었다.

＊

　나는 자리에서 일어나 창가로 다가갔다. 오후의 눈부신 햇살은 드디어 기세가 꺾이기 시작했다. 블라인드를 걷고 창문을 열었다. 시원한 바람이 뺨을 스치고 지나가 책상에 올려놓은 종이 뭉치를 흔들었다.

　"벌써 밑천이 떨어졌어?"

　노리즈키가 말했다. 나는 미소를 지으며 뒤를 돌아봤다.

　"설마. 지금까지 한 이야기는 개론이야. 지금부터가 내 전문 분야지. 이번에는 금세기 문명국가의 범죄 사건에서 찾아볼 수 있는 카니발리즘에 대해 알아볼까?"

　나는 천천히 자리로 돌아왔다. 노리즈키는 꿈쩍도 하지 않고 내 동작을 물끄러미 지켜보고 있었다.

　"범죄사상, 대다수의 인육 애호가들은 단순히 맛에 매료되었다기보다는 인육을 먹는 행위 자체에 페티시나 성적 만족을 느꼈어. 예를 들면 1928년, 열두 살 소녀의 시체를 솥에 끓여서 구 일간에 걸쳐 먹은 앨버트 피시라는 남자는 체포된 뒤, 인육을 먹을 때마다 극도의 성적 흥분을 느꼈다고 진술했어. 참고로 이 남자는 어릴 적부터 SM에 푹 빠져서 체포 당시에 음경과 항문 주변에 스물아홉 개의 바늘을 꽂은 상태였다고 하는군."

"그림으로 그린 듯한 변태로군."

"동감이야. 위스콘신 주에서 농장을 경영하던 에드 게인이라는 남자는 심각한 마더콤플렉스였는데, 어머니가 여자와의 접촉을 일절 금지했었어. 어머니가 죽은 뒤 게인은 집에 틀어박혀 농사도 짓지 않고 여체의 구조에 병적으로 관심을 보이기 시작했어. 근처 무덤에서 여자의 시체를 파내서 피부를 벗겨내 조끼처럼 걸치고 달밤에 미친듯 춤을 췄지. 이내 그의 관심은 썩은 시체에서 신선한 시체로 옮겨갔어. 1957년에 미 당국이 게인의 집을 수색했을 때, 인간의 신체로 만든 물건들을 발견했고, 냉장고에는 열다섯 구의 시체에서 떼어낸 인육이 저장되어 있었다고 하는군."

노리즈키는 살짝 얼굴을 찌푸렸지만 이야기를 중단시키려 하지는 않았다.

"또한 캘리포니아 주에서 여대생 연쇄살인을 저지른 에드먼드 캠퍼는 유소년기부터 가학적인 망상에 탐닉하는 경향이 있었는데, 십 대에 조부모를 총으로 쏴 죽여서 한때 정신병원에 입원했었어. 하지만 금방 풀려나 어머니 밑에서 한동안 얌전히 살다가, 캘리포니아 주립대 샌타크루즈 캠퍼스의 여대생에게 관심을 가지기 시작하여 1973년에 자수할 때까지 여섯 명을 살해했지. 그는 일부 희생자의 시체를 간음하고 그들의 인육을 먹기도 했다고 자백했어.

이러한 사건은 그야말로 일일이 열거할 수 없이 많지만, 그중에서 본인이 직접 시체를 먹는 데서 그치지 않고 식용으로 매매한 사례도 있지. 제일 유명한 건 독일에서 제1차세계대전 후에 부랑아들의 시체를 소시지로 만들어 팔았던 '하노버의 흡혈귀' 프리츠 하르만 사건이겠지. 그 역시 인육을 먹었지만 대상은 젊고 아름다운 소년에 한정됐어. 그는 시체의 목을 물어뜯은 뒤, 머리가 몸과 분리될 정도로 살점을 씹으며 성적 흥분을 느꼈다고 고백했지."

노리즈키는 다시 고개를 절레절레 저었다. 하지만 눈빛은 다시 날카로워지며 서늘한 빛을 내뿜었다. 나는 그가 말문을 열기를 기다렸다.

"그러한 대량 살육 케이스는 오쿠보의 행동에 들어맞지 않아."

노리즈키는 그렇게 말했다.

"오쿠보가 살해한 건 자신의 동거녀뿐이었어. 신속히 체포된 덕일지도 모르지만, 범행이 일찍 드러나지 않았더라도 그가 똑같은 행동을 저지르지는 않았을 거야. 이건 오쿠보와 미사와 요시코의 양자 관계에서 비롯된 비극이야. 그리고 그는 시체를

232
노리즈키 린타로의 모험

능욕하거나 장난감처럼 가지고 놀지도 않았어. 그는 그저 여자의 시체를 해체해서 먹었을 뿐이야. 이상성욕자의 범주에는 해당되지 않지."

"그럼 가까운 사례로 십 년쯤 전에 파리에서 일본인 유학생이 일으킨 사건은 어때? 그 사건의 희생자도 범인의 학교 친구 한 명뿐이었지. 국적은 다르지만, 사건의 성격은 오쿠보의 케이스와 비슷한 것 같은데?"

"자네 말대로 오쿠보가 체포되었을 때 언론에서 가장 먼저 주목한 것도 그 사건이었어. 하지만 나는 금방 그 사건과는 다르다고 직감했지."

"그 이유는?"

"파리 사건의 범인은 유럽인의 흰 피부에 집착해 범행을 저질렀다고 고백했지만, 나는 그 대답에 연출적인 의도가 담겨져 있다고 생각해. 그의 범행은 자기표현의 욕구가 먼저였고, 그걸 위해 일부러 금기를 침범한 느낌이었지. 인육을 먹는 게 터부시되었기 때문에 구태여 그 금기를 깬, 작위적인 전도転倒가 느껴졌지. 그런 의미에서 범행 자체도 그렇지만, 체포 직후의 그의 말이나 행동도 속이 빤히 들여다보이는 구석이 있었지. 뭐, 이건 내 개인적인 의견이지만."

"태초에 금기가 있었다, 인가. 사회를 향한 도전이군. 그러고 보니 비슷한 시기에 호러 영화에서 좀비가 인육을 뜯어먹는 장면이 빈번히 등장한 것도 일맥상통하는 부분이 있지 않을까? 좀비의 비인간성을 강조하기 위해서는 태연하게 금기를 깨는 모습을 보여주는 게 가장 빠르고 효과적이었을 테니."

"하지만 이번 사건에서는 그러한 자기과시의 의도가 전혀 느껴지지 않아. 오쿠보는 여자의 시체를 먹은 이유에 대해 과도한 설명을 하려 들지 않았어. 그의 동기에서 반사회적인 시점은 눈곱만큼도 느껴지지 않는다고 단언할 수 있어."

"그렇군. 내가 십 년 전 그 사건에서 가장 관심을 가진 건, 그 일이 파리에서 일어나기는 했지만 가해자와 피해자가 모두 외국인인 범죄라는 사실이었어. 범인은 일본인, 피해자는 네덜란드인이라 프랑스 내셔널리즘은 사건에 별 관심을 보이지 않았지. 만일 살해된 여자가 프랑스인이었다면 그 정도로 넘어가진 않았을 거야. 하지만 지금 그 문제를 파고들 여유는 없겠군.

다시 본론으로 돌아가서, 살인자가 시체를 먹는 데는 더욱 실용적인 이유도 있지. 탐정소설에서도 찾아볼 수 있는 패턴인데 시체를 처리하는 극단적인 방법 중 하나지. 말할 필요도 없이 범인이 시체를 모조리 먹어버리면 살인의 증거는 남지 않으니까."

노리즈키는 그 답을 예상했다는 표정으로 고개를 저었다.

"아니. 신고하지 않았을 뿐, 오쿠보에게 범행을 은폐할 의도는 전혀 없었어. 경찰이 집을 수색했을 때도 여자의 머리와 팔다리 일부는 온전히 남아 있었거든. 여자가 죽은 지 오 일이나 지난 시점이었는데도. 증거를 인멸하려 했다면 어디 멀리 산속에다 묻어버리는 게 훨씬 안전하지."

"머리와 팔다리 일부라……."

그 말을 들은 순간 내 뇌리에 대담한 발상 하나가 번득였다.

"잠깐만. 지금 생각난 게 있는데, 결론을 재촉하지 말고 내 이야기를 들어봐.

범죄의 객체를 없애기 위해 시체를 먹는 건, 당연히 범죄의 존재 자체를 인멸하는 행위야. 이 발상이 탐정소설적 의외성을 가지는 건, 시체를 먹는…… 단순하지만 인간의 원초적 금기를 깨는 행위가, 그 노골적인 침범성으로 인해 우리의 인식 밖으로 밀려났기 때문일 거야. 어쩌면 근대라는 개념이 무의식적으로 우리의 인식 밖으로 내쫓았다고 표현해야 할까. 따라서 이 경우에 식인이라는 행위 자체가 보이지 않는 행위, 불가능한 행위가 되었다는 것, 그것이 바로 완전범죄의 조건이 되었지."

노리즈키는 떨떠름한 목소리로 내 말을 끊었다.

"하지만 자네 아이디어는 이 사건에 들어맞지 않아. 왜냐하

면 우리의 출발점은 '오쿠보 마코토가 여자의 시체를 먹었다'
는 행위 그 자체니까."

"내 얘기를 끝까지 들으라고 했잖아."

나는 노리즈키의 섣부른 판단을 나무랐다.

"내가 하고픈 말은 다른 인멸 기법, 자네 같은 탐정소설 작
가들이 전문용어로 '훈제 청어의 오류'라 부르는 거야. 시체를
먹는 행위는 금기시되어왔어. 일반적 사고의 틀에서 벗어난 행
위이기 때문에, 그것이 갑작스레 눈앞에 나타났을 때 우리는
모든 주의를 그 행위에 쏟게 되어 다른 데에는 소홀해지게 되
지. 여기까지는 알겠지?"

"그러면 자네가 하려는 말은……."

"여자의 시체 중에서 남아 있던 건 머리와 팔다리 일부뿐이
었어. 한마디로, 그가 진짜 숨기려 했던 것, 남의 눈에 띄지 않
게 하려던 뭔가는 여자의 몸통 부분에 존재했던 게 아닐까? 그
게 무엇인지 나로서는 추측할 수밖에 없지만, 아마 여자를 살
해한 것에 대한 죄책감과는 전혀 다른 층위의 판단을 내렸음이
틀림없어. 그래, 이를테면……."

"이를테면……?"

나는 승리감에 차 결론을 내렸다.

"그래. 여자는 임신중이었을지도 몰라. 그리고 오쿠보는 그

사실을 아무에게도 알리고 싶지 않았지. 요컨대, 그가 한 사람이 아니라 두 사람을 먹었을 가능성도 있다는 뜻이야."

4

"나쁘지 않아, 괜찮은 시각이었어."

노리즈키는 그렇게 중얼거렸다. 하지만 말과는 반대로 목소리는 싸늘하기 그지없었다.

"하지만 자네는 그걸로 만족하나? 자네가 그토록 질색하던 탐정소설적인 발상 그대로인데?"

"……뭐, 그렇게 말하면 할말이 없군."

나는 마지못해 인정했다.

"하지만 지금까지 한 얘기 중에 웬만한 식인의 동기는 거의 다 나왔어."

노리즈키는 단호하게 고개를 저었다.

"아니. 자네는 문제를 잘못 이해한 것 같아. 나는 분명 즉물적인 동기라고 했지만, 즉물성은 오쿠보의 심리, 그 무의식적 측면과 밀접하게 연관되어 있어. 자네의 논의는 무엇보다 그 점을 간과했지."

나는 말문이 막혔다. 하지만 그것은 노리즈키에게 반박할 말이 없어서가 아니었다. 나를 침묵케 한 건, 나를 바라보는 그의 서글픈 눈빛이었다.

갑갑한 침묵이 우리 사이를 흘러갔다.

불현듯 덫에 걸렸다는 생각이 들었다. 노리즈키에게 시험당하고 있다고 느꼈다. 동시에 한 단어가 뇌리를 스치고 지나갔다. 그 단어는 나의 사고를 단번에 삼켜버린 뒤, 오쿠보 사건에 대한 새로운 시각을 제시했다.

나는 그 답을 노리즈키에게 고하려 했다. 하지만 어째서인지 그 말을 입에 담기가 부끄러웠다. 그것은 노리즈키의 말처럼 불쾌한 단어는 아니었다. 오히려 그 반대였다.

"······사랑이라는 말을 꺼내려는 거지?"

별안간 노리즈키가 침묵을 깨고 그렇게 말했다. 분하지만 그의 말이 맞았다. 머릿속 생각을 들킨 게 부끄러워서 나는 다소 발끈했다.

"그래, 맞아. 세상에서 가장 숭고하면서도 가장 진부한 말이지.

애정의 마지막 단계는 사랑하는 대상과 자아의 완전한 합일이야. 몸도 마음도 하나가 되고 싶은 욕망이지. 그리고 평범한 연인이라면 성관계 시 느끼는 망아지경으로 그 욕망을 성취하겠지.

하지만 만일 그가 생각만으로 만족하지 못하고 그다음 단계를 원했다면? 그렇게 내린 결론이 사랑하는 여자의 육체를 자기 안에 물리적으로 담는 것이었다면?

이건 결코 근거 없는 망상이 아니야. 원생동물 단계에서는 포식 기관과 생식기관이 미분화된 채 남아 있거든. 과거에는 생식 행위 그 자체가 영양 섭취 행위의 아날로지라고 주장하는 학설도 있었지. 섹스를 형용할 때, 식습관과 밀접하게 관계된 표현이 많이 사용되는 이유는 뭘까?

사소한 다툼을 계기로 여자를 살해한 순간에 그 결론이 오쿠보의 머릿속에서 번득인 거야. 지금은 아직 그녀의 영혼이 육체에서 분리되지 않았을 거다. 지금이야말로 오랜 꿈이, 우리 영혼과 육체의 완벽한 합일이 드디어 현실이 된다. 그녀의 육체는 온몸의 세포 하나하나에 이르기까지 분해되어, 내 피가, 살이, 뼈가 되리라. 그런 생각을 했다면? 두 사람의 완전한 동화가 처음으로 가능해질 기회라고……."

"자네가 그 얘기를 꺼내기를 기다렸어."

노리즈키는 그렇게 말했다. 절망적인 아이러니가 느껴지는 말투였다. 그는 말을 이었다.

"하지만 유감스럽게도 틀렸어. 나는 오쿠보가 여자를 조금도 사랑하지 않았다는 걸 알아."

"뭐라고?"

나는 그제야 노리즈키가 지금까지 일부러 그 사실을 감추었다는 걸 깨달았다. 보기 좋게 당한 것이다. 다른 사람도 아닌 바로 내가! 아까 느꼈던 덫의 정체는 노리즈키의 이야기 자체였다. 녀석, 잘한다 잘한다 날 띄워주며 있는 이야기 없는 이야기 다 떠벌리게 한 건가. 정말이지 잔머리 하나는 기가 막히다니까. 탐정소설가로 두기엔 아까운 인재다.

"이 사건은 철저히 열등감이 낳은 범죄, 르상티망에서 비롯된 범행이야."

노리즈키는 내뱉듯 말했다.

"그들의 관계는 이미 애정이 사라진 지 오래였어. 그럼에도 사랑 없는 동거 생활이 지속된 건 단순히 오쿠보에게 생활 능력이 전혀 없었던 것과, 미사와 요시코의 지나친 연민 때문이었어. 그레이엄 그린의 말대로 연민은 애정과 가장 거리가 먼 감정이지. 그리고 증오보다 훨씬 질이 나빠.

두 사람의 생활은 완전한 지배, 주종관계로 이루어져 있었어. 미사와 요시코는 자신의 행위가 선의에서 비롯된 베풂이라고 생각했어. 한편, 오쿠보 마코토는 태생적으로 비굴한 남자였지. 여자는 남자에게 노예나 다름없는 복종을 요구했으면서도 그것이 대가 없는 사랑이라 믿었지. 그런 관계에 애정이 파고들 틈이 과연 있었을까?

그리고 그 나이 되어서까지 여자의 동정심에 매달려 먹고사는, 자네 말대로 기둥서방 노릇을 했던 오쿠보에게는 견디기 힘든 고통의 나날들이었을 거야. 대학에 들어갈 때까지는 부모님의 기대를 한몸에 짊어진 우등생이었지. 하지만 의사의 꿈이 좌절되어 목적을 잃자 빈둥빈둥 놀며 여자에게 얹혀살았어. 그러는 동안 그의 내면에는 이루 말할 수 없는 열등감이 똬리를 틀기 시작했지."

나는 저도 모르게 무릎을 탁 쳤다.

"……내부 인간! 아키야마 슌이군. 정신의 '지하실'의 주민이지. 그래서 오쿠보는 여자를 먹은 거군? 복수를 위해, 여자가 살아 있을 때는 불가능했던 정복을 위해."

노리즈키는 나의 독단을 나무랐다.

"세간에서는 그런 해석이 사실인 양 떠돌더군. 하지만 난 그렇게 쉽게 판단할 문제가 아니라고 생각해.

들어봐. 분명 여자의 시체를 먹는 건 일종의 복수가 될 수 있지. 하지만 과연 그것만으로 오쿠보의 일그러진 열등감이 사그라졌을까?

난 아니라고 봐.

자네가 아까 말했듯이, 시체를 먹는 행위의 근저에는 망자에 대한 애정이 자리하고 있을 확률이 높아. 먹는 것은 소화하는 것이며, 곧 상대를 자기와 동일화하는 것이니까.

하지만 오쿠보의 경우는 어떨까? 여자를 증오하며, 나아가 주체할 수 없을 만큼 강렬한 열등감을 가지고 있었어. 거꾸로 보면 자기 자신에게 배신당한 삐뚤어진 우월 의식이지. 그런 인간이 자기 열등감의 유일한 근원이자 증오의 초점인 여자의 모든 세포가 자신과 동화된다는 사실을 과연 견딜 수 있었을까?"

나는 노리즈키의 의견에 고개를 끄덕일 수밖에 없었다.

"……그래, 견딜 수 없겠지."

"맞아. 내 결론은 이보다 훨씬 끔찍해. 생각할 수 있는 것 중에 가장 저열한 모독 행위지."

눈앞이 아찔했다. 노리즈키는 계속 말을 이었다.

"자네는 아직 인육을 먹는 행위 자체에 사로잡혀 있는 것 같군. 시야를 더 넓혀봐. 이건 어린애들도 아는…… 아니, 어린애의 발상이지. 그만큼 단순하고도 잔인한 악의로 가득차 있어."

노리즈키의 어조가 예사롭지 않았다. 듣고 있으려니 왠지 몸이 움츠러들었다. 흡사 질타의 대상이 내가 된 듯한 기분이었다.

"오쿠보 마코토의 진짜 목적은 뭔가를 먹는다는 행위에서 필연적으로 도출되는 현상과 관련되어 있어. 인간의 존엄을 철저하게 짓밟는 모독 행위……."

"설마……."

나는 내 안에서 피어난 답에 전율을 느꼈다.

"……배설?"

"그게 내 결론이야. 그는 증오의 대상인 여자를 일단 자기 몸속에 흡수시킨 뒤에 더러운 분변으로 배출하는, 오직 그 순간의 희열을 위해, 고작 그것 때문에 끊임없이 인육을 먹었던 거야."

나는 노리즈키의 얼굴을 뚫어져라 바라보았다. 그는 내 반응을 기다리고 있었다. 나는 입을 열었다.

"……자네가 옳아."

노리즈키는 입을 실그러뜨리며 눈을 내리깔았다.

5

어느샌가 실내는 어스름해졌다. 어렴풋한 윤곽의 검은 그림자가 잠든 개처럼 바닥에 들러붙어 있었다. 일몰이 가까워진 것이다. 나는 자리에서 일어나 창문을 닫고 불을 켰다. 노리즈키는 입을 꾹 다문 채 내 얼굴을 응시하고 있었다.

나는 그에게 물었다.

"……그래서 오쿠보는 어떻게 됐나?"

노리즈키는 고단한 표정으로 대답했다.

"여자가 다니던 회사와 이웃 주민의 신고를 받은 경찰이 오쿠보의 집으로 들이닥쳐 그 자리에서 체포했어. 아까 말했다시피 여자의 시체 중 남아 있던 건 머리와 팔다리 일부뿐이었어. 그리고 그의 집에서 대량의 설사가 발견되었지."

오쿠보는 순순히 범행을 자백했어. 그 후에 정신감정을 받았지만, 그때는 이미…… 그의 인격은 원형을 찾아볼 수 없었지. 현재도 병원에서 치료를 받고 있지만 별다른 성과는 없는 모양이야."

"불쌍한 친구군."

나는 그렇게 중얼거렸다.

"불쌍한 친구지. 이런, 벌써 시간이 이렇게 됐군. 내가 너무 오래 있었어. 이상한 얘기를 듣고 와서 미안해."

"아니, 재미있었어."

"그래. 그럼 다음에 또 보자고. 잘 지내고."

말을 마친 노리즈키 린타로는 어째서인지 무척 어두운 표정으로 내 앞에서 사라졌다.

나는 노리즈키의 이야기를 상세히 노트에 기록하기로 했다. 아마 이 에피소드는 장차 내가 발표할, 인간 정신의 저주받은 심연을 규명하는 획기적인 논문 중에서도 특히 중요한 부분을 차지할 사례 중 하나가 될 것이다. 여자에 대한 증오심과 항문 감각과의 연관성이 나에게 새로운 가설을 떠오르게 했기 때문이다. 노리즈키도 지적했다시피 이건 어린애의 발상이다. 즉 유아기의 어떤 시점에 받은 정신적 충격이 오쿠보 마코토의 이상행동의 방아쇠가 된 게 아닐까? 나는 그 시기에 '항문기'라는 명칭을 붙이는 것을 진지하게 고민하고 있다.

　기록을 마친 나는 흡족한 기분으로 노트를 덮었다. 전체적인 구상도 거의 정리되었다. 금세기 최고의 위대한 저작이 되리라는 확신이 들었다.

　그나저나 이곳 생활은 분에 넘치게 쾌적하지만, 딱 하나 나를 당황스럽게 하는 일이 있다. 어찌된 영문인지 이곳 사람들은 모두 나를 '오쿠보 씨'라고 부른다. 그러고 보니 지금 입고 있는 옷에도 '오쿠보 마코토'라는 이름표가 붙어 있다. 노리즈키의 옛 친구, 가엾은 식인자의 이름과 같은 건 분명 단순한 우연의 일치일 테지만.

이곳 사람들은 대체 무슨 생각이지? 멋대로 사람 이름을 바꾸어 부르는 게 그렇게 재미있나? 정말 어처구니가 없다. 내 본명을 놔두고 남의 이름으로 부르지 말아달라고 몇 번이나 부탁했지만 사람들은 성가셔할 뿐 전혀 귀담아듣는 기색이 없다. 대체 이유가 뭐지. 나에게는 부모님이 지어주신 멋진 이름이 있는데. 지그문트 프로이트라는 이름이.

도서관의
잭 더 리퍼

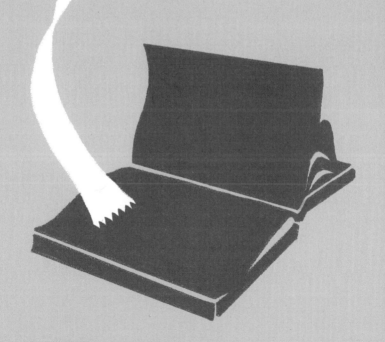

1

늘어선 책들 중 오른쪽 가장자리에 있는 건 엘러리 퀸의 대표작 『Y의 비극』이었다.

린타로가 표지를 넘기자 날카로운 칼날로 뜯겨나간 표제지의 흔적이 보였다.

그 옆에 있는 애거사 크리스티의 『애크로이드 살인 사건』역시 표제지를 뜯어낸 흔적이 뚜렷하게 남아 있었다.

이어서 밴 다인의 『비숍 살인 사건』, 가스통 르루의 『노란 방의 비밀』, 딕슨 카의 『세 개의 관』등등 본격 추리소설의 황금기를 대표하는 여러 걸작들이 모두 첫머리의 몇 페이지, 심한 경우에는 차례 전부가 무자비한 칼날에 희생되어 무참한 모습을 드러내고 있었다.

이 참수斬首, 아니 참엽斬頁의 희생양은 비단 해외 미스터리만이 아니었다.

고개를 돌리자 『음울한 짐승』, 『옥문도』, 『불연속 살인 사건』, 『인형은 왜 살해되는가』······.

일본이 자랑하는 걸작 미스터리도 마찬가지로 처음 몇 장이 잘려 나간 모습으로 부조리한 폭거를 견디고 있었다.

카운터에 늘어놓은 책들을 살펴보던 사와다 호나미는 고개

249
도서관의 잭 더 리퍼

를 들어 슬픈 표정으로 한숨을 쉬었다.

"물론 이건 피해 중 일부에 지나지 않아."

"……전례 없는 대량 살육이군."

노리즈키 린타로는 고개를 절레절레 저으며 진지한 목소리로 말했다.

장소는 구립 도서관 2층, 종합 자료실의 자료 검색 서비스 코너였다. 호나미는 삼 개월 전부터 이 카운터를 지키고 있었다.

그녀는 린타로가 막연히 품고 있던 도서관 사서라는 존재에 대한 편견을 단번에 깨부순 여성이었다(편견의 내용은 여기서는 이야기하지 않기로 한다).

그 결과 지난 삼 개월 동안 린타로의 독서량은 단번에 세 배로 뛰어올랐다. 차례도 들추어 보지 않고 반납한 책들까지 더하면 아마 열 배는 거뜬히 웃돌 것이다.

사건의 발단은 이랬다.

"어찌된 일인지 우리 도서관 책 중에서 꼭 추리소설만 골라서 이렇게 표제지를 뜯어간다니까. 본문은 건드리지 않아서 그나마 다행이지만."

"그래? 본문은 무사하다고……."

린타로는 말을 흐리며 호나미의 얼굴을 슬쩍 보았다.

피부는 희었지만 생김새는 드세어 보였다. 앞머리를 올려 이마가 훤히 드러난 탓이리라. 도수 낮은 커다란 검은 뿔테 안경을 끼고 있는 건 못생겨 보이려는 노력이겠지만 별 효과는 없었다.

화장도 수수하고 머리를 하나로 땋아 내린데다 어두운 빛깔의 옷을 즐겨 입어서 이대로 열람석을 차지하고 있는 여학생들 사이에 데려다 놓아도 분간이 가지 않을 것이라고 린타로는 생각했다.

"사태를 알아챈 지는 얼마 되지 않았어. 표제지만 뜯어가서 눈치를 못 챘거든.

책 한가운데를 잘라냈으면 앞뒤 내용이 연결되지 않으니 이용자들이 바로 항의했겠지."

"실질적인 피해는 없는 거군."

"지금으로서는."

린타로는 고개를 갸우뚱했다.

"대체 왜 이런 짓을 하는 거지?"

안경 너머에서 호나미의 눈동자가 번득였다.

"그 이유를 알아내달라는 거야."

"이런……."

린타로는 팔짱을 끼고 의자에 몸을 기대며 물었다.

"이 도서관에 이런 일을 담당하는 사람은 없어? 미국에는 라이브러리 캅이라고, 장서 경비원 같은 사람이 있다고 들었는데."

"있어."

호나미는 어깨를 으쓱했다.

"원래는 시설관리과의 시마바라 씨 담당인데 지난주부터 간 질환으로 입원중이셔. 월말까지 계속."

"부하 직원은 없어?"

"유감스럽게도 시설관리과 직원은 시마바라 씨 한 사람뿐이야."

"대신할 만한 사람도 없고?"

"응. 그리고 꺼림칙하다면서 아무도 나서는 사람이 없어. 추리소설의 첫 장만 뜯어가는 걸 보면 정신이 좀 이상한 사람이라고 생각하기 마련이잖아.

그래서 아무도 이 성가신 일을 맡으려 하지 않고 시마바라 씨가 퇴원할 때까지 손놓고 기다리고 있어. 긁어 부스럼 만들지 않으려고."

"그래서 나한테 폭탄이 돌아온 거고?"

"당신은 유명한 탐정소설가잖아. 선배들의 역사적 위업이 이런 수모를 당했는데 가만히 있을 거야? 당장 자리에서 일어나 진상을 밝혀내야지."

이번에는 린타로가 어깨를 으쓱했다.

"무슨 말인지 알겠는데 당장은 처리해야 할 일이 있어."

"무슨 일인데?"

"잡지에 실릴 사십 매 분량의 단편을 써야 해. 이번 주말이 마감인데 절대로 미룰 수 없거든. 게다가 소재가 없어. 무엇을 쓸지도 아직 못 정했어."

호나미는 키득거리며 말했다.

"그렇게 바쁘신 분이 왜 이런 데서 시간을 보내고 계실까?"

"……일 때문에. 자료를 수집하러 왔지."

"아직 뭘 쓸지도 못 정했으면서? 이상한데?"

린타로는 입을 다물고 시치미를 뗐지만 이쯤에서 공격의 고삐를 늦출 호나미가 아니었다.

"이보세요, 노리즈키 선생님. 우리 직원들이 당신에 대해 뭐라고 하는지 아세요? 직원들 사이에서 이런 퀴즈가 유행이래.

현실의 노리즈키 린타로와 소설 속 명탐정 노리즈키 린타로를 구분하는 방법은?"

호나미는 미소를 지으며 잠깐 뜸을 들이듯 침묵한 뒤에 입을 열었다.

"답은…… 여자를 대하는 걸 보면 안다. 여자에게 약한 게 진짜."

뒤에서 웃음소리가 터져 나왔다. 서고 안 도서 열람 신청서를 든 대학생이 두 사람의 대화를 듣고 있었다.

호나미는 웃음을 참으며 신청서를 훑어본 뒤, 학생에게 잠깐 기다리라는 말을 남기고 자리를 떴다. 남겨진 린타로는 호나미 대신 서고로 내려가 영영 숨어버리고 싶은 심정이었다.

잠시 후, 호나미가 책을 가지고 돌아왔다. 책을 받아든 대학생이 사라지자 호나미는 두 손을 맞잡은 채 살짝 요염한 눈빛으로 린타로를 보았다.

"솔직히 자백하는 게 어때? 뭘 노리고 뻔질나게 도서관에 드나들었는지. 대답 못 하겠으면 당장 잭 더 리퍼 사건을 맡아야 할 거야, 호색한 탐정님?"

린타로는 한숨을 쉬더니 다시 고개를 저었다. 돌이켜보면 지난 삼 개월 동안 늘 이런 식으로 호나미의 손바닥 위에서 놀아났다. 왜 나는 매번 이 모양일까?

하는 수 없이 린타로는 결심했다.

"알았어. 분부대로 도서관 탐정이 되어드리지."

반쯤은 될 대로 되라는 심정이었다.

"그 이면에는 분명 어마어마한 음모가 숨어 있겠지."

"좋아, 바로 그거야. 얼른 잭 더 리퍼를 잡아줘!"

천진난만하게 말하는 호나미를 보며 린타로는 생각했다. 이게 무라카미 하루키 소설이라면 처음 만난 날 밤에 벌써 만리장성을 쌓고도 남았을 텐데.

2

린타로는 폐관 시간까지 기다렸다 잭 더 리퍼 색출 작업에 착수했다. 먼저 피해를 입은 책들을 하나씩 조사해, 모든 책들에 공통적으로 있는, 생각지도 못한 특징을 찾아냈다.

자를 대고 주머니칼로 잘랐는지 책장이 잘려 나간 흔적은 장인의 기술이 아닐지 의심하게 할 만큼 반듯했다. 모두 책등에 바짝 붙여 잘라냈지만 제본 면에 살짝 흔적이 남아 있었다.

또한 페이지를 잘라낼 때 반드시 책받침을 깔고 작업을 했는지 다음 페이지에 칼자국이나 흠이 남아 있지 않았다.

"보아하니 범인은 가급적 책의 미관을 해치지 않으려 한 것 같군."

책을 쭉 훑어본 린타로는 오른손 끝으로 리듬을 맞추듯 카운터를 두드리며 말했다.

"책장을 잘라낼 때 끝을 살짝 남겨놓은 건 나중에 제본 면이 책등에서 분리되지 않도록 조심했기 때문이겠지. 세심한 일처리를 보아 하니 단순히 악의적인 목적으로 책을 훼손하려던 건 아닌 것 같은데."

호나미는 눈을 동그랗게 뜨며 말했다.

"악질적인 장난 같지는 않다는 거야? 하지만 그게 더 꺼림칙한데?"

"아직은 모르지. 하지만 하나 확실한 게 있어. 종합 자료실에서 아무에게도 들키지 않고 이 많은 책들을 훼손하는 건 불가능해. 따라서 범인은 이 책들을 모두 한 번씩은 집으로 가져갔을 거야."

"이렇게 많은 책들을 직원에게 들키지 않고 어떻게 가지고 나갔다는 거야?"

"그야 당연히 대출했겠지. 여러 번에 걸쳐서. 그게 제일 안전하고 확실한 방법이니까.

피해를 입은 책들의 목록과 대출 기록을 대조해보면 잭 더 리퍼의 정체는 절로 밝혀질 거야."

"어머, 그렇겠네."

호나미는 그렇게 말했다.

대출 기록을 살펴보는 건 그리 어렵지 않았다.

이 도서관에서는 몇 년 전부터 자기 코드 방식을 도입하여 모든 장서를 컴퓨터로 관리하고 있었기 때문에, 개인별 관외 대출 기록도 단말기의 키를 누르기만 하면 쉽게 찾아볼 수 있었다.

하지만 외부인이 함부로 개인의 대출 기록에 접근하는 것은 내규로 금지되어 있기에 도서관장의 허가를 받아 입회하에 열람해야 했다. 도서관장은 영양실조에 걸린 장 가뱅같이 생긴 남자였는데, 잭 더 리퍼 사건보다는 본인의 퇴근 시간이 늦어지는 게 훨씬 신경이 쓰이는 모양이었다.

호나미는 재빨리 키보드를 두드려 피해를 입은 모든 책들의 제목을 컴퓨터에 입력했다. 이제 데이터 검색을 명령한 뒤에 삼십 초만 기다리면 끝이다.

그동안 컴퓨터는 입력된 모든 책들을 대출한 사람, 즉 잭 더 리퍼의 이름을 데이터 중에서 찾아내 화면에 띄울 것이다.

하지만 삼십 초가 지나 화면에 나타난 문자는 다음과 같았다.

해당하는 사람 없음

문자를 본 관장은 고개를 돌려 린타로를 노려보았다.
"얘기가 틀리잖소. 어떻게 된 일이오?"
린타로는 태연한 표정으로 대꾸했다.

"상대도 아예 생각이 없는 건 아니라는 뜻이죠. 분명 공범이 있을 겁니다. 여러 명이서 분담해 책을 빌렸으니 검색에 잡히지 않는 거겠죠. 그럼 이제 어떻게 솎아낼지⋯⋯."

린타로는 잠시 생각한 뒤에 호나미에게 물었다.

"훼손된 책 중에 가장 최근에 구입한 게 뭐지?"

호나미는 키보드를 두드렸다.

"P.D. 제임스의 『계략과 욕망Devices and Desires』. 지난달 신간 도서였어."

린타로의 눈이 번득였다.

"그럼 잭 더 리퍼의 마지막 범행은 지난 한 달 사이에 일어 났겠군."

린타로는 반쯤 혼잣말하듯 빠르게 말하기 시작했다. 추리에 몰두할 때의 버릇이었다.

"⋯⋯그 사실과 책이 훼손된 게 최근까지 발각되지 않은 걸로 미루어, 첫 범행도 그리 오래되지는 않았을 거야. 최대 삼 개월이겠지. 이번에는 최근 삼 개월 동안 훼손된 책을 빌린 사람을, 대출 권수가 많은 순서대로 찾아줄래?"

마지막 말은 호나미에게 한 것이었다. 호나미는 고개를 끄덕이며 그가 요구하는 목록을 화면에 띄웠다.

목록을 보고 린타로는 씩 웃었다.

목록 맨 윗줄을 차지한 세 명은 대출 권수가 비슷했고, 양도 다른 이들에 비해 압도적으로 많았다. 세 명의 대출 권수를 합산하자 훼손된 책의 권수와 일치했다.

"잭 더 리퍼의 정체가 밝혀졌네."

새로운 발견에 호나미도 흥분한 눈치였다.

"응. 다음은 이 세 사람에 관한 정보를 보여줘."

세 사람의 이름이 화면에 나타났다.

마쓰우라 마사토, 소토가와 야스노리, 오모리 가즈미. 모두 같은 구에 사는 W 대학 2학년이었다.

이것으로 린타로의 확신은 굳어졌다.

"이 셋이 한패라는 건 거의 확실해졌군."

이어서 세 사람의 과거 육 개월 관외 대출 이용 현황표가 나타났다.

그 표를 보고 린타로는 신음을 흘렸다. 오모리와 소토가와는 이 개월 전에 가입한 신규 회원이었기 때문이었다.

한편, 마쓰우라는 지난 이 개월 동안 대출 권수가 갑절로 늘어나기는 했지만, 그전부터 꾸준히 이 도서관을 이용했다. 한마디로 단골 회원이었다. 그렇다면…….

린타로는 씩 웃으며 화면에 뜬 마쓰우라의 이름에 손으로 동그라미를 쳤다.

"이 녀석이 진짜 잭 더 리퍼일 거야."

"무슨 소리인가?"

눈치 없는 관장의 물음에 호나미가 대신 대답했다.

"규정을 위반하고 다른 사람의 회원증을 이용한 것 같아요. 마쓰우라라는 학생이 다른 두 사람의 회원증을 이용해 모든 책을 혼자서 빌려간 게 틀림없어요. 물론 나중에 대출 기록을 살펴봤을 경우에 자신이 의심을 사는 걸 피하기 위해서죠."

관장은 불만스러운 듯 콧김을 내뿜었다.

"한 사람이 다른 이름으로 몇 번이나 책을 빌리러 왔으면 사서 중 누군가 이상하다는 걸 알아챘어야 하는 거 아닌가."

"글쎄요. 처음 회원증을 만들 때와 갱신할 때 말고는 이용자에게 본인임을 확인할 수 있는 신분증을 요청하지 않는데다, 매일 도서관에서 빌려가는 도서량을 고려하면 중복 대출을 알아채지 못했어도 이상할 건 없죠.

그리고 처음에 회원 등록을 할 때에는 명의자 본인을 데려왔을 거예요. 그때부터는 사서별로 근무 시간을 확인해서 회원증을 바꿔가며 썼겠죠. 반납할 때에는 무인 반납기에 넣었을 테고요."

"흠, 그렇군."

호나미의 설명을 듣고 관장은 그 수법에 감탄한 듯했다. 이어서 린타로가 말을 받았다.

"명의를 빌리기 위해 대학 친구를 끌어들였겠죠. 그게 약 이 개월 전이니까 첫 범행도 그즈음부터 시작되었다고 봐야 합니다."

"범인은 알아냈지만 왜 이런 몹쓸 짓을 저질렀는지 나는 도무지 이해할 수가 없군."

관장이 중얼거렸다. 린타로도 같은 의견이었기에 호나미에게 다음 지시를 내렸다.

"마쓰우라 마사토의 관외 대출 기록에서 책 제목을 열어볼래? 평소에 무슨 책을 읽는지 보면 사람됨이 대충 보일지도 몰라."

"······최근 이 개월 치는 생략할게."

화면에 뜬 글자를 보고 린타로는 다시 생각에 잠겼다.

그가 빌린 책의 팔십 퍼센트가 추리소설이었던 까닭이다. 그 책들을 전부 읽었다면 마쓰우라 마사토는 상당한 미스터리 마니아임이 틀림없을 것이다.

미스터리 마니아가 왜 이런 짓을 저지른 것일까? 린타로는 마쓰우라와 대화를 나눠보고 싶어졌다.

261
도서관의 책 더 리퍼

3

컴퓨터 데이터 파일에서 전화번호를 알아낸 린타로는 바로 마쓰우라가 사는 레지던스 사기사와에 전화를 걸었다.

"마쓰우라 마사토 씨 댁입니까?"

"네. 제가 마쓰우라입니다만, 누구십니까?"

"구립 도서관 관장 대리 노리즈키 린타로라고 합니다. 여쭤보고 싶은 게 있어서 전화드렸…….."

"누구라고요!"

아직 말이 끝나지도 않았는데 상대는 괴성을 질렀다.

"설마, 혹시, 그 유명한 추리 작가 노리즈키 린타로 선생님이십니까?"

오늘만 해도 벌써 두 번째 듣는 말이었다.

"네, 제가 그 노리즈키 린타로입니다만…….."

"역시!"

마쓰우라의 목소리가 더욱 커졌다.

"이럴 수가. 그거 아십니까? 전 선생님 작품의 팬입니다. 모두 두 권씩 사죠. 독서용과 소장용으로요. 정말 노리즈키 선생님이시죠? 혹시 절 놀리시는 거면 그렇다고 말씀해주세요. 이게 꿈인지 생신지 모르겠군요."

쩌렁쩌렁 울려 퍼지는 마쓰우라의 목소리에 저도 모르게 수화기를 귀에서 떼며, 린타로는 구태여 정체를 밝힐 필요는 없었을지도 모른다고 생각했다. 팬이라니 이야기를 듣기는 쉽겠군.

"이렇게 연락을 드린 건 꼭 확인할 일이 있어서……."

"정말 꿈만 같군요. 선생님, 신작은 언제 나옵니까? 어떤 내용이죠? 아, 갑자기 이런 질문을 드리면 실례겠죠? 죄송합니다. 저한테 무슨 볼일이시죠?"

마쓰우라는 아직도 흥분이 가라앉지 않은 듯 린타로의 말도 제대로 귀에 들어오지 않는 것 같았다. 상대의 심정을 모르는 건 아니었지만 이대로는 끝이 나지 않을 것 같았다.

자기 작품의 팬을 추궁하는 건 영 내키지 않았지만 어쩔 수 없었다. 린타로는 단도직입적으로 말문을 열었다.

"자네가 훼손한 도서관의 책 때문에 연락했네."

단호하게 말하자 마쓰우라는 놀란 듯 숨을 삼키더니 아무 말도 하지 않았다. 전화선을 타고 전해지는 얼어붙은 침묵이 그가 죄를 인정했음을 증명하고 있었다. 린타로는 상대가 입을 열기를 기다렸다.

잠시 후, 겨우 입을 연 마쓰우라는 방금 전까지와는 백팔십도 다른 낮은 톤으로 머뭇거리며 말했다.

"추측하신 대로 도서관 책을 잘라낸 건 접니다. 슬슬 누군가 알아채고 연락할 때가 되었다고 생각했습니다. 설마 그게 노리즈키 선생님이실 줄은 상상도 못 했습니다만."

"소토가와 야스노리와 오모리 가즈미는 자네 친구지?"

"네. 하지만 친구들은 이 일을 모릅니다. 거짓으로 둘러대고 친구들 명의로 회원증을 만들었고 책을 빌린 것도 저 혼자 저지른 일입니다. 그 둘은 이 일과는 전혀 관련이 없습니다."

"왜 그런 짓을 했나?"

"그럴 수밖에 없었습니다."

대답에서는 변명 같은 비굴한 느낌이 전혀 느껴지지 않았다. 그렇다고 철면피처럼 뻔뻔하게 나오는 것도 아니었다. 오히려 마쓰우라의 성실한 사람됨이 느껴졌다. 린타로는 의아하게 여기며 질문을 이어갔다.

"그럴 수밖에 없었다고? 그게 무슨 소린가?"

"잘못된 일인 줄은 알았습니다. 하지만 그 상황에서는 달리 어쩔 도리가 없었습니다. 믿어주십시오. 결코 악의가 있어 한 일은 아니었습니다."

린타로는 수화기를 귀에 댄 채 고개를 갸웃거렸다. 대체 무슨 소리를 하려는 거지?

"저기, 알아듣게 말해주겠나? 어쩔 수 없었던 이유가 뭔지 일단 그것부터 말해보게."

마쓰우라는 잠시 말을 흐리더니 돌연 생각이 미친 듯 말했다.

"……증거가 있습니다."

"증거라고?"

"네. 백 마디 말보다 직접 증거를 보시는 편이 빠를 겁니다. 보시면 분명 제가 왜 그랬는지 이해하실 겁니다. 괜찮으시면 지금 당장 뵙고 말씀드리겠습니다."

"그게 좋겠군."

린타로는 약속 장소로 도서관 근처의 카페를 지정했다.

"다른 사람은 몰라도 선생님만큼은 꼭 알아주셨으면 합니다."

전화를 끊기 직전에 마쓰우라는 진지한 목소리로 그렇게 말했다.

"……저는 선생님을 존경합니다."

수화기를 내려놓자 옆에서 귀를 쫑긋 세우고 있던 호나미가 호기심 어린 표정으로 린타로를 보았다.

"밖에서 만나기로 한 거야?"

"삼십 분 후에 럼블에서. 책을 훼손한 사실은 바로 인정했는데, 변명거리가 있는 모양이야. 보여주고 싶은 게 있대."

"어떤 사람인 것 같아? 이상한 사람 같아?"

"아니, 목소리만 들었지만 지극히 성실한 대학생 같았어."

"어머, 정말?"

"내 소설 팬이라는데."

호나미는 심술궂은 표정으로 눈썹을 씰룩거렸다.

"그럼 별로 도움은 안 되겠네."

"사와다."

아까부터 시계를 힐끗거리며 안절부절못하던 관장이 인내심의 한계를 느꼈는지 자리에서 일어났다.

"같이 가서 그 남자를 만나보게. 원래는 내가 가야겠지만 너무 서두르면 일을 망칠 수도 있으니까. 갑자기 최고 책임자가 나타나면 상대도 놀라지 않겠나. 자네한테 맡기는 게 좋을 것 같군."

"……네, 관장님."

"이 빚은 꼭 갚겠네. 그럼 난 먼저 가볼 테니 뒷일은 부탁하네."

관장은 서둘러 돌아갈 채비를 하고는 사무실을 나갔다. 뒷모습이 사라지자 호나미는 혀를 날름 내밀었다.

"뭐가 저렇게 급한 거야?"

"자택이 지바거든. 전철로 편도 한 시간 반이나 걸린대. 그래서 항상 일찍 퇴근하고 싶어 하셔."

"흐음."

"수요일에는 늘 이래. 〈오니헤이 범죄 수첩〉을 봐야 한다나. 그렇게 좋으면 비디오를 하나 사시지."

린타로는 말없이 어깨를 으쓱했다.

"그 대학생이 어떤 변명을 할지 궁금하긴 해. 어쩌면 정당한 이유가 있을지도 모르니까."

"그 친구도 그러더군."

"이유가 대체 뭘까? 짐작 가는 거 없어?"

"음, 나도 계속 생각중인데……."

말이 끝나자마자 린타로는 팔짱을 끼고 의자에 기대 눈을 감았다. 전화 목소리만으로 사람을 판단할 수는 없었다. 호나미가 여러 차례 암시했듯 마쓰우라가 변태적인 취향이나 삐뚤어진 열등감을 숨기고 있을 가능성도 충분히 있었다.

하지만 린타로는 같은 미스터리 팬으로서 마쓰우라의 말을 믿고 싶었다.

통화 내용만으로도 마쓰우라가 열렬한 추리소설 독자라는 사실은 틀림없었다. 그리고 미스터리 마니아라는 종족은 애서가의 소질도 겸비하고 있는 경우가 많았다. 그렇지 않으면 독서용과 소장용으로 책을 여러 권 산다는 생각은 못 하겠지.

따라서 설령 그것이 자신의 책이 아니라고 해도 수십 권의 책을 훼손하는 건 웬만한 결심으로는 할 수 있는 일이 아니었다. 그 이면에는 분명 강력한 동기가 숨어 있을 것이다.

　—하지만 그 상황에서는 달리 어쩔 도리가 없었습니다.

　'그 상황'이란 대체 무슨 상황을 가리키는 거지? 마쓰우라는
왜 다른 사람은 몰라도 나만큼은 알아달라고 한 걸까?

　린타로의 눈꺼풀 아래 깊숙한 곳에서 사건의 단편들이 서서
히 원을 그리며 돌기 시작했다.

　마쓰우라 마사토는 미스터리 마니아다.

　훼손된 건 항상 책의 첫머리 몇 페이지였다.

　그 상황에서는 달리 어쩔 도리가 없었다.

　도서관의 책은 시민의 공공재산이다.

　그랬군.

　린타로가 눈을 떴을 때 호나미는 이미 나갈 채비를 마치고
따분한 듯 다리를 꼬고 있었다.

　"약속 시간 다 됐어. 빨리 나갈 준비해."

4

　마쓰우라 마사토는 스웨이드 코트에 청바지 차림으로 카페
럼블에 나타났다. 옆구리에는 가죽 가방을 끼고 있었다. 손님
들 사이에서 린타로의 얼굴을 보자마자 바로 안쪽으로 다가와

말했다.

"노리즈키 선생님이시죠? 마쓰우라입니다."

"어떻게 금방 알아봤네요."

"……책에서 봤거든요."

마쓰우라는 옆자리에 앉은 호나미를 보며 말했다.

"자료 검색 서비스 코너에 계신 분이죠? 낯이 익어요."

"네, 사서인 사와다예요."

"일단 앉게."

마쓰우라는 경직된 표정으로 맞은편에 앉아 정면에서 쏟아지는 두 사람의 시선에 어쩔 줄 몰라 하는 것 같았다. 이 자리에 나온 이유를 생각하면 그럴 법도 했다. 그는 쭈뼛거리며 가방의 잠금장치를 만지작거렸다.

"저기……."

린타로는 겨우 고개를 들고 머뭇머뭇 말문을 뗀 마쓰우라를 손을 들어 제지했다.

"잠깐. 먼저 내 얘기를 들어보게. 자네가 왜 그런 짓을 했는지 나름대로 생각해봤네. 내 생각이 맞는지 확인해보고 싶어."

마쓰우라는 마른침을 삼키며 고개를 끄덕였다. 린타로는 씩 웃으며 말을 이었다.

"내 생각은 이렇네. 자네가 잘라낸 페이지에는 해당 소설의 범인이 적혀 있었지?"

마쓰우라는 감탄을 금치 못하는 표정을 지으며 말했다.

"……어떻게 아셨습니까?"

"괜히 명탐정이겠나. 아까 통화했을 때 감이 오더군.

책장을 잘라내는 게 단순한 훼손 행위가 아닐 경우도 있지. 이를테면 그 페이지에 적힌 뭔가를 다른 사람들이 못 보게 하기 위해서 통째로 없애버린 경우라든지.

자네는 전화로 악의가 있어서 한 짓은 아니라고 했어. 그렇다면 가장 먼저 생각해볼 수 있는 건 바로 이 경우겠지.

그러면 반드시 책의 첫 장만 찢어간 사실이 중요한 의미를 띠게 되지. 본문이 아니라 표제지가 문제인 거지.

그럼 추리소설의 표제지에 무엇이 적혀 있을까? 책 제목과 저자 이름, 그것만이라면 표지와 별 차이 없지. 하지만 표제지를 넘기면 그 뒤에는 대개 등장인물 소개가 있어.

등장인물 소개에 적은 무언가, 도서관을 이용하는 불특정 다수의 눈에 절대로 띄어서는 안 될 것. 그리고 열렬한 추리소설 독자인 자네가 기물 파손죄로 잡힐 위험까지 무릅쓰며 감추려 애쓴 것. 그게 대체 무엇일까.

이 논리의 흐름을 따라가보면 결론은 불 보듯 뻔하지. 누군가가 도서관 책에 스포일러를 밝히는 함정을 파놓은 거야. 자네는 하는 수 없이 그걸 하나씩 제거한 거고."

린타로가 거기까지 말하자 호나미는 테이블을 두드리며 주의를 환기시켰다.

"그렇다고 책장을 찢을 것까지는 없었잖아요. 지우개로 지우든지, 다른 방법도 있었을 텐데."

"이걸 어떻게 지웁니까?"

마쓰우라는 고개를 절레절레 저으며 가방에서 고무줄로 묶은 종이 다발을 꺼냈다. 그건 말할 것도 없이 잭 더 리퍼의 빛나는 전리품, 즉 그가 잘라낸 수십 장의 등장인물 소개 페이지였다.

마쓰우라는 그중에서 『Y의 비극』의 표제지를 꺼내 두 사람에게 내밀었다.

"어떻게 이런 천인공노할 짓을……."

린타로는 저도 모르게 인상을 찌푸렸다.

등장인물 중 한 인물의 이름에 빨간 유성 매직으로 동그라미가 쳐져 있었다. 그걸로 끝이 아니라 '이 녀석이 범인이다'라고 친절하게 설명까지 덧붙였다.

"예술을 파괴하는 행위야!"

린타로가 그답지 않게 소리 높여 외쳤다.

"이걸 보면 누가 읽을 마음이 들겠어. 모처럼의 명작이 엉망이 되잖아……."

다른 표제지도 사정은 마찬가지였다. 애거사 크리스티, 요코
미조 세이시, 시마다 소지, 로스 맥도널드 등 미스터리 역사에
길이 남을 작품들의 범인의 이름이 말 그대로 적나라하게 폭로
되어 있었다.

그중에서도 가장 처참한 건, 카의 어떤 작품이었다. 가장 중
요한 불가능 트릭의 자세한 해설이 차례 여백 빼곡하게 적혀
있었다. 필적을 보아 하니 전부 동일인의 짓이었다. 장난도 여
기까지 오면 웃어넘길 수 없는 수준이었다.

"지우개는커녕 화이트로도 수습이 안 되는 수준이네요."

호나미도 어처구니가 없다는 듯 말했다.

"처음에는 「알리바바와 40인의 도둑」에서처럼 다른 등장인
물의 이름에 전부 빨간 매직으로 동그라미를 칠까 생각했습니
다. 누가 범인인지 알아보지 못하게요."

"그 방법이 안 통하는 책이 있었던 거군."

린타로는 '그 책'의 등장인물 소개를 찾아 열두 개의 빨간 동
그라미를 뚫어져라 바라보았다.

"네. 그렇다면 차라리 그 페이지를 깨끗하게 잘라내버리는
게 낫겠다고 생각했습니다. 없어도 큰 문제는 없으니까요."

"그랬군."

마쓰우라는 갑자기 진지한 표정으로 말했다.

"이런 짓을 하는 녀석들은 어디에나 있습니다."

원한에 찬 목소리였다.

"이 정도까지 하는 녀석은 꽤나 이상한 녀석이지만 남들이 아직 읽지 않은 미스터리의 결말을 밝히는 데 가학적인 쾌감을 느끼는 녀석들이 얼마나 많은데요.

이런 테러를 당하면, 미스터리의 재미가 반감…… 아니, 작품에 따라서는 소멸되어버리기도 합니다. 독자의 권리를 침해하는 극악무도한 행위입니다. 그런 삐뚤어진 놈들은 미스터리를 논할 최소한의 자격조차 없습니다."

"자네 말이 맞아."

린타로는 동의를 표하며 말했다.

"물론 평론이나 전문적인 연구 목적이라면 이해할 수 있지만, 도를 넘은 스포일러는 독자에게도, 또한 작품과 작가에 대해서도 용서받을 수 없는 모독이지.

남이 아직 읽지 않은 책의 결말을 밝히지 않는 건 미스터리의 불문율인데도 이게 은근히 지켜지지 않는 경우가 많아. 요새는 평론가나 팬들 사이에서도 이 규칙을 어기는 일이 많더군."

"그건 추리소설이 다 읽지 못할 정도로 많아서가 아닐까?"

호나미가 은근슬쩍 대화에 끼어들었다.

"이 정도로 범람하면 그중에는 분명 결말만 듣고 굳이 읽지 않아도 되는 책도 있을 테니까."

"그렇게 따지면 나한테도 일말의 책임이 있겠군."

린타로는 헛기침을 한 뒤에 말을 이었다.

"극단적인 예도 있어. 공모 수상작의 심사평에서 작품의 결말을 언급한 일이 있었지. 정말 무신경하다고밖에 할말이 없어.

그보다 더 나쁜 놈들은 추리 작가가 피를 토하는 노력 끝에 고안한 트릭을 쏙 빼다가 미스터리 가이드북이라는 이름으로 팔아먹는 녀석들이지. 이쯤 되면 기생충 수준이야."

"맞습니다."

마쓰우라는 기다렸다는 듯 맞장구를 쳤다.

"지금까지 살면서 제일 후회되는 게, 『애크로이드 살인 사건』을 읽기 전에 그런 종류의 책에서 범인을 먼저 알아버린 일입니다."

"하지만 그렇다고 당신이 저지른 일을 정당화할 수 있는 건 아니에요."

미스터리로 대동단결한 두 사람의 머리를 식히듯 호나미가 현실적인 문제를 지적하며 화제를 돌렸다.

"이유가 무엇이든 도서관 책을 무단으로 훼손하는 행위는 허용될 수 없어요. 그에 상응하는 책임은 져야 할 거예요."

"그건 저도 각오하고 있습니다."

마쓰우라는 얌전히 대답했다.

"아니, 왜 직원에게 바로 이야기하지 않았죠? 이런 악질적인 낙서를 하는 사람이 있는 걸 알았으면 먼저 직원에게 사정을 이야기하고 대책을 마련해달라고 요청했어야죠. 시설관리과라는 부서가 왜 있겠어요."

"말해도 소용없다는 걸 알았기 때문이죠."

"뭐라고?"

린타로가 날카로운 눈빛으로 물었다.

"그게 대체 무슨 뜻인가?"

마쓰우라는 오른손으로 의자를 붙잡고 자세를 바로 했다. 그리고 잘라낸 표제지 한 장을 보며 말을 이었다.

"제가 이 사태를 알아챈 건, 어느 인물이 수상쩍은 행동을 하는 장면을 우연히 목격했기 때문입니다. 두 달 전이었습니다."

"그럼 자네는 이런 짓을 누가 했는지 처음부터 알고 있었던 건가?"

"현장을 목격한 건 아닙니다. 그자가 추리소설 코너에서 책 몇 권을 꺼내 히죽거리며 표지를 넘기는 장면을 보았을 뿐이죠.

웃는 모습이 뭔가 꺼림칙해서 그가 떠난 뒤에 책을 꺼내 펼쳐봤습니다. 예상대로 등장인물 소개에 범인의 이름이 적혀 있더군요.

그날부터 그자와 저의 끝없는 술래잡기가 시작됐습니다."

"그것만으로 그 사람을 범인이라 단정짓는 건 너무 위험하지 않나? 근거가 희박하잖아."

"네. 그게 다른 사람이었다면 저도 의심하지 않고 곧바로 담당 직원에게 말했겠죠.

하지만 그 낙서를 보고도 못 본 척했다는 사실이야말로 그자가 범인임을 말해주는 확실한 증거라고 생각했습니다. 같은 이유로 직원에게 말해도 소용없겠다는 걸 깨달았죠. 그래서 잘못인 줄 알면서도 이런 방법을 쓸 수밖에 없었습니다."

"대체 누가 그런 건가? 뜸들이지 말고 말해보게."

마쓰우라는 호나미를 보며 물었다.

"책을 분실하거나 훼손했을 경우에 그 처리를 담당하는 건 시설관리과죠?"

"그래요. 책의 낙서를 지우는 것도 시설관리과의……."

거기까지 말하다 호나미는 놀란 듯 손으로 입을 가렸다. 마쓰우라가 씁쓸한 표정으로 그 뒷말을 받았다.

"그자의 가슴에는 명찰이 달려 있었습니다. '시설관리과'라고 똑똑히 적혀 있었죠."

호나미는 비명처럼 외쳤다.

"시마바라 씨가 어떻게!"

녹색 문은
위협

1

"내일 뭐해?"

사와다 호나미가 정보 검색 서비스 카운터 너머로 물었다.

"《소설 노바》 편집자와 만나기로 했어. 단편 청탁을 하려는 거겠지."

"어머, 아쉽네. 모처럼 데이트나 할까 했더니."

하지만 말과는 다르게 딱히 아쉬워하는 기색은 없다. 그녀는 태연한 표정으로 상대의 반응을 살폈다. 장소는 구립 도서관 2층. 호나미는 종합 자료실의 사서다.

노리즈키 린타로는 애써 태연한 척 말했다.

"흐음. 취소할 수도 있어. 당신이 정 원한다면."

호나미는 의미심장하게 웃으며 말했다.

"그거참 신기하네. 나도 노리즈키 선생님이 정 원하신다면 데이트해주려고 했는데."

노리즈키 선생님이라고? 린타로는 울컥했다. 날 아주 물로 보는군. 이럴 때에는 남자답게 의연한 태도를 보여야 해. 당신 말에 휘둘릴 정도로 정신 못 차리는 건 아니라고, 내가.

'제발'이라는 말이 목구멍까지 올라왔지만 린타로는 간신히 삼켰다. 그때 대학원생처럼 보이는 남자가 카운터로 다가와 과

281
녹색 문은 위험

월호 잡지를 반납했다. 호나미는 권수를 확인한 뒤에 자리에서 일어나 서고로 내려갔다.

올라오자마자 그녀는 이렇게 말했다.

"난 쉬는 날에는 콘택트렌즈를 껴."

린타로는 호나미를 노려보았다.

"……그건 반칙이야."

"어머, 혼잣말이었는데 들었어?"

호나미는 보란듯이 안경테를 손으로 올렸다. 전세가 거의 기울었군. 린타로는 그런 생각을 했다. 호나미가 팔을 뻗어 카운터의 전화를 끌어당겼다.

"《소설 노바》 편집부 번호는?"

도저히 거스를 수 없는 목소리였다. 린타로는 속으로 칫, 하고 혀를 차며 번호를 불렀다.

전화가 연결되자 호나미는 딴사람이라도 된 양 조신한 목소리로 말했다.

"여보세요, 《소설 노바》 편집부죠? 전 노리즈키 린타로 선생님의 비서인 사와다라고 합니다. 내일 약속 때문에 전화드렸는데요, 선생님이 갑자기 급한 볼일이 생기셔서 취소해야 할 것 같아서요. 볼일이 뭐냐고요? 실은 여기서만 드리는 말씀인데, 전대미문의 밀실 살인 사건이 일어났거든요. 선생님의 도

움이 꼭 필요하다고 해서…….'

린타로는 황급히 호나미에게서 수화기를 빼앗았다.

"노리즈키입니다. 네, 접니다. 방금 그거, 장난인 거 아시죠? 전대미문의 밀실 살인 같은 건 안 일어났으니까 걱정하지 마세요. 아무튼 내일은 안 되겠습니다. 급한 볼일이 있는 건 맞아요. 아닙니다, 꾀병 같은 게 아니라요, 꼭 해결해야 할 일이 생겼습니다. 청탁을 거절하는 게 아니고요. 씁니다, 쓴다고요. 《소설 노바》는 훌륭한 잡지입니다. 네, 알겠습니다. 불가능 범죄요? 전대미문의 밀실 살인으로요? 으하하. 아니, 아무것도 아닙니다. 걱정 마십시오. 분량하고 마감은요? 알겠습니다. 알겠다니까요. 뭐라고요? 미인 비서? 아뇨, 그건 오햅니다. 그냥 장난 좀 친 거라고요. 그러니까 이상한 소문 내지 마십시오."

린타로는 단단히 일러두고 전화를 끊었다. 호나미는 남의 일인 양 킥킥 웃고 있다.

"편집자한테 매번 그렇게 굽실거리는 거야?"

"누구 때문인데. 당신이 쓸데없는 소리를 해서 수습하느라 죽는 줄 알았잖아. 전대미문의 밀실 살인 같은 소리를 쉽게 입에 담지 말라고. 덕분에 까다로운 청을 들어주게 생겼어."

"아주 중요한 볼일이 생겼다면 그 정도 방편은 쓸 수도 있는 거 아냐?"

린타로는 한숨을 내쉬었다. 어느샌가 아쉬운 쪽은 내가 되었군. 결국 이렇게 될 줄 알았다.

"알았어. 삼라만상 일체유위라고 했지. 무엇이 되었든 절대적으로 당신이 옳아. 난 사와다 호나미에게 홀딱 빠졌으니까."

"처음부터 그렇게 나올 것이지."

린타로는 연기하듯 어깨를 으쓱하며 방금 수락한《소설 노바》의 원고를 생각했다. 전대미문의 밀실 살인이라고? 어휴, 말은 쉽지. 데이트 약속 하나 잡는 것도 이렇게 큰 산을 넘어야 하는 판국이니, 이 여자하고 깊은 사이가 될 때쯤에는 밀실 트릭의 거장이 되어 있을지도 모르겠군.

뭐, 그것도 나쁘지 않지만.

이튿날, 린타로가 서둘러 약속 장소로 나갔을 때 호나미는 먼저 와서 기다리고 있었다. 말을 걸자 인사도 없이 다짜고짜 쏘아붙였다.

"《소설 노바》가 무슨 잡지인가 했더니 권두에 성인영화 배우의 누드 화보를 싣는 잡지더라? 그런 데 글을 실으면 조신한 여성 독자들은 다들 당신을 거들떠도 안 볼걸? 물론 여성 독자가 있다고 가정했을 경우의 이야기지만."

"그건 누드 화보가 아냐."

린타로는 단호하게 대꾸했다.

"기가 막혀. 그게 누드가 아니면 뭔데?"

"달력이지."

호나미는 부루퉁한 얼굴로 말했다.

"정말 구제불능의 가부장적 사고방식이네. 그런 정신 상태로는 페미니즘 비평가들의 제물이 되어도 할말 없을걸."

이따가 메모해둬야겠다. 로버트 B. 파커의 소설에 나올 법한 대화로군. 린타로는 반격을 시도했다.

"가부장적 사고방식의 소유자로서 한마디하지. 왜 거짓말을 했지? 쉬는 날에는 렌즈 낀다면서."

"거짓말 아냐."

호나미는 태연하게 말했다.

"그럼 당신 눈동자의 광채를 가리는 그 촌스러운 유리알은 뭔데?"

"안타깝게도 오늘은 일하는 날이야."

"일하는 날이라고?"

듣고 보니 차림새도 단정한 게 데이트하러 나온 여자 같지는 않았다.

"간략하게 설명할게. 최근에 우리 도서관에 개인 장서를 기증하겠다는 분이 계셨는데, 사소한 문제가 생겨서 기증자 가족과 의견 조율중이야. 관장님 명령으로 내가 교섭을 맡게 되었고 어렵사리 만날 약속을 잡았어. 지금부터 그 집에 가야 해. 물론 시간외근무 수당은 나와. 그러니까 당신한테 거짓말쟁이 소리를 들을 이유는 없어. 그보다 2시까지 기치조지에 가야 하니까 슬슬 출발해야 해. 이야기는 가는 길에 하기로 하고. 차 가져왔지?"

한마디로 운전기사로 부려먹으려고 부른 거군. 아니, 경우에 따라서는 그보다 못한 취급을 받게 될지도 모른다. 내 시간외근무 수당은 누구한테 받아야 하지? 린타로는 중얼중얼 볼멘소리를 하며 핸들을 잡았다.

호나미는 웬일로 조수석에 놓인 카세트에 관심을 보이며 살펴보더니 물었다.

"다 옛날 노래밖에 없네. 요즘 노래는 없어?"

린타로는 그제야 씩 웃으며 〈첼시 걸〉과 〈라이크 어 데이드림〉이 든 라이드의 카세트테이프를 넣었다.

스테레오에서 〈첼시 걸〉의 전주가 흘러나오자 호나미는 눈을 동그랗게 뜨며 물었다.

"이게 뭐야?"

"옥스퍼드에서 유행하는 최신곡."

"데모 테이프가 아니라?"

"90년대 록의 희망이지."

젊은 혈기가 들끓는 기타의 굉음을 배경으로 311 순환도로를 따라 북쪽으로 달렸다. 뭐든 생각하기 나름이라잖아. 운전기사 취급을 당하더라도, 잡지 편집자와 만나는 것보다는 여자를 태우고 드라이브를 하는 게 훨씬 건설적이지 않은가. 무라카미 류도 그렇게 말했잖아. 아닌가?

호나미가 옆구리를 찌르며 말했다.

"소리 좀 줄여도 되지? 아까 하던 이야기 마저 해야지."

"그래. 줄여."

호나미는 가차없이 음량을 줄였다. 누가 봐도 후련한 표정이었다. 린타로는 라이드의 명예를 위해 말했다.

"사실 다음 곡이 명곡이야."

"아, 그래."

호나미는 건성으로 대꾸하더니 본론을 말했다.

"책을 기증하겠다고 한 사람은 스가타 구니아키라는 사람이야. 부잣집 막내아들인데 환상문학 마니아가 그대로 어른이 된 듯한 인물이랄까. 젊은 시절부터 오컬트, 신비주의 관련 서적을 중심으로 희귀하고 값비싼 책들을 수집했던 모양이야. 대학을 졸업하고 한동안 은행에 다녔는데 점점 취미에 빠져서 그쪽 방면 동인지까지 손대다가 결국 사표를 냈대. 원래 먹고사는

데 지장이 없는 집안이기도 하고, 직장 생활을 할 만한 성격은 아니었던 모양이야. 그 후로는 직접 동인지를 제작하거나, 구로우리 아라시타라는 필명으로 잘 알려지지 않은 작품을 번역하는 등 좋아하는 책들에 둘러싸여 유유자적하며 살았어."

"구로우리 아라시타. 이십 세기 최대의 흑마술사로 유명한 알레이스터 크롤리의 이름에서 따왔군."

"우리 관장님은 어떤 모임에서 스가타 씨와 처음 만났대. 이상한 인맥이 많은 사람이거든. 재미있는 사람이라고 생각해서 도서관에서 주최한 '해외 문학 세미나' 같은 행사에 몇 번 강연을 부탁했는데, 스가타 씨는 자기를 인정해준 게 기뻤는지 세상을 떠나면 모든 장서를 도서관에 기증하겠다고 약속했어. 구두 약속이 아니라 실제로 유언장을 작성했고."

린타로는 눈을 가늘게 뜨며 물었다.

"그분이 최근에 돌아가신 모양이지?"

호나미는 조용히 고개를 끄덕였다.

"작년 말에 자택 서재에서 목을 맸어."

"자살이야?"

"응. 들은 이야기로는 전부터 조울증이 있어서 병원에 다니며 약물 치료를 받았대. 갑자기 은행을 관둔 것도 그게 원인이었을지도 모른다나. 유서는 없었지만, 병 때문에 괴로워하다

충동적으로 목숨을 끊은 것 같아."

"안됐군."

"슬하에 자식은 없고 유족은 부인뿐이야. 그런데 그 미망인이 어딘가 수상쩍은 사람이라, 말을 이리저리 바꾸며 책을 내주지 않으려 하는 거야. 도서관 입장으로서도 유언에 대해 법적 효력을 운운하는 건 둘째 치고, 고인의 호의가 담긴 유증이니까 배우자의 뜻을 무시하고 억지로 책을 가져갈 수도 없잖아. 상대의 이야기를 들어볼 생각은 있지만 그쪽 태도가 너무 의뭉스럽고 대화를 피하려고만 해서 도저히 의논을 할 수 없는 상황이야."

"페미니즘 운운하시는 분이 미망인이라는 차별 용어를 써도 되는 거야?"

"말꼬리 잡지 말고."

"알았어. 부인은 왜 책을 안 내주려는 건데?"

"이유도 모르겠으니까 지금 이렇게 고생하는 거 아냐. 개인 수집가나 고서적 브로커가 큰돈을 써서 장서를 매입하려는 게 아닐까. 어찌됐든 마니아들이 탐내는 컬렉션이니까. 차라리 그런 거라면 솔직히 말해주면 우리 쪽에서도 나름대로 대책을 마련할 텐데 무슨 생각을 하는 건지 도통 알 수가 없으니 관장님도 속만 태우고 있는 거지. 그래서 오늘은 부인의 속내를 알아내러 내가 가는 거야."

"흐음."

린타로는 관심이 생겼다. 호나미의 말대로 어딘가 수상쩍은 구석이 있었다. 운전대를 돌리며 물었다.

"정말 자살이었을까? 혹시 타살 가능성은 없어?"

호나미는 집게손가락으로 메트로놈처럼 박자를 맞추며 입으로 소리를 냈다.

"너무 뻔한 질문 아냐?"

"미안하게 됐군. 직업병이야."

"그럼 나도 뻔한 대답을 할 수밖에. 시신이 발견됐을 때 서재 문은 안쪽에서 빗장이 걸려 있어서 밖에서 억지로 열어야 했대. 한마디로 스가타 씨가 목을 맨 방은 말 그대로 밀실 상태라 아무도 드나들 수 없었어."

린타로의 눈이 번득였다.

"어제 통화했을 때 했던 얘기는 되는대로 둘러댄 게 아니었군."

"맞아. 하지만 안타깝게도 이 사건에 소설 같은 해답편은 없을 것 같지만. 밀실 살인 같은 건 소설 속 이야기잖아."

린타로는 성급하게 고개를 저었다.

"아니, 벌써부터 그렇게 단정짓지 마. 흑마술사 크롤리를 자

처하던 사람이 허무하게 자살로 생을 마감하다니 너무 부자연
스럽지 않아?"

"그래?"

"어."

"그런데 너무 재미있어하는 거 아냐?"

"그건 이거랑 별개의 문제고."

호나미는 고개를 갸웃거리더니 생각에 잠긴 얼굴로 중얼거
렸다.

"내 생각은 다르지만, 그러고 보니 스가타 씨의 자살에 관련
된 이상한 일화가 있었어."

"그게 뭔데?"

"「벽 안의 문」이라고 알아?"

호나미는 뜬금없이 수수께끼 같은 질문을 던졌다.

"알지, 다른 세계로 통하는 녹색 문이 등장하는 조지 웰스의
소설이잖아. 그게 왜?"

"스가타 씨의 서재에는 그 녹색 문이 실제로 있었어……."

2

「벽 안의 문」은 『타임머신』, 『우주전쟁』으로 유명한 영국의 SF 작가 허버트 조지 웰스의 환상소설 단편이다.

이야기의 주인공은 젊어서 성공을 거둔 정치가 월리스. 어느 날 밤, 그는 오랜 친구인 '나'에게 다음과 같은 이야기를 털어놓는다.

다섯 살 때, 혼자 놀러 나갔던 월리스는 새하얀 벽 안의 녹색 문을 발견하고 그 안으로 들어갔다. 그곳에서 그가 본 것은 마법의 나라였다. 대리석 화단과 갸르릉거리는 두 마리의 표범, 늘씬한 미소녀, 장엄한 궁전, 즐거운 게임에 푹 빠져 보내는 한때. 그리고 꿈꾸는 눈동자의 여자는 지금까지 그가 살아온 인생이 극명하게 기록된 신기한 책을 보여준다. 그 자체가 현실의 기억인 책을 읽다 보니, 그는 어느샌가 런던의 골목, 회색빛 일상으로 돌아와 있었다.

아홉 살 때 그는 또다시 녹색 문을 발견한다. 하지만 친구에게 비밀을 털어놓은 탓에 문은 사라진다. 세 번째로 문이 나타난 건 열일곱 살 때였다. 그 후에도 여러 차례 문이 나타났지만, 월리스는 문을 열어보려 하지 않았다. 출세가도를 걷던 그는 문 너머의 세상을 그리는 마음을 잃어버린 것이다.

그 후로 격무에 시달리는 날들이 이어졌고, 그는 몇 년 동안 문을 보지 못했다. 하지만 마흔이 다 되어 인생에 환멸을 느끼던 윌리스 앞에 다시 녹색 문이 나타났다. 이제는 세속적인 명성이나 이해득실을 잊고 오로지 문을 찾아야 한다는 초조함에 휩싸여 홀로 거리를 헤매고 있다고 했다.

'나'는 그 이야기를 믿지 않았다. 하지만 얼마 후, 신문에 윌리스의 죽음을 알리는 기사가 실린다. 어느 공사장의 갱도에서 떨어져 죽은 채 발견되었다고 한다. 인부가 실수로 문을 잠그지 않았던 까닭이었다.

윌리스는 일종의 환시 능력을 가지고 있던 게 아닐까? 마지막으로 '나'는 독자에게 이렇게 묻는다. 문은 그를 배신한 걸까? 우리는 현실 세계가 공평하며 정상적이라 생각한다. 공사장도, 갱도도 그렇다. 우리의 일상적인 기준으로, 윌리스는 안정된 세계에서 암흑으로, 위험으로, 죽음으로 떠났다. 하지만 그도 그렇게 생각했을까?

"스가타 씨는 그 소설을 사랑했어."

호나미는 그렇게 말했다.

"속세를 떠나 환상의 세계에 발을 디딘 주인공과 자신을 동일시했던 거지. 서재에 녹색 문을 만들 정도로 푹 빠져 있었어."

린타로는 고개를 갸웃거렸다.

"어떻게? 악마를 소환해 마법의 문이라도 만들게 한 거야?"

"아냐. 아무리 오컬트 연구가라도 진짜 다른 세상으로 통하는 입구를 만들 수 있을 리 없잖아. 스가타 씨 자택은 오래된 서양식 저택인데, 원래 서재에 튼튼한 떡갈나무 소재의 문이 두 개 있어. 그런데 그중 하나가 경첩이 녹슬었는지 뭔지 고장이 나서 열리지 않게 된 거야. 어느 날 스가타 씨는 그 문을 녹색 페인트로 칠해버렸고. 그게 그의 녹색 문이었어. 출입문은 따로 있어서 불편할 건 없었으니까 벌써 십 년 동안이나 한 번도 열린 적이 없었대. 마지막에는 주인의 죽음을 지켜본 거고."

"그런 거였어? 난 또 이차원 단층이나 초현실적 현상 같은 걸 말하는 줄 알았지."

"아쉽지만 그런 건 없어. 아무튼 스가타 씨는 생전에 주변 사람들에게 '내가 죽으면 녹색 문은 열릴 것이다'라고 했대."

"그 열리지 않는 문이 정말 열렸어?"

호나미는 질문을 받아넘기듯 어깨를 으쓱했다.

"직접 들은 건 아니지만 아마 아닐 거야. 시신이 발견되었을 때 억지로 연 건 다른 쪽 문이었고, 열리지 않는 문이 열렸다면 서재는 밀실이 되었을 리 없으니까. 경찰이 검증을 해서 자살이라는 결론을 내렸으니 틀림없을 거야."

"그렇군."

오컬트에 빠진 사람은 대체적으로 예언이나 미래 투시 같은 것들을 좋아하기 마련이지만 실제로 들어맞는 경우는 거의 없다. 스가타 구니아키의 예언도 비슷한 것이었겠지. 호나미의 말대로 별난 일화일 뿐이리라.

"……하지만 혹시 모르니 장서들과 녹색 문이라는 걸 조사해볼 필요가 있을 것 같아. 자연스럽게 진행되도록 부인 앞에서는 최대한 말을 맞춰줘."

"그건 상관없는데, 난 밀실 살인 같은 건 황당무계한 이야기라고 생각해. 창피를 당해도 내 탓으로 돌리진 마."

"충고 감사히 받아들이지."

오컬트 문헌의 수집품과 사연 있는 열리지 않는 문. 범죄의 냄새가 났지만 확신은 없었다. 지나친 생각일 수도 있지만, 이번에는 호나미에게 체면을 차려야 했다. 쾌도난마의 명탐정으로 남을까, 아니면 쓸모없는 운전기사로 남을까. 좌우지간 부딪쳐보는 수밖에.

그 저택은 기치조지 역의 북쪽, 스기나미 구와의 경계에 인접한 주택가 한가운데에 자리하고 있었다. 말은 저택이지만 실제로는 낡아빠진 이 층 양옥집으로, 쓰러져가는 개인 병원을 떠오르게 했다.

"소문으로 듣긴 했지만 직접 보는 건 처음이네. 무너지기 일보 직전인 것 같은데."

"오컬트 연구가에게는 이상적인 보금자리 아냐?"

"직접 살아보면 그런 소리 안 나올걸. 실례합니다."

호나미의 부름에 개구리의 합창 소리 같은 삐거덕거리는 소리를 내며 느릿하게 문이 열렸다. 수수한 남색 기모노 차림의 여자가 나왔다.

"도서관에서 오셨나요?"

여자의 물음에 호나미는 고개를 끄덕였다.

"일전에 전화드렸던 사서 사와다입니다."

"아, 사와다 씨. 처음 뵙네요."

이 여자가 소문의 미망인이었다. 나이는 서른일고여덟쯤 되었을까. 시원스러운 눈매에 가늘고 긴 코, 윤기 도는 입술. 흰 목덜미에서 색향이 물씬 풍겼다.

"……일행이 계시네요?"

사와다 부인의 요염한 눈빛에 린타로는 가슴이 뛰었다.

"노리즈키라고 합니다."

"도서관 직원이신 것 같지는 않은데, 혹시 법조계 쪽에 계시나요?"

"아뇨, 전 그냥 구경꾼입니다. 작년에 스가타 씨의 세미나에 참석한 후로 신봉자가 되었거든요. 댁에 꼭 한번 와보고 싶어서 사와다 씨에게 떼를 써서 따라온 겁니다. 괜찮으시다면 부군의 장서를 구경할 수 있을까요."

호나미와 미리 의논해서 적당히 만들어낸 구실이었지만 미망인은 딱히 의심하는 것 같지 않았다.

"그러시군요. 괜찮습니다. 안으로 들어오세요."

부인은 두 사람을 응접실로 안내했다. 미망인이 차를 가지러 나가자 호나미는 기다렸다는 듯 린타로의 어깨를 탁 쳤다.

"정말 꼴사납게 왜 그래? 부인 앞에서 그렇게 입을 헤벌쭉 벌리고."

"내가 언제."

"아, 진짜 싫다. 남자들은 저런 글래머 미인만 보면 정신 못 차리지."

"그거 혹시, 질투하는 거야?"

"착각하지 마세요. 여자한테 홀려서 일을 망칠까 봐 충고해주는 거니까."

"……관장님이 이 일의 교섭을 당신한테 맡긴 이유를 이제야 알겠군."

소문의 주인공이 돌아오자 두 사람은 입을 다물었다. 미망인은 고급스러운 청자 다기를 테이블에 내려놓으며 말했다.

"일부러 먼 걸음 하시게 해서 죄송해요. 제가 몸이 약한 터라 외출만 하면 금방 진이 빠져서 앓아눕거든요."

"부군이 떠나신 뒤로 쭉 이 집에 혼자 계시는 겁니까?"

린타로의 물음에 미망인은 맞은편 자리에 앉으며 말했다.

"이틀에 한 번씩 가사 도우미가 올 때를 빼고는 혼자 지내요. 후처로 들어온 저에게 이 집은 너무 넓어요. 아이라도 있었으면……."

호나미가 헛기침을 해 미망인의 푸념을 가로막았다.

"스가타 씨."

전에 없이 강한 어조였다.

"죄송하지만 용건부터 말씀드려야겠네요. 오늘 이렇게 찾아뵌 건, 말할 것도 없이 고인의 장서 기증 건 때문입니다. 단도직입적으로 여쭤보겠습니다. 왜 책을 주지 않으시려는 거죠?"

"안 주다니, 딱히 그럴 의도는……."

"하지만 지금까지 저희 쪽에서 여러 차례 연락을 드렸는데도 부인께서는 얼버무릴 뿐 결론을 미뤄오셨잖습니까. 그걸 탓하려는 게 아니라 부인의 진의를 알고 싶은 겁니다. 무슨 사정이 있다면 말씀해주세요. 그래야 저희도 대응책을 마련하죠."

미망인은 한동안 망설이다 이내 결심을 굳힌 듯 허리를 곧게 펴고 두 손을 무릎에 모은 채 조심스레 말문을 열었다.

"폐를 끼쳐서 죄송합니다. 이런 이야기를 해봤자 믿어주실 것 같지 않아서 입을 다물고 있었는데……. 그게…… 나타났어요."

"뭐가 나타났다는 거죠?"

"……죽은 남편요."

두 사람은 서로 얼굴을 마주보았다. 호나미가 조심스레 미망인에게 물었다.

"저기, 스가타 씨의 귀신을 보셨단 말씀인가요?"

"네."

미망인은 눈을 내리깔며 고개를 끄덕였다.

"초재를 지내고 이틀째 되던 밤이었어요. 한밤에 이상하게 오한이 들어서 불현듯 눈을 떴는데 베갯머리에 남편이 앉아 있는 거예요. 가위에 눌린 것처럼 꼼짝도 못하겠고 말도 안 나오더라고요. 남편은 제 얼굴을 들여다보며 말했어요.

'요시코. 난 역시 내 책을 남에게 보내면 마음 편히 못 떠날 것 같아. 그동안 모아온 책들은 내 인생 그 자체니까 밖으로 내보내지 않고 이 집에서 조용히 썩게 두는 게 맞는 것 같아. 덜

컥 그런 약속을 해버리다니 내가 경솔했어. 생각이 짧았지. 미안하지만 당신이 이 집에 있는 동안 그 책들을 아무한테도 넘겨주지 말고 지켜줘. 혼백이 되어서도 그게 계속 마음에 걸리네.'

몇 번이고 같은 부탁을 하다가 새벽녘이 되어서야 남편은 홀연히 사라졌어요. 꿈이 아니었다는 증거로, 아침에 일어나니까 생전에 그이가 썼던 장서표가 베갯머리에 놓여 있는 거예요. 물론 전날 밤에는 없었고요. 그걸 보니까 남편이 왔다간 걸 확신할 수 있겠더라고요. 일일이 말하지는 않겠지만, 그 뒤로도 여러 번 같은 일이 있었고요. 이런 이야기, 믿기 힘드시겠지만 저는 마음을 정했습니다.

그러니까 책을 내드리지 않은 건 남편의 유지를 따르기 위해서였어요. 지금까지 아무 말도 하지 않은 건 솔직히 말씀드려도 제 이야기를 믿어주지 않으실 거라고 생각했기 때문이었죠. 이제 와서 이런 이야기를 하는 저 자신도 설득력이 없다는 건 잘 알아요. 하지만 절대로 생각을 바꾸지는 않을 겁니다. 이제 와서 이런 말씀을 드리게 되어 죄송스럽기 그지없지만, 남편의 넋을 달랜다 생각하시고 기증 건은 없었던 일로 할 수 없을까요?"

말을 마친 미망인은 굳은 결의가 담긴 눈빛으로 호나미를 바라보았다. 배 째라는 식의 변명이었지만 이렇게까지 나오면 뭐라 반박할 수도 없었다. 호나미도 눈만 깜빡일 뿐 대답할 말을 찾지 못했다.

거짓말이라고 쏘아붙여도 제 주장만 되풀이하며 평행선을 달리겠지. 보아하니 논리가 통할 상대는 아니었다. 설득하려면 고생 좀 하겠군. 어찌되었든 린타로는 두 여자의 소모적인 논쟁에 낄 생각은 없었다.

"제삼자는 자리를 비켜드리는 게 낫겠군요. 스가타 씨 책들을 구경해도 되겠습니까?"

"그러세요."

미망인은 맥이 빠질 정도로 쉽게 린타로의 청을 승낙했다.

"도서실은 2층에 있어요. 계단을 올라가서 정면에 보이는 게 입구예요. 문은 열려 있으니까 마음껏 구경하세요."

"스가타 씨가 해코지하지는 않겠죠?"

농담처럼 말하자 미망인은 태연히 대답했다.

"괜찮아요, 구경만 하는 거면요."

"그럼 감사히 보겠습니다."

자리에서 일어난 린타로를 호나미가 노려봤다. 전선에서 도망치는 병사를 질책하는 듯한 눈빛이었다. 린타로는 한쪽 눈을 찡긋했다.

'이건 공동작전이야. 당신 임무는 내가 도서실을 살펴보는 동안 부인을 이곳에 붙잡아두는 거고. 그럼 부탁해.'

과연 속마음이 제대로 전달되었는지는 의심스러웠다. 뻑뻑한 문을 간신히 닫고 린타로는 응접실에서 나갔다.

2층으로 올라가는 나선계단은 한 단을 오를 때마다 삐거덕거리는 소리가 났다. 계단뿐 아니라 저택 전체가 낡을 대로 낡아서 흡사 망령이라도 든 듯한 느낌이었다. 이런 집이라면 귀신 한둘쯤 돌아다녀도 이상할 건 없겠군. 세어보니 계단은 모두 열세 단이었다. 이런 세세한 부분까지 신경을 쓴 모양이었다.

건물 동쪽에서 중앙에 걸쳐 있는 도서관은 2층 면적의 거의 3분의 1을 차지하고 있었다. 문을 열자 습하면서도 퀴퀴한, 종이 삭는 독특한 냄새가 났다. 도서실이라기보다는 서고였다. 레일식 이동 책장이 반듯하게 배치되어 있었고, 각 책장마다 빼곡히 책이 꽂혀 있었다. 얼추 잡아도 팔천 권은 됨 직했다.

린타로는 경외심을 가지고 스가타 구니아키가 남긴 귀중한 수집품들을 바라보았다. 저도 모르게 깊은 한숨이 새어 나왔다. 어디서부터 손을 대야 할지 알 수가 없었다. 잠시 유혹과 씨름을 벌이던 린타로는 속에서 울부짖는 책벌레의 본능을 억누르고 탐정의 본분으로 돌아가 책 따위는 모르는 사람처럼 기계적으로 조사를 시작했다.

3

응접실로 내려가니 두 여자는 말없이 홍차를 마시고 있었다. 기나긴 줄다리기 끝에 일단 휴전을 선언한 모양이었지만 주변에서는 여전히 파지직 불꽃이 튀었다.

"늦었네."

호나미는 오래 자리를 비운 린타로를 나무라듯 말했다. 어쭙잖게 대답했다가 화풀이를 당할 수도 있었다. 긁어 부스럼이라고 했던가. 린타로는 2층의 책에 푹 빠진 양 말했다.

"정말 감동적이군요. 보물창고가 따로 없습니다. 아쉬워서 도저히 발길을 돌릴 수가 없더군요. 눈물을 머금고 간신히 내려왔습니다. 한 시간 가지고는 다 훑어볼 수도 없겠더군요. 모두 이대로 묻히기는 아까운 귀한 책들입니다."

"남편의 자랑거리였죠."

부인은 겸손하게 대답했다.

"그러니까 많은 사람들에게……."

린타로는 호나미의 말을 가로막고 말했다.

"특히 미시마의 『악령』은 대단하더군요. 소문으로는 들었습니다만 그 작품이 실제로 존재할 줄이야."

호나미는 이야기를 듣자마자 진지한 얼굴로 물었다.

"미시마의 『악령』이 뭐야?"

"미시마 유키오가 1965년에 히라이 고타로라는 이름으로 발표한 탐정소설이야. 에도가와 란포가 연재 중단한 소설을 이어서 쓴 작품이지. 열렬한 마니아들 사이에서 궁극의 안티 미스터리라고 회자되는 환상의 작품인데, 아무도 실물을 본 적이 없어서 실제로 존재하는지 의문시되었거든. 『악령』의 자비출판본이 여기 있더군."

호나미는 반신반의하는 투로 말했다.

"뭔진 모르지만 굉장한 책인 모양이네."

"맞아, 굉장한 책이야. 그렇죠, 부인?"

말없이 가만히 있던 미망인에게 물었지만 그녀는 뭐가 뭔지 모르겠다는 표정이었다. 린타로는 더는 추궁하지 않고 화제를 바꿨다.

"실은 부탁이 하나 더 있습니다. 부군의 서재에는 녹색으로 칠한 문이 있더군요. 스가타 씨는 돌아가시기 전에 '내가 죽으면 녹색 문은 열릴 것이다'라고 하셨다던데……. 그 얘기를 들으니 호기심이 생기더군요. 후학을 위해 꼭 실물을 보고 싶습니다."

부인은 순간 미심쩍은 표정을 지었지만 이내 태연하게 말했다.

"그러세요. 하지만 그건 남편이 장난삼아 만든 거라 실제로 보시면 실망하실 거예요. 사와다 씨도 보시겠어요?"

"그러죠. 후학을 위해서요."

호나미는 불상처럼 미소 지었다.

고인의 서재는 1층 동남쪽 끝에 있었다. 위치상으로는 아까 살펴본 2층 도서실의 바로 밑이었다. 부인은 오래된 떡갈나무 문을 열었다. 린타로는 경첩이 새것으로 교체되었다는 사실을 알아챘다.

아직 낮인데도 실내는 어둑어둑했고 공기도 탁했다. 부인이 천장의 전등을 켠 뒤에도 어두운 그림자는 여전히 뇌리에 남아 동굴을 연상케 했다.

"정리가 안 돼서 너저분하죠. 남편이 떠난 뒤로 치울 마음이 안 들어서 세 달 동안이나 그대로 뒀거든요."

그녀의 말대로 실내는 어수선했다. 전등 아래에 튼튼한 책상과 온풍기가 있었고, 그 주변에는 잡다하게 쌓인 책과 레코드가 있었다. 레코드판은 대부분 바로크와 종교음악이었다. 때묻은 카우치에 남은 사람의 형체가 옛 주인의 게으른 습관을 말해주고 있었다.

비스듬히 기운 책장에 가려서 남북 쪽 벽은 보이지 않았다. 책은 제멋대로 꽂혀 있었는데, 잡지나 사전 종류였다. 당장 필요한 것들만 손닿는 곳에 둔 느낌이었다. 그야말로 글쟁이의 작업실 느낌이 물씬 풍기는 공간으로, 한눈에 들어오게 가지런히 정리한 2층 도서실과는 대조적이었다.

린타로는 천장을 올려다보았다. 2층 도서실은 책들이 빚어낸 완전한 천상의 공간, 1층 서재는 인간이 거주하는 불완전한 생활의 공간이었다. 신비주의자다운 알레고리였다.

"뒤에 채광창이 있는데 남편은 못을 박아서 막아놓은 걸로도 모자라서 일부러 책장을 놔서 빛이 들어오지 않게 했어요. 어두운 게 좋다면서."

부인이 설명했다. 호나미는 쓰러진 책 더미 속에서 청동 촛대를 찾았다.

"촛농이 묻어 있네요. 실제로 쓰던 물건입니까?"

"네. 촛불을 켜놓고 책을 읽었죠. 불이라도 나면 어떻게 할 거냐고 몇 번이나 잔소리를 했는데, 최근까지도 종종 방에서 초 냄새가 나더라고요. 정말 별난 사람이었어요."

린타로는 녹색 문으로 다가갔다.

서재 안쪽, 동쪽 벽면에만 책장이 놓여 있지 않았다. 돌아보니 복도 쪽 출입문과 대치되는 구도였다.

다시 녹색 문으로 시선을 돌렸다. 처음 페인트칠을 했을 때에는 선명한 녹색이었겠지만 지금은 완전히 빛이 바래 모스그

린에 가까운 빛깔이었다. 그 탓인지 기대를 배신당한 느낌이었다. 웰스의 소설 속 주인공이 보았다면 실망이 크겠군. 고등학교 연극부가 만든 소품이 훨씬 그럴싸할 것 같았다.

"만져봐도 되겠습니까?"

부인은 흔쾌히 그러라고 대답했다. 린타로는 손잡이를 잡았다. 녹슨 듯 보였지만 힘을 주면 돌아갈 것 같았다. 꾹 힘을 주어 당겨봤다.

꿈쩍도 하지 않았다.

"밀어서 여는 거 아냐?"

어깨 너머로 호나미의 목소리가 들렸다. 린타로는 고개를 끄덕이며 이번에는 문을 밀어봤다. 역시 꿈쩍도 하지 않았다. 뒤로 물러났다 힘을 실어 어깨로 문을 밀었지만 보람도 없이 튕겨 나올 뿐이었다. 지켜보던 호나미가 나섰다.

"열릴 것 같아?"

"미는 문이 맞아. 하지만 꿈쩍도 안 해."

"나도 도울게."

호나미의 도움을 받아 다시 도전했지만 두 사람의 체중을 실어도 결과는 마찬가지였다. 게다가 진동으로 책장이 흔들거려서 강행 돌파는 중지할 수밖에 없었다.

"안 열린다니까요."

부인은 웃음을 참으며 말했다.

"남편이 자살했을 때도 현장 검증을 한다고 경찰관 다섯 분이 달려들어 문을 밀고 당기고 난리를 쳤지만 꿈쩍도 안 했어요. 억지로 열려고 하면 집이 와르르 무너질지도 몰라요. 옛날 코미디 영화에서 그런 장면이 자주 나왔잖아요."

"그렇군요."

린타로는 이마의 땀을 닦으며 말했다.

"그런데 왜 안 열리는 걸까요? 처음 집을 지었을 때부터 이랬습니까?"

부인은 고개를 갸웃했다.

"글쎄요. 옛날 일이라 저는 잘 모르겠네요. 제가 이 집에 들어오기 전부터 안 열렸어요. 남편이 안 보이는데다 못이라도 박아둔 게 아닐까요. 어린애 같은 구석이 있는 사람이었거든요."

"그럼 스가타 씨가 생전에 했던 예언은 어떻게 되는 겁니까? 돌아가신 뒤에 문에 뭔가 변화가 있었습니까?"

부인은 고개를 저었다.

"없었어요. 그 예언이란 것도 진심으로 한 소리는 아닐 거예요. 그렇게 되길 바랐던 게 아니었을까요."

린타로는 다시 녹색 문을 보며 말했다.

"문밖에는 뭐가 있습니까?"

"정원요. 방에서 바로 밖으로 나갈 수 있도록 작은 테라스를 만들어놨는데, 문이 이 모양이라 딱히 쓸 일이 없죠."

"바깥쪽 문도 이 색깔입니까?"

"아뇨, 바깥쪽은 원래 색이에요."

린타로는 다시 이마를 훔치더니 녹색 문에서 멀어져 책상에 다가갔다. 그리고 자연스러운 말투로 물었다.

"스가타 씨는 이 서재에서 돌아가셨습니까?"

"네. 천장 조명등에 벨트로 목을 매서……."

"발견했을 때 이쪽 문은 안에서 빗장이 걸려 있었다고 들었습니다."

"네."

"당시 상황을 말씀해주시겠습니까?"

"형사님 같으시네요."

부인은 살짝 난색을 표하며 입을 열었다.

"……작년 12월 22일이었어요. 원래 남편이 늦게 일어나는 편이긴 하지만 점심까지 일어나지 않아서 깨우러 왔어요. 종종 이 방에서 밤을 새우다 잠들고는 했거든요. 그런데 문에 빗장이 걸려 있어서 들어갈 수가 없는 거예요. 계속 불러도 대답이 없어서 겁이 났어요. 가사 도우미가 오는 날도 아니었고, 저 혼자 문을 부술 수도 없어서 곧바로 119에 신고해 구급차를 불렀어요."

"구급차를요?"

"네. 육감이라고 할까요, 왠지 불길한 예감이 들었거든요. 남편은 조울증을 앓고 있어서 전에도 자살 시도를 한 적이 있어요. 아직 그럴 나이도 아닌데 유언장까지 작성했고요. 그래서 최악의 사태를 각오했죠. 예상이 빗나간 거면 해프닝으로 끝날 일이니까요. 하지만 결국 불길한 예감은 현실이 되었죠……."

부인은 눈물을 훔치며 말을 잇지 못했다. 하지만 애석하게도 작위적인 느낌이 물씬 풍겼다. 린타로는 계속해서 질문을 던졌다.

"그럼 119 구조대가 문을 억지로 연 겁니까?"

"네. 저는 발만 동동 구르며 뒤에서 지켜봤어요. 문과 빗장이 워낙 튼튼해서 경첩을 부술 수밖에 없었죠. 문이 열리고 허공에 뜬 남편의 다리를 본 순간 정신이 혼미해져서 곧바로 자리를 피했어요."

린타로는 손가락으로 턱을 짚으며 생각에 잠겼다. 부인의 말이 사실이라면 시체 발견 후에 증거를 인멸할 기회는 없었다고 봐야 한다. 이 수수께끼는 꽤 어려울 것 같군.

"……그 예언 말입니다만, 스가타 씨는 말 그대로 녹색 문이 열린다고 하셨습니까?"

"무슨 소리죠?"

"이를테면 녹색 문이 아니라 영어로 '그린 도어'라고 표현하지 않았느냐는 말입니다."

부인은 곤혹스러운 표정으로 대답했다.

"아뇨. 그런 식으로 말한 적은 없어요. 그린 도어라고 말했으면 달라지는 게 있나요?"

"방금 떠오른 생각입니다만……."

린타로는 미리 선을 긋고 말을 이었다.

"미국에서는 달러 지폐를 속어로 '그린백'이라고 합니다. 지폐 뒷면이 녹색이거든요. 저 문은 이 집의 뒤뜰로 이어지잖습니까. 한마디로 백 도어죠. 달러 지폐, 그린백. 스가타 씨는 번역을 하실 정도로 영어에 능통했습니다. 녹색 문이란 그린백을 뜻하는 게 아니었을까요. 요컨대 스가타 씨는 달러로 비자금이 있었고, 그걸 부인께 말해주려 했던 겁니다. 그 예언은 비자금의 위치를 나타내는 메시지를 암호로 만든 게 아닐까요?"

부인은 린타로의 발상을 일축했다.

"그런 게 있을 리가요. 만일 비자금이 있었더라도 죄다 책값에 쏟아부었을걸요. 재미있는 발상이지만 현실성이 없네요."

"맞아. 무엇보다 달러와 도어는 발음이 전혀 다르잖아."

호나미까지 반대를 표했다. 린타로는 머리를 긁적였다.

"방금 떠오른 생각이라니까……."

말이 끝나기도 전에 현관의 자명종 시계가 4시를 알렸다. 초대받지 않은 탐정은 물러나야 할 시간이다.

"벌써 시간이 이렇게 됐네요. 저희는 그만 가봐야겠군요. 귀한 시간 내주셔서 감사합니다."

"잠깐만, 난 아직 볼일이……."

린타로는 호나미의 말을 억지로 끊으며 말했다.

"다음 약속이 있잖아. 서두르지 않으면 늦겠어. 부인, 오늘은 이만 실례하겠습니다."

"아니에요. 변변히 대접도 못 해서 죄송합니다."

린타로는 고개를 꾸벅 숙인 뒤 눈만 끔뻑거리는 호나미를 끌고 서둘러 저택을 나왔다.

"이렇게 갑자기 나오면 어떡해."

호나미는 차에 올라타자마자 따지듯 물었다.

"다음 약속은 무슨. 부인에게 확답을 받으려고 온 건데 이래선 시간만 낭비한 꼴이잖아. 관장님한텐 뭐라고 해."

"설명은 내가 할게. 여기서 더 말을 섞어봤자 소용없어. 저

부인은 책을 넘겨줄 생각이 전혀 없으니까."

"이유라도 들으려고 했단 말이야."

"그걸 말하겠어?"

호나미는 어깨를 으쓱했다. 차가 출발하자 그녀는 진이 빠진 듯 한숨을 내쉬었다.

"맞아. 당신이 2층에 있는 동안에도 계속 대화를 시도했는데 말이 안 통하더라니까. 귀신 이야기를 꺼냈을 때 안 되겠구나 싶었어. 그딴 황당무계한 얘기를 믿으란 거야 뭐야. 어떻게든 시간을 끌 속셈이지. 역시 인수하겠다는 사람이 나선 걸까."

"아니. 그건 아니야."

린타로는 단호하게 부정했다.

"그걸 어떻게 알아?"

"만일 사겠다는 사람이 있었으면 스가타 씨가 죽은 뒤에 매입가를 정해야 하니 책들을 쭉 훑어봤겠지. 하지만 내가 조사한 바로는 최근 누군가가 도서실에 드나든 흔적은 없었어. 먼지가 쌓인 걸로 봐서 해가 바뀐 뒤로 거기 들어간 사람은 내가 처음일 거야."

호나미는 그제야 알았다는 표정으로 말했다.

"그래서 그렇게 안 내려왔구나?"

"응. 그러니까 사겠다는 사람이 있을 가능성은 없다고 봐도 돼. 또 다른 가능성은 아까 서재에서 했던 얘기와 관련이 있는데, 장서 중에 부인이 절대로 내어줄 수 없는 중요한 뭔가가 있거나 그게 정확히 어디에 있는지 알 수 없어서 시간을 벌기 위해 양도를 거부하는 경우인데, 이것도 말이 안 돼. 그렇다면 처음 보는 나를 혼자 도서실에 들여보낼 리 없잖아. 보물을 가지고 달아날지도 모르는데."

"그렇지."

"그리고 아까 태도를 봐서는, 부인은 설령 내가 희귀본 몇 권 슬쩍했어도 몰랐을 거야. 요컨대 장서의 값어치에 아무 관심도 없는 거지. 관심은 고사하고 남편의 수집품에 대해 최소한의 기본 지식이 있는지조차 의심스러워."

"무슨 소리야?"

"미시마 유키오 얘기를 했잖아. 그거 내가 지어낸 얘기야."

호나미는 눈을 흘기며 코웃음을 쳤다.

"그럴 줄 알았어. 난생처음 듣는 이야기였거든. 아무리 지어낸 이야기라도 말이 되는 소리를 해야지."

"일부러 그런 거야. 부인의 반응을 보려고. 내기해도 좋아. 저 부인, 미시마 유키오는커녕 에도가와 란포가 누군지도 모를걸. 그런 사람이 책에 집착하는 게 이상하지 않아? 뭔가 구린 게 있는 거지."

호나미는 힘주어 고개를 끄덕였다.

"그럼 아까 그린백 운운한 것도 부인을 떠보려던 거였어?"

"우리 속내를 위장하려고 연막을 친 거지. 스가타 씨가 죽었을 때 상황을 이것저것 캐물은 뒤였잖아. 급하게 일어난 것도 그것 때문이야. 현시점에서 부인이 내가 자기를 의심한다는 걸 알아서 좋을 건 없으니까."

"부인을 의심한다고? 왜?"

"난 부인이 자살로 위장해 남편을 살해했다고 확신해. 책 양도를 거부하는 것도 그게 범행과 관련되어 있기 때문이지."

린타로는 딱 잘라 말했다. 하지만 호나미는 놀라지 않고 애매한 표정으로 물었다.

"스가타 씨를 죽일 동기가 뭔데?"

"지금부터 알아봐야지."

"못 살아. 하지만 서재는 완전한 밀실 상태였어. 부인이 범인이라면 범행 후에 밀폐된 서재에서 어떻게 탈출한 건데? 녹색 문이 열리지 않는 건 우리가 직접 확인했고 구급대원이 문을 억지로 열었다니 빗장에 무슨 장치를 해놓았을 리도 없고."

"아니, 난 오히려 부인이 119에 신고한 게 계획적인 행동이라고 생각해. 밀실의 증인이 되어줄 제삼자가 필요했기 때문에 구급차를 부른 거지. 문이 열린 후에 정신이 혼미해졌다며 서재에 들어가지 않은 것도 증거 인멸의 기회가 없었음을 보여주기 위한 쇼였어. 완전범죄 계획의 일부지."

호나미는 고개를 갸웃하며 말했다.

"무슨 소린지 알겠는데, 그런 건 정황증거로도 못 써. 애당초 복도 쪽 문 말고 서재에 다른 출입문은 없어. 창문은 못으로 막아뒀다고 하고, 굴뚝이나 환기구도 없었잖아. 아니면 당신 장기인 비밀 통로를 꺼내려고?"

"허, 누가 들으면 오해하겠어. 그건 금기라고."

"그게 아니면 방법이 없잖아. 소설 속 밀실 살인 같은 건 현실에 없다니까. 부인 편을 들려는 건 아니지만, 경찰에서 검증도 이미 했는데 부인이 거짓말을 할 리는 없잖아. 그냥 자살이라는 걸 인정해. 아무리 생각해도 탈출은 물리적으로 불가능했으니까."

"……물리적으로 불가능하다……."

그렇게 되뇌는 린타로를 보고 호나미의 눈썹이 꿈틀거렸다. 그녀는 제정신인지 의심하는 눈초리로 린타로의 얼굴을 뚫어지게 바라보며 머뭇머뭇 물었다.

"설마 그 도서실에서 이상한 책을 읽고 황당무계한 생각에 사로잡힌 건 아니지?"

"황당무계한 생각?"

호나미는 사뭇 비장하게 말했다.

"녹색 문은 평행세계의 입구고, 범인은 그 문을 통해 도망쳤다든지, 중력장에 의한 차원 변형이나 유체이탈 현상 같은 비현실적인 발상 말이야."

린타로는 씩 웃으며 왼쪽 눈을 가늘게 떴다.

"뭐, 비슷해."

4

그날 밤, 집으로 돌아온 린타로는 경시청 수사1과에 근무하는 아버지에게 스가타 구니아키의 의문사에 대해 전문적인 조언을 요청했다. 노리즈키 총경은 큰 관심을 보이며 아들의 조사를 돕기로 했다.

이튿날, 린타로는 아버지와 함께 무사시노 서로 향했다. 사건을 담당했던 형사과 정보를 교환하기 위해서였다. 당초 무사시노 서에서는 썩 내켜하지 않았지만, 린타로의 열의와 노리즈키 총경의 설득에 넘어가 그날 바로 임시 수사본부를 설치했다.

"그 부인, 보통내기가 아냐."

그로부터 사흘 뒤, 린타로는 도서관을 찾아 호나미에게 경과를 보고했다.

"그날부터 무사시노 서에 협조를 구해 스가타 부인의 신변을 털어봤는데 먼지 구덩이가 따로 없더군. 먼저 아이 문제."

호나미는 카운터에 턱을 괴며 물었다.

"아이? 없다고 하지 않았어?"

"거짓말이었어. 호적에는 일곱 살짜리 여자애가 있더라고. 그 부부의 친자식인데, 다른 데서 키우고 있었어. 태어나자마자 선천성 뇌병변장애가 발견되어서 바로 시설에 넣었나 봐. 그 후로 치료비만 보내주고 제대로 찾아가보지도 않은 채 지금까지 방치해뒀던 모양이야. 어머니로서 아이에게 해준 게 아무것도 없더라고."

"아이가 불쌍하네."

"그뿐 아니라 동네 사람들에게는 사산했다고 거짓말을 했어. 장애 있는 자식이 부끄러웠던 건지도 모르지만 아무튼 너무하지."

"그러게. 그런데 그 일이 스가타 씨의 죽음에 직접적인 관련이 있어?"

"순서대로 설명할게. 부인은 어머니로서뿐 아니라 아내로서도 실격이었어. 남편을 배신하고 다른 남자와 바람을 피우고 있었지. 상대는 네리마 구에 있는 운송 회사 사장인데, 후지모토 신지라는 남자야. 이 남자는 아직 미혼이고 부인보다 두 살 어린데 삼 년 전부터 관계를 맺어온 모양이야."

눈치 빠른 호나미는 벌써 짐작하고 대답했다.

"불륜이 들통났구나."

"맞아. 사건이 일어나기 전에 스가타 씨가 아내의 불륜을 알아챘어. 당연히 격노해서 부인을 몰아붙였고. 십이월 중순 즈음에는 하루도 부부싸움을 안 하는 날이 없었다고 해. 이때 스가타 씨가 이혼 얘기를 꺼낸 게 아닐까. 그래서 남편에게 살의를 품게 된 거고."

"그렇게 단정지을 이유가 있어?"

린타로는 매서운 표정으로 대답했다.

"흔해빠진 이유야. 돈이 얽힌 거지. 전에 스가타 씨가 부잣집 막내아들이라고 했지? 알아보니까 엄청난 부르주아 집안 출신이더라고. 일흔이 넘은 아버지는 전국적인 호텔 그룹의 대주주고 본인 명의로 된 재산만 해도 오십억은 훌쩍 넘는다지. 스가타 씨가 워낙 기인이라 집안에서는 내놓은 자식 취급이었지만 머지않아 상당한 금액의 유산을 상속받을 건 확실했지."

"부인은 처음부터 유산을 노리고 스가타 씨에게 접근한 건가?"

"아마도. 부인은 시아버지가 죽고 남편이 유산을 상속받기를 기다렸어. 하지만 예상치 못한 사고가 일어났지. 아내의 부정을 안 스가타 씨가 격노해 이혼 결심을 굳힌 거야. 시아버지가 죽기 전에 이혼당하면 자기한테는 한 푼도 안 떨어져. 더구나 본인에게 유책 사유가 있으니 고액의 위자료를 뜯어낼 수도 없고. 그래서 장래 자기 몫을 확보하기 위해 선수를 쳐서 남편을 죽이기로 한 거야. 여기서 장애가 있는 딸의 존재가 큰 의미를 가지게 돼. 스가타 씨가 죽어도 민법 887조 2항 대습상속 규정에 따라 상속권은 딸에게 넘어가거든. 그리고 행위 능력이 없는 딸을 대신해, 상속한 재산의 관리권은 후견인인 어머니가 가지게 되지. 이게 스가타 부인이 생각한 시나리오일 거야. 내 추측으로는 내연남인 후지모토가 뒤에서 부인을 조종했을 공산이 크지만."

린타로가 이야기를 마치자 호나미는 어두운 표정으로 깊은 한숨을 내쉬었다.

"소름 끼치는 이야기네."

"그렇지? 하지만 부인의 동기는 이걸로 설명이 끝났어. 남은 난관은 서재가 어떻게 밀실 상태가 되었는가인데……."

"일전에 부인이 우리에게 했던 이야기는 모두 사실이었어?"

"응. 시체 발견 현장에 있던 구급대원들을 직접 만나서 이야기를 들어봤는데, 거짓은 없었어. 복도 쪽 문은 완전히 닫혀 있었고, 부인이 서재에 들어가지 않은 것도 사실이야."

"경찰의 현장검증 결과는?"

"마찬가지야. 신고 직후에 서재 안을 조사한 결과, 복도 쪽 문 말고는 탈출구가 없다는 결론을 내렸어. 창문은 분명 못으로 막아둔 상태였고. 실제로 다섯 명이 달려들어 녹색 문을 열려고 시도했지만 꿈쩍도 하지 않았다고 해. 게다가 억지로 문을 열려고 했던 흔적도 없었어. 물론 비밀 통로 같은 것도 없었고."

호나미는 턱을 괸 채 고개를 저었다.

"내 생각에 별로 낙관적인 상황은 아닌 것 같아."

"아직 단정짓기엔 일러. 그보다 잊어버리기 전에 검시 결과도 말해야겠군. 사망 추정 시각은 시체 발견 전날 오후 9시 전후였어. 사인은 삭구素具, 한마디로 벨트가 목을 졸랐다는 거지. 기타 소견으로 액사縊死에 의한 자살로 추정된다고 적혀 있을 뿐, 상세한 기술은 없었어. 담당 의사가 선입견을 가지고 있던 탓에 타살의 징후를 놓친 거겠지. 다시 확인을 요청했더니 마지못해 검안이 불충분했다는 사실을 인정하더군. 이런 사건에서는 흔히 있는 일이야."

"잠깐만. 부인이 혼자서 성인 남자를 천장에 매달았다는 소리야? 물리적으로 무리일 것 같은데?"

"부인의 단독 범행이란 말은 안 했어. 내연남의 도움을 받은 건 분명해. 실제로 스가타 씨가 죽은 날 밤에 후지모토는 확실한 알리바이가 없어. 자기 직원들과 아침까지 사무실에서 술을 마셨다는데 그런 건 알리바이 축에도 못 끼지. 사장 명령인데 콩을 팥이라고 못 할까."

호나미는 잠시 고개를 숙인 채 생각에 잠겨 있었다. 이내 조심스레 고개를 들더니 손으로 안경을 올리며 입을 열었다.

"결정적인 게 부족해."

"그래?"

린타로는 약간 정색하며 말했다.

"그 밖에도 주목할 만한 발언이 있었어. 부인은 기치조지 집을 개축하려는 모양이야. 오월 연휴가 끝나면 공사에 착수한다고 하더군. 표면적으로는 집이 낡아서 생활하기 불편하다는 이유지만 진짜 목적은 따로 있을 거야. 아마 사건이 일어난 서재도 개축 대상이겠지. 한마디로 누군가 사건을 재조명해서 밀실의 수수께끼를 풀기 전에 현장을 없애서 증거를 완전히 없애려는 속셈이지. 이 시기에 굳이 집을 개축하는 게 부인이 유죄라는 증거야."

"하지만 그게 결정타는 아니잖아. 역시 밀실 문제를 해결하지 않는 한 스가타 부인을 남편 살인죄로 고발하기는 어렵지 않을까?"

린타로는 조용히 웃으며 말했다.

"그렇지. 오늘 온 것도 실은 그 일로 부탁이 있어서야. 관장님과 상의할 일이 있어."

"관장님에게?"

"도서관의 협조가 꼭 필요해."

이틀 뒤 오후, 린타로는 조수석에 노리즈키 총경을 태우고 기치조지의 스가타가에 도착했다. 바람이 불어서 조금 쌀쌀하기는 했지만 공기는 맑은 화창한 날씨였다.

바깥 도로에는 운송 회사의 트럭이 서 있었고, 오렌지색 작업복을 입은 인부들이 박스에 든 책을 짐수레에 싣고 있었다. 호나미가 일하는 도서관에서 책을 옮기기 위해 수배한 트럭이었다.

"양이 어마어마하군."

노리즈키 총경이 감탄했다. 린타로는 한 인부를 불러 작업 진행 상황을 물었다.

"팔십 퍼센트쯤 마쳤습니다. 예정보다 조금 늦어지긴 했지만 앞으로 삼십 분쯤 있으면 끝날 것 같습니다."

린타로의 얼굴에 웃음기가 번졌다. 계획은 차질 없이 진행되고 있었다. 부자가 건물 쪽으로 발길을 돌린 순간 여자의 아우

성이 들렸다.

현관에서 호나미와 스가타 부인이 언쟁을 벌이고 있었다. 언쟁이라기보다는 부인이 일방적으로 비난을 퍼부을 뿐, 호나미는 들은 척도 하지 않았다.

"이런 짓을 하고도 무사할 줄 알았으면 큰 오산이야. 가택 불법 침입으로 신고할 거야."

"무서운 말씀을 하시는군요."

노리즈키 총경이 나섰다. 부인은 멈칫하며 갑작스런 불청객을 보고 당혹스러움을 표했다. 총경은 보란듯이 경찰수첩을 내밀며 부인에게 다가갔다.

"경시청에서 나온 노리즈키라고 합니다."

부인의 얼굴이 일순 창백해졌다. 하지만 부인은 총경의 옆에 있는 린타로의 모습을 보고는 도끼눈을 뜨며 말했다.

"……뭐야, 다들 한통속이었구나?"

린타로는 무표정한 얼굴로 말했다.

"예언의 수수께끼를 풀었습니다. 맞는지 확인하기 위해 이렇게 찾아뵈었습니다만, 다시 서재를 둘러봐도 되겠습니까? 정원 쪽에서 슬쩍 보기만 하면 됩니다."

부인은 우두커니 서서 린타로의 얼굴을 바라보았다. 모두 아무 말도 하지 않았다. 부인은 천천히 고개를 젓더니 깊은 한숨을 내쉬며 힘없이 어깨를 떨궜다. 자포자기한 표정이었다. 그녀는 체념이 묻어나는 걸음으로 건물을 따라 동쪽으로 걸어갔다. 세 사람도 뒤를 따랐다.

전에 부인이 말했던 대로 저택 오른쪽에는 작은 발코니가 있었다. 린타로는 신발을 신고 낡은 발코니 계단으로 올라갔다. 부인은 계단 앞에 멈춰서 고개를 숙인 채 아무 말도 하지 않았다.

린타로는 문 앞에 섰다. 오랫동안 바람을 맞은 탓인지 거무튀튀했다. 문손잡이를 잡고 천천히 돌렸다. 조금 뻑뻑하기는 했지만 녹색 문은 맥빠질 정도로 쉽게 열렸다.

린타로가 뒤를 돌아보자 노리즈키 총경은 고개를 끄덕이며 부인에게 말했다.

"돌아가신 부군에 대해 묻고 싶은 게 있습니다. 서까지 같이 가주시겠습니까?"

부인은 말없이 고개를 떨궜다.

이튿날. 도서관 자료 검색 코너.

"스가타 부인이 자백했어."

린타로는 그렇게 말문을 열었다.

"동기와 방법 모두 내가 생각했던 대로였어. 오늘 중에 공범인 후지모토에게도 영장을 청구할 거야."

호나미는 일을 멈추고 자세를 바로 했다.

"결국 부인이 책을 넘겨주지 않으려 했던 건 밀실 트릭을 알 아챌까 봐였네."

"맞아. 사건의 핵심은 책의 가치가 아니라 중량이었어. 그 사실만 알면 녹색 문의 비밀은 쉽게 풀리지. 집의 구조와 노후 화, 이런 요소들이 뒤엉켜서 2층 도서실에 있는 책의 무게가 아래층 서재의 바깥쪽 문에 집중되어 있었어. 녹색 문이 열리 지 않았던 건 압력 때문이야. 책의 무게는 결코 무시 못 하니 까. 성인 남자 다섯 명이 달려들어 밀어도 꿈쩍하지 않을 법도 하지."

호나미는 생각에 잠긴 표정으로 맞장구를 쳤다.

"그러고 보니 예전에 맨션 한 가구를 빌려서 서고로 썼던 대 학 교수가 있었는데, 책이 너무 많아서 철근 콘크리트 바닥이 내려앉았다는 이야기를 들은 적이 있어. 스가타 씨의 시체를 매달았을 때 서재 천장이 무사했던 게 신기할 정도야. 스가타 씨는 전부터 그 사실을 알고 있었던 거네."

"당연하지. 그래서 '내가 죽으면 녹색 문은 열릴 것이다'라 는 예언을 남긴 거야. 사후에 장서를 이 도서관에 기증하면 자 동적으로 문에 실린 하중이 사라져서 녹색 문이 열릴 테니까.

내가 어제 열었던 것처럼. 스가타 씨는 장난기가 많은 사람이었던 것 같아. 생전에 이야기를 한번 나눠봤으면 좋았을 텐데."

린타로는 의자에 앉아 팔짱을 꼈다. 모든 게 끝난 지금, 그런 아쉬움만이 가슴에 남았다.

"그 장난기가 부인에게 밀실 살인의 힌트를 제공한 셈이니 참 얄궂다고 해야 할까……. 아, 실제로 범행은 어떻게 저지른 거야?"

호나미가 물었다.

"내연남의 도움을 받았어. 공범인 후지모토는 운송 회사 사장이야. 직원들에게 명령해서 밤중에 도서실의 책을 밖으로 뺐어. 먼저 스가타 씨를 자살로 위장해 살해한 뒤에 2층의 책을 1층으로 옮겼지. 이 시점에서 녹색 문은 여닫을 수 있는 상태였으니, 복도 쪽 문에 빗장을 걸고 녹색 문을 통해 밖으로 나와. 문을 닫고 다시 1층의 책을 2층으로 운반했어. 이렇게 서재는 밀실이 된 거야. 작업을 도운 이들은 모두 이사나 짐 운반의 전문가들이니 효율적으로 조용히 일을 처리했겠지. 그날, 내가 도서실을 살펴봤을 때도 책이 별 이상 없이 가지런히 꽂혀 있었던 걸 보면 무척 주의를 기울여서 작업을 한 게 분명해. 어찌 되었든 이 범행에 관련된 사람은 한둘이 아닐 테니 그 사람들

입을 막는 것만도 큰일이었을 거야. 달리 말하면 그만한 위험을 감수할 만큼 스가타 씨의 유산이 탐이 났던 거지. 부인이 자백한 바로는 범행을 도와주는 대신 후지모토에게 유산의 절반을 떼어주기로 약속했다고 해."

호나미는 카운터에 턱을 괴고 멍하니 생각에 잠겨 있었다. 잠시 후, 그녀의 입에서 튀어나온 말에 린타로는 당황했다.

"처음 기치조지에 갔던 날, 돌아오는 길에 했던 얘기는 뭐야?"

"무슨 얘기?"

"비현실적인 생각을 하고 있다는 투로 말했잖아. 농담이었어?"

"아니, 그때 밀실의 진상이 번득였거든. 딱히 비현실적인 생각을 했던 건 아니야. 게다가 당신 지적이 꽤 날카로웠거든. 본인이 뭐라고 했는지 기억 안 나?"

호나미는 기억을 더듬는 표정을 짓더니 고개를 저었다.

"안 나는데."

린타로는 싱긋 웃었다.

"중력장에 의한 차원 변형이라고 했어. 녹색 문의 진실을 정확히 간파한 거지."

호나미는 딱히 기뻐하지 않았다. 지성을 갖춘 여성이라면 당연한 반응일지도 모른다.

"하나만 더 물을게. 사건의 수수께끼를 이미 풀었으면서 왜 구태여 도서관 이름으로 책들을 밖으로 옮긴 거야? 그때 부인 한테 있는 소리 없는 소리 다 듣고 사실 좀 상처받았어."

린타로는 어깨를 으쓱하며 대답했다.

"그건 몰랐네, 미안. 하지만 당신 말대로 내 추리를 뒷받침 해줄 증거가 없었어. 영장을 받을 수 있는 것도 아니니까. 때문 에 부인의 자백을 끌어내기 위해서는 그녀의 눈앞에서 밀실 트 릭을 폭로해서 단념하게 만드는 수밖에 없었어. 그래서 그런 방법을 쓴 거야."

"사정이 있었으니 이번에는 넘어가줄게."

"고마워."

린타로는 조심스레 시계를 보았다.

"미안하지만 그만 가봐야겠어. 오늘은 부인이 자백했다는 소식을 전해주려고 잠깐 들른 거야. 얼른 가서 《소설 노바》에 서 의뢰한 단편을 써야 해."

"전대미문의 밀실 트릭이 등장하는 그거?"

린타로는 고개를 끄덕이며 자리에서 일어났다.

"그래. 고맙다는 인사를 깜빡할 뻔했네. 덕분에 소설의 소재 를 얻었잖아. 콘택트렌즈 건은 아직 납득하지 못했지만, 다음을 기약해야지."

"그래. 앞으로는 일적인 내용은 빼고 이제 사적으로만 만나, 우리."

호나미는 싱긋 웃으며 덧붙였다.

"이제 살인 사건이라면 진저리가 나거든."

토요일의 책

1

"혹시 여기서 돈도 바꿔줘?"

쓱 다가가 그렇게 묻자, 사서 사와다 호나미는 카운터 너머에서 고개를 저으며 대답했다.

"죄송하지만 여긴 구립 도서관 종합 자료실이지 슈퍼마켓이 아니거든요. 복사 신청하고 지폐를 내면 거스름돈을 줄게."

"그럼 됐어."

그렇게 대답하더니, 노리즈키 린타로는 열람석에서 의자 하나를 가져와 자료 검색 서비스 코너 앞에 자리를 잡았다. 호나미는 노골적으로 싫은 표정을 지었다.

"선생님, 노리즈키 선생님. 그런 데 앉아 계시면 일하는 데 방해되거든요."

린타로는 못 들은 척 말했다.

"잔돈 말인데, 다른 카운터에서도 안 바꿔줘?"

"안 된다니까. 번지수 잘못 찾았어. 이 도서관에는 현금을 쓸 데가 없어."

"공중전화나 커피 자판기는 있던데?"

호나미는 일일이 답하는 것도 성가시다는 투로 말했다.

"예외적으로 바꿔줄 수도 있겠지. 하지만 어디까지나 사서가 개인적으로 친절을 베푸는 거야. 돈을 바꿔주는 건 도서관의 업무가 아니라고. 오는 길에 가게도 많은데 바꿔오지 그랬어."

"딱히 돈을 바꾸려고 그런 게 아냐. 상의할 게 있어서 물어본 거야."

"말해두지만 난 지금 일하는 중이야. 또 이상한 이야기를 하려는 거면 미리 사양하겠어. 무슨 복잡한 사건이라도 있는 거야?"

"비슷한데 조금 달라. 안락의자 탐정 단편 청탁이 들어왔는데, 사연이 있는 어려운 과제라 괜찮은 아이디어가 안 떠오르더라고. 여기 오면 묘안이 떠오르지 않을까 했지."

"내가 문학적 영감의 원천이야?"

"뭐, 그런 셈이지."

장난처럼 대답했지만 실상은 꽤 진심이었다. 예전 잭 더 리퍼 사건이나 녹색 문 사건처럼 호나미 덕에 발상의 진공 상태에서 벗어난 적이 있었기 때문이었다. 호나미 혼자만의 힘이라기보다는 이 도서관이 지닌, 기묘한 사건을 끌어당기는 독특한 자장磁場에 빚진 부분이 많을지도 모르지만.

"어쩔 수 없지. 들어는 줄 테니까 어려운 과제라는 게 뭔지 말해봐."

호나미는 앞으로 당겨 앉으며 카운터에 턱을 괴었다. 유월은 사람들의 옷차림이 바뀌는 계절, 린타로는 내심 당황하며 말문을 열었다.

"어디서부터 설명해야 할까. 음, 애초에 단편의 주제는 도쿄소덴샤의 도쓰가와 편집장이 직접 낸 아이디어였어."

"도쿄소덴샤면 번역 미스터리 전통의 명가잖아. 최근에는 국내 본격 미스터리에도 힘을 쏟는 것 같지만. 그런 곳에 글을 실어야 하니 촌뜨기 삼류 글쟁이로서는 부담이 크겠어."

린타로는 호나미를 노려보며 말했다.

"지금 싸움 거는 거야?"

"일반론이야, 일반론. 그래서 도쓰가와 편집장이 직접 낸 아이디어가 뭔데?"

"첫머리에 수수께끼의 설정만 던져주고 신인 작가들에게 경연을 시킬 계획이야. 소덴샤다운 마니아 취향의 발상이지. 제시된 주제는 '오십 엔 동전 스무 닢의 수수께끼'. 수수께끼 설정은 오구리 무시타로 못지않은 비경 모험소설 『도쿠로미즈헤 비자 자치령』으로 데뷔한 마타카케 나나미 여사의 실제 체험이 바탕이 되었어."

"실제 체험?"

"학창 시절에 마타카케 여사가 아르바이트를 했던 서점 계산대에 기묘한 손님이 찾아왔었대. 십 년 전쯤의 일이고. 어느 토요일 저녁, 한 중년 남자가 나타나 오십 엔짜리 동전 스무 닢을 천 엔짜리 지폐로 바꿔달라고 했어. 겉으로 보기에는 별 특징 없는, 지극히 평범한 아저씨였대. 그 남자는 그때부터 매주 토요일마다 찾아와서 오십 엔짜리 동전 스무 닢을 천 엔짜리 지폐로 바꿔서 저녁 어둠 속으로 사라졌다고 해.

마타카케 여사는 남자의 행동이 수상쩍다고 생각했지만 이유를 묻거나 뒤를 밟지는 않았어. 그러던 중에 아르바이트를 관뒀고 그 후로는 남자의 소식은 듣지 못했지. 하지만 지금까지도 '왜 그 남자는 동전을 지폐로 바꿔 갔을까?'라는 의문이 머리를 떠나지 않는다고 해. 그로부터 십 년이 지난 지금, 도쓰가와 편집장이 수수께끼에 도전장을 내민 거지."

"그래서 아까 잔돈을 바꿔주느냐고 물어본 거구나? 유감이지만 그런 경험은 없어."

"뭐, 흔하게 겪을 수 있는 일은 아니긴 하지. 세세한 부분까지 묘사되어 있어서 해결편을 어떻게 구성해야 할지 골치가 아파."

"힌트 같은 건 없어?"

"출제자인 마타카케 여사가 문제를 정리해줬어. 첫 번째 의문, 왜 서점에서 매주 오십 엔짜리 동전을 천 엔짜리 지폐로 바꿨는가. 두 번째 의문, 왜 매주 오십 엔짜리 동전이 그렇게 모이는가. 주된 문제점은 이 두 가지야. 하지만 양쪽을 설득력 있게 설명할 수 있는 논리적인 답이 도무지 생각이 안 나."

"……어려운 문제네."

"그렇다고 했잖아."

호나미는 한동안 고개를 갸웃거리다 물었다.

"마감은 언젠데?"

"구월에 출간되는 책에 실릴 예정이니 늦어도 이번 달 안에는 원고를 넘겨야 해. 도쓰가와 편집장의 눈 밖에 나기는 싫거든."

"책 제목이 뭔데?"

"『아이카와 데쓰야와 13개의 수수께끼 '91』."

"흐음, 신인 작가의 경연이라고 했지? 또 누가 참여하는데?"

"사이버 역사 추리 『겐코 게임』, 『고도古都 퍼즐』, 『매직 미이데라』를 쓴 아리즈카 바리스, 『귀면총』으로 데뷔한 무장 본격파 요로이 가타비라, 학원 러브코미디 식물 추리 『이사코의 친구는 미토콘드리아』를 쓴 나미다바시 사치, 『인협은 고다치(작은 칼)로 승부한다』, 『난투 영화』 등 야쿠자물로 신경지를 개척한 아메후리지 가타마루, 관능 서스펜스 『비상하는 여자,

추락하는 여자』의 시라무네 료쇼쿠."

"굉장한 작가들이네."

"아, 그 유명한 도키무라 가오루도 참여한대."

"정말? 나 그 작가 팬인데."

호나미가 힘주어 말했다.

"저번에 신작이 나왔잖아. 처음으로 살인 사건이 등장한 장편."

"『아그니의 꽃』?"

"그래, 그거. 사서 그날 바로 다 읽었잖아. 요즘 신인 중에서는 최고인 것 같아. 도키무라 가오루 정도면 오십 엔짜리 동전 스무 개의 수수께끼 같은 건 식은 죽 먹기 아닐까?"

"과연 그럴까? 도쓰가와 편집장에게 듣기로는 그도 다른 작가들처럼 골머리를 앓고 있다고 해. 이 기획이 시작된 건 작년 말이었으니, 벌써 반년이 지났는데도 원고를 마친 작가가 있다는 소문은 전혀 들은 적이 없거든."

"잠깐만."

호나미는 돌연 눈을 번뜩이며 린타로에게 물었다.

"방금 '그도 다른 작가들처럼'이라고 했지? 그럼 역시 도키무라 가오루는 남자였구나?"

"몰라. 그냥 한 소리야. 도키무라 가오루의 정체에 관해서는 도쓰가와 편집장이 불문에 부치고 있어서 작가들 사이에서도 여전히 미스터리니까."

호나미는 미심쩍은 눈빛으로 안경을 올리며 말했다.

"그렇게 둘러대지만 사실은 알면서도 숨기는 거 아냐?"

"그럴 리가. 내가 알면 진작 큰 소리로 떠들고 다녔겠지."

도키무라 가오루는 재작년 『하늘과 브라흐마』로 데뷔한, 도쿄소덴샤의 비장의 카드였다. 이듬해 발표한 두 번째 작품, 『밤의 선禪』도 높은 평가를 받았다. 주인공은 아사쿠사 시엔지의 주지와 여대생 콤비. 예리한 인간 심리 묘사와 날카로운 추리로 넓은 독자층의 지지를 얻었는데, 특히 화자인 왓슨 역의 '나'에게는 불순한 의도를 가진 팬까지 생겼다고 한다. 작년 코믹 마켓에서 수위 높은 동인지까지 나왔다는 소문도 있었다.

복면 작가로 데뷔했기에 작가의 나이도, 성별도 베일에 가려져 있었다. 소치 대학 문학부 모 교수의 필명이라는 설, 유명한 사상가의 딸이라는 설. 가부키 노배우가 여흥으로 쓴 작품이라는 설, J. D. 샐린저설. 여류 장기 기사설. 시어도어 스터전 대필설. 인도인 국비 유학생설. 불가에 귀의한 사형수설. 부부 작가설(남편과 아내가 한 챕터씩 교대로 썼다는). 플라즈마 방전설, 천황기관설, 다카오카 사키 거유설 등 숱한 억측이 난무했지만, 지금은 카스트 제도가 존재하는 근미래 배경의 하드보일

드 SF『그리고 중력은 소멸한다』, 『내가 죽인 수드라』를 쓴 우에키상 작가, 하라코 료의 제2의 인격 모듈……이 아니라 또 다른 필명이라는 설이 유력했다.

이 설을 처음으로 주장한 건 최신작『아그니의 꽃』해설을 쓴 미야비 미즈키였다. 참고삼아 그 내용을 인용한다.

지극히 개인적인 감상입니다만, 시엔지의 주지 스님과 '만났을' 때, 제 눈에는 불현듯 어떤 인물의 모습이 중첩되어 보였습니다. 그 인물은 바로 가공 도시 카르크낫타라는 가상현실의 혼돈의 상징을 짊어지고, 한없이 현실에 가깝지만 결코 실재할 수 없는 사치스러운 꿈속의 사람…… 하라코 료 씨가 그리는 사립탐정, 사바 자키입니다. 어디까지나 제 억측입니다만, 이 매력적인 두 안내인은 한 작가의 끝없는 꿈에서 태어난 쌍둥이 형제 같습니다. 혹시 복면 작가 도키무라 가오루의 정체는 하라코 료 씨가 아닐까요? 아니라면 두 분께는 죄송합니다. 하지만 자아를 잊고 그런 망상에 빠지게 되는 것도, 도키무라 가오루의 세계가 풍요로운 '꿈'의 매력—부드럽고 다정하지만, 굳세고 씁쓸한— 에 가득차 있기 때문이라고 생각합니다.

하지만 린타로는 말도 안 되는 이야기라고 생각했다. 만일 미야비 미즈키 설이 진실이라면 엘러리 퀸과 바너비 로스가 동일 인물(정확히는 동이 인물이지만)이라고 밝혀졌을 때보다 더한 충격적인 소식이리라. 두 작가는 불교와 브라만교에 조예가 있다는 점을 제외하고는 작풍이나 문체가 판이하게 달랐다. 상식적으로 생각하면 동일 인물일 가능성은 없었다.

하지만 하라코 료가 이 고발(?)을 무시한 탓에 도키무라 가오루=하라코 료 설은 돌연 지지를 받기 시작했다. 본인이 부정하지 않는 걸 보면 뭔가 있다는 것이다. 하지만 호사가들의 넘겨짚기일 뿐, 하라코 료의 입장에서는 구태여 언급할 필요도 없는 일이었다. 그도 그럴 것이, '사바 자키는 내가 맞지만 나는 도키무라 가오루가 아니다' 우에키상을 받은 대작가가 이런 얼빠진 성명을 공표할 수는 없지 않은가. 하지만 미스터리 팬이란 본인들이 생각하는 만큼 합리적인 사고방식을 가지고 있는 게 아니라, 결국 재미만 있으면 무엇이든 달려드는 호사가에 지나지 않으니, 현시점에서 가장 기상천외한 미야비 미즈키의 설이 통설로 받아들여지는 것도 무리는 아니었다.

참고로 린타로가 가진 도키무라 가오루의 이미지는 작중의 '나'와 비슷한 또래의 딸을 가진, 지적인 직업에 종사하는 사십대 남성일 것이다, 라는 정도였다. 너무 당연한 수리라 이제 와서 입 밖에 내는 것도 창피한 평범한 설이었다.

이야기가 딴 길로 샜다. 현재 관심사는 오십 엔짜리 동전 스무 늪의 수수께끼와 코앞으로 닥친 마감에 대한 불안뿐이었다. 호나미의 조언을 얻으러 일부러 찾아왔지만 이번만큼은 행운의 징크스도 쉬는 날인지 린타로는 완전히 진이 빠져 입을 다물었다.

그때였다.

"노리즈키 선생님."

린타로의 이름을 부르는 소리가 들렸다. 고개를 들어 자료실을 둘러보자 낯익은 얼굴이 다가왔다.

"마쓰우라?"

"아, 다행입니다. 여기 오면 선생님을 뵐 수 있을 것 같아서 왔는데 그 보람이 있군요."

마쓰우라 마사토는 이 지역에 사는 W 대학 3학년으로, 열혈 미스터리 팬이었다. 예전에 이 도서관에서 일어난 '잭 더 리퍼' 사건을 계기로 가까워졌는데, 린타로가 쓰는 소설을 이해해주는 몇 없는 독자였다.

"묵과할 수 없는 발언이군. 내가 날이면 날마다 여기서 허송세월하는 사람인 줄 아나?"

"그게 아니라⋯⋯."

"사실인데 뭘 그렇게 발끈해?"

기다렸다는 듯 호나미가 핀잔을 줬다. 린타로는 어깨를 으쓱하며 말했다.

"그래, 그렇다고 쳐. 그나저나 날 왜 찾았나?"

마쓰우라는 진지한 표정으로 고개를 끄덕였다.

"노리즈키 선생님에게 부탁이 있습니다. 제 친구가 최근에 기묘한 체험을 했는데, 그게 도무지 이해가 가지 않는 일이라……."

"자네 친구?"

마쓰우라는 열람석 쪽으로 고개를 돌려 눈짓을 했다. 다카노 후미코(일본의 만화가)의 작품에서 튀어나온 듯한 호리호리한 여학생이 서 있었다. 하얀 블라우스에 체크무늬 스커트를 입었고, 짧은 머리는 헤어밴드로 고정했다. 전체적으로 하얀 피부에 이마가 넓었다. 여학생은 허리를 꼿꼿이 펴고 뚫어져라 린타로를 바라보고 있었다.

린타로는 팔꿈치로 마쓰우라를 쿡쿡 찌르며 말했다.

"제법인데?"

"오해 마세요. 같은 수업을 들을 뿐, 그런 사이가 아니라고요."

"그래, 그래."

마쓰우라 마사토의 친구라는 여학생은 도서 검색 서비스 코너 앞으로 다가와 꾸벅 고개를 숙였다. 마쓰우라는 아니라고 했지만 이렇게 나란히 서 있으니 잘 어울리는 한 쌍처럼 보였다.

"소개하겠습니다. 이쪽은 구라모리 우타코입니다. 아까 말한 노리즈키 린타로 선생님과…….."

"사서 사와다 호나미예요. 우타코 양은 무슨 한자를 쓰나요?"

"「초수楚囚의 시」의 시詩 자를 써요."

"어머, 기타무라 도코쿠?"

"……대단하시네요. 이렇게 말했을 때 금방 알아듣는 사람은 드문데."

"일단 앉게."

린타로는 새로 빼앗아 온 의자를 권했다. 두 학생이 자리에 앉자 짐짓 점잔을 빼며 물었다.

"그래서, 기묘한 체험이란 게 뭔가?"

먼저 말문을 연 건 마쓰우라였다.

"최근 구라모리가 일하는 가게에 이상한 손님이 찾아온다고 합니다. 대학 근처 서점에서 일하는데, 종종 토요일 저녁에 웬 남자가 계산대로 와서…….."

린타로는 화들짝 놀라 마쓰우라의 말을 끊었다.

"혹시 그 남자가 오십 엔짜리 동전 스무 닢을 천 엔짜리로 바꿔달라고 했나?"

마쓰우라는 놀라서 눈을 동그랗게 떴다.

"그, 그걸 어떻게 아십니까?"

이런, 징크스는 아직 죽지 않았군.

2

"저는 다카다노바바의 '만지 서점' 1층 계산대에서 일해요."

구라모리 우타코는 살짝 긴장한 목소리로 말문을 열었다.

"1층에는 문예 단행본, 신간 만화, 그리고 잡지와 정기간행물이 있어요. 저는 계산대에 있으니까 손님에게 돈을 받거나, 책을 포장하고 안녕히 가시라는 인사를 하죠. 이런 일들이 반복되는 터라 솔직히 지루하기도 해요. 조금 더 불만을 말하자면 유니폼이 별로고, 내내 서서 일하는데 쉴 시간이 없다는 걸까요. 큰 서점이라 손님들이 끊임없이 오거든요. 가끔 진상 손님을 만나면 속으로 욕을 퍼부을 때도 있지만, 같이 일하는 사람들이 착해서 불쾌한 일이 있어도 금방 잊어버려요."

"거기서 일한 지 얼마나 됐습니까?"

"거의 이 년쯤 일했어요. 아르바이트를 하기 전에는 스스로 돈을 벌어본 적이 없었거든요. 좋은 경험이 됐어요. 저희 아빠는 보수적이라고 할까, 이것저것 제약이 많은 분이거든요. 고등학교 선생님이신데, 딸이 밖에서 아르바이트를 하는 건 절대로 용납할 수 없다고 고집을 피우는 걸, 서점이니까 위험하지도 않고 사회생활도 필요하다고 엄마하고 둘이서 설득해서 겨우 허락을 받아냈어요. 처음에는 거스름돈을 잘못 계산하거나 표정이 어색하게 굳어서 꽤 고생했지만 지금은 완전히 손에 익었죠. 제 입으로 말하기는 뭣하지만, 커버를 씌울 때면 '이게 바로 프로의 솜씨지!' 하고 자아도취에 빠지기도 해요."

"흐음, 그래서요?"

린타로는 딱히 남의 이야기를 잘 들어주는 편은 아니었지만, 눈앞의 여학생은 한번 불이 붙으면 멈추지 않고 이야기하는 타입 같았다.

"서점에서 일하면서 느낀 건, 세상에는 정말 별의별 책이 있고 별의별 손님들이 있다는 사실이에요. 야마지 아이잔이나 사이토 료쿠우의 책을 열심히 찾는 사람도 있고, 『장미의 이름』과 '장미족'도 구별 못 하는 여고생, 도서상품권으로 아이돌 수영복 사진집을 사 가는 회사원도 있었어요. 야한 잡지를 잔뜩 사면서 히죽거리며 영수증을 발급해달라는 사람도 있었고, 표지의 접히는 부분이 살짝 우글거린다며 사 간 책을 바꿔달라고 오는 사람, 아, 절판된 책만 주문하는 귀찮은 손님도 있었어요.

불쾌한 일도 있었지만 재미있는 일도 많았죠. 그깟 일로 일

일이 짜증을 내면 나중에 사회에 나가서 무슨 일을 하겠어요. 그리고 이 아르바이트에는 엄청난 장점이 있어요. 신간을 직원가로 이십 퍼센트 할인해서 살 수 있다는 점이죠. 이게 얼마나 대단한 줄 아세요? 정가 2000엔짜리 책을 1600엔에 살 수 있다니까요."

도서상품권으로 아이돌의 수영복 사진집을 사는 게 뭐 어떻다는 거지? 중간에 살짝 걸리는 부분이 있었지만 린타로는 굳이 이의를 제기하지 않았다.

"오십 엔 동전남은 언제 나오죠?"

우타코는 손뼉을 치며 말했다.

"아, 그 얘기였죠. 지금 저는 일주일에 네 번, 오후 5시부터 8시까지 세 시간씩 일해요. 토요일에는 3시부터 시작하고요. 1층 바깥쪽 계산대는 이중 자동 유리문 안쪽의 오른쪽 벽에 있어요. 금전등록기는 벽을 등지고 오른쪽, L 자형 카운터로 들어오는 손님이 봤을 때 세로로 놓여 있고요. 뒤쪽 벽에 있는 붙박이 책장에는 주로 만화 단행본이 있어요. 참고로 저는 여기서 처음으로 시리아가리 고토부키라는 만화가를 알았답니다."

"아, 그래요."

린타로는 건성으로 대답했다. 이 여학생은 왜 이렇게 딴소리를 많이 하는 거지? 혹시 B형인가? 마쓰우라는 이미 익숙한지

느긋한 표정으로 듣고 있었다. 호나미는 키득거리며 웃고 있었다. 우타코는 말을 이었다.

"1층 안쪽에 계산대가 하나 더 있어요. 거기서는 시간이 비면 커버를 사이즈별로 접어놓는 작업도 할 수 있지만, 제가 있는 곳은 큰길에 접해 있어서 그러지도 못하고 그저 오가는 행인들을 바라보거나 책등을 읽으면서 시간을 때우죠. 사람들을 관찰하기에는 둘도 없는 장소예요."

린타로는 참다못해 말했다.

"그 오십 엔 동전남은 대체 언제 나오죠?"

"이제 말하려고 했어요. 올해 일월, 어느 토요일이었어요. 5시인가 6시에 어떤 남자 손님이 뭔가 쭈뼛거리면서 들어오더라고요. 다른 사람들과 달리 서가 쪽은 거들떠보지도 않고 곧장 계산대로 다가오더니 손에 쥔 동전을 카운터에 올려놓으면서 '천 엔짜리 지폐로 바꿔주세요'라고 하는 거예요."

"지폐로 바꿔줬나요?"

"네. 다른 서점은 어떤지 모르겠지만 저희는 그런 손님에게도 친절하게 대응하라는 교육을 받았거든요."

우타코는 잠시 입을 다물고 기억을 더듬듯 눈동자를 이리저리 굴리더니, 다시 고개를 돌려 당시 상황을 설명했다.

"……전 동전을 받았어요. 온기가 남아 있던 동전은 모두 오십 엔짜리로 딱 스무 개였어요. 제가 동전을 세는 동안 그 손님은 남의 눈을 의식하듯 뭔가 안절부절못하며 기다리다가, 지폐를 건네자마자 낚아채듯 받아들고 몸으로 자동문을 들이받듯이 인사도 없이 급히 나갔어요."

"그래서요?"

"그날부터 그 사람은 매주 토요일 저녁이면 나타나서, 저와는 눈도 마주치지 않고 오십 엔짜리 동전을 천 엔짜리로 바꿔달라고 부탁했어요. 지폐를 내밀면 책은 거들떠보지도 않고 도망치듯 자취를 감췄죠. 어느 날, 일부러 동전을 천천히 세면서 남자를 힐끗 봤는데 잔뜩 성이 나 있더라고요."

린타로는 즉시 질문을 던졌다.

"남자의 인상착의는 어땠죠?"

"나이는 사십 대에서 오십 대 중반이었어요. 중키에 보통 체격이고, 나이에 비해 머리가 길어서 부스스하다는 인상이었어요. 구레나룻에서 턱까지 북슬북슬한 수염을 길렀고, 항상 검은 선글라스를 껴서 얼굴은 잘 모르겠어요. 아, 오른쪽 눈 밑에 큰 점이 있었어요."

린타로는 한숨을 쉬었다.

"여봐란듯 수상한 인상착의군요. 분명 변장일 겁니다. 부스스한 머리는 가발이고 수염과 점은 붙였겠죠. 변장까지 해서

얼굴을 드러내지 않으려 한 걸 보면 뭔가 사정이 있는 것 같군
요."

"……범죄 같은 데에 관련된 걸까요?"

마쓰우라가 조심스레 물었다.

"그럴 수도 있지. 구라모리 양, 그 남자가 처음 서점에 나타
난 게 일월이라고 했죠? 정확한 날짜를 기억합니까?"

우타코는 작은 비둘기처럼 고개를 갸웃거리더니 가방에서
묵직한 수첩을 꺼내 팔랑팔랑 넘겼다.

"음, 그다음 주 화요일에 이노우에 야스시 씨가 돌아가셨으
니, 아마 26일이었을 거예요."

"그 후로 매주 토요일 저녁마다 그 남자는 서점에 찾아오고
요?"

"안 오는 주도 있지만, 삼 주 이상 공백이 생기지는 않았어
요."

"음. 그 남자가 다른 요일이나 시간대에 찾아온 적은 없었습
니까?"

"없었어요."

"구라모리 양이 아르바이트를 하지 않는 날에도요?"

"네. 오래전부터 점원들 사이에서 그 사람 이야기가 화제였
으니, 다른 날에 왔으면 누군가는 알아챘을 거예요."

"그렇군요."

린타로는 질문을 멈추고 생각에 잠겼다. 마쓰우라가 의견을 물었다.

"노리즈키 선생님, 이 정도 정보로 그 남자의 의도를 알아낼 수 있을까요?"

"유감이지만 어려울 것 같군. 실은 지난 반년 동안 나도 이 일과 똑같은 수수께끼로 골머리를 앓아왔어. 아직까지 결론을 내지 못했지."

마쓰우라는 의아스러운 표정을 지었다.

"지난 반년이라고요? 아까 전에는 제가 아무 말도 하지 않았는데 구라모리가 겪은 일을 맞히시더니……. 아, 혹시 반년 전부터 이 남자가 도쿄 각지의 서점에 출몰한 겁니까?"

"차라리 그랬으면 재미있었겠지만 안타깝게도 그건 아니야. 아까 알아맞힌 것도 우연의 일치일 뿐이지 거창한 건 아닐세."

"우연의 일치라고요?"

마쓰우라는 여전히 석연치 않은 눈치였다. 호나미가 거들고 나섰다.

"정말 우연의 일치예요. 이 사람을 과대평가하지 마요. 실은 이러저러한 사연이 있는데……."

호나미는 도쓰가와 편집장이 직접 낸 기획의 주제에 대해 설명했다. 마쓰우라는 그제야 납득이 간다는 표정을 지었다.

"아하, 그래서 우연의 일치라고 하신 거군요."

"아까부터 계속 생각하던 게 있는데⋯⋯."

호나미가 자신만만한 목소리로 말했다.

"그 남자, 상습적으로 게임기를 터는 게 아닐까? 그래서 오십 엔짜리 동전을 잔뜩 가지고 있는 거고. 추적을 피하기 위해 훔친 돈을 세탁하려는 거지."

"매주 같은 장소에서 같은 시간에? 그런 짓을 했다간 사람들의 시선을 끌어서 결국 꼬리가 잡힐 위험이 있는데? 한 번 돈을 바꾼 가게에 다시 안 나타났다면 모를까."

"계산대에 있는 여직원이 보고 싶어서 계속 찾아오는 건지도 모르잖아."

"저기, 그 말씀은 칭찬인가요?"

우타코는 발그레 얼굴을 붉혔다.

"어머, 구라모리 씨는 더 자신감을 가져도 돼요. 마쓰우라 씨도 그렇게 생각하죠?"

갑자기 날아온 화살에 마쓰우라는 어쩔 줄 몰라 하며 더듬거렸다.

"⋯⋯저기, 그럼 마타카케 나나미 작가님도 계속 찾아오게 될 정도로 아름다운 분이시겠군요?"

그렇다고 대답하려고 했지만, 왠지 호나미가 괜히 심통을 부릴 것 같아서 린타로는 혼잣말로 중얼거리며 마쓰우라의 질문을 흘려 넘겼다. 호나미는 호나미대로 린타로의 혼잣말을 멋대로 곡해해서, '어머, 그래서 책에 저자 사진을 넣지 않았구나'라고 생각하는 모양이었다.

"뭐, 아무튼 게임기 털이설은 개연성이 부족해."

린타로가 그렇게 결론을 내리자 호나미는 발끈해 반박했다.

"웬일이야. 자기는 아무 아이디어도 못 냈으면서 남의 의견에 트집만 잡는 게 능사인 줄 아나?"

"아이디어가 없는 건 아냐. 내가 괜히 명탐정 행세하고 다니겠어? 도쓰가와 편집장이 무릎을 탁 칠 만한 묘안이 떠오르지 않을 뿐이지, 가설 몇 개쯤은 생각해둔 게 있다고."

"어디 한번 들어볼까?"

린타로는 헛기침을 하며 말문을 열었다.

"오십 엔짜리 동전을 잔뜩 가지고 다닌 걸 보면 제니가타 헤이지◂의 후예일지도 모른다는 생각을 했지. 동전 꾸러미로 만들려면 구멍이 필요하고, 오 엔짜리는 날리기에도 적합하지 않지. 따라서 오십 엔을 택했다고 추리했는데, 어때? 여기까진

▸   노무라 고도의 시대소설로, 오캇피키 제니가타 헤이지가 탁월한 추리력과 엽전 날리기로 사건을 해결한다.

그럴싸하지?"

"허튼소리 마! 백번 양보해 그 가설을 받아들이더라도 제니가타 씨가 왜 오십 엔짜리 동전을 서점 계산대에서 지폐로 바꿔 가는지, 핵심적인 의문에 대한 답은 내놓지 못하잖아."

"일단 들어봐. 내가 듣기로는 마타카케 나나미 여사는 오카모토 기도의 열렬한 팬이라더군. 여기서 질문이 하나 있는데, 구라모리 양도 혹시 오카모토 기도를 좋아하지 않나요?"

"네. 중학생 때 아빠한테 추천받아 읽었어요. 저어, 그런데⋯⋯."

뭔가 말하려는 우타코를 막으며 린타로는 말을 이었다.

"그럴 줄 알았어. 아마 그 제니가타 씨는 오카모토 기도의 팬을 알아볼 수 있는 독특한 후각을 가졌을 거야. 본인 역시 열렬한 기도 팬일 테고. 같은 작가를 좋아하는 동지에 대한 친근함을 나타내는 일종의 증표로 간에이통보寛永通宝가 아니라 오십 엔짜리 동전을⋯⋯."

"당신 바보지?"

호나미가 싸늘하게 내뱉었다.

"제니가타 헤이지의 작가는 노무라 고도야. 오카모토 기도는 『한시치 체포록』이고."

"그리고 전 노무라 고도의 책을 읽어본 적이 없어요."

우타코는 면목없다는 듯 덧붙였다. 린타로의 얼굴이 시뻘게졌다.

"누구나 실수는 하는 법이지."

"정도라는 게 있잖아. 펠 박사와 헨리 메리베일 경을 헷갈리는 것과는 차원이 다르잖아. 내가 말했죠? 이 남자를 너무 과대평가하지 말라고."

이런 소리까지 들었으니 린타로도 뭐라 할말이 없었다. 대신 마쓰우라가 입을 열었다.

"저기, 아까 마타카케 나나미 작가님의 이야기를 듣고 생각난 게 하나 있는데요. 마타카케 작가님이 그 일을 겪은 건 벌써 십 년 전이죠? 만에 하나 두 남자가 동일 인물이라 해도 왜 십 년이 지난 지금 갑자기 나타나 같은 행동을 시작한 거죠? 이상하잖아요."

듣고 보니 그랬다. 마쓰우라가 좋은 지적을 했다. 린타로는 잠시 생각하다 말문을 열었다.

"……통화위조죄는 무기 또는 삼 년 이상의 징역이었지."

"그 남자가 최근까지 교도소에 있었다는 겁니까?"

"하나의 가능성일 뿐이야."

"잠깐만요."

호나미가 또다시 말참견을 했다.

"왜 그 남자가 십 년 동안 오십 엔짜리 동전을 지폐로 바꾸지 않았다고 단언할 수 있는 거야? 마타카케 씨는 아르바이트를 관두고 나서 남자의 소식을 들은 적이 없다고 했잖아. 그 뒤로도 계속 동전을 지폐로 바꿔왔을지도 모르지."

아닌 게 아니라 호나미의 말도 일리가 있었다. 하지만 의문점이 늘어만 갈 뿐, 추리의 표적은 도무지 고정될 기색을 보이지 않았다.

"……다양한 점들을 고려했을 때, 도출할 수 있는 결론은 하나밖에 없군."

린타로의 말에 마쓰우라는 몸을 내밀며 물었다.

"수수께끼를 푸신 겁니까?"

"아니."

린타로는 진중한 표정으로 고개를 저었다.

"내 결론은 이 문제가 안락의자 탐정물에 어울리지 않는다는 거야. 그리고 다행히도 내일은 토요일이지. 구라모리 양, 그 오십 엔 동전남은 내일 저녁에도 서점으로 찾아오겠죠?"

"아마 그럴 거예요."

우타코는 힘주어 고개를 끄덕였다.

"그럼 내가 할 수 있는 일은 하나뿐이군요. 가게 앞에 잠복하고 있다가 미스터리한 남자의 뒤를 밟아보는 수밖에요."

"대단한 명탐정 나셨네."

호나미는 어처구니없다는 표정으로 중얼거렸다.

3

토요일, 6월 15일은 아침부터 빗기운이 짙었다. 린타로는 2시 반에 다카다노바바에서 마쓰우라, 구라모리와 만났다. 우타코의 아르바이트 시간에 맞춘 것이다.

약속 장소는 JR 다카다노바바 역 와세다 출구에서 걸어서 삼분 거리에 있는 만지 서점의 대각선 방향에 위치한 카페였다. 세로로 긴 빌딩 2층에 있는 카페의 창문 너머로 서점 입구가 한눈에 들어왔다. 길거리에는 우산을 쓴 학생들로 와글거렸다.

"먼저 오늘의 비밀 병기를 소개하지."

린타로는 트랜시버 하나를 테이블 위에 올려놓았다. 오늘 아침까지 먼지 구덩이 속에 있던 중고품이지만, 출신을 따져보면 유서 깊은 경시청 비품이었다. 오는 길에 사쿠라다몬의 노리즈키 총경의 사무실에 들러 우격다짐으로 빌려온 것이었다.

"소년 탐정단이 된 기분이네요."

이 상황이 즐거운 것인지 마쓰우라의 목소리는 들떠 있었다. 한편 우타코는 낯선 기계가 두려운 것인지 눈을 깜빡거리고 있었다. 린타로는 트랜시버의 사용법을 우타코에게 가르쳐줬다.

"이걸 우타코 양이 일하는 카운터 아래에 숨겨놔요. 계산대에 있는 동안에 우리는 여기서 대기하고 있을게요. 남자가 나타나면 몰래 스위치를 눌러서 연락을 주면 돼요. 그럼 우리는 밖으로 나가 남자를 미행해 어디로 가는지 알아낼 테니까."

"알겠습니다. 저기, 이 스위치를 켜놓고 이야기하면 되는 거죠?"

"그렇죠. 남자가 알아채지 못하도록 조심해야 해요."

"네."

우타코는 고개를 꾸벅 숙인 뒤 트랜시버를 품에 안고 만지서점 쪽으로 달려갔다.

"그나저나 사와다 씨가 못 오셔서 어떡해요. 무척 아쉬워하시던데."

우타코의 모습이 사라지자 마쓰우라가 말했다.

"그 친구는 겉보기와는 다르게 관음증 기질이 다분하다니까. 하지만 일이 있으니 아무리 이를 갈아도 어쩔 수 없지. 이히히히히히."

린타로는 웃었다. 흡사 쓰쓰이 야스타카 같았다.

"선생님이야말로 소텐샤의 원고는 완성하셨습니까? 마감까지 얼마 남지 않았다고 들은 것 같은데요."

"컴퓨터 앞에 앉아 있는다고 무슨 수가 생기는 것도 아니잖나. 그럴 바에야 현실의 오십 엔 동전남을 붙잡는 게 지름길이지."

"그건 그렇죠."

"사냥감이 나타날 때까지 아직 두 시간은 더 남았네. 자네는 책이나 읽고 있게. 수상한 자가 나타나지 않는지 내가 잘 감시하고 있을 테니까."

"그럼 그렇게 하겠습니다."

마쓰우라는 가방에서 문고본을 꺼내 책갈피를 꽂아둔 페이지를 펼치더니 열심히 읽기 시작했다. 린타로는 제목을 보고 씩 웃었다. 패트릭 퀜틴의 『두 아내를 가진 남자』였다.

린타로는 턱을 괴고 창밖을 바라보았다. 실내에는 서양음악 방송을 틀어놓았는데, 카페 분위기와 어울렸다. 킹 크림슨의 〈Book of Saturday〉가 흘러나왔다. 그들은 최근 조용히 다시 인기를 얻고 있었다. 텔레비전 광고에서 〈21세기의 정신이상자〉가 흘러나왔고, 로버트 프립은 최신 인터뷰에서 제4기 크림슨 결성을 넌지시 암시했다. 좋은 징후였다.

5시 32분. 테이블 위에 놓인 트랜시버에서 소리가 났다. 구라모리 우타코가 자기子機의 스위치를 누른 것이다. 두 사람은 앞다투어 기계에 귀를 가져다 댔다.

"……왔어요."

속삭이는 듯한 우타코의 목소리가 들렸다. 수신 상태는 좋았다. 마쓰우라가 조용히 숨을 내쉬었다.

"천 엔짜리 지폐로 바꿔달라는 말씀이시죠. 알겠습니다."

"불속으로 뛰어드는 불나방이 따로 없군요."

마쓰우라가 말했다. 린타로는 고개를 끄덕이며 계산서를 들고 잔돈이 생기지 않도록 미리 딱 맞춰둔 커피 여섯 잔 값을 들고 자리에서 일어났다. 트랜시버에서 우타코가 동전을 세는 목소리가 흘러나왔다.

"……열여덟, 열아홉, 스물. 네, 천 엔 받았습니다."

금전등록기에서 땡, 소리가 났을 때 두 추적자는 이미 빗줄기로 흐릿해진 저녁 거리로 뛰어나가고 있었다.

"감사합니다."

마쓰우라가 몸짓으로 신호를 보냈다. 회색 코트를 걸친 남자가 만지 서점 입구에서 나오고 있었다. 눈을 가린 선글라스 수염이 덥수룩한 얼굴. 게다가 오른쪽 뺨에는 한눈에 들어오는 커다란 점까지 있었다. 그들이 찾는 인물이 틀림없었다. 그때, 트랜시버에서 우타코의 숨죽인 목소리가 흘러나왔다.

"지금 나갔어요. 회색 코트를 입고 있는데, 찾으셨어요?"

"찾았어요. 지금 미행하고 있어요. 구라모리 양은 신경쓰지 말고 일해요. 뭔가 알아내면 연락할게요."

"조심하세요."

"고마워요."

말을 마친 린타로는 통신을 끊었다. 회색 코트의 남자는 우산도 쓰지 않고, 주변을 신경쓰지 않은 채 성큼성큼 역 쪽으로 걸어갔다. 린타로와 마쓰우라는 인파 속에서 남자를 놓치지 않도록 도로 반대편 길에서 서둘러 뒤를 쫓았다.

남자는 JR 역으로 들어갔다. 곧장 개찰구로 들어가는 줄 알았는데, 물품 보관함을 향해 사람들을 헤치고 다가갔다. 주머니에서 열쇠를 꺼내 보관함을 열고 큼지막한 파란 쇼핑백을 꺼냈다.

"혹시 무기 밀매상 같은 거면 어쩌죠? 오십 엔 동전은 서점 안에 있는 브로커와의 연락 수단일 수도 있어요."

마쓰우라는 갑자기 겁을 집어먹고 그렇게 말했다. 린타로는 고개를 저었다.

"아냐, 아마 저 쇼핑백에 변장 도구를 넣어 왔을 거야."

선글라스 남자는 쇼핑백을 들고 JR 역의 무인 발권기 앞에 줄을 섰다. 린타로는 자연스럽게 거리를 좁혀 늘어선 사람들 뒤에 섰다. 유감스럽게도 남자가 어디까지 가는 표를 샀는지는 보지 못해서 일단 370엔짜리 구간의 표를 두 장 사서 마쓰우라에게 한 장을 건넸다.

개찰구를 지난 남자는 화장실 쪽으로 걸음을 옮겼다. 린타로는 마쓰우라에게 눈짓을 하며 말했다.

"여기서 변장을 풀려는 거야."

"우린 어쩌죠?"

"같이 들어가면 부자연스러울 거야. 난 밖에서 기다릴 테니 자네가 들어가서 상황을 봐. 보는 눈이 있으니 이상한 짓은 못 할 거야."

마쓰우라는 고개를 끄덕인 뒤 남자보다 조금 늦게 화장실로 들어갔다.

잠시 뒤, 마쓰우라가 밖으로 나왔다.

"선생님 예상이 맞았습니다. 칸막이 안으로 들어가서 옷을 갈아입는 것 같아요."

"알았네. 자네 겉옷 양면이지? 지금 뒤집어 입어. 저 남자의 눈을 속여야지. 그리고 나오는 남자들 신발을 주의깊게 봐."

"갈색 모카신이었습니다."

"아주 잘했어, 왓슨."

잠시 시간이 흐른 뒤, 남자는 보란듯이 손수건으로 손을 닦으며 밖으로 나왔다. 구깃한 진갈색 양복 차림에 선글라스와 수염, 점은 온데간데없었다. 머리카락도 정돈되어 있었다. 부드러운 인상의 중년 남자로, 특별할 것 없는 퇴근길 회사원의 모습이었다.

남자는 오른손에 변장 도구가 들어 있을 불룩한 검은 가방을 들고 있었다. 신중을 기했는지 물품 보관함에서 꺼낸 종이봉투와는 다른 가방이었다. 하지만 신발까지는 미처 신경을 쓰지 못한 듯했다. 아까와 같은 갈색 모카신을 신고 있었다.

남자는 태연한 표정으로 야마노테 순환선 승강장에 섰다. 린타로와 마쓰우라도 같은 승강장에서 열차를 기다렸다. 열차가 들어오자 남자는 바로 올라탔다. 두 사람은 각자 다른 문으로 같은 차량에 올라타 조심스레 남자의 뒷모습을 감시했다.

열차에 올라탄 남자에게서는 방금 전까지와 달리 안절부절못하는 기색을 찾아볼 수 없었다. 그 대신 붉게 물든 창밖 풍경을 바라보며 생각에 잠긴 듯한 표정을 지었다.

남자는 닛포리에서 내려 도키와선 열차로 갈아탔다. 그리고 두 정거장을 지나 미나미센주에서 내렸다. 역을 나선 남자는 어두워진 하늘을 올려다보며 가방에서 접이식 우산을 꺼냈다. 그리고 보슬비 속을 지나 닛코 가도 쪽으로 걸어갔다.

남자의 뒤를 밟던 린타로는 뒤따라오던 마쓰우라가 고개를 갸웃거리는 걸 알아챘다. 미나미센주 역에서 내렸을 때부터 계속 그랬다.

"왜 그래?"

린타로는 걸음을 옮기며 소곤거렸다.

"그게, 별일 아닙니다만⋯⋯. 구라모리의 집이 이 근처라고 들은 것 같아서요."

"구라모리 양의 집이?"

"네."

마쓰우라는 다시 입을 다물었다.

그로부터 한참을 걸은 끝에 남자는 산울타리로 에워싸인 집 앞에 도착했다. 깔끔한 전통 가옥이었다. 두 사람은 골목 모퉁이에 멈춰서 상황을 지켜봤다. 남자는 우산을 접고 집안으로 들어갔다. 현관문을 열며 편안한 목소리로 "나 왔어"라고 하는 소리가 들렸다. 부인인 듯한 여자의 목소리가 남자를 맞이했다.

린타로와 마쓰우라는 충분히 시간이 지난 뒤에 남자의 집 앞으로 살금살금 다가갔다. 그리고 믿기지 않는 심정으로 현관에 걸린 문패를 보았다.

문패에는 분명히 '구라모리 가즈오, 사토코, 우타코'라고 적혀 있었다.

"도무지 모르겠네요."

돌아오는 열차 안에서 마쓰우라는 의아스런 낯으로 말했다.

"오십 엔남의 정체가 구라모리의 아버지였다니. 코넌 도일의 '신랑의 정체' 같은 전개네요. 그나저나 구라모리의 아버지는 대체 무슨 생각으로 그런 기묘한 행동을 한 걸까요? 딸의 눈을 속이기 위해 저런 변장을 한 것까지는 이해가 가지만, 그 이상은 전혀 짚이는 게 없네요. 선생님, 저는 뭐가 뭔지 모르겠습니다."

"미안하지만 잠시만 조용히 해주겠나?"

린타로는 고개 숙인 채 넋 나간 사람처럼 중얼거렸다. 마쓰우라는 한숨을 쉬며 입을 다물었다.

린타로의 두뇌는 스무 닢의 오십 엔짜리 동전의 수수께끼를 두고 정신없이 돌아가고 있었다. 그의 직감이 정확하다면 모든 단서는 이미 제시되어 있었다. 이제 지혜의 여신이 미소 짓기를 기다리기만 하면 된다.

구라모리 우타코의 아버지는 무슨 까닭으로 딸이 일하는 서점에 나타났을까? 그와 십 년 전에 마타카케 나나미가 일했던 서점에 출몰했던 인물은 무슨 관계일까? 계속해서 동전을 지폐를 바꾸는 이유는 대체 무엇일까?

린타로는 퍼뜩 고개를 들어 마쓰우라를 보더니 씩 웃었다. 그 눈빛을 읽어낸 마쓰우라의 눈동자가 번뜩였다.

"······알아내셨군요?"

린타로는 고개를 끄덕였다.

"구라모리 양의 아버지가 고등학교 교사라고 했지?"

"네."

"그럼 일요일은 쉬는 날이겠군. 돌아가면 구라모리 양에게
전화해서 내일 아침에 집으로 찾아가겠다고 전해주게. 물론 우
리 둘이서. 전화번호는 알지?"

"네."

"전화로 뭘 물어도 오늘 본 일은 절대로 말하지 말게. 내일
내가 전부 설명하겠다고만 해."

"알겠습니다. 저기, 사와다 씨는 안 불러도 됩니까? 진상을
알고 싶어 하실 텐데."

"아니. 미안하지만, 현시점에서는 아직 알릴 수 없어. 이 일
은 비밀리에 진행할 필요가 있거든."

마쓰우라의 낯빛이 어두워졌다.

"설마······ 구라모리의 아버지가 범죄에 연루된 건 아니겠
죠?"

린타로는 눈을 가늘게 뜨며 대답했다.

"······뭐, 비슷할지도 모르겠군. 최근에 사람 한 명을 죽였
으니까."

4

이튿날 아침 10시 정각. 린타로는 마쓰우라와 함께 미나미센 주의 구라모리 가즈오의 집을 방문했다. 장마전선이 일시적으로 남쪽으로 이동한 덕에 화창한 일요일이었다. 집집마다 이 기회를 놓치지 않겠다는 듯 이불과 세탁물을 줄줄이 널어놓았다.

초인종을 누르자 곧바로 우타코가 문을 열었다. 그녀는 어깨가 드러날 정도로 낙낙한 티셔츠에 물 빠진 청바지 차림으로 두 남자를 맞이했다.

"너무 빤히 보지 마. 집에서는 대체로 이렇게 입으니까. 저기, 지저분하지만 들어오세요."

"아침부터 찾아와서 미안해요. 그나저나 아버님은 계십니까?"

린타로가 물었다.

"아빠요? 계신데요, 왜 그러시죠?"

"좀 뵙고 싶다고 전해줄래요?"

우타코는 놀란 듯 입을 벌렸다. 그리고 주눅든 표정의 마쓰우라를 흘겨보더니 소리 죽여 말했다.

"이게 대체 어떻게 된 일이야? 동전남의 조사 결과를 보고하겠다면서. 어제 통화할 땐 그렇게 말했잖아."

"……난 말 못 하니까 선생님에게 물어봐."

마쓰우라는 비통한 낯으로 대답했다. 어제 엄포를 놓은 게 효과를 발휘한 모양이었다. 린타로는 아무것도 못 들은 척 가만히 있었다. 우타코는 영문을 모르겠다는 표정으로 손짓하더니 두 사람을 자그마한 응접실로 안내했다. 방석에 앉아 잠시 기다리자 조심스레 문을 열고 우타코가 나타났다. 문턱을 넘자마자 휙 고개를 돌려 복도를 향해 외쳤다.

"아빠, 빨리요!"

구라모리 가즈오는 비틀거리는 걸음으로 응접실에 들어왔다. 갈팡질팡하는 표정이었다. 낡은 폴로셔츠에 무릎이 번들거리는 바지를 입고 있었다. 일어난 지 얼마 안 됐는지 머리도 부스스했다.

"아빠도 참, 머리라도 좀 빗고 오지 그랬어요."

"너야말로 손님이 오셨는데 꼴이 그게 뭐냐. 애초에 날 보잔 소리도 없었잖아."

둘 다 소곤거리는 것 같았지만 훤히 다 들렸다. 린타로가 어흠, 하고 헛기침을 하자 구라모리는 황급히 고개를 돌리며 말했다.

"아, 반갑습니다. 우타코의 애비 되는 사람입니다. ○○ 고등학교에서 국어를 가르치고 있습니다."

그는 선 채로 머쓱하게 고개를 숙였다.

"아빠, 앉으세요. 두 분을 소개할게요. 이쪽은 같은 학교 다니는 마쓰우라 마사토 군이고요, 이분은 마쓰우라 군의 지인이자 추리소설가이신 노리즈키 린타로 씨예요."

"처음 뵙겠습니다. 노리즈키라고 합니다. 이른 시간에 불쑥 찾아와 죄송합니다."

"아, 아닙니다. 신경쓰지 마십시오."

린타로는 자신의 이름을 듣자마자 구라모리가 겸연쩍은 표정을 짓는 걸 놓치지 않았다.

"노리즈키 씨, 아빠까지 불러놓고 대체 뭘 하시려는 거죠?"

우타코가 기대와 불안이 섞인 목소리로 물었다. 마쓰우라는 굳은 표정으로 뚫어져라 린타로를 보고 있었다. 린타로는 자세를 바로 하고 구라모리 가즈오의 눈을 똑바로 바라보았다.

그리고 서글서글한 미소를 지으며 말했다.

"복면 작가 도키무라 가오루 씨 되시죠?"

"히익."

마쓰우라는 괴성을 지르며 뒤로 쓰러졌다. 하지만 지목당한 본인은 오히려 침착한 어조로 답했다.

"오호, 과연 듣던 대로 예리하시군요. 네, 이렇게 되었으니

구차하게 변명 않고 말씀드리겠습니다. 말씀대로 제가 도키무라 가오루입니다."

구라모리는 순순히 인정했다. 정체를 들켜서 분통을 터뜨릴 줄 알았는데 흥겨워서 못 견디겠다는 표정이었다.

"그나저나 용케 아셨군요. 아, 혹시 도쓰가와 편집장님이 말실수라도 하신 겁니까?"

린타로는 고개를 저었다.

"도쓰가와 편집장님은 상관없습니다. 아니, 죄가 있다면 '오십 엔짜리 동전 스무 닢의 수수께끼' 같은 난제를 우리에게 해결하게 하려 했다는 걸까요."

도키무라 가오루는 그제야 납득한 표정을 지었다.

"……그랬군요. 그래서 어제 집에 오는 길에 누군가에게 감시당하는 기분이 들었던 거군요. 두 분이 다카다노바바에서부터 계속 제 뒤를 밟은 겁니까?"

"그렇습니다. 무례한 행동을 해서 죄송합니다."

"네?"

느닷없이 우타코가 꽥 소리를 질렀다.

"그럼 그 수염 덥수룩한 선글라스 남자가 아빠였어요?"

"맞네."

린타로가 대답했다. 도키무라 가오루는 쑥스러운 얼굴로 말했다.

"무례한 행동이라니요, 그렇게 생각 안 합니다. 그보다 저야 말로 무례한 부탁을 드려도 되겠습니까. 대체 어떻게 도키무라 가오루의 정체를 간파하셨는지 자초지종을 설명해주실 수 있 겠습니까?"

"다른 사람도 아닌 도키무라 씨가 그렇게 말씀하시니 황송 하군요. 실은 거의 우연의 산물이라고 할까요……. 구립 도서 관의 징크스가 계기였습니다."

"구립 도서관의 징크스요?"

린타로는 금요일부터 시작된 일련의 일들을 대략적으로 설 명했다. 도키무라 가오루는 중간중간 적절하게 맞장구를 치며 흥미진진한 표정으로 이야기에 귀를 기울였다.

"……이렇게 수수께끼의 오십 엔 동전남의 정체가 구라모리 양의 부친, 즉 아버님이라는 사실을 안 시점에서 기묘한 행위 를 합리적으로 설명할 유일한 해답에 이르는 실마리가 모두 모 인 겁니다."

"호오, 드디어 해결편이군요. 먼저 첫 번째 단서는 뭐였습니 까?"

"제가 처음에 주의를 기울인 건, 동전남이 만지 서점에 출몰 하기 시작한 시기였습니다. 따님의 이야기로는 처음 남자가 서점에 나타난 게 올해 일월 말이었습니다. 도쓰가와 편집장이 친한 작가들에게 '오십 엔 동전 스무 닢의 수수께끼'라는 주제로 단편을 의뢰했을 무렵이었죠."

"그렇죠."

도키무라 가오루는 유쾌한 듯 고개를 끄덕였다.

"게다가 따님 앞에 나타난 남자의 행동은 기묘할 정도로 마타카케 나나미 여사가 십 년 전에 겪었던 일과 유사했습니다. 우연의 일치라 치부할 수 없을 만큼 세부적인 사항들이 똑같았죠. 십 년 전의 동전남과 현재의 동전남이 동일 인물일 가능성도 고려했습니다만, 그렇게 되면 변장을 했다는 게 걸립니다. 마타카케 여사에게 동전을 지폐로 바꿔달라고 했던 남자는 자신의 얼굴을 스스럼없이 드러냈다는 점에 주목해주십시오. 그보다는 제2의 동전남이 의식적으로 십 년 전 일을 그대로 재연한다고 생각하는 게 훨씬 논리적입니다. 요컨대 만지 서점에 나타난 남자는 마타카케 여사의 체험담을 잘 아는 인물이라는 거죠."

"그렇죠."

"시간적으로 접근하면, 그 인물은 도쓰가와 편집장에게 원고 청탁을 받은 작가일 가능성이 큽니다. 게다가 이 추정을 강력하게 뒷받침해주는 증거가 있습니다. 이 인물이 십 년 전의 오십 엔 동전남의 행동을 정확히 모방한 이유죠.

도쓰가와 편집장이 작가들에게 이 과제를 던져준 건 작년 말이었습니다. 그때부터 제2의 동전남이 나타날 때까지 약 한 달의 시간 차가 있었다는 점을 염두에 둬야 합니다. 그동안 제2의 동전남은 무엇을 하고 있었을까요?

제 생각에 이 한 달이라는 공백은 원고 청탁을 받은 작가가 주어진 문제를 해결하기 위해, 책상 앞에 앉아 추리를 짜맞추려고 악전고투했던 시기라고 생각합니다. 하지만 '오십 엔 동전 스무 닢의 수수께끼'는 너무도 강력하여 결국 사면초가에 빠진 거겠죠. 반년이 지난 지금도 아직 아무도 원고를 완성하지 못했다는 이야기가 들리는 이상, 이 추정을 억측이라고만은 할 수 없죠.

사면초가에 빠진 모 작가는 어쩔 수 없이 방침을 변경하기로 합니다. 한마디로 머릿속으로 아무리 생각해도 그럴싸한 해결편을 만들어낼 수 없다면, 차라리 직접 나가서 십 년 전 동전남의 행동을 재현해보면 어떨까. 앉아서 끙끙대느니 직접 해보는 게 낫다. 같은 입장에 서보면 동전남의 진의를 이해할 수 있을지도 모른다고 생각했겠죠. 이게 바로 만지 서점의 계산대에 제2의 동전남이 나타난 이유가 아닐까요? 전적으로 제 상상에 불과하지만, 결코 부자연스러운 생각은 아니라고 봅니다. 역지사지의 발상으로 행동의 동기를 헤아려보려 한 거죠. 정도의 차는 있겠지만, 작가라면 누구나 이와 비슷한 생각을 합니다. 도키무라 씨, 제 추리에 억지스러운 부분이 있습니까?"

"천만에요. 아주 훌륭하십니다. 자, 계속하시죠."

"만지 서점에 나타난 남자는 도쓰가와 편집장이 원고를 청탁한 작가 중 한 명이다. 그 면면은 아리즈카 바리스, 요로이 가타비로, 나미다바시 사치, 아메후리지 가타마루, 시라무네 료쇼쿠, 노리즈키 린타로, 출제자인 마타카케 나나미도 더하죠. 그리고 도키무라 가오루입니다.

한편, 저는 반드시 논리적이라고는 할 수 없는 방법으로 제 2의 동전남이 구라모리 가즈오라는 이름의 남자임을 알았습니다. 그럼 먼저 거론한 여덟 명의 작가 중에 구라모리 가즈오일 가능성이 있는 인물은 누구일까요? 먼저 저는 당연히 아니겠죠. 그리고 아리즈카, 요로이, 나미다바시, 아메후리지, 시라무네는 지금까지 출간된 책에 사진을 공개했으니 얼굴을 압니다. 당연히 구라모리 가즈오가 아니죠.◀ 마타카케 씨는 사진을 공개하지 않았지만, 그녀가 젊은 여성 작가라는 건 주지의 사실이니 역시 제외할 수 있습니다. 따라서 마지막으로 남은 복

▶ 이 사실에 대해 본문 중에서 특별히 언급하지는 않았지만, 열렬한 미스터리 독자들이라면 굳이 설명할 필요는 없으리라. – 작가 주

면 작가 도키무라 가오루야말로 구라모리 가즈오＝제2의 동전 남입니다."

"호오, 엘러리 퀸 못지않은 소거법이군요."

"빈말이라도 그렇게 말씀해주시니 영광입니다. 저는 앞서 말씀드린 과정을 거쳐 도키무라 가오루의 정체는 구라모리 우타코 양의 부친일 거라고 추정했습니다. 그러면 이 추정을 뒷받침할 다른 증거가 존재할까요? 물론 존재합니다.

먼저 첫 번째. 도키무라 가오루의 작품을 통해 그의 진짜 얼굴을 상상해보면, 사십 대에서 오십 대 사이의 전문직에 종사하는 남성이며, 소설의 화자인 여대생과 비슷한 딸을 가진 아버지일 가능성이 큽니다. 이 조건은 구라모리 씨에게 딱 들어맞죠.

두 번째로, 이틀 전 일입니다만, 따님에게 중학생 때 아버지의 추천으로 오카모토 기도의 소설을 읽어봤다는 이야기를 들었습니다. 중학생 딸에게 오카모토 기도를 읽어보라고 추천하는 건 일반적인 독서 지도와는 거리가 멀죠. 이 사실을 통해 알 수 있는 건, 구라모리 가즈오 씨가 소설에 대해 상당히 깊이 있는 지식을 지니고 있다는 점입니다. 말할 것도 없이 도키무라 가오루는 동서고금의 소설에 정통한 작가입니다."

도키무라 가오루는 싱긋 웃으며 말했다.

"이거 한 방 먹었군요. 하지만 그것만 가지고 제가 도키무라 가오루라고 단정짓기는 어려울 것 같은데요?"

"맞습니다. 하지만 당신은 결정적인 단서를 하나 더 남겼습니다. 도키무라 가오루(TOKIMURA KAORU)라는 필명은 따님의 이름, 구라모리 우타코(KURAMORI UTAKO)의 애너그램입니다. QED."

"거기까지 알아채셨습니까. 이거 참 부끄러울 따름입니다."

"잠깐만요."

그때까지 넋 나간 사람처럼 말 한마디 못하던 마쓰우라가 간신히 정신을 차리고 대화에 끼어들었다.

"선생님, 그럼 어제 헤어질 때 말씀하셨던…… 구라모리 씨가 최근에 사람 한 명을 죽였다는 이야기는 도키무라 가오루의 『아그니의 꽃』을 말씀하신 겁니까?"

"그래. 그 말을 곧이곧대로 믿었나?"

"당연하죠. 꼭 제가 멍청하다는 듯이 말씀하시네요. 정말 너무하십니다."

도키무라 가오루는 눈을 동그랗게 뜨며 말했다.

"노리즈키 씨, 아무리 그래도 말씀이 지나치셨습니다. 농담이라도 살인자 소리를 듣기는 싫군요."

"죄송합니다. 하지만 오해한 자네 잘못이지. 나는 공정한 단서를 제공하려던 것뿐이야."

"정말 못 당하겠네요."

마쓰우라는 부루퉁한 표정으로 대꾸했다.

"저기, 궁금한 게 하나 있는데요."

우타코가 답답하다는 표정으로 물었다. 남자들의 이야기를 전혀 따라가지 못해서 어쩔 줄 몰라 하는 얼굴이었다.

"도키무라 가오루가 누구죠?"

"네?"

"아빠가 글을 쓰세요?"

순간 말문이 막혀서 린타로는 구멍이 뚫릴 정도로 빤히 우타코의 얼굴을 바라보았다. 도키무라 가오루가 겸연쩍은 미소를 지으며 말했다.

"딸아이는 추리소설을 안 읽습니다."

"그럼 작가님이 책을 내신 것도 모릅니까?"

"모를 겁니다. 쭉 비밀로 했거든요. 그래서 변장을 하고 그런 짓을 할 수 있었던 거죠."

"그런 겁니까?"

우타코는 고개를 끄덕였다. 그때 장지문을 열고 쟁반을 든, 흰 피부에 선이 고운 얼굴의 여자가 나타났다.

"죄송합니다. 계속 밖에 있어서 오신 줄도 몰랐네요. 애, 손님이 오셨으면 차 대접은 해야지."

"집사람입니다."

도키무라 가오루가 말했다. 그러고 보니 우타코와 인상이 비
슷했다. 어머니를 닮은 모양이었다.

"엄마, 아빠가 책 쓰는 거 알았어요?"

부인은 싱긋 웃었다.

"그럼. 당신이 도키무라 가오루라는 걸 들킨 거예요?"

"들켜버렸네."

우타코는 입을 삐죽였다.

"너무해. 왜 나만 따돌려요?"

"네 아빠가 우타코한테는 말하지 말라고 귀에 딱지가 앉게
못을 박았거든. 자기 딸을 모델로 삼아서 그런 소설을 썼다는
게 밝혀지면 창피해서 네 얼굴을 어떻게 보느냐면서."

도키무라 가오루는 소년처럼 얼굴을 붉혔다.

"내가 언제 그런 소리를 했다고 그래. 고등학교에서 수험생
들 진학 지도를 하는 선생이 남는 시간에 추리소설을 쓴다는
이야기가 새어 나가기라도 해봐, 내가 학교나 학생들 볼 낯이
없다고 분명히 그렇게 설명했잖소. 그리고 우타코는 원체 입이
가벼워서 애한테 말했다간 금방 소문이 쫙 퍼질 거라고. 그러
니까 비밀로 한 거야."

부인은 입을 가리고 우아하게 웃더니 린타로와 마쓰우라를 보며 말했다.

"말은 이렇게 해도 사실은 쑥스러워서 그래요. 딸 앞에서는 엄한 아버지인 척하니까 약점을 들키기 싫은 거죠. 그 책에 나오는 주지 스님도 본인 성격과 똑같거든요. 한마디로 딸에게 보내는 러브레터인 거죠."

우타코는 흥미진진한 표정으로 물었다.

"그 책 지금 집에 있어요?"

"당연히 있지. 아빠 책장 제일 안쪽에 몰래 숨겨뒀단다. 나중에 보여줄게. 재미있거든. 그럼 천천히 이야기 나누세요."

부인은 자리에서 일어나 조용히 응접실을 나갔다. 도키무라 가오루는 엇흠, 엇흠 하고 연거푸 헛기침을 하며 마음을 가다듬더니 딸의 얼굴을 보지 않으려 애쓰며 다시 이야기를 시작했다.

"방금 말씀하신 추리는 첨언이 거의 필요 없군요. 실은 도쓰가와 편집장과는 대학 미스터리 클럽 시절부터 알고 지낸 사이인데, 복면 작가로 데뷔한다는 아이디어도 도쓰가와 편집장이 낸 겁니다. 이번에 '오십 엔 동전 스무 닢의 수수께끼' 이야기를 듣고 단번에 승낙한 것까지는 좋았는데 이렇다 할 아이디어가 떠오르지 않아서 악전고투하던 끝에 우연히 딸이 만지 서점에서 아르바이트를 하는 걸 생각해내고 이걸 이용해야겠다고 마음먹었습니다. 브라운 신부의 추리법을 충실히 따른 거죠."

"'저는 인간을 겉모습으로 판단하지 않습니다. 내면에서 관찰하려 하죠⋯⋯. 따라서 나는 살인범이 생각하고 있는 그대로 생각하는 겁니다. 그와 같은 격정과 싸우고 있는 겁니다⋯⋯.' 그런 거군요. 그나저나 오십 엔 동전 스무 닢은 어디서 구하셨습니까?"

"매주 학교 근처의 오락실에 가서 바꿔 왔습니다. 변장 도구들은 학교 연극부에서 빌렸고요. 다카다노바바 역 화장실에서 변장을 하고, 갈아입은 옷가지들은 쇼핑백에 넣어 물품 보관함에 숨겨놓고는 했는데, 물품 보관함에 빈자리가 없을 때면 하는 수 없이 발길을 돌린 적도 종종 있었습니다. 커다란 쇼핑백을 들고 서점에 들어갈 수는 없는 노릇이니까요. 그렇게 공을 들인 건 물론 딸의 눈을 속이기 위해서였습니다. 딸아이가 알아채면 도키무라 가오루의 정체를 밝혀야 할 테니까요. 어떤 일이 있어도 그것만큼은 피하고 싶었습니다."

"그렇게 걱정됐다면 만지 서점이 아니라 다른 서점에 갔으면 될 일 아닙니까?"

린타로가 물었다.

"아뇨. 다른 서점에서 그런 짓을 했다가 행여 일이 커지기라도 하면 큰일이니까요. 곤란한 상황이 발생하더라도, 여차하면

'딸이 이곳에서 일하는데 걱정이 되어서 온 겁니다'라고 둘러 대면 되지 않습니까. 그리고 딸아이 주변의 사람들이 동전남의 이야기를 듣고 합리적인 설명을 해줄지도 모른다는 기대감도 있었습니다. 딸이 알아서 대답을 가져와주지 않을까 생각했죠. 너무 의존적인 생각이지만요."

린타로는 고개를 끄덕였지만 속으로는 딴생각을 하고 있었 다. 그럴싸한 이유가 있기는 하지만, 실상 따져보면 도키무라 가오루는 딸이 자신의 정체를, 나아가 복면 작가 도키무라 가 오루의 정체를 꿰뚫어 보기를 바란 게 틀림없었다. 변장까지 하면서 만지 서점을 찾아간 건 양가적인 아버지의 마음 때문이 었으리라.

"하나 더 물어도 되겠습니까? 도키무라 씨의 작품을 읽으면 절의 내부 사정이 자세히 묘사되어 있더군요. 아는 스님이라도 계십니까?"

도키무라 가오루는 웃으며 대답했다.

"저희 형님이 스님입니다. 본가가 아사쿠사의 절인데, 장남 인 형님이 가업을 이었죠. 그래서 저도 『반야심경』쯤은 술술 욉니다."

"그러셨군요. 대단하십니다. 그런데 도키무라 씨."

린타로는 진지한 목소리로 물었다.

"말씀하십시오."

"결국 이런 형태로 따님에게 정체가 들켰으니 차라리 이번 기회에 복면을 벗으시면 어떨까요? 많은 독자들이 바라는 일이기도 할 테고요."

도키무라 가오루는 팔짱을 낀 채 잠시 생각에 잠겼다.

"일리 있는 말씀이십니다. 실은 저도 오랫동안 독자들을 속이는 것 같아서 마음이 편치 않았습니다. 이렇게 정체가 밝혀진 것도 어떤 계시가 아닐까요. 결심했습니다. 도키무라 가오루는 복면을 벗겠습니다."

후련한 표정이었다. 린타로는 허리를 곧게 펴고 말했다.

"업계의 대선배께 여러모로 주제넘은 말씀을 드렸습니다만, 오늘은 좋은 날이니 넓은 아량으로 용서해주시길 바랍니다."

"대체 뭡니까?"

마쓰우라가 끼어들었다.

"뭔가 축하할 일이 있습니까? 혹시 오늘이 도키무라 작가님의 생일이십니까?"

린타로는 멍청히 입을 벌리고 있는 마쓰우라에게 윙크를 했다.

"물론이지! 정말 몰랐나? 오늘은 '아버지의 날' 아닌가!"

"방금 그건 『재앙의 거리』의 마지막 대사죠? 원문은 '어버

이날'이지만요."

말을 마친 도키무라 가오루의 얼굴에 갑자기 근심이 가득해졌다.

"그나저나 경연은 어떻게 하실 생각입니까? 이달 말이 마감이잖습니까. 괜찮은 아이디어라도 있으십니까?"

린타로는 몸을 내밀며 말했다.

"실은 그 일로 부탁드릴 게 있습니다. 이제 복면을 벗으실 결심을 하셨으니, 축하의 뜻으로 이번 일을 소설로 써도 되겠습니까? 도키무라 씨만 괜찮으시다면 꼭 그렇게 하고 싶습니다."

도키무라 가오루는 살짝 곤혹스러운 표정을 지었다.

"소설로 쓰셔도 상관은 없습니다만, 실은 저도 같은 생각을 하고 있었거든요. 부끄럽습니다만 그 고생을 하고도 좋은 아이디어가 전혀 떠오르지 않지 뭡니까. 그래서 여차하면 제가 했던 일들을 조금 각색해서 쓰면 되지 않을까 하고. 십 년 동안 마타카케 씨를 괴롭혔던 의문에 대한 답은 되지 않지만 도쓰가와 씨는 허락해줄 거라고 생각했습니다. 그럴 작정이었는데 같은 내용의 단편이 두 편이나 나오면 편집장도 좋아하지는 않겠죠."

"하지만 전 양보 못 합니다."

"저도 마찬가지입니다."

"이거 곤란하게 됐군요."

"그러게 말입니다."

린타로의 머릿속에서 뭔가가 번뜩였다.

"그럼 합작으로 하면 어떻습니까?"

"그건 좀 그렇지 않을까요. 일단 작가들의 경연을 내세웠는데……."

"그렇죠……."

린타로는 팔짱을 꼈다. 도키무라 가오루는 홱 고개를 들며 말했다.

"그럼 차라리 가위바위보로 정할까요? 진 사람이 새 소재를 찾기로 하는 걸로 하고, 누가 이기든 군소리 없이 승패를 받아들이기로 하죠. 동의하십니까?"

"그러죠."

"그럼 시작합니다. 가위, 바위……."

'보'라고 말하려던 순간이었다. 갑자기 도키무라 가오루의 주먹이 허공에서 얼어붙었다. 그는 그 자세 그대로 돌처럼 굳었다. 린타로는 당황해 물었다.

"도, 도키무라 씨, 왜 그러십니까?"

그의 입에서 '오오……' 하고 감탄사가 흘러나왔다.

"……생각났습니다."

"네?"

"지금 오십 엔 동전 스무 닢의 수수께끼를 해결할 방법이 떠올랐습니다."

"정말이십니까?"

"잠깐만 기다려 보십시오."

도키무라 가오루의 눈동자가 반짝거리기 시작했다. 그는 흡족한 표정으로 연신 고개를 끄덕였다.

"됐어. 이걸로 됐습니다. 완벽해. 왜 지금까지 이 생각을 못했지? 이렇게 자명한 일을."

그는 천천히 린타로의 얼굴을 보며 말했다.

"노리즈키 씨, 가위바위보는 안 해도 되겠습니다. 그 소재는 양보하겠습니다."

"괜찮으시겠습니까?"

"네. 저는 더 멋진 아이디어가 떠올랐거든요."

자신만만한 말투였다. 린타로는 몸을 내밀며 물었다.

"멋진 아이디어라는 게 뭡니까? 맛보기로 조금만 알려주십시오."

도키무라 가오루는 씩 웃었다. 새 장난감을 독차지한 어린아이 같은 미소였다. 그 표정이 바로 도키무라 가오루의 진짜 얼굴이라는 사실을 린타로는 그제야 깨달았다.

"⋯⋯그건 책이 나오면 즐겨주십시오."

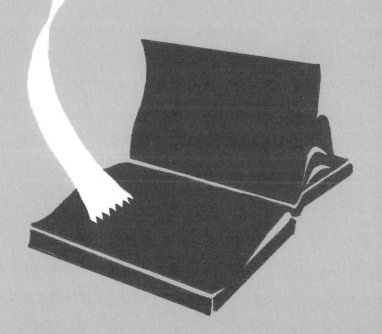

지난날의
장미는……

1

자료실로 들어온 건 서른 즈음의 자그마한 여자였다. 책 세 권을 갓난아이처럼 품에 꼭 안고 있었다. 블라우스 위에 다갈색 카디건을 걸쳤고, 하의는 무늬가 들어간 긴 스커트와 굽 없는 구두를 신었다. 푸석푸석한 머리는 대충 하나로 묶었다. 얼굴은 예쁘장했지만 약간 튀어나온 주걱턱과 양쪽 눈가에 잡힌 주름 때문인지 지적이라기보다는 살짝 신경질적인 인상이었다. 피부도 핏기 없이 창백했다.

"저 사람이야?"

노리즈키 린타로는 도서 검색 서비스 코너의 사서에게 넌지시 물었다. 사와다 호나미는 말없이 고개를 끄덕였다.

여자는 걸음을 멈추고 대출 카운터에 세 권의 책을 반납했다. 담당 사서가 반납 처리를 하는 동안 여자는 넋 나간 표정으로 자료실 안을 한 바퀴 둘러보았다. 월요일 오후라 열람석은 3분의 1쯤 차 있었다. 삼월 초치고는 따뜻한 날씨에 들뜬 직원이 창문이라는 창문은 죄다 활짝 열어놨지만, 겉옷까지 벗은 주책없는 사람은 없었다.

"네, 반납 처리됐습니다."

사서는 그렇게 말하며 대출증을 건넸다. 여자는 꾸벅 고개를 숙이며 대출증을 받아 카디건 주머니에 넣고 다시 걸음을 옮겼다. 종합 자료실의 구조를 몸에 익히려는 듯한 걸음걸이로 고개를 숙인 채 책장 사이로 들어갔다.

책장에 가려 여자의 모습이 시야에서 사라지자, 린타로는 호나미에게 눈으로 신호를 보낸 뒤 조심스레 자리에서 일어났다. 겉옷 주머니에 손을 넣은 채 열람석을 지나쳐 문학 코너로 걸어갔다. 책장에 꽂힌 책들 사이로 다갈색 카디건이 언뜻 보였다 사라졌다. 여자는 영문학 코너 앞에서 걸음을 멈췄다.

린타로는 자연스럽게 책장을 하나씩 지나쳐 여자와 같은 코너 앞에서 걸음을 멈췄다. 너무 가까이 가면 의심을 살 테니 한 칸쯤 떨어졌다. 여자는 뭔가에 홀린 사람처럼 심각한 표정으로 책장에 늘어선 번역서들을 훑어보았다. 린타로는 『모비딕』 연구서를 꺼내 펼쳐 읽는 시늉을 하며 여자가 어떤 책에 손을 뻗는 모습을 힐끗 보았다.

여자는 손가락을 책 홈에 걸어 책이 반쯤 나오게 잡아당겼다. 하지만 들여다보듯 책머리를 살펴보았을 뿐, 꺼내서 펼쳐보지 않고 다시 제자리에 돌려놓았다. 다갈색의 양장본이었는데 제목은 보지 못했다.

책의 구조에 대해 개념이 잡히지 않는 독자들을 위해 설명하자면, 책등을 기준으로 반대편을 책배, 윗부분을 책머리라 하고, 아랫부분을 책꼬리라고 한다. 참고로 책장의 제본면과 그 주변의 여백을 책목이라고 한다.

여자는 손을 거두지 않고 곧바로 오른쪽에 꽂힌 다른 책을 꺼내더니 다시 책머리를 확인했다. 이번에는 마음에 들었는지 책장에서 꺼내 옆구리에 꼈는데, 여자의 일련의 동작은 마치 진열된 상품의 샘플을 검사하는 양 기계적이었다. 역시 표지를 들춰보지도 않는 걸 보면 내용에는 전혀 관심이 없는 것 같았다. 제목이 뭔지 궁금했지만, 린타로가 서 있는 위치에서 반대쪽에 책을 끼고 있어서 보이지 않았다.

여자는 바로 자리를 떠났다. 린타로는 멜빌 연구서를 제자리에 돌려놓고 여자가 있던 곳으로 이동했다. 그녀가 처음 꺼낸 책이 무엇이었는지 일단 확인해봐야겠다고 생각했다. 금방 찾은 다갈색 양장본은 아일랜드 작가 플랜 오브라이언의『세 번째 경찰관』이었다.

혹시나 해서 책머리를 살펴봤지만 구립 도서관의 장서인이 찍혀 있을 뿐, 딱히 눈길을 끄는 특징은 없었다. 책을 제자리에 돌려놓고 도서 검색 서비스 코너 쪽을 보며 어깨를 으쓱하자 호나미는 입을 굳게 다문 채 손가락으로 여자의 위치를 가르쳐 주었다.

국문학 코너에서 다시 책을 물색하는 여자의 모습을 발견했다. 린타로는 자연스럽게 거리를 좁히며 상대가 알아채지 못하도록 관찰을 계속했다. 물색이라는 말은 그리 과장된 표현이 아니었다. 여자의 눈매에는 상습 절도범 같은 수상쩍은 기운이 가득했기 때문이었다. 아까와 마찬가지로 꽂혀 있는 책들의 책머리를 훑어본 끝에 그녀는 제 마음에 차는 한 권을 뽑았다. 역시나 표지에는 눈길조차 주지 않았다. 확실한 증거는 없었지만 여자의 행동에 대한 의심은 커져만 갈 뿐이었다.

두 번째 책을 고른 여자는 다시 자리를 옮겨 수필이 늘어선 책장 앞에 섰다. 린타로의 예상대로 이곳에서도 여자는 같은 행동을 보였다. 지금까지 관찰한 바로는 책등에 적힌 제목만 보고 책을 고르는 것 같지는 않았다. 우연히 눈에 들어온 책을 닥치는 대로 꺼내는 것처럼 보였다. 그리고 말할 것도 없이 그녀의 선택 기준은 책머리에 존재하는, 또는 존재하지 않는 무언가였다.

여자는 세 권의 책을 들고 대출 카운터로 직행했다. 자료실에 들어온 지 채 오 분도 지나지 않았다. 대출할 책을 고르기에는 너무 짧은 시간이었다. 여자가 책을 빌리는 동안 린타로는 국문학과 수필 서가를 오가며 여자에게 선택받지 못했던 책들을 꺼내 책머리를 조사했다. 당연하게도 모든 책에는 구립 도서관의 장서인이 찍혀 있었다. 그 밖에는 이렇다 할 특징은 없었다.

린타로는 재빨리 가설을 세웠다. 지극히 단순한 소거법에 따르면 선택의 기준은 장서인의 유무라고 봐야 한다. 그렇다면 그녀가 빌리려는 책에는 어떠한 이유로 구립 도서관의 장서인이 찍혀 있지 않은 것일까?

그 생각을 하자마자 린타로는 상습 절도범 같았던 여자의 눈을 떠올렸다. 분명 빌린 책을 어디 헌책방에 팔아넘길 작정임이 틀림없었다. 말할 것도 없이, 장서인이 찍힌 책을 가져가면 훔친 책이라는 사실이 단번에 들통날 테니까.

대출 카운터 쪽을 보자 어느샌가 여자는 사라지고 없었다. 진작 대출을 마치고 종합 자료실을 나선 뒤였다. 호나미가 입구 쪽을 가리키며 소리 없이 몸짓으로 재촉했다. 린타로는 황급히 밖으로 뛰쳐나갔다. 여자의 뒤를 쫓아야 했다.

급하게 계단을 내려가며 1층 로비 전체를 훑어보았다. 다갈색 카디건의 여자는 현관 정면, 소지품을 보관하는 물품 보관함 앞에 서 있었다. 보관함을 열고 커다란 천가방을 꺼내 빌린책들을 넣는 참이었다. 짐은 가방 하나뿐이었지만 다른 물건도 들어 있는지 불룩해진 가방이 제법 무거워 보였다.

여자는 가방을 들고 구립 도서관을 나섰다. 걸음걸이는 평범했다. 딱히 서두르는 기색은 없었다. 린타로는 빈손으로 겸사

겸사 산책하는 척 거리를 두고 여자의 뒤를 쫓았다. 산책하기
에 제격인 화창한 날씨라 남들 눈에 부자연스럽게 비치지는 않
을 터였다.

여자는 큰길로 나가 한동안 길을 따라 걷다가 '구민 센터 앞'
버스 정류장에서 걸음을 멈췄다. 버스를 기다리는 사람은 없었
다. 여자 뒤에 딱 달라붙어 줄을 서기가 꺼림칙해서 어쩔 수 없
이 보폭을 늦췄는데, 때마침 도서관 반대편에서 게이트볼 스틱
을 든 유니폼 차림의 중년 남녀가 단체로 몰려와서 버스 정류
장에 줄지어 섰다. 린타로는 그들의 뒤에 숨는 모양새로 줄을
섰다. 현시점에서 여자가 린타로의 존재를 알아챈 것 같지는
않았다.

이 분이 채 되지 않아 버스가 왔다. 여자와 중년 남녀들의 뒤
를 따라 린타로도 버스에 올라탔다. 여자는 비어 있는 차내의
중간 좌석에 앉았다. 린타로는 끝 좌석에 자리를 잡고 여자의
뒷모습을 지켜보았다.

'오야마다이 역 앞'에서 여자가 벨을 눌렀다. 린타로는 그
녀를 따라 버스에서 내렸다. 철도 건널목을 지나 역전 상점가
를 따라 남쪽으로 내려갔다. 여자는 이백 미터쯤 지나 인도 오
른쪽에 있는 건물로 들어갔다. 린타로는 시간 차를 두고 건물
현관으로 들어갔지만, 그의 머릿속은 이미 혼란에 차 있었다.

건물 입구 게시판에는 '오야마다이 도서관'이라고 적혀 있었다.

2

"……그래서 어떻게 됐어?"

호나미가 물었다.

"같은 행동을 하던데. 그 가방에는 이곳뿐 아니라 다른 도서관에서 빌린 책도 있을 거야."

다시 구립 도서관의 도서 검색 서비스 코너. 여자의 행선지를 파악하기 위해 종합 자료실을 나선 지 한 시간쯤 지난 뒤였다. 린타로는 심각한 표정으로 고개를 갸웃거리며 말했다.

"오야마다이 도서관에서도 회원 가입을 했는지, 먼저 빌린 책을 반납한 뒤에 종합 자료실 서가를 둘러보더니 다른 책을 세 권 골랐어. 분야는 저마다 달랐고, 책 내용에도 전혀 관심이 없는 눈치였어. 여기에서처럼 오로지 책머리만 보고 고르는 것 같더라고. 그렇게 고른 책을 카운터로 가져가서 대출한 뒤에 가방에 넣고 바로 나갔어."

호나미는 미간을 찌푸리며 고개를 저었다.

"오야마다이에서도 똑같은 행동을 하다니……."

"아직 놀라기엔 일러. 도서관을 나선 뒤에 오야마다이 역에서 오이마치선 열차를 탔어. 지유가오카에서 내리더니 미도리가오카 2초메 방향으로 걸어갔는데, 거기서 어디에 들렀는지 알아?"

"……미도리가오카 2초메에는 미도리가오카 도서관이 있지."

"딩동댕."

호나미는 한숨을 내쉬더니 착잡한 목소리로 말했다.

"뒷이야기는 안 들어도 상상이 가. 분명 거기 도서관에서도 같은 짓을 했겠지. 대출한 책을 반납한 뒤에 다시 아무 책이나 골라서 펼쳐보지도 않고 책머리만 훑어보고 서로 관련도 없는 책들을 세 권 대출했겠지?"

"맞아."

"그다음에는 어디 들렀어? 오쿠자와 도서관? 거기서 걸어갈 수 있는 거리니까."

호나미의 물음에 린타로는 얼굴을 붉히며 고개를 저었다.

"안타깝게도 미도리가오카에서 들켰어. 잠깐 방심한 사이에 놓쳐서, 황급히 밖으로 나가서 찾아봤는데 화장실에 숨어 있었던 모양이야. 알아채고 다시 돌아갔을 때는 이미 자취를 감췄더군. 근처에 다른 도서관이 있는 줄 알았으면 거기도 들렀을 테지만, 몰랐거든."

"참 도움 안 되는 탐정이네."

"미안해."

린타로는 고개를 떨구며 몸을 움츠렸다.

"최소한 어디 사는지 정도는 알아내려고 했지만 결국 그 사람의 정체도 파악하지 못했어. 미행을 알아채고 경계할 테니 당분간은 나타나지 않을 것 같은데……. 그럼 신원을 알아낼 방법은 없겠지."

"어머, 아닌데? 그 사람은 후카사와에 사는 혼마 시오리 씨야."

린타로는 냉담하게 고개를 저었다.

"대출증에 적힌 이름이 그렇다는 거잖아. 본인이 아닐 수도 있고, 가명으로 등록했을 가능성도 있어."

"아니, 본인 맞아. 전부터 아는 사람이거든. 혼마 씨는 업계에서 꽤 유명한 북 디자이너인데, 작년에 우리 도서관에서 주최한 자비출판 세미나에서 북 디자인 강사를 맡은 적도 있고 관장님과도 개인적으로 가까운 사이라……."

"잠깐만."

린타로는 호나미의 말을 끊으며 물었다.

"그럼 나더러 그 사람을 미행하라고 한 건 신원을 파악할 목적이 아니었다는 소리야?"

"응."

"그러면 그렇다고 처음부터 말했어야지. 난 가명으로 빌린 책을 다른 데다 팔아넘기는 건 줄 알았지."

"무슨 근거로 그런 생각을 한 거야?"

호나미의 물음에 린타로는 장서인의 유무에 기초한 가설을 설명했다. 하지만 호나미는 웃음으로 그 가능성을 부정했다.

"저기, 우리는 물론이고 다른 도서관에서도 서가에 나와 있는 책 중에 깜빡하고 장서인을 찍지 않은 책은 존재하지 않아. 도서 관리의 기본인데 그런 것도 제대로 안 하려고?"

호나미가 그렇게 말하니 틀림없겠지. 하지만 린타로가 그렇게 생각한 데에도 나름대로 이유는 있었다.

"뭔가 석연치 않은데? 왜 미리 그 사람의 이름을 알려주지 않았지? 이름은커녕 무슨 이유로 나한테 그녀의 행동을 감시하게 했는지 아무 설명도 안 해줬잖아. 대체 어찌된 영문인지 이제 슬슬 말해주는 게 어때?"

"미행해달라고 부탁했을 때는 혼마 씨의 행동이 정말 이상한지 아닌지 솔직히 확신이 없었어. 그래서 이름을 말하지 않은 거야. 하지만 당신 덕에 다른 도서관에서도 같은 행동을 한다는 걸 알고 나니 도무지 이해가 안 가네……."

"같은 행동을 한다고? 혼마 씨가 또 뭔가 이해가 안 가는 일을 한 거야?"

호나미는 진지한 표정으로 고개를 끄덕였다.

"그래서 뒤를 밟아보라고 한 거야. 여기서 말하기는 그러니까 사무실로 와줄래? 보여줄 게 있어."

"이게 뭘로 보여?"

호나미가 사무실 책상 위에 올려놓은 건 4센티×13.5센티 사이즈의 기다란 종이쪽지 수십 장이었다. 꾸러미를 풀어 한 장씩 살펴보니, 모든 종이는 두꺼운 화지로 붉은색과 녹색의 장미꽃 디자인이 새겨져 있었다. 그리고 그 장미를 에워싸듯 알파벳 고딕체로 이렇게 적혀 있었다.

ROSE IS A ROSE IS A ROSE IS A ROSE.

'장미는 장미이자 장미이며 장미이다'. 거트루드 스타인의 유명한 인용구이다.

국내 서적이나 미술 애호가들의 일반적인 견해로 따지자면, 작은 사이즈의 화지에 트레이드마크처럼 들어간 일러스트, 거기다 유명한 문구까지 들어갔으면 장서표라고 보는 게 타당하리라. 하지만 속단해서는 안 된다. 먼저 장서표라고 하기에는 사양이 어중간하며, 엑스 리브리스라는 글자가 없다. 이것은 치명적인 결함이다. 역사적인 작품이라면 몰라도, 현대 장서표의 특징 중 하나는 서표 디자인에 그림이나 도안과 함께 소유자, 그리고 EX LIBRIS라는 문구를 필수적으로 넣는 것이기 때문이었다. 따라서 이 종이는 장서표의 자격을 갖추고 있지 않다.

참고로 엑스 리브리스라는 말은 원래 라틴어지만 세계 공용어이기도 하며, 사전적인 의미는 '……의 장서에서'이다. 장서표는 그 말의 번역어로, 원뜻에서도 상상할 수 있듯이 서적에 관련된, 그 소유자를 명시하기 위해 만들어진 종이쪽지(대다수는 판화)를 가리킨다. 일반적으로 아름다운 그림이나 도안과 함께 소유자의 이름을 넣은 종이쪽지를 자신이 소장한 서적의 표지 안쪽에 붙여서, 소유자를 밝히는 목적으로 쓰인다. 일본이나 동양권에서는 예부터 장서인이라는 편리한 도구를 널리 사용해왔으며, 물론 이 도서관에서도 그 전통을 따르고 있다. 장서표란 장서인의 서양판이라 생각하면 이해하기 편하다.

사설은 이쯤에서 그만하자. 굳이 배배 꼬아서 생각하지 않더라도, 이 종이쪽지의 용도가 무엇인지는 쉬이 짐작이 갔다. 4센티×13.5센티미터의 기다란 모양에서 절로 연상되는 건, 책과는 떼려야 뗄 수 없는 관계인 바로 그것이었다.

"책갈피잖아. 본인이 쓰려고 만든 것치고는 무척 공을 들였네."

"역시 그렇게 보이는구나."

린타로에게서 다른 대답이 나오기를 바랐다는 듯 호나미는 맥 빠진 목소리로 말했다. 린타로는 참지 못하고 물었다.

"뭘 그렇게 뜸을 들이는데? 이 책갈피들과 혼마 씨의 기묘한 행동이 관련이 있는 거야? 설마 숫자에 그녀의 이름이 숨어 있다거나?"

호나미는 퉁명스럽게 말했다.

"어제 혼마 씨가 대출한 책들을 한 권씩 살펴봤는데, 모든 책에 이 종이가 끼워져 있었어. 그리고…… 여기 좀 봐."

"또 뭔데?"

"지난 보름 동안 혼마 씨가 대출한 책 목록. 원칙적으로 개인의 대출 기록을 외부인에게 유출해서는 안 되지만, 사정이 사정이니까……."

목록을 받아 쓱 훑어본 린타로의 눈이 휘둥그레졌다.

"보름 동안 이만큼이나?"

"매일 와서 세 권씩 빌려가거든. 물론 전날 대출한 책을 반납한 뒤에. 휴관일을 제외하고 이 주 동안 사십 권이나 빌렸어.

401
지난날의 장미는……

엄청난 권수지."

"속독하는 사람이라면 불가능한 권수는 아니지만……."

"하루에 세 권이라면."

호나미가 지적했다.

"하지만 내 예상이 맞다면, 혼마 씨는 오야마다이와 미도리가오카 도서관에서 빌린 책까지 포함해 아홉 권씩 날마다 빌리고 있는 거야. 오쿠사와 도서관이나 다른 도서관에도 다닌다면 권수는 더 늘어나겠지."

"그것까지 포함하면 도저히 하루에 읽을 수 있는 양은 아니군."

린타로는 다시 목록을 보았다. 호나미의 말대로 혼마 시오리는 이월 말부터 오늘까지 하루도 거르지 않고 세 권씩 책을 대출했다. 참고로 한 번에 대출할 수 있는 도서는 세 권이다.

하지만 그런 성실함과는 대조적으로 대출 도서의 제목을 하나씩 살펴보니, 그 대상은 신간 구간을 가리지 않았고 분야도 제각각이었다. 한마디로 일관된 독서 경향이라는 것을 찾아볼 수가 없었다. 물론 일별로 살펴보면, 오늘처럼 문학 서적만 고르든지, 아니면 사회과학에서 세 권, 또는 일괄적으로 예술 서적을 고른 날 등 인접한 분야의 책이 늘어선 경우도 있기는 했지만, 린타로의 생각으로는 단순히 서가가 가까이 있기 때문이라고밖에 볼 수 없었다. 그날 한정의 적당한 조합일 뿐이지 전체 목록의 무작위적인 혼돈 속에서는 그 이상의 의미를 읽어낼 수 없었다.

아마 혼마 시오리는 적당히 서가를 둘러보다 눈에 들어온 책을 뽑아 갔을 것이다. 목록에서 알아낼 수 있는 건 기껏해야 그 정도였지만, 이 결론은 그녀를 감시하기 시작했을 때 받았던 느낌 그대로라 새로운 발견은 아니었다.

"……뭔가 알아냈어?"

호나미가 물었다. 린타로는 고개를 저었다.

"전혀. 읽으려던 게 아니라면 왜 보름 동안에 이 많은 책들을 대출할 필요가 있는지 짐작조차 안 가. 혹시나 해서 묻는 건데, 여기 빌린 책들을 한 권도 빼놓지 않고 다음날에 반납했다는 거지?"

"당연하지. 오늘 대출한 책은 아직 안 들어왔지만."

"그럼 반납한 책들에 뭔가 이상한 점은 없었어? '잭 더 리퍼' 사건에서처럼 책장이 찢겨나갔다거나 낙서가 되어 있다거나."

호나미는 진지리가 난다는 투로 대답했다.

"그럴 수도 있겠다 싶어서 어제 직원들하고 다 같이 책을 한 권씩 꼼꼼하게 살펴봤는데, 깨끗해. 파손된 흔적은 없었어."

"책머리에 뭔가 달라진 점은 없었고?"

"없었어."

린타로는 한숨을 쉬며 말했다.

"그럼 책을 복사한 거 아냐?"

"처음에는 우리도 그렇게 생각했어. 작업에 참고하기 위해 다양한 책 표지를 복사해서 모으는 게 아닐까 하고. 하지만 그런 거라면 번거롭게 대출하지 않아도 도서관 복사기를 이용하는 편이 낫지 않아? 그리고 혼마 씨는 책을 고를 때 표지나 장정에는 딱히 관심을 보이지 않았잖아. 아무 맥락 없는 이 목록으로 미루어 봐도, 표지를 복사하기 위해 대출했다는 설명은 설득력이 없어."

"흐음, 이거 꽤 어려운 문제인데."

끙끙거리는 린타로를 보더니, 호나미는 연락망을 찾아 근처에 있는 공립 도서관에 문의 전화를 넣었다. 한참 질의응답을 반복한 끝에 다시 린타로를 보며 말했다.

"……일단 오야마다이와 미도리가오카, 오쿠자와 도서관에 확인했어. 자세한 내용은 업무상 비밀이라 발설할 수 없다는데, 지난 보름 동안 혼마 씨가 다른 도서관 세 곳에서도 같은 행동을 반복하고 있는 건 확실해."

"다른 도서관에서 빌린 책에도 책갈피가 끼워져 있었대?"

"응."

호나미는 종이를 한 장 집어 린타로의 눈앞에 내밀었다.

"이거하고 같은 거."

린타로는 비스듬히 고개를 기울여 그 책갈피를 살펴보았다. 일부러 이런 증거를 남겨둔 걸 보면 분명 여기에 뭔가 의미가 있는 게 틀림없었다.

'장미는 장미이자 장미이며 장미이다.'

어쩌면 이 인용구는 대출한 책의 종류가 제각각이라는 사실을 순순히 인정하고 있는 게 아닐까.

……그럴 리가.

머리를 쥐어짜봐도 도통 짐작 가는 데가 없어서 입을 다물고 있는데, 은퇴 후의 매그레 경감을 축소시켜놓은 듯한 풍채의 남자가 사무실의 문을 열고 홀연히 들어왔다.

3

"사와다 선생, 혼마 씨 관련해서 뭔가 알아낸 게 있다고?"

이 도서관의 관장이었다. 호나미가 대답하기 전에 린타로의 모습을 발견한 관장은 콧잔등을 약간 찌푸리며 지긋지긋하다는 듯 신음을 흘렸다.

"또 자넨가."

"안녕하세요. 혼마 씨 일로 사와다 씨가 조사를 의뢰했거든요. 지금 보고중입니다."

"번번히 미안하군. 그나저나 사와다 선생."

관장은 호나미를 보며 턱을 까딱하더니 들으란 듯 직설적으로 말했다.

"이 친구 도움을 받는 건 상관없지만, 이러다 우리 도서관에서 일어난 일들을 소설로 써버리면 입장이 곤란해지지 않겠나? 설령 도서관 이름이 나오지 않더라도 세세한 서술에서 우리라는 게 들키지 않겠나? 나쁜 소문이 돌아서 이용자들이 민원이라도 넣으면 어쩌려고."

"죄송합니다만, 저번에 도서관 홍보가 된다고 좋아하셨던 건 누구셨죠?"

관장은 호나미가 무슨 이야기를 하는지 아는 눈치였지만 못 들은 척하며 흘려 넘겼다. 아무 일도 없었던 듯 서글서글하게 린타로를 보며 웃더니, 빈자리에 앉아 점잖을 빼며 호나미에게 물었다.

"혼마 씨 일은 뭔가 알아낸 게 있나?"

"네. 아까 혼마 씨가 다녀간 뒤에 미행을 했는데……."

호나미는 그렇게 말하며 린타로의 보고를 관장에게 전했다.

팔짱을 낀 채 이야기를 듣더니 관장은 근심에 찬 표정으로 말했다.

"오야마다이와 미도리가오카에서도 같은 행동을 했다고?"

"그리고 오쿠자와 도서관에서도요."

관장은 못을 박듯 린타로 쪽을 보았다. 린타로가 고개를 끄덕이자 나지막한 신음을 흘렸다.

"자네 추리는 뭔가?"

"유감스럽게도 현시점에서는 정보가 부족해서 전혀 짐작 가는 게 없습니다."

관장은 입을 내밀고 한동안 생각에 잠겼다. 그리고 두 사람의 얼굴을 번갈아 바라보며 다소 과장된 어조로 심각하게 중얼거렸다.

"어쩐지 불길한 예감이 드는군."

"불길한 예감요?"

린타로가 되물었다.

"혹시 혼마 씨의 행동에 대해 뭔가 아시는 거라도 있으세요?"

"최근에 풍문으로 들은 이야기가 있기는 한데……. 내가 잘못 안 걸지도 모르니까 확실해질 때까지는 입다물고 있으려고 했네."

계속 뜸을 들였지만 이야기할 생각이 없는 건 아닌 것 같았다.

"그게 뭔데요?"

호나미가 짜증 섞인 어조로 문자 관장은 눈썹을 치켜 올리며
말했다.

"절대로 다른 데다 발설하면 안 되네. 실은 얼마 전에 혼마
씨가 실독증에 걸렸다는 소문을 들었네."

"실독증이라고요?"

"정식 명칭이 맞는지는 모르겠지만, 한마디로 문자를 아는
사람이 어떠한 이유로 책을 읽지 못하게 되는 질병이야. 안타
깝게도 한참 전부터 활자를 읽지 못하는 증상을 보였나 봐. 그
런 상태로는 북 디자인 일을 할 수 없으니 계속 휴업 상태였다
더군. 그래도 남들과 대화를 나누는 데는 문제가 없었다니 다
행이지."

"그런 병이 있어?"

호나미가 고개를 꺾으며 물었다. 린타로는 눈을 가늘게 뜨며
물었다.

"실어증의 병례 중 하나야. 실어증은 운동성 실어증과 감각
성 실어증으로 나뉘는데, 읽은 걸 이해하지 못하는 건 후자에
해당해. 이 질병은 대뇌 좌반구에 있는 언어중추의 장애로 인
해 발생하는 것이라고 알려져 있어. 외상이나 뇌종양, 또는 뇌

졸중이 원인이지."

"흐음. 그럼 시력이 나빠졌다든지 하는 단순한 이유 때문은 아닌 거네."

"그건 말할 것도 없지. 책을 못 읽을 정도로 눈이 나빠지면 일상생활에도 지장이 생길 텐데, 오늘만 해도 내가 미행한 사실을 눈치챈 걸 보면 시력이 나빠진 건 아냐. 관장님, 혼마 씨가 실독증에 걸린 원인 말입니다만, 최근에 머리를 다치거나 뇌혈관 장애를 동반한 중병에 걸린 적이 있습니까?"

"……아니, 없네."

관장은 생각 끝에 고개를 저으며 대답했다.

"그런 이야기는 못 들었어. 듣자 하니 반년 전부터 충전 기간이라는 명목으로 일을 쉬면서 여기저기 여행을 다녔다고 하니, 어쩌면 여행지에서 사고를 당했을 수도 있겠군. 하지만 그런 심각한 후유증이 남을 정도로 큰 사고를 당했으면 분명 소문이 퍼졌겠지."

"그렇군요."

린타로는 고개를 갸웃거렸다. 원인이 무엇이든 혼마 시오리가 실독증에 걸린 게 사실이라면 그녀의 행동은 더욱더 불가해한 양상을 띠게 된다. 하루도 거르지 않고 매일 읽지도 못하는 책을 빌려다 무엇을 하는 거지? 생각에 빠져 있던 그때, 안경을 손가락으로 두드리며 호나미가 말문을 열었다.

"뇌에 문제가 있는 게 아니라 원인은 심리적인 데 있는 게 아닐까? 정신적 충격이나 신경증 같은 거 말이야. 이를테면 작가도 슬럼프에 빠졌을 때 온종일 책상 앞에 앉아 있어도 한 줄도 못 쓰는 경우도 있잖아. 그것도 일종의 실어증이지. 그와 마찬가지로 활자 공포증이라 부를 만한 증상이 있더라도 이상할 건 없지 않아?"

린타로는 대답 없이 어깨만 으쓱했다. 호나미는 의기양양하게 미소 지으며 여전히 생각에 빠진 관장을 보고 말을 이었다.

"만일 제 생각이 옳다면, 혼마 씨가 매일 여러 도서관에서 책을 빌려 가는 이유를 알 것도 같아요."

"그게 뭔가?"

"분명 예전처럼 책을 읽을 수 있도록 정신적인 재활 훈련을 하는 거예요. 한마디로 활자 공포증을 극복하기 위해 활자와 접하는 거죠. 책을 대중없이 빌린 것도 그 때문이겠죠."

"흐음, 일리가 있군. 그렇게 생각하면 혼마 씨의 행동을 설명할 수 있겠어."

"아니, 전 그건 아니라고 봅니다."

린타로가 이의를 제기하자 호나미는 자기 이론에 찬물을 끼얹은 게 마음에 들지 않은 듯 입을 삐죽였다.

"이유가 뭔데?"

"활자 공포증이라는 발상은 나쁘지 않았어. 하지만 실독증을 극복하고자 재활 훈련을 하려는 거였다면, 접근하기 쉬운 책을 한 권 골라서 조금씩 읽는 연습을 하지 않았을까? 그리고 책을 반납할 때 일일이 책갈피를 끼워 넣은 이유는 어떻게 설명할 건데?"

"아, 그러고 보니 깜빡했네."

호나미는 뜻밖에도 순순히 인정하더니 책갈피를 집어서 꼼꼼히 살펴보기 시작했다. 린타로는 관장의 주의를 끌며 다시 물었다.

"실독증 이야기는 흥미롭지만 그것만으로 아까 말씀하신 불길한 예감이란 걸 설명할 수 없죠. 또 뭔가 짚이는 게 있으신 거 아닙니까?"

"음, 나는 이 장미 책갈피가 영 마음에 걸리는군. 장미……재작년에 그런 제목의 책이 번역되지 않았나. 자네 분야의 책이었지? 중세 수도원에서 연쇄살인이 일어나는 탐정소설 말이야. 작가는 이탈리아의 기호학자로, 이름은 에베르트 움……."

"움베르트 에코죠."

린타로는 간발의 차로 관장의 스푸너리즘◀을 정정하며 말을

411
지난날의 장미는……

이었다.

"『장미의 이름』을 말씀하시는 거죠?"

"그래. 그 소설은 금단의 책을 둘러싸고 그걸 읽는 이들이 차례차례 살해된다는 내용이었지?"

엄밀히 따져보면 관장의 요약은 상당히 부정확했지만, 린타로는 굳이 지적하지 않고 넘어갔다.

"게다가 소설 속에서 도서관이 중요한 역할을 하지 않나. 그래서 생각한 건데, 만일…… 어디까지나 가정이지만…… 혼마 씨가 도서관의 불특정 다수 이용자들을 대상으로 『장미의 이름』에서 나오는 범죄를 계획한다면? 만일 그렇다면 이 책갈피는 범행 동기를 나타내는 사인으로 해석할 수 있지."

"그게 무슨 말씀이십니까?"

린타로는 몸을 내밀며 물었다. 관장은 젠체하며 손가락으로 턱을 집었다.

"이것도 그냥 내 추측일 뿐이지만, 만일 자네가 어느 날 갑자기 시력을 잃어서 내일부터 책을 한 권도 읽지 못하는 처지가 됐다면 어쩔 텐가?"

▶ spoonerism, 두 단어의 첫 음을 잘못 말하여 흔히 우스꽝스러운 결과를 불러오는 실수. 움베르트 에코를 스푸너리즘으로 발음하면 에베르트 움코(움코는 똥이라는 뜻). —작가 주

"절망한 나머지 실성할지도 모르겠군요."

"사와다 선생은?"

"상상도 하기 싫어요. 사형 선고나 마찬가지예요."

관장은 흡족한 표정으로 고개를 끄덕였다.

"나도 그렇네. 책을 못 읽는 인생은 살 가치가 없어. 그냥 죽어버리는 게 낫지. 하지만 말은 이렇게 해도, 자기한테만 그런일이 닥친다면 억울하겠지. 만일 나한테 그런 일이 생긴다면죽기 전에 주변 사람들한테도 똑같은 고통을 맛보게 해줘야겠다는 생각을 할지도 모르겠네."

"세상의 모든 책들을 없애버리겠다는 생각이요? 레이 브래드버리의 소설처럼?"

"그건 불가능하네. 그보다 더욱 삐뚤어진 생각이지. 아까『장미의 이름』을 언급했지? 보복이라고 할까, 분풀이라고 할까. 자기처럼 책을 좋아하는 사람을 마구잡이로 끌어들여 책을읽지 못하는 세상으로 인도하겠다는 발상은 그리 나쁘지 않은것 같은데."

호나미가 황당하다는 듯 입을 떡 벌렸다.

"혹시 혼미 씨가 실독증으로 괴로워하던 나머지 도서관 이용자들을 하나씩 해치려고 했단 말씀이세요?"

관장은 그 물음에 대답하지 않고 허세를 부리듯 린타로를 찌

릿 노려보았다.

"자네는 범죄 연구 전문가니 기발한 살인 트릭이라면 도가 트지 않았나? 이를테면 책을 이용해 읽는 이를 영원한 잠으로 인도하는 방법이라든지……."

린타로는 신중하게 고개를 저었다.

"그런 방법이 없는 건 아니지만 그 결론은 조금 비약적인 것 같습니다."

"아니, 사면초가에 빠진 인간이 삐뚤어진 망상에 사로잡히면 무슨 짓을 저지를지 모를 일이야. 실제로 얼마 전 시마바라 씨 일도 있고. 내 예감이 맞았는지는 둘째 치고, 노리즈키 군, 역시 이건 자네 일인 것 같군. 이 도서관의 관장으로서 정식으로 요청하지. 이 사건을 자세히 조사해주겠나?"

린타로에게는 딱히 득 될 게 없는 제안이었지만, 어차피 시작한 일이니 혼마 시오리의 행동 뒤에 숨겨진 의도를 밝혀내고 싶기도 했다.

"알겠습니다. 해보겠습니다."

"부탁하네. 하지만 내가 지금 한 이야기는 혼마 씨 본인에게는 비밀로 해주게. 그리고 구체적인 뭔가를 알아내기 전까지는 그녀가 눈치채지 못하도록 신중하게 조사해주게. 개인 사생활에 관계된 문제니 자칫 일이 잘못되기라도 하면 여러모로 번거로워지니까. 뭐, 굳이 말하지 않아도 자네가 더 잘 알겠지만. 모르는 게 있으면 사와다 선생에게 물어보게. 자, 이 건의 최고 책임자는 사와다 선생일세. 이제 대충 정리가 된 듯하니 나는 이쯤에서 실례하겠네."

말을 마친 관장은 다른 볼일이 떠올랐다는 듯 자리에서 일어나 서둘러 사라졌다. 호나미는 어처구니없다는 표정으로 그 뒷모습을 바라보다 문이 닫히기가 무섭게 땅이 꺼져라 한숨을 내쉬었다.

"관장님도 참, 남은 진지하게 생각하는데 무슨 말씀을 하시는 거야. 본인이야말로 삐뚤어진 망상에 사로잡힌 거 아냐? 책으로 사람을 해치다니, 그게 말이 돼?"

"아주 말이 안 되는 소리는 아니야. 현실을 봐도 역사적으로 『자본론』이나 성경 같은 책이 수백만의 목숨을 앗아간 사실을 찾아볼 수 있잖아? 그보다 규모가 작은 사건으로는, 수천만 엔이나 하는 희귀본을 둘러싸고 광적인 애서가들이 칼부림을 벌인 사건도 있어."

"그거랑 이거랑 같아? 설마 관장님 이야기를 심각하게 받아들인 건 아니겠지?"

린타로는 어깨를 으쓱하며 대꾸했다.

"가능성이 한없이 0에 가깝더라도 한 번은 의심해볼 것. 이게 탐정의 철칙이야. 그 이야기를 곧이곧대로 믿는 건 아니지만, 혹시 모르니 검토는 해보는 게 좋을지도 몰라. 그럴 가능성은 희박하겠지만 만일 책장에 독이라도 발라놓았으면 큰일이잖아?"

"그럴 리가. 어제 우리가 반납된 책을 살펴봤을 때는 아무 이상도 없었잖아."

"효과가 늦게 나타나는 독극물일 수도 있지."

호나미는 소름이 끼친다는 듯 몸을 움츠렸다.

"그만해. 농담이라도 섬뜩하니까."

"그럼 아까 혼마 씨가 반납한 책들 좀 가져다줄래? 아버지한테 부탁해서 경시청 전문가한테 조사해달라고 할 테니까. 독자를 노린 살인 트릭은 제쳐두더라도 육안으로 확인할 수 없는 미세한 뭔가가 있을 수도 있으니까. 그러는 김에 그 책갈피도 몇 장 줘봐."

호나미는 린타로가 자신을 놀리는 거라고 생각했는지 완전히 토라져서 심술궂게 쏘아붙였다.

"유감이지만 수색영장도 없이 공공 도서관의 재산을 멋대로 압수하게 둘 순 없어. 관장님이 뭐라 하시든, 도서관의 장서관리 자치권은 법률로 보호되고 있으니까."

"수색영장은 없지만 이게 있지."

린타로는 씩 웃으며 대출증을 호나미에게 들이댔다.

"공공 도서관의 이용자로서 대출 청구를 하는 거야. 그러니까 꾸물대지 말고 빨리 가져다줘."

4

그날 밤, 린타로는 퇴근하고 돌아온 노리즈키 총경에게 자초지종을 설명하고 도서관에서 빌려 온 세 권의 책과 책갈피를 내밀었다. 총경은 성가시다는 표정이었지만 과학수사연구원에 보내서 조사해보기는 하겠다고 약속했다.

"그건 그렇다 치고, 넌 어쩔 작정이냐? 검사 결과가 나올 때까지는 사냥감에 손을 대지 않으려고?"

"그럴 리가요."

린타로가 대답했다.

"우선 혼마 시오리가 실독증에 걸린 원인을 알아봐야겠죠. 그녀가 책을 읽지 못하게 된 일과 최근 도서관 순례 사이에는 분명 밀접한 관계가 있을 거예요."

"본인과의 접촉이 금지되어 있는데 그걸 어떻게 알아보려고?"

"비밀 정보망을 이용해야죠."

어리둥절한 아버지를 두고 린타로는 전화를 들었다. 친하게 지내는 편집자에게 연락해 이러저러한 구실로 혼마 시오리라는 북 디자이너의 근황에 대해 물었다. 상대는 직접적인 친분이 없어서 잘은 모르지만, 하고 운을 떼더니 그녀와 친한 다른 편집자의 이름을 댔다.

"……사이토는 혼마 씨와 여러 번 같이 작업을 했으니 어떻게 지내는지도 알 겁니다. 잠깐만요. 아까 복도에서 봤으니까 근처에 있겠네요. 찾아서 전화 바꿔줄까요?"

"부탁드립니다."

잠시 기다리자 사이토가 전화를 바꿨다. 린타로는 간략하게 용건을 말한 뒤에 내일 오후 시부야에서 만날 약속을 잡았다. 말투가 서글서글한 것이 말이 잘 통할 것 같았다.

수화기를 내려놓자 옆에서 듣고 있던 총경이 시큰둥하게 말했다.

"있는 척은 혼자 다 하더니, 비밀 정보망은 무슨."

린타로는 웃음을 참으며 어깨를 으쓱했다.

이튿날 아침, 침대에 누워 있던 린타로는 비몽사몽간에 노리즈키 총경이 출근하는 소리를 들었다. 소리를 듣자마자 침대에서 벌떡 일어나, 잠옷 차림으로 현관으로 뛰쳐나가 아버지의 뒤통수에 대고 외쳤다.

"불에 쬐는 거 잊지 마시고요."

총경은 화들짝 놀라 뒤돌아봤다.

"무슨 소리냐?"

"책 말이에요. 불에 쬐어보면 뭔가 나올지도 몰라요. 책장에
비밀 잉크로 뭔가 적어놨을지도……."

총경은 기가 찬다는 듯 한숨을 내쉬었다.

"알았다, 알았어. 하지만 난 아무것도 안 나온다는 데 걸겠
다."

사이토와의 약속 시간은 오후 1시였다. 린타로는 그때까지
도큐플라자 기노쿠니야 서점에서 어슬렁거리며 시간을 때웠
다. '북 디자인 혼마 시오리'라고 적힌 책을 찾아 참고삼아 몇
권 사기도 했다.

오후 1시 정각에 약속 장소인 카페로 나가자 단정한 차림의
삼십 대 후반 남자가 자리에서 일어나 손을 들었다. 수두 자국
이 남은 긴 얼굴에 두꺼운 안경을 끼고 있었다. 건넨 명함에는
숭간소설시의 편집자 직함과 함께 사이토 류노스케라는 이름
이 적혀 있었다.

십 분쯤 세상 돌아가는 이야기를 나눈 뒤, 린타로는 조심스

레 본론을 꺼냈다.

"어젯밤에 통화로도 말씀드렸습니다만, 북 디자이너 혼마 시오리 씨에 대해 궁금한 게 있습니다. 사이토 씨는 혼마 씨와 친하시다고 들어서요."

"여러 번 같이 작업하긴 했습니다. 경력은 그리 길지 않지만 센스가 좋고 지식도 풍부해서 젊은 디자이너들 중에서는 제일일 겁니다. 장인 정신이 있다고 할까요, 일을 대충하는 스타일이 아니라 오히려 기피하는 편집자들도 있다고 하는데 저는 그런 점까지 포함해 뛰어난 북 디자이너가 될 자질이 충분하다고 봅니다. 관심이 있으시면 직접 본인을 소개해드릴까요?"

"아니, 괜찮습니다."

린타로가 단번에 사양하자 사이토는 의아스러운 표정을 지으며 물었다.

"연결해드리는 게 그렇게 어려운 일도 아닌데, 무슨 사정이 있으신 겁니까? 설마 노리즈키 선생님의 부업과 관련된 일은 아니겠죠? 범죄 수사나 살인 사건 같은……."

"그런 건 전혀 아닙니다."

린타로는 황급히 손사래를 치며 벼락치기로 생각한 구실을 둘러대기로 했다.

"사이토 씨만 알고 계십시오. 다음 작품의 플롯과 관련이 있어서요. 용의자 중에 책을 못 읽는 인물이 있는데, 그게 사건 해결의 열쇠거든요. 원래 문맹인 게 아니라 어떠한 이유로 일시적인 실독증 상태가 되었다는 설정인데, 물론 독자들에게는 해결편까지 그 사실은 덮어둘 작정입니다."

"아하, 그러셨군요."

사이토는 그제야 납득이 간다는 표정으로 중얼거리더니 안경을 올리며 소곤거렸다.

"누구한테 들으셨습니까? 혼마 씨가 그런 상황에 처했다는 이야기를⋯⋯."

린타로는 고개를 갸웃하며 시치미를 뗐다. 그러자 상대는 알아서 이해했다는 표정으로 말을 이었다.

"아, 캐물으려던 건 아닙니다. 큰 소리로 떠들 이야기는 아니지만 문외불출의 극비 사항도 아니니까요. 편집자들 사이에서는 공공연한 비밀이라고 할까요. 그럼 노리즈키 선생님은 신작 집필에 참고하기 위해서 혼마 씨의 증상을 알고 싶은 거다 이 말씀이시죠?"

린타로는 고개를 끄덕였다.

"혼마 씨가 실독증에 걸리게 된 원인을 알려주신다면 큰 도움이 될 것 같습니다."

스스로도 어설프기 짝이 없는 구실이었지만, 작가와 편집자 사이에서는(특히 추리 작가의 경우, 신작 플롯에 관해서는 절대로 유출해서는 안 된다는 철칙이 있다) 이런 방식이 통했다. 사이토는 딱히 기분이 상한 기색 없이 말했다.

"알겠습니다. 그런 사정이시라면 기꺼이 도와드려야죠. 하지만 제가 이야기했다는 말은 마십시오."

"남들 귀에 들어가면 안 좋은 이야기입니까?"

"뭐, 비슷합니다. 조금 이야기가 길어질지도 모르지만……."

사이토는 뜸을 들이듯 그렇게 말하더니 때마침 테이블 옆을 지나치던 종업원에게 2인분의 커피 리필을 부탁했다.

"이 이야기는 혼마 씨 본인에게 직접 들은 이야기와 사람들에게 전해 들은 이야기를 반씩 섞어놓은 거라 제 억측도 조금은 들어가 있습니다만, 틀린 부분은 거의 없을 겁니다.

여기서만 하는 이야기인데, 사실 혼마 씨는 몇 년 전부터 모 유명 작가…… 이름은 밝힐 수 없으니까 K 선생님이라고 해두죠. 아무튼 그분과 불륜 관계였습니다. 처음에는 순수하게 일적인 관계였죠. 혼마 씨가 K 선생님 책의 디자인을 맡은 게 계기였습니다.

당시 신출내기 북 디자이너였던 혼마 씨가 K 선생님 급 대작가를 맡는다는 것 자체가 이례적인 일이긴 했습니다만, 딱히 뒷사정이 있는 건 아니고 원래 그 책의 담당 디자이너였던 그녀의 스승이 간질환으로 입원하는 바람에, 평소에 좋게 보았던 혼마 씨를 대타로 세운 겁니다.

혼마 씨는 그 일을 이름을 알릴 둘도 없는 기회라 여겼고, 스승이 만든 기존의 이미지를 완전히 갈아엎는 수준의 새로운 콘셉트를 만들었습니다. 일견 기발한 듯 보이나 실은 치밀하게 계산된 세련된 표지를 내놨죠. 이 디자인이 화제가 되어 K 선생님의 책은 기존 판매량을 육십오 퍼센트나 웃돌아 그해 베스트셀러에 이름을 올리는 성공을 거뒀습니다."

"K 선생이 누구인지 이제야 알겠군요."

린타로가 그의 이름을 말하려 하자, 사이토는 쉿, 하는 시늉을 했다.

"이대로 이니셜로 말씀하시죠."

표지 덕을 톡톡히 본 K 선생은 기쁨에 춤을 췄다. 혼마 시오리의 재능에 푹 빠진 듯, 그 뒤로 그의 책은 신간, 재간, 출판사를 가리지 않고 모조리 그녀가 담당하게 되었다. 물론 시오리에게도 더할 나위 없는 이야기였다. 이리하여 스물다섯 살의 나이 차이가 나는 중년 작가와 신진 북 디자이너의 이인삼각이 시작되었지만, 이내 이 관계는 일뿐 아니라 사생활에까지 이르게 된다.

K 선생은 엄연한 유부남으로 고등학생 아들까지 있었지만, 여자관계가 복잡해서 과거에도 여러 번 사고를 쳤던 전적이 있는 몹쓸 중년이었다. 때문에 두 사람의 관계가 점점 깊어져 반쯤 공공연해졌을 때에도 편집자들 사이에서는 K 선생이 제 버릇 개 못 주고 다시 일을 벌였지만 그러다 또 다른 여자에게 집적거리면 여자 쪽에서 먼저 정이 떨어질 거라며 무책임한 반응이 오갈 뿐, 이제 와서 눈살을 찌푸리거나 부인에게 귀띔하는 이는 없었다고 한다.

"……그러면 부인은 전혀 그 사실을 몰랐던 겁니까?"

린타로의 물음에 사이토는 비아냥대듯 말했다.

"그런 면으로는 또 빈틈없는 양반인데다 춥고 배고픈 시절을 함께한 조강지처라 부인에게는 찍소리도 못 합니다. 그리고 부인도 현명한 분이라 알아채지 못했을 리가 없지만, 적어도 혼마 씨와의 관계는 들키지 않도록 조심했을 겁니다. 그래서 한동안은 별 탈 없이 조용히 지나갔습니다만 하필이면 혼마 씨가 임신을 해버렸지 뭡니까."

린타로는 화들짝 놀라 고개를 앞으로 내밀었다.

"그게 사실입니까?"

"사실입니다. 게다가 혼마 씨는 뭐랄까, 한번 이거다 싶으면 좀처럼 생각을 바꾸지 않는 예술가적 기질이 있거든요. K 선생님한테 진심이었던 모양이라 일이 복잡하게 됐습니다. 자식으로 인정하지 않더라도 사랑한 남자의 아이니까 무슨 일이 있어도 낳겠다, 혼자서 키우겠다고 고집을 피운 모양인데, K 선생님이 오냐 그래라 하겠습니까. 완고하게 반대하며 더 늦기 전에 아이를 지우라고 했죠."

"혼마 씨는 그 말에 따랐습니까?"

사이토는 한숨을 내쉬며 고개를 내저었다.

"겉으로는요. K 선생님 앞에서는 중절 수술을 받은 척했죠. 하지만 혼마 씨는 한번 말을 꺼내면 절대로 뜻을 굽히지 않는 고집불통이었죠. 재충전을 위한 여행을 떠난다는 핑계로 한동안 일을 그만두고 사람들 앞에서 자취를 감췄습니다. 지금 생각해보면 불러오는 배를 감추기 위해서였겠죠. 그때는 K 선생님뿐 아니라 저희도 감쪽같이 속았습니다. 그로부터 몇 달 뒤에 도쿄의 모 조산원에서 몰래 아이를 낳았다고 하더군요.

하지만 나중에야 안 일이지만, 불행하게도…… 예정일에 나온 아이는 죽어 있었습니다."

"안타까운 일이군요."

"그렇죠. 여자아이였는데, 혼마 씨는 전부터 에미리라는 이름을 지어놓고 기다렸다는군요."

린타로의 눈썹이 꿈틀거렸다.

"에미리라고요?"

"그림 회繪 자에 아름다울 미美, 다스릴 리理 자를 써서 에미리입니다. 혼마 씨가 좋아하는 시에서 따온 이름이라고 들었습니다."

사이토는 그렇게 말했다.

"그로부터 한동안은 사산의 충격으로 일도 제대로 못 하고, 폐인처럼 지내는 시기가 이어졌습니다만, 주변의 위로와 격려로 간신히 마음을 추스르고 복귀 후 첫 작업에 착수했습니다. 이번에는 K 선생님이 아니라, G 신인상을 탄 젊은 여성 작가의 데뷔작이었죠. 그 작업에 몰입함으로써 죽은 아이를 잊으려 한 거죠. 여러 번 회의를 거치며 작가와도 친해져서 드디어 예전의 모습을 되찾는가 싶었는데, 완성된 디자인을 인쇄소에 넘기는 단계에서 생각지도 못했던 훼방이 들어왔습니다."

"K 선생님입니까?"

사이토는 떫은 표정으로 고개를 끄덕였다.

"네. 어디서 들었는지, K 선생님은 혼마 씨가 본인을 속이고 몰래 아이를 낳으려 했다는 사실을 알았습니다. 불같이 화를 내며 이 바닥에 다시는 발도 못 붙이게 하겠다며 출판사에 압력을 넣어서 인쇄 직전에 다른 디자이너의 표지로 교체했습니다. K 선생이 G 신인상 심사위원이었던 까닭에 그런 억지가 통한 거죠. 미리 말해두지만 저희는 아닙니다. 다른 출판사예요. 그런 일이 생긴 탓에 혼마 씨의 복귀 후 첫 작업은 완전히 엎어졌습니다. 말 그대로 유산된 거죠."

"그랬군요."

"혼마 씨에게는 엎친 데 덮친 격이었죠. 그 일이 큰 충격이었나 봅니다. 아이를 잃은 슬픔에서 벗어나기 위해 했던 노력이 오히려 상처를 후벼파는 결과를 불러왔으니까요. 혼마 씨가 주변에 책을 읽지 못하는 증상을 호소하기 시작한 건 그로부터 얼마 지나지 않아서였습니다."

린타로는 질문을 던졌다.

"그게 언제 일입니까?"

"작년 십일월에 아이를 잃었고, 작업이 무산된 건 지난달 일입니다."

린타로는 생각에 잠겼다. 혼마 시오리가 구립 도서관에서 기묘한 행동을 하기 시작한 건 보름 전부터였다. 그렇다면 시간적으로 따져보면 사산에 의한 정신적 후유증이 이번 사건에도 밀접하게 관련되어 있을 터였다.

그리고 하나 더.

혼마 시오리는 자신이 좋아하는 시에서 따온 이름을 죽은 딸에게 붙이려고 했다. 에미리. 장미 디자인의 책갈피와 연결되는 지점이다. 'ROSE IS A ROSE IS A ROSE IS A ROSE.' 거트루드 스타인의 이 말은 원래 「신성한 에밀리」라는 시의 한 구절이다. 신에게 바쳐진 에밀리.

"뭐, 대충 이렇습니다."

사이토가 말을 이었다.

"대략적이긴 합니다만 제가 아는 건 다 말씀드렸습니다. 하지만 제일 중요한 실독증에 대해서는 별로 참고하실 만한 게 없었네요. 또 궁금한 게 있으시면 말씀하십시오."

"혼마 씨는 책을 읽지 못하게 되었을 때 병원에 찾아갔습니까?"

"아뇨. 아까 말씀드렸다시피 원체 고집이 세서 환자 취급당하는 건 사양하겠다며, 주변 사람들의 조언에도 귀를 막아버리더군요."

"음, 혹시 사산의 원인이 무엇이었는지 들으셨습니까?"

"아, 제대 권락이었습니다."

"제대……. 뭐요?"

"제대, 태아와 어머니를 연결하는 탯줄 말입니다. 탯줄이 태아를 휘감아서 혈액순환장애가 일어나는 거죠. 산모의 양수가 많고 탯줄이 너무 길면 출산 시에 그런 일이 일어날 수도 있다고 합니다. 이런 표현은 좀 그렇지만, 탯줄이 태아의 목을 조르는 모양새였다고 합니다. 그게 사인이었다고 들었습니다."

린타로는 저도 모르게 앗, 하고 소리쳤다. 혼마 시오리의 불가해한 행동이 어디에서 비롯되었는지 지금 설명을 들으니 알 것 같았다.

"왜 그러십니까?"

사이토가 의아스러운 낯으로 린타로의 얼굴을 들여다보았다. 정신을 차린 린타로는 대충 둘러대며 허겁지겁 감사 인사를 하고 자리에서 일어났다.

카페에서 나온 린타로는 다시 도큐플라자의 기노쿠니야 서점으로 달려갔다. 눈을 부릅뜨고 책장에 꽂힌 책등을 훑으며 어제 빌린 세 권 중 한 권과 같은 책을 찾아냈다. 혼마 시오리를 따라 책을 반쯤 꺼내서 책머리를 들여다본 순간, 그는 제 생각이 틀리지 않았음을 확신했다.

5

린타로는 시부야에서 경시청의 아버지에게 연락했다.

"내가 말했지?"

총경은 의기양양하게 말했다.

"대표적인 독성 검사는 모두 음성이었다. 그리고 책장을 불에 쬐어보기도 했지만 아무 이상 없었고."

"당연히 그랬겠죠."

린타로는 태연하게 대꾸하더니 자신의 발견을 아버지에게 설명한 뒤, 더는 검사할 필요가 없다고 말했다. 전화를 끊은 다음, 곧장 구립 도서관으로 가서 여느 때처럼 혼마 시오리가 오기를 기다렸지만 폐관 시간이 되도록 그녀는 나타나지 않았다.

"이상하네."

호나미의 말에 린타로는 침착하게 대꾸했다.

"어제 미행당하는 걸 알아챘으니 경계하는 건지도 몰라."

"어쩔 거야? 혼마 씨 집으로 찾아가볼까?"

"아니. 서두를 필요 뭐 있어. 대출 기간은 십오 일이니까 느긋하게 기다리다 보면 아무 일도 없었다는 듯 나타날 거야."

그 말대로 심각하게 생각할 일은 아니었다. 이튿날인 수요일, 같은 시각에 혼마 시오리는 아무 일도 없었다는 듯 자료실에 나타났다.

린타로는 대출 카운터 구석에 숨어서 혼마 시오리가 다가오는 모습을 지켜보았다. 이틀 전처럼 젖먹이를 안는 듯한 모양새로 세 권의 책을 가슴에 품고 있었다. 이따금 뒤를 힐끗거리는 건 누가 따라오지는 않는지 확인하기 위해서이리라.

그녀는 대출 카운터로 다가와 품에 안은 세 권의 책을 내밀었다. 린타로는 쓱 앞으로 나가 카운터 너머로 그녀의 팔을 붙잡았다.

혼마 시오리는 화들짝 놀란 표정으로 그를 바라보았다. 린타로는 조용한 목소리로 말했다.

"책의 가름끈을 잘라낸다고 따님이 좋은 곳으로 간다는 보장은 없습니다."

"……혼마 씨가 전부 털어놨어요."

이윽고 호나미가 사무실로 돌아왔다. 겨우 무거운 짐을 내려놓은 듯 후련한 표정이었다.

"모두 당신 말이 맞았어. 혼마 씨는 태어나지 못한 아이를 위해 이번 일을 저지른 거래. 여러 도서관에서 책을 잔뜩 빌린 뒤에, 겉으로 아무 표가 나지 않도록 가름끈을 떼어냈대. 그러니까 대출 목록의 책들만 아무리 들여다봐도 이상한 점을 못 찾아낸 거지. 새 책과 비교해봤으면 가름끈이 없어진 걸 바로 알아차렸을 텐데."

린타로는 씩 웃으며 말했다.

"뭐, 솔직히 책을 볼 때 가름끈이 있는지 없는지, 유심히 신경을 쓰는 부분은 아니잖아. 원래 없는 책들도 많고. 경시청 감식반에서도 내가 지적하기 전까지는 전혀 알아채지 못했다고 하더라고. 하지만 처음 혼마 씨가 책을 고르는 모습을 보았을 때 알아챘어야 했어. 가름끈이 있는지 없는지 책머리를 보면 바로 알 수 있으니까. 그때 다시 꽂아두었던 책들은 모두 가름 끈이 없어서 거기까지 생각이 미치지 못했지."

"그 정도 실수는 눈감아줄게."

호나미의 말에 린타로는 코를 쓱 비비며 말했다.

"장미 책갈피는 왜 끼워둔 거래?"

"가름끈을 잘라냈으니까 다음에 읽는 사람이 불편하지 않도 록 책갈피를 끼워둔 거래. 듣고 보니 납득이 가더라고. 가름끈 이나 책갈피나 쓰임새는 같으니까."

"그랬군. 잘라낸 가름끈은 어떻게 했대?"

"전부 가지고 있나 봐. 천 개를 모으면 절에 가져가서 공양 을 하려고 했대. 가름끈이 탯줄처럼 보였대. 아이를 사산한 뒤 에 갑자기 책을 읽지 못하게 된 것도 가름끈을 책 사이에 끼울 때마다 죽은 아이가 떠올랐기 때문이었고. 그 생각을 떨쳐버리 기 위해서 가름끈을 자르게 된 거지. 지금 관장님과 이야기를 나누고 있는데, 우리 측에서 혼마 씨에게 변상을 요구하지는 않을 거야. 그 대신 정신과 치료를 받도록 권하는 중."

린타로는 고개를 끄덕였다.

"맞아. 나도 그게 제일 좋은 길이라고 생각해."

호나미는 턱을 괴고 앉아 그에게 미소를 짓더니 문득 생각난 듯 말했다.

"그런데 하나 이해가 안 가는 점이 있어. 혼마 씨는 어떻게 가름끈과 탯줄을 연결 지어서 동일시한 걸까?"

"그건 그녀가 북 디자이너기 때문이지. 저자가 책의 아버지라면, 북 디자이너는 어머니나 마찬가지니까. 아버지의 로고스 Logos에 책이라는 육체를 부여하잖아."

린타로는 의기양양한 표정으로 말했다.

"그건 그렇지만……."

석연치 않은 표정의 호나미를 제지하고 그는 말을 이었다.

"아니, 더 들어봐. 혼마 씨의 아이는 제대 권락으로 죽었어. 그녀는 이걸 태아의 목에 탯줄이 감긴 걸로, 흡사 자신의 태내에서 목 졸라 살해당한 걸로 받아들였지. 이 이미지가 실독증이 발병하게 된 계기가 됐어.

생각해봐. 책의 각 부위에는 저마다 특별한 이름이 붙어 있어. 책머리, 책등, 책배 등등……. 혼마 씨는 북 디자이너니까 이런 명칭이 친숙했을 거야. 그녀가 가름끈을 탯줄과 동일시한 건 바로 이 명칭 때문이고. 가름끈을 책장 사이에 끼울 때는 제본한 부분에 건 다음에 책을 덮지. 이 동작이 그녀의 마음속에 깊이 각인된 아이 살해의 죄책감, 끈에 의한 교살이라는 이미지를 불러일으킨 거라고 생각해. 전문용어로 책장의 제본된 부분을 뭐라고 부르냐면…….”

　호나미는 힘주어 고개를 끄덕였다.

　“목이라고 하지.”

작가 후기

노벨스판 후기

오래 기다리셨습니다.

노리즈키 린타로 첫 번째 단편집을 선보이게 되었습니다. 이름하여 『노리즈키 린타로의 모험』. 구시대적이라고 비난해도, 마니아의 자기만족이라고 돌을 던져도, 명탐정의 첫 단편집 제목은 반드시 이러해야 한다는 우직한 마음을 담아 반자동적으로 결정된 제목입니다.

이 단편집에는 1990년 봄부터 92년 봄까지 발표한 일곱 편의 단편이 실려 있습니다. 장편을 이정표로 삼는다면, 『황혼』을 발표한 뒤에 첫 단편 「도서관의 잭 더 리퍼」를 썼고, 최신두 편은 『또다시 붉은 악몽』이 출간된 직후에 썼습니다. 따라서 이 단편들은 『요리코를 위하여』부터 시작되는 삼부작과 거의 병행하여 집필하였습니다. 이번에 단편집으로 엮으면서, 의식하여 순서를 배열하였는데요. 무슨 의도로 이렇게 배열했는지 퍼즐러를 사랑하는 여러분께 굳이 설명드릴 필요는 없겠죠.

실은 이 단편집에 실린 일곱 편 중에 앞의 네 편은 데뷔 전에 대학 추리소설 연구회(이하 서클로 표기)의 동인지에 발표한 작품이 바탕이 되었습니다. 때문에 이 단편집은 '노리즈키 린타로의 근원'이라고 할 수 있겠죠. 각 단편들을 살펴보면 미스터리에 임하는 자세가 지금처럼 삐딱하지 않고 솔직하게 아이디어를 풀어내고 있어서, 읽을거리로서는 지금까지 나온 어떤 책보다 접근성이 높다고 생각합니다. 이번 후기는 조금 편하게, 수록 작품마다 작품 메모를 붙여봤습니다. 작가가 의기양양하게 권말에 등장해 자기 작품에 대해 이러쿵저러쿵하는 건 꼴사납다고 생각하시는 분들도 계시겠지만, 이번만큼은 넓은 마음으로 봐주시길 부탁드립니다. (스포일러를 포함하고 있으므로 본문을 읽지 않으신 분들은 주의하십시오.)

사형수 퍼즐 (《코튼》 1992년 6, 7월호 게재)

이 중편은 스물한 살 때 서클 회지에 발표했던 같은 제목의 중편을 고쳐 쓴 것이다. 구성 자체는 거의 손대지 않았다. 스토리 진행은 정통파 후더닛을 따르고 있지만, 실체는 그게 아니라, 종이를 누덕누덕 이어 붙여 만든 키메라다. 이러한 진행은 퍼즐러로서 뭔가 근본적으로 잘못된 것 같은 기분이 들지만 그럼에도 나무에 대나무를 접붙인 듯한 뒤틀림이야말로 내 미스터리관의 직접적인 반영이라 할 수 있을 것이다.

이야기가 딴 길로 샜는데, 나는 본격 미스터리의 본질이 수수께끼와 논리—즉 '근대'에 의해 분리된 환상과 현실—의 변증법으로 귀속된다는 통설에 적잖이 의문을 가지고 있다. 탐정소설의 가장 오래된(그리고 아마 가장 우수한) 원형인 오이디푸스 왕의 비극을 보면, 그 설명이 얼마나 불충분한지는 확연히 드러나지 않는가? 애당초 나의 의구심은 '본격 미스터리'의 정의에서 크게 벗어나 있을지도 모르지만.

1장에서 마에사카 도시유키 씨의 『일본 사형 백서』 및 무라노 가오루 씨의 『일본의 사형』을 참조했는데, 작중에서도 강조한 대로 사형 집행 과정의 세부적인 묘사는 베일에 가려진 현실을 충분히 반영하지 못했다. 따라서 인용의 오류나 오해를 불러일으킬 표현 등 그 밖의 책임은 모두 작가에게 있다.

이 일그러진 이야기를 기요카와 겐도쿠 씨에게 바친다.

상복의 집 《코튼》 1990년 11월호

이 역시 학창 시절에 썼던 동명의 단편을 고쳐 쓴 작품이다. 원형은 미스터리 서클의 범인 맞히기 낭독극과 즉흥적인 쇼트쇼트 유를 제외하고 내가 가장 처음 쓴 소설이다. 오리지널 버전에서는 노리즈키 총경이 재혼했는데, 재혼한 아내도 먼저 세상을 떠났다는 영문 모를 설정이었다. 당시 나는 열아홉 살이었다. 세련된 맛은 없지만 그만큼 풋풋해서 애착도 많은 작품이다.

이 작품의 기본 아이디어에는 유명한 선례가 여럿 존재한다. 순전히 우연의 일치인데, 당시 나는 그 작품들을 전혀 알지 못했다. 미스터리 서클의 선배에게 그 이야기를 들었을 때에는 상당히 충격이 컸지만, 지금은 조리 방법이 전혀 다르니 작품의 존재 가치가 아예 없는 건 아니라고 생각한다.

그와는 달리 이 소설은 어느 유명한 작품의 플롯을 그대로 답습하고 있는데, 물론 그건 의도적으로 쓴 것이다. (앵무새의 이름에 주목하시길.)

카니발리즘 소론 (《코튼》 1991년 9월호)

이 역시 학창 시절에 썼던 단편이 원형이다. 당시 제목은 '식인종'이었다. 사사자와 사호 선생님의 작품 중에 동명 소설이 있다. 잔인하고 역겨운 이야기를 쓰고 싶다는 일념으로 완성한 작품이다. 본편에는 미묘한 미스디렉션을 넣었는데, 지나치게 미묘해서 아무도 알아채지 못한 모양이다. 『황혼』과 연결 지어 읽지 않는 이상, 무슨 뜻인지 전혀 알아채지 못할 것이다.

그러고 보니 이 시기부터 인용 벽이 늘기 시작한 것 같다. 마지막 문장은 앞쪽에 노골적으로 복선을 깔아두었기 때문에 뜬금없는 등장은 아니다. 오히려 지금 생각하면 그 부분은 『또다시 붉은 악몽』의 엘러리 퀸론을 향한 도움닫기였다.

도서관의 책 더 리퍼 《코튼》 1990년 4월호)

프로 데뷔 후에 처음으로 상업지에 게재한 단편이다. 작품 의뢰가 들어왔을 때 무척 기뻤던 기억이 있다. 이것도 학창 시절에 썼던 것에 살을 붙인 작품이다. 『퀸 수사국』을 의식하고 쓴 작품이라 쇼트쇼트에 가깝다.

이 이야기는 실제 체험이 바탕이 되었다. 중학생 시절, 동네 공립 도서관에서 빌린 『그린 살인 사건』의 등장인물 소개에 범인의 이름이 적혀 있었다. 하지만 유감스럽게도 호나미 같은 사서 친구는 없었다.

세부적으로는, 잡지에 실렸을 때에는 1990년 봄에 일어난 사건이라고 했지만, 『또다시 붉은 악몽』과 연대기적 모순이 발생하는 까닭에 이 단편집에서는 배경을 91년으로 바꾸었다.

사와다 호나미의 캐릭터와 도서관 탐정이라는 소재를 한 번만 쓰고 버리기에는 아까워서 엘러리 퀸을 따라 비슷한 성격의 단편 연작을 시도해보기로 했다. 그 결과 탄생한 것이 이 작품을 포함한 네 편의 도서관 시리즈다.

녹색 문은 위험 (《소설 NON》 1991년 5월호)

역시 밀실 소재의 작품. 시대에 역행하는 줄은 알지만 트릭이 떠오르면 써버리고 만다. 좋아하기 때문이리라. 잡지에 게재했을 때에 실행 수단 처리 방법에 허점이 많다는 지적을 받았는데, 이 패턴은 데뷔작에서와 마찬가지로 버릇 같은 것이다.

웰스의 단편을 인용한 건 다카기 아키미쓰가 『죽음을 여는 문』에서 이미 선보였고, 제목도 크리스티아나 브랜드의 『녹색은 위험』에서 따왔다.

덤으로 작중에 등장하는 '히라이 고타로'라는 가공의 필명은 두 작가의 본명을 4분의 3씩 섞은 것이다.

그나마 해결편은 독자적인 발상이지만, 상식에서 살짝 벗어난지라 장편으로는 쓸 수 없었다. 그러고 보니 이 작품을 발표한 직후에 히가시노 게이고 씨의 「밀실 선언」이라는 단편을 잡지에서 읽고 한 대 맞은 듯한 기분이었다.

토요일의 책 (「아유카와 데쓰야와 열세 가지 수수께끼 '91」 1991년 12월 「아유카와 데쓰야와 오십 엔 동전 스무 닢의 수수께끼 1」에서 제목 변경)

작중에서도 언급했듯 이 단편은 도쿄소겐샤의 도가와 야스노부 편집장의 기획으로 작가들이 경연을 벌인 『아유카와 데쓰야와 오십 엔 동전 스무 닢의 수수께끼』의 해결편으로 집필한 것이다. 문제편은 와카타케 나나미 씨가 썼다. 독립된 작품으로 읽을 수 있도록 썼지만, 이것만 가지고는 정확한 뉘앙스가 전해지지 않는 것 같아서 문제편을 전문 재록하기로 했다. 와카타케 씨와 도가와 편집장의 호의에 감사의 뜻을 전한다.

출제
와카타케 나나미

십 년 전의 일이다. 대학 신입생이었던 나는 처음으로 아르바이트라는 걸 하게 되었다.

학교가 있는 이케부쿠로의 대형 서점에서 계산원으로 일했는데, 일은 단조로웠지만 재미있었다. 나는 주로 1층 계산대에서 일했는데, 1층에서는 문예 단행본, 일부 만화, 다양한 종류의 잡지를 다뤘다. 서점 계산원의 일은 쉽게 상상할 수 있듯이, 손님에게 돈을 받고 책을 포장한 뒤 감사의 인사와 함께 건네는 것이다. 촌스러운 유니폼 차림으로, 뭐가 그렇게 불만인지 뚱한 표정으로 책과 동전을 던지는 손님에게도 생글거려야 하며, 얇디얇은 잡지까지 커버를 씌워달라고 요구하는 작자도(그런 손님이 있을 때는 거의 백 퍼센트에 가까운 확률로 기다리는 줄이 길다) 친절하게 응대해야 했지만, 아르바이트 경험이 없었던 나는 나름대로 즐겁게 일했다. 다양한 사람들이 눈앞을 오가며 생각해본 적도 없던 책을 사 간다. 메이지 시대 작가의 책이 없느냐고 열심히 묻는 사람도 있고 도서상품권으로 아이돌 수영복 사진집을 사 가는 사람도 있었다. 불쾌한 경험을 한 적도 있지만 재미있는 인생 경험도 쌓았다. 무엇보다 이까짓 일로 성을 내면 장차 무슨 일을 할 수 있겠느냐고 생각했다. 게다가 이 아르바이트에는 큰 장점이 있었다. 신간을 이십 퍼센트 할인가로 살 수 있는 엄청난 메리트였다.

당시 나는 일주일에 너댓 번 저녁 5시부터 8시까지 세 시간을 근무했다. 정확히 기억나지는 않지만 토요일에는 그보다 이른 시간에 들어갔던 것 같다. 1층 바깥쪽 계산대는 이중 자동 유리문 안쪽의 오른쪽 벽에 있었다. 금전등록기는 벽을 등지고 오른쪽, L자형 카운터로 들어오는 손님이 봤을 때 세로로 놓여 있었다. 뒤쪽 벽에 있는 붙박이 책장에는 주로 만화 양장본을 진열해놓았는데, 여담으로 이때 처음으로 쓰게 요시하루라는 작가를 알았다. 손님이 뜸해지면 안쪽 계산대에서 커버를 사이즈별로 접어놓는 작업을 했지만, 큰길과 접한 계산대에서는 그러지도 못하고 그저 오가는 행인들을 바라보거나 책등을 읽으면서 시간을 때웠다.

어느 토요일 저녁이었다. 한 남자가 급하게 가게로 들어왔다. 그는 다른 손님들과 달리 서가 쪽은 거들떠보지도 않고, 곧장 계산대로 다가와 손에 쥔 동전을 카운터에 올려놓으면서 '천 엔짜리 지폐로 바꿔주세요.'라고 말했다.

다른 서점은 어떤지 모르겠지만, 내가 일하던 서점에서는 이런 손님에게도 친절하게 대응하라고 교육했다. 나는 동전을 받았다. 미지근한 온기가 남아 있던 동전들은 모두 오십 엔짜리로 딱 스무 개였다. 내가 동전을 세는 동안 그 손님은 짜증이 가득한 얼굴로 기다리더니 지폐를 건네자마자 낚아채듯 받아들고 몸으로 자동문을 들이받듯이 인사도 없이 급히 나갔다.

그날부터 그 남자는 종종 토요일 저녁에 나타나, 오십 엔짜리 동전을 천 엔짜리로 바꿔달라고 부탁했다. 지폐를 내밀면 서둘러 사라졌다. 일부러 동전을 천천히 세면서 남자를 힐끗 봤는데, 잔뜩 성이 나 있었다.

이 '사건'은 나를 무척 자극했다. 그 중년 남자는 이렇다 할 것 없는 평범한 생김새와 체구를 가졌고, 행동거지도 정상이었다. 편견인 줄 알지만 한마디 덧붙이자면 그다지 서점과는 인연이 없을 것 같은 타입이었다. 사실 그는 한 번도 책을 산 적이 없다. 그런 남자가 왜 토요일 저녁마다 나타나 오십 엔짜리 동전을 천 엔권으로 바꿔달라고 한 것일까.

돈을 바꾸고 싶으면 은행에 가면 된다. 당시에는 금융기관도 토요일 영업을 했다. 하지만 토요일이든 아니든 저녁에는 문을 닫는다. 그래서 돈을 바꾸러 이 서점을 이용하는 것일까?

뭐, 그럴 가능성이 없는 건 아니다. 하지만 더욱 큰 문제가 있었다. 이 남자는 왜 오십 엔 동전을 가져오는 것일까. 백 엔이나 십 엔 동전을 모으는 건 어렵지 않다. 거스름돈을 받을 때 많으면 네 개씩 나오는 돈이기 때문이다. 하지만 오십 엔이나 오 엔짜리는 하나 이상 나올 수가 없다. 의식적으로 오십 엔 동전을 모으는 거라면 몰라도, 보통 사람의 지갑에는 일주일에 오십 엔 동전이 스무 닢이나 쌓이지 않는다. 어쩌다 그런 주가 있었다 해도 매주 연이어 그러기는 힘들다. 그리고 일부러 모은 거라면 뭐하러 지폐로 바꾸겠는가? 어쨌든 앞뒤가 맞지 않았다.

이 남자는 어떠한 이유로 오십 엔 동전이 모이기 쉬운 장사를 하는 것일까? 이를테면 오십 엔짜리를 판다든지.

이 역시 이치에 맞지 않았다. 만일 오십 엔 상품을 판매한다면 거스름돈으로 오십 엔 동전이 필요할 것이다. 천 엔권을 오십 엔으로 바꿔달라고 하면 모를까 오십 엔을 천 엔권으로 바꿔줄 필연성은 없었다. 그렇다면 육십 엔이나 칠십 엔 상품을 파는 것일까. 그럴 수도 있다. 거스름돈으로 필요한 건 십 엔이지 오십 엔은 아니니까. 하지만 장사를 한다면 당연히 은행에서 돈을 바꿀 것이다. 은행은 그러라고 있는 곳이니까.

대략적으로 정리하면 이 남자의 행동에서는 크게 두 가지의 의문점을 찾을 수 있었다.

1. 왜 서점에서 매주 오십 엔 동전을 천 엔권으로 바꾸는 것일까.
2. 오십 엔 동전은 매주 어떻게 모으는 것일까?

나는 머리를 짜내 다양한 가능성을 궁리했다. 더욱 많은 정보를 얻고자 1층 주임에게 그 남자에 대해 물은 적이 있었다. 주임은 관심이 없는 것 같았다. '고객님'에 대해 이것저것 캐묻는 건 장사하는 사람으로서 온당치 않다고 여겼다. 그야말로 서비스업의 귀감이라 할 만한 태도라 다른 정보는 얻을 수가 없었다. 그리고 여름이 끝나갈 무렵, 나는 건강 문제로 아르바이트를 그만두고 말았다.

하지만 수수께끼는 남았다. 나는 대학 선배들에게 이 '수수께끼'를 이야기했다. 그중 한 선배는 이러한 종류의 이야기를 무척 좋아하는 사람이었다. 그 선배와 이것저것 이 수수께끼에 대해 이야기를 나눴지만 결국 남들이 납득할 만한 해답을 찾을 수는 없었다. 하지만 그녀는 이 동전 교환 사건을 소재로 어떤 단편을 집필했다. 선배의 이름은 사와키 교. 그녀의 작품을 읽은 분들이라면 짚이는 데가 있을 것이다. 풀리지 않았다고는 해도, 수수께끼는 하나의 씨앗이 되어 다른 빛깔의 열매를 맺은 것이다.

십 년의 세월이 지났다. 작년 가을, 가을 날씨치고는 따스했던 십일월에 도쿄소겐샤에서는 제1회 아유카와 데쓰야상 발표 파티가 개최되었다. 그 이튿날, 일본 미스터리계의 신인 작가들이 모인 심포지엄이 열렸고, 나는 양쪽 모두에 참석하는 영광을 누렸다. 심포지엄이 끝난 밤 나를 포함한 불운한 몇몇 이들이 기타무라 가오루 선생의 말을 빌리자면 "이 시리즈를 읽으신 분에게는 연속 드라마의 등장인물처럼 친숙할" 도가와 편집장에게 붙잡혀 '신 지옥장'에 끌려갔다. 일행은 도가와 편집장의 서슬 퍼런 감시하에 미스터리 대담을 나눌 것을 강요받았다. 흡사 셰에라자드처럼 뇌주름이 없어질 때까지 이야기를 계속해야 하는 운명에 처한 것이다. (여담이지만 아리스가와 아리스 선생의 걸작 『매직 미러』는 그 전해의 '지옥장'에서 이 혹독한 시련 속에서 탄생했다고 들었다.)

그러던 중 우연히 서점이 화제에 올랐다. 아리스가와 아리스 선생님이 서점에서 근무한 적이 있어서, 신종 도둑질 수법부터 시작해 그에 대항하는 방법책 등 이야기가 이어졌다. 나는 십 년 전의 수수께끼를 풀 기회는 지금이라고 생각했다. 이때 '신 지옥장'에는 노리즈키 린타로, 아비코 다케마루, 아리스가와 아리스 부부, 기타무라 가오루, 요리이 다카히로, 사와키 교 등 일본 미스터리계가 자랑하는 신진 작가들이 줄줄이 포진해 있었다. 이 기회를 놓칠 수는 없었다.

다행히도 내 이야기에 작가들은 관심을 보였다. 십여 년 동안 생각도 못했던 의견들이 나왔다. 이를테면 그 남자는 모종의 이유로 계산대 안의 천 엔권을 갖고 싶었다는 설. 오십 엔 동전은 게임 센터에서 모아온 게 아닌가 하는 설. 계산대의 소녀(나 말이다, 나!)를 보고 싶은 마음에 그런 황당한 행동을 했다는 설. 그 밖에도 오십 엔 동전에 뚫린 구멍에 세균을 묻혀 세상에 퍼뜨리기 위해 서점을 이용했다는 설(!) 등 다양한 의견이 나왔다.

하지만 결정타는 없었다. 계산대의 천 엔권이 필요했으면 오천 엔권이나 일만 엔권을 가져와서 바꿔달라고 하면 될 일 아닌가. 그편이 훨씬 자연스럽다. 만일 그의 지갑 사정이 좋지 않아 고액권을 가지고 있지 않았더라면, 백 엔짜리 동전을 가져오겠지. 오십 엔 동전이 자연스레 대량으로 유통되는 장소라는 점에서 게임 센터설은 새로운 시각을 제시했지만, 대량으로 사용한다는 건 게임 센터 자체에서 오십 엔 동전이 회전한다는 뜻이니 구태여 서점에 가져올 필요는 없을 것이다. 또한 계산원을 보고 싶었던 거라면 짜증스레 동전을 세는 걸 지켜보다 서둘러 나가지도 않았을 것이다. 조용히 지켜봤겠지. 그 남자가 유난히 부끄러움이 많은 성격이었을 수도 있지만, 서점이라는 곳은 딱히 책을 사거나 돈을 바꾸지 않아도 마음 내키는 대로 어슬렁거릴 수 있는 곳이다.

여러 의견이 나왔지만 안타깝게도 모두가 무릎을 탁 칠 만한 의견은 결국 나오지 않았다. 토론은 '흑거미 클럽'의 양상을 띠기 시작하더니 끝내 이 집에는 급사가 없느냐는 말까지 나왔다. 내심 실망했지만 한편으로는 마음이 편했다. 십 년 동안 골머리를 썩였던 수수께끼가 한 시간 만에 풀리면 얼마나 허탈하겠는가. 아리스가와 선생님이 이건 다음번 『아유카와 데쓰야와 열세 가지 수수께끼』에서는 '아유카와 데쓰야와 오십 엔 동전 스무 닢의 수수께끼'라는 제목으로 작가들이 경연을 벌여야 하는 게 아니냐며 농담처럼 말씀하시면서 그 이야기는 흐지부지 끝났다.

'신 지옥장의 밤 '90'은 예년과 달리 한 사람의 사망자도 없이 막을 내렸고, 여전히 따뜻했던 늦가을의 어느 밤, 도가와 편집장에게 전화가 걸려 왔다. 용건이 끝나자, 편집장은 신이 난 듯 '그런데……'라며 말문을 열었다.

"저번에 그 '오십 엔 동전 스무 닢의 수수께끼' 말입니다만, 그걸 경연의 형태로 『아유카와 데쓰야와 열세 가지 수수께끼 '91』에 게재하고 싶은데요."

"네?"

나는 놀라 되물었다.

"농담으로 하신 말씀 아니었어요?"

"헤헤헤헤. 그때 거기 모였던 작가님들에게 이미 원고 청탁을 했습니다."

"그…… 그래서 누가 쓰신대요?"

나는 화들짝 놀랐다.

"몇몇 분들이 나서주셨습니다. 현실을 그대로 쓸 수는 없으니 인물과 장소는 자유롭게 써달라고 부탁드렸습니다. 오십 엔 동전 스무 개를 천 엔권으로 바꾸는 인물이 특정한 장소에 나타난다. 이 설정만 들어가면 나머지는 작가의 자유에 맡겼습니다. 남녀노소 가리지 않고, 어느 곳에 나타나도 상관없습니다. 와카타케 작가님에게 문제 출제를 부탁드리고 싶은데……."

"제가요……?"

"해답편을 쓰셔도 상관없습니다."

"아, 그건 사양하겠습니다."

나는 황급히 대답했다. 한 달 뒤에 받은 『아유카와 데쓰야와 열세 가지 수수께끼 '90』에는 '91의 예고편이 실려 있었다. 그곳에는 '신진 작가들이 오십 엔 동전 사건의 수수께끼에 도전한다! '출제' 와카타케 나나미'란 문구가 적혀 있었다.

이것이 이번 『아유카와 데쓰야와 열세 가지 수수께끼 '91』에 '오십 엔 동전 스무 닢의 수수께끼'가 실리게 된 사정이다.

편집장의 이야기는 알겠지만 과연 원고가 모일까, 하고 작가들의 능력을 과소평가했던 내 예상을 뛰어넘어, 몇몇 단편이 완성되면서 농가성진弄假成眞처럼 경연이 벌어졌다. 독자 여러분은 오십 엔 동전 스무 개를 천 엔권으로 바꾼다는 행위로부터 각 작가들이 짜낸 해답을 즐길 수 있을 것이다. 하지만 진정한 해결은 아직 요원하다. 나는 이 수수께끼를 무덤까지 가지고 가기는 싫다. 내가 만난 이 수수께끼를 해결해줄 사람이 누구 없을까. 그렇지 않으면 나뿐 아니라 이 출제편을 읽은 당신도 무덤에서 '그 남자는 왜 오십 엔 동전을……' 하고 신음하게 될지도 모른다.

다른 질문 있으신가요? (제발 없기를.)

✻

대충 사정은 이렇다.

본편은 도서관 시리즈의 번외편이라 사와다 호나미의 등장도 그리 많지 않지만, 아무튼 책에 관련된 에피소드다. 게다가 『요리코를 위해』의 해피엔딩 버전이기도 하다. 당시에는 무엇을 써도 이런 이야기가 나오는 시기였다.

이름은 해답편이라 붙여놨지만, 일반 독자들은 알아듣기 힘들지도 모를 농담이나 말장난이 가득할 뿐, 핵심이 되는 수수께끼 해결은 거의 찾아볼 수 없다. 이러한 방식은 비겁하지 않느냐는 비판도 들었지만, 쓸 때에는 폴 오스터를 염두에 두었다. 하지만 유감스럽게도 기타무라 가오루 씨의 해답은 실리지 않았다. 참고로 같은 책에 요리이 다카히로 씨도 해답편을 실었지만, 그 역시 아는 사람만 알아듣는 이야기였다. 진지하게 정공법으로 접근한 해답편을 읽고 싶은 분들은 곧 도쿄소겐샤에서 '오십 엔 동전 스무 닢의 수수께끼' 해답편을 모은 앤솔로지를 출간한다고 하니, 그 책을 참고하시면 되겠다.

또한, 이 단편의 제목에서 존 바스의 두툼한 에세이집을 연상하고 『낭비의 문학』을 떠올린 교양 있는 독자가 있을지도 모르지만, 이 제목은 단순히 리처드 파머에게서 차용한 것이니 과한 추측은 삼가시길.

지난날의 장미는…… (《야성 시대》 1992년 7월호 「도서관 기담」에서 제목 수정)

이 단편은 사산을 다뤘기 때문인지, 소설 자체도 사산되어버린 느낌이다. 이 단편집에 수록할 때, 대폭 수정하려고 했지만 끝내 한번 죽어버린 자식을 다시 살릴 수는 없었다. 《야성 시대》의 다카야나기 료이치 씨에게 귀한 조언을 들었는데도 전혀 살리지를 못해서 안타까울 따름이다. 또한, 작중의 장서표에 대한 설명은 히구치 나오토 씨의 『장서표의 매력』을 참고했다.

퀸의 스포츠 연작은 그 질적 수준에도 불구하고 아쉽게도 네 작품만에 막을 내렸지만, 이 도서관 시리즈에는 개인적으로 애착이 있는 까닭에 적절한 에피소드가 떠오르면 다시 시작할지도 모른다. 하지만 이 연작은 회를 거듭할수록 더욱 이상해지는 경향이 있으므로 앞으로 무엇이 등장할지는 보장할 수 없지만.

마지막으로 작품 수록을 흔쾌히 허락해준 쇼덴샤 《소설 NON》, 가도카와쇼텐 《야성 시대》, 도쿄소겐샤의 편집부에 다시금 감사의 뜻을 전한다. 또한, 천지 분간 못 하는 신인 작가에게 단편을 쓸 기회를 주신 덴잔 출판의 니시자와 나오아키 씨와 나나모리 미쓰구 씨에게 이 자리를 빌려 감사의 말씀을 드립니다. 감사합니다.

그럼 다음 모험에서 만납시다.

1992년 7월
노리즈키 린타로

(추가)

이 책은 원래 덴잔 노벨스로 구월에 간행될 예정이었지만, 여러 사정 및 작가의 사정이 얽혀 고단샤로 출판사를 변경해 현재의 형태로 간행되었다. 발행이 늦어진 건 그러한 까닭이다.

출판사 변경 과정에서 여러 사람에게 큰 폐를 끼쳤다. 특히 덴잔 출판의 니시자와 나오아키 씨에게 깊은 사죄의 말씀을 드린다. 이 작품의 성과는 모두 니시자와 씨의 덕이다.

(1992년 9월 7일)

* 이 작품은 1992년 11월, 고단샤 노벨스로 간행되었다.

문고판 후기 도서관의 자유를 둘러싸고

다음 글은 이 책이 간행된 지 얼마 지나지 않아 《소설 CLUB》 1993년 3월호 〈하프타임〉에 「도서관 탐정의 후일담」 이라는 제목으로 기고한 것이다.

작년 가을, 『노리즈키 린타로의 모험』(고단샤 노벨스)이 라는 책을 출판했다. 일곱 편의 작품을 모은 단편집으로, 뒤의 네 편은 '도서관' 시리즈라는 제목으로, 가공의 도서 관을 무대로 책을 둘러싼 네 가지 수수께끼를 탐정과 사서 가 함께 해결하는 연작 추리 형태를 띠고 있다. 연작 첫 번 째 단편은 「도서관의 잭 더 리퍼」라는 사십 매 분량의 단 편으로, 도서관 책의 첫장을 닥치는 대로 잘라내는 범인과 범행 동기를 파헤친다는 내용인데, 나는 다음과 같은 장면 을 작중에 넣었다. 전자 태그 방식으로 장서를 관리하는 도서관이라는 설정이었는데, 탐정은 컴퓨터에 기록된 과

거 삼 개월간의 관외 대출 정보를 통해 범인을 알아내려고 한다. 하지만 이용자의 개인 정보 문제로 인해, 실제로는 그런 일은 불가능한 까닭에 '외부인이 함부로 개인의 대출 기록에 접근하는 건 내규로 금지되어 있었기에 도서관장의 허가를 받아 입회하에 열람해야 했다'는 설명을 곁들여 특별 취급했음을 강조했다. 애초에 이 장면에는 이야기의 전개상 필요한 절차를 밟는 것 이상의 의미는 없었고, 수수께끼 풀이의 핵심은 따로 있었기 때문에 만일에 대비해 집어넣은 문구였다.

하지만 책이 출간된 뒤에 독자로부터 다음과 같은 내용의 편지가 날아왔다. 히가시구루메 시에 사는, 대학에서 문헌정보학을 전공하는 여성이었다.

저는 문헌정보학과에서 사서를 준비하는 학생으로, 이번 여름에 이 주간 실습을 다녀왔습니다. 그래서 말씀드리는 것인데, 도서관은 개인 정보 보호에 철저히 주의를 기울이고 있습니다. 전자 태그를 이용한 대출 업무에서는 책을 반납한 시점에서 기록이 신속히 말소됩니다. 한두 달이 지났는데도 기록이 남아 있을 수는 없습니다. 설령 그런 도서관이 있더라도 첫장이 잘려나간 정도로 외부인에게 기록을 보여주는 일은 아무리 도서관장이 동석한다 해도 생각할 수도 없습니다. (중략)

일반인에게는 별것 아닌 일일지라도, 사서직에 몸담은 이들에게는 자긍심에 관계된 사안입니다. 이해해주셨으면 합니다.

이 여성은 내용에 대해 문제 제기를 하기 위해서라기보다는, 말 그대로 전문적인 직업 분야에 오해가 생기는 것을 방지하기 위해 일부러 편지를 보낸 것으로 보인다. 픽션과 리얼리티의 문제와 연관 지어 말하자면, 이 부분은 이야기의 설정 중 일부이며, 이게 없으면 픽션은 성립하지 않는다. 이러한 어긋남에 대해 도끼눈을 뜨며 비난하는 이들도 있지만 나는 소설이라는 건 융통성이 있어야 한다고 생각한다. 따라서 완성된 작품을 어쩌려는 생각은 없지만 그것과 작품 외부에서 오류를 인정하는 건 전혀 다른 일이다.

개인 정보 문제에 관해서는 전에도 말했듯 전혀 염두에 두지 않았던 건 아니다. 관장의 허가를 얻어 입회하에 열람했다는 문구를 넣어 현실과 타협할 여지를 두었으나 솔직히 이 부분이 사서직에 몸담은 분들의 자존심에 상처를 입힐지도 모른다는 생각은 하지 못했다. 변명 같지만, 나의 모친도 사서 자격을 가지고 있으며 예전에 고등학교 도서관에 근무했던 적도 있다. 잡지에 실린 「도서관의 잭 더 리퍼」를 읽은 모친이 아무 말 없었기에 딱히 문제될 건 없겠다 생각했다.

하지만 잘 생각해보면 그 시대와 현재는 사서의 업무도 당연히 다를 것이다. 게다가 모친은 현역에서 물러난 지 오래이니 직업에 대한 프라이드는 이미 잊어버렸으리라. 거기까지 생각이 미치지 못했다. 그러한 관점이 있다는 점을 다시금 일깨워준 독자에게 감사드리며, 이분뿐 아니라 도서관에서 사서로 일하시는 독자들 중에 불쾌하셨던 분이 있다면 이 자리를 빌려 사과의 뜻을 전하고 싶다.

❋

다시 읽어보면 무척 젠체하는 내용인데, 이번에 문고본으로 내면서 해당하는 부분을 수정해야 할지 꽤 고심했다. 「도서관의 잭 더 리퍼」뿐 아니라 「지난날의 장미는……」에도 걸리는 부분이 있었다. 하지만 앞에서도 말했듯이 그러한 부분을 삭제하면 이야기 자체가 성립하지 않는다. 그럴 경우 작품을 통째로 묻어버리는 수밖에 없었던 까닭에 결국 이 문고판에서도 원문을 남기기로 했다.

하지만 이 에세이를 쓴 시점에 내가 전혀 이해하지 못했던 것이 있다. 이것은 리얼리티 운운하는 문제가 아니라, '도서관의 자유'라는 이념을 둘러싼 문제이다. 여기서 사죄 대신 이 이념에 대해 나 개인이 알아본 것들을 적어두려 한다. 그리고 실정에 맞지 않는 부분을 남겨둔 것은 이 문제에 대해 입을 씻으려는 게 아니라는 점을 알아주셨으면 한다.

1954년 일본도서관협회는 '도서관의 자유에 관한 선언'을 채택하며 다음과 같은 점을 확인했다. '도서관의 가장 중요한 의무는 기본적인 인권의 하나로서 알 자유를 가진 국민에게 자료와 시설을 제공하는 것이다.' '이 의무를 다하기 위해 도서관은 다음 사항을 확인하고 실천한다. 첫째, 도서관은 자료 수집의 자유를 가진다.' '둘째, 도서관은 자료 제공의 자유를 가진다.' '셋째, 도서관은 이용자의 비밀을 엄수한다.' '넷째, 도서관은 모든 검열에 반대한다.' '다섯째, 도서관의 자유가 침해될 경우, 우리는 일치단결하여 자유를 수호한다' 등이다.

이 중 셋째 항목에는 구체적으로 다음과 같은 세부 사항이 붙어 있다. "1. 독자가 무엇을 읽었는지는 개인 정보에 관련된 일이며, 도서관은 이용자의 독서 사실을 외부로 유출해선 안 된다. 단, 헌법 제35조에 근거한 영장을 확인했을 경우에는 예외로 한다." "2. 도서관은 독서 기록 이외의 도서관의 이용 사실에 관해서도 이용자의 개인 정보를 침해하지 않는다." "3. 이용자의 독서 사실, 이용 사실은 도서관이 업무상 알게 되는 비밀이며, 도서관 활동에 관여하는 모든 이들은 이 비밀을 엄수해야 한다."

나아가 1980년, 협회는 '도서관원의 윤리 강령'을 채택하였는데, 3항에서 "도서관원은 이용자의 비밀을 누설해서는 안 된다"는 것을 명기하며 "도서관원은 국민의 독서 자유를 보장하기 위해 자료나 시설 제공을 통해 알아낸 이용자의 성명이나 자료명 등을 갖가지 압력이나 간섭에 굴복해 밝히거나, 또는 부주의로 유출하는 등 이용자의 개인 정보를 침해하는 행위를 해서는 안 된다. 이것은 도서관 활동에 종사하는 모든 이들이 지켜야 할 의무이다"라고 명시하고 있다.

이 협회에서 펴낸 『도서관 연감 95년도판』에 따르면 작년(94년)은 '자유 선언' 채택 사십 주년에 해당하는 해로, '제80회 전국 도서관 대회'를 비롯하여 여러 기념행사가 개최되었다고 한다. 하지만 이 대회의 분과회 석상에서 "질의응답에서 한 참가자가 '도서관의 자유' 보급 활동이 충분하지 않다는 취지의 발언을 했다"고 한다. 연감에는 "1994년에도, 보급 활동에 아무리 힘써도 충분치 않다고 여길 만한 몇몇 사례를 발견할 수 있었다"는 기술과 함께 NHK〈피아노〉사건의 예가 보고되어 있었다.

'피아노' 사건에 관해서는 언론에서 보도된 바 있기에 아시는 독자들도 많으시겠지만, 참고삼아《아사히 신문》의 기사를

인용하려고 한다. (94년 5월 11일 석간에서 인용)

〈피아노〉 표현을 둘러싸고 / NHK, 도서관 측에 사과

NHK의 연속 TV소설 〈피아노〉에서의 표현을 둘러싸고 오사카 부립 나카노지마 도서관(오사카 시 기타 구)가, 제작사인 NHK 오사카 방송국에 '도서관이 개인의 정보를 타인에게 유출한다고 보일 수 있는 부적절한 표현이 있었다'고 항의했다. NHK는 10일 도서관에 서면으로 사과했다.

문제가 된 건 4월 23일에 방송된 제18화였다. 주인공 피아노는 방과후 학교의 남성 지도원에게 언니에게 책을 전해주라는 부탁을 받는다. 그때 남자는 '너희 언니, 분명 이 책을 좋아할 거야. 도서관에서 너희 누나가 빌린 책을 조사했거든'이라고 말한다. 전일 방송분에서는 나카노지마 도서관이 등장했었다. 이 일로 아다치 요시오 나카노지마 도서관장 등 3인이 25일 〈피아노〉의 책임프로듀서에게 '업무상 알게 된 비밀을 누설하는 듯한 오해를 불러일으키는 표현이라 부적절하다. 사과문과 정정 방송'을 구두로 요청했다.

NHK가 오사카 방송국 예능부장 명의로 공개한 문서에는 "도서관에 대해 시청자에게 오해를 줄 수 있는 표현이 있었으며, 관계자들에게 피해를 입힌 점을 사과한다"고 적혀 있다.

이 사건에 대응해 5월 15일에 열린 '제3회 라이프사이클을 통해 도서관을 생각하는 모임'에서 〈'피아노'에서 도서관에 관한 표현에 대해〉라는 성명을 발표했다. 다음은 그 주장의 주요 부분을 발췌해 인용한 것이다. (『도서관 연감 95년판』 315페이지에서)

천만 명이 넘는 사람들이 본다고 알려진 NHK의 프로그램에서 이러한 발언이 나왔다는 점, 직접 '도서관에서 조사했다'라는 대사가 등장한다는 점으로 볼 때, 많은 사람들 사이에 도서관에 대한 오해가 생겨나지 않았을까 우려하고 있습니다.

우리 도서관원들은 1954년에 '도서관이 자유에 관한 선언'을 채택했습니다(1979년 개정). 그 3항에서는 '도서관은 이용자의 비밀을 엄수한다'고 명시하고 있습니다. 이용자의 독서 이력에 대한 비밀을 결코 유출하지 않는 것이 도서관의 상식입니다. 우리는 지금까지 '도서관의 자유'를 보급하고, 지키기 위해 여러 면으로 노력해왔습니다. 그 노력이 무상하게, 이 드라마의 대사는 도서관에 대한 부정적 인식을 널리 퍼뜨렸습니다.

오늘, 우리는 도서관 관계 단체가 모여 도서관이 가지고 있는 다양한 문제점에 대해 토론했습니다. 그중에서 이번 문제는 무척 중대하다고 생각하여 이 성명을 발표하게 되었습니다.

✻

올해 들어 '도서관의 자유'를 뒤흔드는 더욱 큰 사건이 터졌다. 3월 20일에 일어난 지하철 사린 가스 사건 수사와 관련하여 국회도서관에서 53만 명의 이용자의 십사 개월 치의 개인 이용 데이터가 수사 당국에 의해 압수되었다는 사실이 밝혀진 까닭이었다.

이 사건에 관해 도서관과 언론의 책《즈 본》라는 잡지 2호에 자세한 보고서가 실려 있는 것을 발견하였다. 장문의 인용의 연속이라 송구하지만, 첫머리 부분만 발췌하여 소개하고자 한다. 이 문제에 관심을 가진 독자들은 전문을 읽어보길 바란다. 보고서의 저자는 《즈 본》 편집위원 호리 와타루 씨이다.

4월 19일 《도쿄 신문》(조간), 《아사히 신문》(석간) 등의 보도에 따르면, 지하철 사린 가스 사건을 조사하던 수사 당국이 사린 가스에 관련된 도서를 열람한 이용자들을 조사하기 위해 국립 국회도서관에서 약 53만 명의 이용자 신청서 등을 압수했다는 사실이 18일, 관계자의 증언으로 밝혀졌다. 압수한 자료는 입관 시에 주소, 성명, 연령, 전화번호 등을 기입하여 이용자 카드와 교환하는 '이용 신청서'와 관내에 들어가 도서, 잡지, 신문을 열람하기 위한 '자료 청구표', 특정 자료의 복사 의뢰를 할 때의 '자료 복사 신청서'의 세 종류로, 작년 1월부터 올해 2월까지 14개월 치의 자료였다.

그 기간의 이용자는 약 53만 명에 이르렀으며, 도서, 잡지, 신문 자료 청구는 142만 권, 복사는 약 26만 건이었다. 자료 청구표와 복사 신청서에는 이용하는 자료명과 이용자명, 이용자 카드 번호만 기입하지만, 입관 시에 개인의 주소 등을 상세히 기록하여 이용자 카드와 교환하는 이용 신청서와 대조해보면, 어디 사는 누가 언제, 어떤 자료를 열람하였으며, 어느 부분을 복사하였는지 파악할 수 있다. 국회도서관은 모든 자료가 폐가식이며, 입관시 철저하게 입관 확인을 하는데, 아이러니하게도 압수된 이러한 자료에 의해 지난 14개월 동안의 이용자들의 이용 내용이 외부(경찰)로 유출된 것이다.

보도에 따르면 수사 당국은 "이용자나 서적의 종류 등을 일일이 분류할 수 없었던 까닭에 전량을 압수했다"고 하는데, 국회도서관의 관장은 "이용자가 어떤 책을 열람했는지는 개인의 프라이버시에 해당하지만, 일본도서관협회의 결의에서도 수사영장이 나온 범죄 수사는 예외로 치고 있다. 이번에 수색을 받았는지 여부는 노코멘트하겠지만, 일반적으로 이 예외 규정에 따라 이용자의 개인 정보 침해에 해당하지 않는다고 생각한다……고 이야기했다.

(중략)

이것은 이용자의 독서 이력의 비밀을 엄수한다는 현재 도서관 업계의 일반적인 규정에 너무나도 역행하는 처사이다. 범죄 수사를 위한 합법적인 압수라 해도, 이 방대한 양을 무차별적으로 가져갈 건 무엇이란 말인가. 대부분이 사건과는 관계없는 데이터이다. 애당초 입관표 같은 것을 요구하지 않으며, 대다수의 장서가 개가식이며 서고에서 책을 꺼내는 데도 메모지 하나면 족하며, 자료 복사도 즉각적으로 이루어지며 자료명과 해당 부분만 표기되었을 뿐 이용자명은 적지 않는 평범한 공공 도서관에서 일하는 직원으로서는, 어째서 요즘 같은 시대에도 국회도서관에서는 이토록 많은 개인 정보를 축적 보존하는 것인지 전혀 현실감이 들지 않아서, 믿기지 않는 기분이었다.

또한 이번 사태에 이르기까지 도서관 측과 수사 당국 사이에 어떠한 협의가 오갔는지 알 수 없기에 속단할 수는 없지만, "수사 영장을 가진 범죄 수사이기 때문에 절차는 준수했다고 생각한다. 개인 정보 침해는 아니다"라는 관장 발언의 논리는 이상하기 짝이 없다고 생각했다. 그리할 수밖에 없었던 상황이라 해도 이용자의 개인 정보의 대량 유출이 명확하지 않은가. (《옴진리교 사건과 국회도서관》)

✳

자, 나는 이 책의 첫 후기에서 "이 도서관 시리즈에는 개인적으로 애착이 있는 까닭에 적절한 에피소드가 떠오르면 다시 시작할지도 모른다"고 적었다. 이 시리즈의 재개를 바라는 독자도 많다고 들었고 실제로 이야기가 떠오른 적도 있지만, 그 역시 '도서관의 자유'라는 이념에 저촉될 가능성이 있다. 국회도서관의 사례에서 명확히 드러났듯이, 이건 단순히 리얼리티 운운하는 논의로 마무리할 수 있는 문제가 아니며, 엔터테인먼트 작가로서 그러한 문제와 어떻게 타협해야 하는지 솔직히 잘 모르겠다. 아직 공부가 부족한 것이리라. 그러한 까닭에 도서관 시리즈의 재개는 당분간 불투명할 전망이다. (이 글에 대한 의견이나 감상 등이 있으신 분은 고단샤문고 출판부로 보내주시기를.)

1995년 9월 12일
노리즈키 린타로

옮긴이 **최고은**
대학에서 일본사와 정치를 전공했고 대학원에서 일본 대중문화론을 공부했다. 현재 전문 번역가
로 활동하고 있으며 『킹을 찾아라』, 『잘린 머리에게 물어봐』를 비롯하여 『64』, '비블리아 고서당 사
건 수첩' 시리즈, 『모방살의』 등을 우리말로 옮겼다.

노리즈키 린타로의 모험

초판 발행 2016년 4월 1일

지은이 노리즈키 린타로
옮긴이 최고은
펴낸이 염현숙

책임편집 지혜림
편집 임지호
디자인 이경란 이정민
저작권 한문숙 박혜연 김지영
마케팅 정민호 나해진 박보람 이동엽
홍보 김희숙 김상만 이천희
제작 강신은 김동욱 임현식
제작처 (주)상지사P&B

펴낸곳 (주)문학동네
출판등록 1993년 10월 22일 제406-2003-000045호
임프린트 엘릭시르

주소 10881 경기도 파주시 회동길 210
문의 031-955-1901(편집) 031-955-3576(마케팅) 031-955-8855(팩스)
전자우편 editor@elmys.co.kr **홈페이지** www.elmys.co.kr

ISBN 978-89-546-3993-4 (03830)

엘릭시르는 출판그룹 문학동네의 임프린트입니다.